Karl von

Briefe an Ludwig Tieck

Dritter Band

Karl von Holtei

Briefe an Ludwig Tieck

Dritter Band

Unveränderter Nachdruck der Originalausgabe von 1864.

1. Auflage 2022 | ISBN: 978-3-75259-632-8

Verlag: Salzwasser Verlag GmbH, Zeilweg 44, 60439 Frankfurt, Deutschland
Vertretungsberechtigt: E. Roepke, Zeilweg 44, 60439 Frankfurt, Deutschland
Druck: Books on Demand GmbH, In de Tarpen 42, 22848 Norderstedt, Deutschland

Briefe

an

Ludwig Tieck.

Dritter Band.

Briefe

an

Ludwig Tieck.

Ausgewählt und herausgegeben

von

Karl von Holtei.

Dritter Band.

Breslau.

1864.

Molbech, Christian.

Geboren 1783 zu Sorбe, einer der bedeutsamsten dänischen Philologen, Historiker und Kritiker. Er bereisete in den Jahren 1819 und 1830 sowohl Deutschland, als Frankreich und Italien; wurde schon 1823 Professor der Litteraturgeschichte an der Universität; war von 1831 bis 1842 Dramaturg des Kopenhagener Nationaltheaters.

Sein „Dansk Ordbog," 2 Bde., sowie seine „Geschichte der dänischen Sprache" (1846), haben ihm eine hohe Stelle in der gelehrten Welt gesichert, weil sie ganz neue Bahnen brachen. Vielfache Monographieen aus der dän. Historie, zahlreiche kritische Aufsätze und Anthologieen vaterländischer Poesie geben Zeugniß unausgesetzter Thätigkeit. Daß er ein eben so liebenswerther Charakter ist, wie er für einen achtungswerthen Gelehrten gilt, das lesen wir aus diesen Briefen.

I.

Kopenhagen, 17. October 1820.

Lieber, verehrter Freund!

Ihr freundliches, mir aus unserm Holberg mitgegebenes Geleite hat mich, wie Sie sehen, wirklich nach Seeland gebracht. Schon in 4 Wochen bin ich zurück im heimischen Kreise; und schon oft sind während dieser Zeit meine Gedanken bei Ihnen gewesen, mit dem Wunsche, daß weniger Land und gar kein

Wasser uns trennte. Unvergeßlich ist mir Ihre liebreiche, freundliche Güte. Wie gern geselle ich jetzt Ihre persönliche Erinnerung Ihren Worten, Ihren Dichtungen bei, die mir so oft erfreut und ergötzt, so oft ans Herz geredet haben; und wie werden mir diese jetzt doppelt lebend und anschaulich! Ich hatte noch das Vergnügen mit Ihnen, nemlich mit Ihren Octavianus, von Berlin nach Hamburg zu reisen; und der gute jugendliche Geselle hat mich oft auf der schleichenden Sandfarth und in den elenden Wirthshäusern aufgemuntert und getröstet. Auch den William Lowel habe ich mir aus Berlin mitgebracht. Dies Buch habe ich vor mehreren Jahren einmal auf dem Lande in der Weihnachtszeit gelesen, und es machte damals einen sonderbaren, schauerlichen Eindruck auf mich. Ich konnte es nicht recht lieb gewinnen, obgleich es mich häufig sehr interessirte. Ich werde es jetzt einmal wieder lesen, und Ihnen sagen, wie ich es damals und jetzt fand. — Uebrigens, wenn ich Ihren Octavianus, ein Paar Reisebeschreibungen und ein Paar Bände prosaischer Erzählungen von Ingemann (der, wie ich glaube, Ihnen geschrieben hat) ausnehme, habe ich fast nichts gelesen seit meiner Rückkunft; so viele Arbeiten, Zerstreuungen und Hindernisse haben sich meiner Ruhe und Ordnung entgegengestellt. Es muß doch einmal, hoffe ich, anders werden.

Ein Bruder meines lieben und vertrauten Freundes, Hrn. J. Deichmann, Besitzer der Gyldendalschen Buchhandlung, reist nach Berlin und andern Städten, um seine Fertigkeit und Kenntniße als Buchdrucker zu erweitern. Mit ihm schicke ich dieses nach Berlin, und lasse die Comedie von Heiberg (der noch in Paris ist), und eine durch sie veranlaßte kleine Schrift mitfolgen. Ein kleines Paket mit einem Brief aus Leipzig hoffe ich, daß Sie erhalten haben. Ich hatte es dem Buchhändler Vogel in Leipzig empfohlen.

Es ist meine Absicht gewesen, Ihnen einen Commentarius

perpetuus über das Heibergsche Lustspiel zu geben; und Sie werden finden, daß es mancherlei Erläuterungen bedarf. Es ist nemlich äußerst national und local, und spielt ganz in der jetzigen Zeit. — Es gebricht mir aber jetzt ganz und gar an Zeit, um dieses mit einiger Vollständigkeit zu thun. Vieles wird Ihnen auch ohne alle Aufklärung verständlich sein. — Die Blanca von Ingemann kennen Sie doch wohl? Diese, und der Dichter überhaupt, wird scharf, aber lustig mitgenommen. Die Hauptpersonen dieser Tragoedie, Enrico und Blanca, finden Sie hier metamorphosirt und travestirt wieder. Der „Kammerjunker mit einer Harfe" ist ein gewisser Kammerjunker Lewetzau, der die Blanca deutsch übersetzt hat. Um den Dialog pag. 28—30 zu verstehen, ist es nothwendig zu wissen, daß der Professor Theologiae J. Möller vor einigen Jahren als ästhetischer Recensent in der dänischen Litteraturzeitung das Scepter führen wollte, obschon er diesem Fach gar nicht gewachsen ist. Den Ingemann hatte er besonders in Protection genommen, und lobte ihn immer auf eine so hyperbolische Art, daß die Blanca (bei Heiberg p. 30) wohl mit Recht sagen kann: „Wir haben uns nicht zu beklagen!" — Die Scene p. 59 u. f. ist ganz Kopenhagensch; doch kennt man ja wohl auch die faden Pfänderspiele in Deutschland. — Pag. 83 „Mithridates," „Turnus," „Warners Wanderung," „Procne," — alles Titel einiger der Ingemannschen Werke. „Die schwarzen Ritter" ein großes episch-romantisches Gedicht, was den großen Fehler hat, weder episch, noch romantisch zu sein. — P. 115 „Die Locke aus Signes blondes Haar" — Anspielung auf die Tragoedie Signe og Haybarth von Oehlenschläger, wo der gefangene Haybarth die Fessel zerreißt, aber sich durch eine Haar-Locke seiner Geliebten binden läßt — eine Scene die viel Glück auf der Scene gemacht hat. Im Stück ist von blonden Haaren die Rede. Die Actrice, welche Signe gab, hat aber braunes

Haar. — P. 186 Bogen — hiedurch wird ein bekannter Schriftsteller Höegh-Guldberg bezeichnet — ein eben so schlechter, als arroganter Dichter und Schriftsteller, und ein äußerst verschrobener Stilist und pedantischer Grammatiker. — P. 195 Mundkurven. Man hatte in Kopenhagen vor einigen Jahren die Polizei-Verordnung, daß alle Hunde im Sommer Maulkörbe tragen sollten, um das Beissen der tollgewordnen Hunde zu verhüten. — P. 163. 164 — alle diese Anfangslinien der Prologe, die Harlekin recitiren will, und die das Publikum so schlecht aufnimmt, sind Anfänge der verschiedenen Ingemannschen Prologe. — P. 229 Reisers Gespenst. — Um diese Scene, und die ganze poetische Anrede des Gespenstes zu verstehen, müßten Sie ein Buch kennen, was ein alter teutscher Chirurgus, Nahmens Reiser, der als Kind die große Feuersbrunst in Kopenhagen 1728 erlebt hatte, beinahe 60 Jahre später, in den 80ger Jahren, dänisch herausgab. Es ist dies eins der am meisten komischen Bücher, das in dänischer Sprache existirt. Der Verf. konnte weder schreiben noch buchstabiren, und glaubte doch ganz kindlich und unbefangen, ein recht gutes und brauchbares Buch geliefert zu haben. Spötter bestärkten ihn in diesem Glauben. Eben durch die naive und komische Art, womit der Verfasser sich dem Gelächter Preis giebt, machte das kleine Buch ein großes Glück und hatte einen reissendem Abgang. Es erschien bald eine zweite Auflage, mit dem treuen, carricaturmäßigen Bildniß des einige und 70 Jahre alten Verfassers; in einen Schwalle von Spottschriften (ich besitze das Ganze in 2 ziemlichen Octavbänden) wurde er mitgenommen; er aber blieb sich selber gleich, und gab auch sein Leben heraus, das freilich nicht ganz so komisch ist, wie die Feuergeschichte, aber doch lustig genug zu lesen. — Das Glück womit Heiberg den bei uns jetzt ziemlich vergessenen, und doch in einer gewissen Art klassischen Reiser am Schlusse seiner Comoedie wieder aufgeführt hat, und ihn den Schriftstellern und dem Publikum derbe Sachen sagen läßt: werden Sie selbst erkennen. Ich bemerke nur, wegen einigen Ausdrücken in der Reiserschen Anrede (die Scene ist der noch stehende Thurm der 1795 abgebrannten S. Nicolai-Kirche), daß er in seinen lächerlichen Producten mitunter viele Religiosität durchblicken läßt; und daß viele in den ersten Strofen vorkommenden Ausdrücke seine eigene Worte sind; so wie auch die mit latein. Lettern gedruckte Worte sich bei ihm so finden. Die Idee, daß Reiser jede Nacht zur Pforte der Hölle hinabsteigt, und durch dem Gitterthore kuckt, um alte Erinnerungen aufzufrischen, und aus einer gewissen Feuerslust: werden Sie gewiß recht komisch finden. — Nehmen Sie, lieber Freund, mit diesen wenigen vorlieb; und schreiben Sie mir doch einmal, wie Ihnen die Comoedie gefallen hat. — Ueber Heiberg werde ich Ihnen mehr ein ander mal sagen. — Auf der Bibliothek ist leider! nichts für Ihr Altengl. Theater zu gewinnen. Unsre große Sammlung von engl. Comedien in 6 dicken Quartanten sind Alle neuere Sachen (nemlich später als Carl I.). Ich habe nur eine einzige ältere gefunden, die wir separat haben, und wenn ich nicht irre in den Zeiten Jakobs I. gedruckt ist. Den Titel habe ich jetzt nicht bei der Hand. — Empfehlen Sie freundlichst meinen Andenken Ihrer liebenswürdigen Familie, und der Unbekannten, und sagen Sie ihnen 1) daß Hamburg mir letzt etwas besser, wie voriges Jahr gefallen hat, und daß ich einen ganzen Tag, von Morgens 7 bis zur Comedien-Zeit die Stadt in allen Richtungen durchstrichen habe, auch die sehr schöne Promenade auf dem Walle nicht vergessen habe. 2º.) Daß ich in einigen Tagen (den 23sten Oct.) heirathen werde, obschon die Sachen sehr in ecclesia pressa stehn; meine Gesundheit nemlich sich wieder sehr verschlimmert hat, und man meinen höchst eingeschränkten Gehalt gar nicht erhöhen will. — Meine Braut, die Sie besonders von dem Sternbald her, lieb hat, läßt sich Ihnen auch empfehlen; und ich schicke Ihnen mit Achtung und Liebe einen herzlichen Gruß von

Ihrem

ergebensten Freunde und Diener

C. Molbech.

P. S. Berlin hat mir wenig gefallen. Mit Hoffmann konnte ich nicht, wie mit Ihnen, zu Recht kommen.

II.

Kopenhagen, 25. Septbr. 1821.

Ihr gütiger und liebevoller Brief vom 2. Jun., den ich Anfangs Jul. durch meinen Freund Rosenvinge empfing, hat mir eine wahre Freude gegeben, und mir Ihre Erinnerung, mein theurer und hochverehrter Freund! auf die lebhafteste und angenehmste Weise vergegenwärtiget. — Wie oft denke ich an Sie und an Ihre liebenswürdige Familie, an Ihre freundliche Güte, womit Sie den Fremdling für immer fesselten, an Ihre geistvollen Unterhaltungen, die Jeden bezauberten! — Durch Sie allein würde mir das schöne einnehmende Dresden ewig unvergeßlich. Es lebt auch beständig der Wunsch und die Sehnsucht bey mir, Sie und die freundliche Elbstadt noch einmal zu besuchen. Möge das Schicksal mir doch nicht ganz die Aussicht auf diese Freude berauben!

Ich bin so frei diesen wenigen Zeilen, die ich in größter Eile schreiben muß, da der Professor Froriep aus Weimar, der sie mitnimmt, Morgen ganz frühe mit dem Dampfschiffe abreist, weit mehr gedruckte, nemlich den 1sten Theil meiner Reise, beizulegen. Wie wird es mich freuen, wenn Sie dies Buch, wenn auch nicht lesen, doch als ein kleines Andenken eines Sie hoch schätzenden und innig liebenden Freundes, aufheben wollen. Die folgenden Theile, wovon der 2te noch am Ende des Jahres erscheinen sollte, werde ich Ihnen auch zukommen lassen; wenn so viele dänische Bücher Sie nicht belästigen.

Mit großem Vergnügen habe ich eben gestern den 1sten Theil Ihrer gesammelten Gedichte in einer hübschen Ausgabe für meine Lese=Einrichtung erhalten. Aber wie wird es mit der sehnlich erwarteten Fortsetzung des Franz Sternbald?

Sie werden bemerkt haben, daß man ehestens eine deutsche Uebersetzung von Holbergs Komedien durch Oehlenschläger erwarten kann. Es ist dies jetzt seine wichtigste Arbeit. Ich bin in gespannter Erwartung, wie sie ausfallen wird, und besonders wie sie Ihnen gefallen wird. — Das letzte Trauerspiel von Oehlenschl. Erich und Abel, aus der dänischen Geschichte des 13. Jahrhunderts, hat auf dem Theater Glück gemacht. Ich liebe es eben nicht. Es ist hin und wieder zu modern sentimental, öfters manierirt; die Geschichte und geschichtliche Charaktere sind stark und willkührlich verändert; und eben deswegen manches Ueberflüssige hereingebracht, was dem Drama und der Charakterschilderung mehr hindert, als nutzt. — In unserer Litteratur ist es überhaupt im jetzigen Zeitpunkt ziemlich stille und öde. Der Geldmangel drückt die Bücher, die Verfasser und die Leser. Gute Bücher nehmen ab, oder können wegen der Menge elender und nutzloser Tageblätter nicht aufkommen. (!)

Meine Frau, die Sie durch Ihre Grüße nicht wenig erfreut haben, läßt sich mit ihrem 9 Wochen alten Sohne, Ihrer freundlichen Erinnerung empfehlen. Ich war eben, am Schlusse des Julius, auf einer kleinen Reise in Holstein abwesend, als der eilig=ungeduldige Knabe ein Paar Wochen wenigstens früher, als man ihn erwartete, ganz plötzlich sich einfand. Er ist recht gesund und einigermaßen freundlich und guter Laune, wenn er immer vollauf zu trinken und zu essen hat. Meine Frau hat wieder dann und wann etwas gelitten; ist aber doch jetzt ziemlich wohl.

Nehmen Sie, mit Ihrer mir gewogenen Familie und die Gräfin v. Finkenstein meinen herzlichsten und aufrichtigsten Gruß, und bleiben Sie ferner freundlich gewogen

Ihrem
dankbaren und ergebensten Freunde
C. Molbech.

Ich wünschte gar sehr zu wissen, ob man nicht Ihr Bildniß bald in einem guten Kupferstiche erwarten kann? In einem Kalender glaube ich, wird es erscheinen. Dies aber genügt nicht.

III.

(Ohne Datum.)

Theurer, hochgeschätzter Freund!

Ein Däne und Freund von mir, der Canzleyrath Thomsen, Secretair der hiesigen Königl. antiquarischen Commission, ein trefflicher und gelehrter Kunstkenner, eifriger Sammler von Gemälden und Kupferstichen und Besitzer eines der schönsten Münz-Cabinette in Dänemark, wird Ihnen diese Zeilen, nebst einem innigsten Gruß, und beifolgenden 3ten und letzten Theil meiner Reise überbringen. Zürnen Sie nicht, daß ich dort auch mit wenigen Worten, und oft schon bereuete ich es, alzu kurz, gesagt habe, wie theuer und unvergeßlich Dresden mir durch Ihre Freundschaft ward. Mich hat die Menge des Stoffes in diesem Buche alzu sehr gedrängt; und öfters bin ich sehr kurz gewesen, oder habe ganz geschwiegen, da wo meine liebsten Erinnerungen weilen. Und wo sind sie lieber und schöner, als in dem lieblichen, geistvollen Kreise, den Ihre Güte mir so freundlich öffnete?

Sagen Sie mir doch nur mit zwei Worten wie Sie leben, und wie Ihre theure Familie, deren Andenken ich mich durch Ihre Fürsprache empfehle. Ich sehne mich herzlich nach einer Nachricht, sey es auch bloß eine mündliche, von Ihnen. Sagen Sie mir doch auch, wie Ihnen Oehlenschlägers Holberg gefällt? Darnach bin ich etwas neugierig. Ich gestehe, die Uebersetzung kann vielleicht trefflich seyn. Mir aber, und vielleicht den unbefangenen Dänen überhaupt gefällt sie nicht eben alzusehr; und die Vorrede im 4ten Theile hat hier noch weniger Glück gemacht.

Ihre beiden Novellen, der Geheimnißvolle und die Verlobten, sind schon im Dänischen übersetzt; und besonders die letzte gefällt hier besonders. So auch mir in hohem Grade. Ich bewundere Sie hier, wie immer; denn in jeglichem Tone sind Sie der unnachahmliche Darsteller der innern Menschheit, weil Sie den Menschen so kennen und durchschauen, wie wenige Dichter; und wie das Jugendlich-Lustige, so wird das Verständig-Ernste in Ihrer Dichtung ein Spiegel des hellsten Leben.

Verzeihen Sie die wenige Sorgfalt, das vielleicht gänzliche Mißlingen meines Ausdrucks in diesen Zeilen. Kaum 24 Stunden sind verflossen, seit eine äußerst traurige Familien-Nachricht meine Stimmung ganz getrübt und abgespannt hat. — Ich werde daher auch schließen mit dem Wunsche aus meinem Herzen: Leben Sie glücklich, gesund und zufrieden!

Ihr treuer und dankbarer Freund

C. Molbech.

IV.

Kopenhagen, 7. April 1826.

Indem ich heute an meinen Freund den Hrn. Bibliothekar Ebert in Dresden schreibe, fühle ich das Bedürfniß, auch

Ihnen, mein hochverehrter Freund! durch einige Zeilen die Erinnerung eines Ihrer treuesten Verehrer und ausländischen Freunde hervorzurufen. Leider bin ich noch weniger, als sonst, geschickt, meinem Briefe an sich einiges Interesse mitzutheilen. Eine Krankheit oder Schwäche des rechten Kniegelenkes (dem die Aerzte den beliebten Namen der Gicht zulegen) fesselt mich, den sonst so rüstigen Fußgänger und Treppenläufer, seit 5 Wochen, und wer weiß wie lange noch, auf meinem Zimmer im 4ten Stocke — sonst meine Freude; denn ich habe immer gern hoch gewohnt, und so auch hier, dem freien Raume des umlaubten Todtenackers gegenüber; jetzt eine Fessel mehr für den geschwächten Gefangenen. Daß ich in dieser totalen Verwandelung meiner ganzen Lebensweise nicht wie sonst existire, denke und fühle (nur ein Mal in meinem Leben habe ich in 3 Wochen das Zimmer gehütet) können Sie sich leicht vorstellen. Wie vieles erscheint mir jetzt in einem andern und trüberen Lichte! Wie tief fühle ich die Entbehrung meiner in mehr als 20 Jahren getriebener Bibliotheksgeschäfte! — scheint es mir doch, ich hätte die theuerste Geliebte verlassen müssen, um sie der Pflege anderer, vielleicht weniger sorgfältiger und liebender Hände zu überlassen!

Indem aber, daß eben jetzt meine Seele mehr und öfters, als sonst, den Blick dem Innern des Lebens zuwendet, wird mir auch manche schöne Blume und edle Frucht meines Daseyns recht lebhaft gegenwärtig. So auch die kurzen, aber unvergeßlichen Stunden, die ich mit Ihnen zu verleben das Glück hatte. Jahre sind schon seitdem verronnen, und mehr und mehr gestaltet sich die liebliche Erinnerung wie ein schöner Traum — aber doch immer ein lebhafter, ein tief in der Seele ruhender Traum, besser und kräftiger als Vieles, was uns einen Schein der Wirklichkeit besitzt, weil wir es gegenwärtig nennen. Sey es denn auch, daß dieser Traum nie wieder ins Leben zurückkehrte — daß mir nie wieder der überglückliche Genuß zu Theil würde, den Lieblingsdichter meiner Jugend, den Gegenstand meiner steigenden Verehrung und Bewunderung im reiferen Alter, und einer unvergleichlichen Neigung meines Herzens, seit jenen Tagen in Dresden, persönlich wiederzusehen: so fühle ich es doch in meiner Seele: daß jenes Bild Ihres Wesens, was dort mir aufging, nie aufhören kann mein Eigenthum zu sein. Wie oft habe ich mich an diesem Bild erquickt! Wie oft, wenn ich seitdem eines Ihrer Werke laß, wenn ich mit einem Freund darüber sprach, habe ich gesagt: ich weiß es nicht bloß, wie er dichtet und schreibt — ich weiß auch, wie er ist und lebt, wie warm und gemüthlich sein Herz, wie überströmend reich und gediegen seine Rede!

Auch durch die Gaben Ihres Geistes haben Sie mich seitdem vielfach erfreut. Es ist wohl unnöthig Ihnen zu sagen, daß Ihre späteren Novellen und Erzählungen hier ein sehr theilnehmendes Publikum gefunden haben; daß sie längst schon alle übersetzt sind. Mir insbesondere haben diese Werke eine fast neue Seite Ihres reichen, tiefen und gediegenen Geistes offenbart. Wer würde jetzt zweifeln, daß Sie den Geist und die Erscheinungen des Lebens nicht allein mit der Phantasie, sondern auch mit dem gleich genialen Verstande erfaßt haben? — Welch ein tiefes Studium bieten diese Erzählungen dem Menschen-Forscher dar! — Nun Ihre letzten dramaturgischen Blätter — welchen Sinn, welchen scharfen Blick in die Tiefen der Kunst, und wie anziehend das Gewand! — Ich gehe fast nie in Schauspiele, und lese noch weniger die hohle, hölzerne, plappernde Theaterkritik des Tages. Mit Ihnen aber konnte ich auf den Bühnen Teutschlands zu Hause werden; statt daß ich auf unserer eigenen ein Fremdling bin. — Glauben Sie doch darum nicht, daß manche vorzügliche und gute, mehrere leidliche Schauspieler hier fehlen; oder daß ich die heitere Lust der Bühne gar nicht liebe. Mir fehlt es aber theils an Zeit, theils am Gelde; auch gilt es hier, wie überall, meist den Ohren. Meine sind wohl nicht taub, aber höchst ungelehrt, obgleich Mozart mein Liebling ist; ich liebe mehr das Sehen, und will lieber Lachen, als Weinen. Hier aber steht das wahre Komische zurück; die Musik, die Tragödie, die Posse wird gepflegt; denn so wollen es die Leute, die abonniren und Billets kaufen. — Neulich haben wir hier eine Erscheinung gehabt. Ein genialischer Verfasser, der Dr. Heiberg, auch als Komiker durch sein originelles Werk: Weihnachtscherz und Neujahrspossen (1818) bekannt, und der überhaupt fast Alles schreiben kann was er will, und nichts schlechtes, hat den Einfall bekommen: eine Vaudeville zu schreiben.

Er gab uns nun im Januar d. J. die (!) erste dänische Vaudeville (Kong Salomon og Jörgen Hattemager. Nach dem dänischen Sprüchworte: Es ist ein Unterschied zwischen König Salomon und Jürgen der Hutmacher.) im Ganzen eine leichte Waare, wenig Witz, kein Tiefres Komisches, auch vom Derben nicht viel; aber dagegen ein nationaler Charakter, leichte Arien auf Lieblingsmelodieen, Carricaturen und fratzenhafte Kleidungen, Spießbürger — und endlich ein Jude, den man in einer dänischen Kleinstadt wegen Nahmensähnlichkeit für den geldschweren Rotschild annimmt (er mußte aber in Goldkalb umgetauft werden) und tüchtig fêtirt. Dies alles machte nun bei unserm Publicum ein ungeheures Glück. Anstatt der gewöhnlichen 6—8 Vorstellungen von beliebten Neuigkeiten wurde diese Vaudeville über 20 Mal gegeben, und das Publicum doch nicht gesättigt. Für Billette zu 1 Thlr. bezahlte man im Anfange den Aufkäufern 3—4 bis 5 Thaler. — 3 Auflagen von dem gedruckten Stücke gingen reißend ab; und doch ist es kaum leidlich zu lesen. — Der Beifall und Gewinn reizte den Verfasser. Er schrieb eine neue Vaudeville, mit Anspielung auf den Geburtstag des

Königs, die Anfangs Febr. gegeben wurde; aber ganz ohne Glück; obgleich sie sich fast besser liest, wie die erste. Jetzt erwartet man die dritte. Uebrigens geht es mit den Tragoedien wie gewöhnlich. Die tragischen Schreiber sind häufig und fruchtbar. 3—4 neue Tragoedien jeden Winter ist nichts ungewöhnliches. Shakspeare, ein kleines romantisches Schauspiel von Boije, ist eine recht anziehende Behandlung der Sage von des Dichters Jugend, und ist mit Beifall aufgenommen. — Die Feder hat abgelaufen. — Empfangen Sie, hochverehrter Freund! meinen innigsten Gruß! Rufen Sie mich in das Gedächtniß Ihrer theuren Familie und Haußgenossin zurück, und denken Sie freundlich an

Ihren
hochachtungsvoll ergebenen
C. Molbech.

Haben Sie einmal einige Augenblicke und ein Paar Zeilen für mich, wird Unser Gesandte in Dresden diese ohne Zweifel in Empfang nehmen. Ich hoffe Sie haben vor einigen Jahren meine Briefe und 3 Theile meiner dänischen Reisebeschreibung bekommen.

V.

Lund, 27. Jun. 1835.

Erlauben Sie, verehrtester Hr. Hofrath! daß ich diesmahl, wie so oft einen Landsmann, einen schwedischen Freund und Amtsgenossen, den Herrn Dr. theol. und Professor Reutterdahl, Bibliothekar der Universitäts-Bibliothek zu Lund in Schonen, Ihrer Güte zu empfehlen wage. Dieser, nicht bloß in seinem Fache gelehrter, sondern überhaupt wissenschaftlich gebildeter und geistvoller Mann, wird nächstens eine hauptsächlich bibliothekarische Reise nach Deutschland antreten, und auf dieser, wie natürlich, auch

Dresden berühren. Leider kann ich Ihn hier nicht mehr meinem verewigten — Gott! wie früh und wie traurig uns entrissnen Ebert empfehlen. Obgleich ich nun — und zuerst aus eigener, unvergeßlicher Erfahrung, es wissen kann, wie freundlich Sie jeden Nordländer, ja einen jeden Geistes- oder Kunst-Verwandten, der so glücklich ist sich Ihnen nähern zu können, empfangen, und mit herzlichem Wohlwollen entgegenkommen: kann ich doch nicht die Gelegenheit vorbeigehen lassen, Ihnen, verehrter und unvergeßlicher Freund! meinen hochachtungsvollen und herzlichsten Gruß zu senden. Ich schreibe diese Zeilen in großer Eile, eben auf einer kleinen Reise in Schonen begriffen, um meine, diesen Frühling sehr geschwächte Gesundheit ein wenig aufzuhelfen. Verzeihen Sie daher auch die Spuren dieser Eile, in der Ihnen gewiß nicht fremden Situation, wenn der Reisewagen vor der Thür hält, und man, unter der Ungeduld, die Andre mit uns theilen, noch schreiben will. — Möchte ich durch Hrn. Dr. Reutterdahl im Herbst die frohe Botschaft empfangen, daß er Sie vollkommen gesund und ebenso leibeskräftig, wie geisteskräftig, angetroffen habe! — Mit treuer Ergebenheit, Freundschaft und Hochachtung

der Ihrige

C. Molbech.

Erneuern Sie, wo möglich, mein Andenken bei Ihrer werthen und theuren Familie!

Mosen, Julius.

Geb. am 8. Juli 1803 in Marieneg im sächsischen Voigtlande.

Lied vom Ritter Wahn (1831.) — Ahasver (1838.) — Gedichte (1836.) — Novellen (1837.) — Congreß von Verona, Roman, 2 Bde. (1842.) — Theater (1842.) enthält: Kaiser Otto III. — die Bräute von Florenz — Cola Rienzi — Wendelin und Helene. — Bilder im Moose, 2 Bde. (1846.) — Spätere Dramen: Bernhard von Weimar — der Sohn des Fürsten — Johann von Oesterreich — u. s. w.

Seine Briefe an T. stammen aus jener Zeit, wo er als Rechtsanwalt in Dresden gelebt. Im Jahre 1844 wurde er, mit dem Titel eines Hofrathes belehnt, zum dramaturgischen Direktor des Großherzoglichen Theaters in Oldenburg berufen, dessen Intendant, der biedere und wahrhaft redliche Graf Bochholtz (gest. d. 18. Nov. 1863) ihm fördernd zur Seite stand. Vor einem kleinen, aber hochgebildeten Publikum durfte dieses Hoftheater, innerhalb seiner Grenzen, ein dauerndes Bestreben nach künstlerischem Zusammenspiel verfolgen, weil der würdige Großherzog, das k. k. Hofburgtheater Wiens als Vorbild betrachtend, lediglich recitirendes Schauspiel verlangte, und jede Störung durch Oper oder Ballet ausgeschlossen hielt. Durch solche Verhältnisse begünstiget, und durch Adolf Stahr's begeisterte Aufsätze in der Bremer Zeitung ermuntert und aufgefrischt, konnte der Dichter sich an seiner Theaterdirektion (ausnahmsweise) dauernd erfreuen; und er wäre glücklich zu preisen gewesen, hätten nicht schwere körperliche Leiden ihn daniedergeworfen und seine Thätigkeit — wenn nicht gelähmt, doch häufig beeinträchtigt. Welche geistige Kraft in diesem vieljährigen Dulder leiblichen Schmerzen entgegen wirkt, läßt sich aus zwei Zeilen ersehen, die er für ein in Bremen erscheinendes Album lithographisch nachgebildeter Handschriften gab; die da heißen (wir citiren aus dem Gedächtniß und können wörtliche Treue nicht verbürgen, wenn auch den Sinn):

„Der Schwache mag zum Altar treten,
Der Starke wird durch Thaten beten!"

Aus der Feder des körperlich Paralysirten ein mächtiges Wort wider den krassen Materialismus dieser Tage!

I.

Leipzig, d. 2. Jul. 1827.

Hochwohlgeborner,
Höchstzuverehrender Herr Hofrath!

Auf mein Glück vertrauend, das mich verwichene Michaelis zu Ihnen, höchstzuverehrender Herr! und in den Kreis der Ihrigen führte, und mit heiterer Zuversicht, daß Sie Sich meiner, wenigstens wünsche ich es von ganzer Seele, noch einigermaßen erinnern möchten, wage ich jetzt diese Zeilen zu schreiben, und Ihnen sammt einer großen Bitte beiliegendes Manuscript zu übersenden. Wie ich aber zu dieser Kühnheit kommen konnte, das würde ich am allerbesten entwickeln können, wenn Eure Hochwohlgeboren mir vergönnen würden, einige Worte über die Geschichte des Manuscripts zu erzählen. Die Sache war so:

Wie ich mit meinem Freunde D. Kluge von Perugia nach Arezzo reiste, lockte uns die Wiß- und Neubegierde von Cummoccia hinauf nach Cortona. Dort war eben Jahrmarkt, und Alles ging bunt durcheinander. Als wir über den Marktplatz gingen, sahen wir, wie es in Italien so häufig geschieht, eine Menge Menschen um einen Mandolinenspieler herumstehen. Wir hörten ihm zu, und etliche Strophen gefielen mir so, daß ich die ganze Mähr gern gewußt hätte. Ich nahm mir den Mann mit in den Gasthof, und ließ mir die ottave rime in die Feder diktiren. Ich ward von dieser Volkssage so innerlich bewegt, daß der Gedanke mir keine Ruhe mehr ließ, diesen schönen Stoff zu benützen und auszuarbeiten. Das that ich denn bald mit Lust und Liebe. Schon in Florenz wurden die ersten vier Abentheuer beendigt, und wie ich weiter nach Oberitalien und der Heimath zureiste, so gedieh auch mein Lied vom Ritter Wahn immermehr seinem Ende entgegen, bis ich es endlich in meiner Heimath ganz vollendete.

Ich hatte den Plan in Italien gefaßt, dieses Heldenlied dem edlen Ludwig, Könige von Baiern, zu verehren. Allein aus den Zeitungen erfuhr ich zu meinem Leidwesen, daß er von lauter schönen Sachen so bedrängt wird, daß etwas, von keinem berühmten Meister, und ohne allen weitern Anspruch Gefertigtes, wohl kaum dort Einlaß finden würde.

Allein doch möchte ich auch gar so gerne ein gewichtiges Urtheil über dieses Lied hören, das ich mit so großer Vorliebe ausgearbeitet habe. So wie nun in den alten schönen

Zeiten der Jünger sich gerne einem Meister anschloß, und ihn um Rath fragte, und liebreich berathen ward, also komme auch ich noch nach diesem alten Brauche zu Ihnen mit der Bitte:

Daß Eure Hochwohlgeboren gelegentlich das Heft durchlesen und mir mit dem Ihnen eigenen Wohlwollen Ihre Meinung kund thun möchten. In dieser frohen Hoffnung verbleibe ich

Eur. Hochwohlgeboren

ganz ergebenster Verehrer
Julius Mosen,
d. Zeit wohnhaft in Leipzig, in
der Petersstraße No. 60.

II.

Leipzig, am 29sten Fbr. 1828.

Eure Wohlgeboren,
Höchstzuverehrender Herr Hofrath!

Da ich in einigen Wochen Leipzig verlassen werde, so sehe ich mich genöthigt, Ihnen diese Veränderung meines Wohnortes zu melden. Ich werde nach Marktneukirchen, ein Städtchen im Voigtländischen Kreise gehen. Wollten Eure Wohlgeboren noch so gütig seyn, mir Etwas über das Lied vom Ritter Wahn zu schreiben, so würde mich zunächst eine so erwünschte Nachricht dort treffen. Fast an jedem Posttage fragte ich bei dem Buchhändler in der letztern Zeit, oder um die Wahrheit einzugestehen, in jedem Monate in diesem Halbjahr an. Allein ich hoffte, immer vergebens. Dieses aber betrübte mich um so mehr, da ich jetzt bei Weiten schwieriger hier in Leipzig einen Buchhändler ausmachen kann, der mir das Gedicht abnimmt, wenn Sie mir endlich das Manuscript zurückschicken sollten. Sollten Sie, Herr Hofrath,

Sich noch nicht entschlossen haben, dieses Gedicht durchzulesen, so bitte ich Sie nochmals recht herzlich darum. Sie werden gewiß finden, daß — mag auch meine Bearbeitung der Sage sehr nichtsnutzig seyn — der Stoff wenigstens vor Allem großartig und herrlich ist, so wie fast alle Volksdichtungen, die durch Jahrhunderte sich gerungen haben. Möchten Sie meiner und meines Wunsches in einer Stunde der Erholung gütig gedenken! —

Mit dem aufrichtigen Wunsche, daß Ihnen Gott dauerhafte, freudige Gesundheit verleihen möchte, damit Sie unbehindert den blühenden Garten Ihrer Dichtkunst pflegen mögen, verbleibt

Eurer Wohlgeboren

beständiger Verehrer
Julius Mosen.

III.

Dr., am 31. May 1836.

Hochverehrtester Herr Hofrath!

Sie feiern heute Ihren Geburtstag, wie ich vernommen habe. Mit aufrichtigster Gesinnung nahe ich mich Ihnen mit Glückwünschen und geringen Gaben. Wenn Sie dieselben eben so wohlwollend annehmen, als sie fröhlich huldigend gereicht werden, so ist mein bester Wunsch erfüllt. Möchten Ihnen noch recht viele, gesunde und glückliche Jahre und in ihnen die eine Hälfte der Tage zu Gedeihen herrlicher Schöpfungen, die andere zu heiterem Lebensgenusse geschenkt sein! Das und Anderes würde ich Ihnen mündlich aussprechen, wenn der Zufall nicht immer wollte, an Ihre Thüre gerade dann klopfen zu müssen, wenn nur Ihre vertrauteren Freunde kommen dürfen, was heute zwiefach der

Fall sein wird. Deshalb kann ich nur Wunsch und Gruß dem Papiere anvertrauen, welches doch nie Blick und Sprache und warmen Handschlag ersetzt. Gedenken Sie meiner freundlich und schenken Sie mir Ihre Wohlgewogenheit.

Mit vollkommenster Hochachtung verharrend

Eur. Hochwohlgeboren

ganz ergebenster
Julius Mosen.

IV.

Dr., am 10ten Juli 1836.

Hochverehrtester Herr Hofrath!

Wenn von den sieben Bitten nur eine auf jeden Tag der Woche käme, so wäre es genug; ich wage jedoch zwei Bitten auf einmal vorzutragen, zuerst: daß Sie mir erlaubten, Sie heute Abend besuchen, und dann: meinen jüngeren Bruder, designirter Pfarrvicar in Pegau, welcher Sie seit langer Zeit verehrt und liebt, mitbringen zu dürfen? Mit dem Wunsche, daß das heutige Sciroccowetter nur über Ihr Dach, nicht aber auch durch Sie Selbst, wie es bei mir der Fall ist, hinüberziehe, verharre ich hochachtungsvoll und wie immer als

Ihr

Verehrer
J. Mosen.

V.

Hier, am 7ten Octbr. 1836.

Hochverehrtester Herr Hofrath,
Gönner und Freund!

Seitdem es mir vergönnt war, in den Zauberwald der deutschen Poesie einzutreten, ist mir Ihre Musa vor Allen und am freundlichsten entgegengekommen; was soll ich es läugnen, daß Sie und Novalis erst das Buch der Natur mir aufgeschlagen haben, in welchem ich seitdem treu und ehrlich studirt habe! Deshalb blicke ich so gern in Ihre klaren Augen, die nie vergessen können, daß sie das große Geheimnis gesehen haben! Wie könnte es Ihr Herz? Und wie könnte ich Sie lieben, wenn dieses mitten aus dem harten Leben heraus nicht die Liebe erwiedern könnte? Deshalb bin ich getrost und vertraue getrost dieses mein neustes Gedicht dieser Liebe an! Sie können ihm das Leben, mir aber das Bewußtsein schenken, nicht vergebens gestrebt zu haben. Auch will ich nicht verbergen, daß ich dadurch für meinen jüngsten Bruder, den ich nach meines Vaters Tode aus eigenen, schwachen Mitteln erziehen lasse, eine Beihilfe mir verschaffen möchte. Unterdessen behalten Sie mich lieb, der ich mit aller Verehrung verharre

Eur. Hochwohlgeboren

treu ergebner
Julius Mosen.

VI.

am 20. Octbr. 1836.

Hochverehrtester Herr Hofrath und Doctor!

Ihre Andeutungen über das vielbesprochene Stück haben mich, irre ich sonst nicht, ganz und gar zur Klarheit damit gebracht. Indem ich Rienzi in Wechselwirkung mit seinem Weibe bringe, welche mit ihrem Charakter die Stelle der Livia und die von ihr ausgefüllten Scenen geeignet überkommt, wird das Stück auch in dieser Parthie rund werden. Ich habe die verwichene Nacht hindurch die erstere Exposition des damaligen römischen Zustandes im 1ten Acte und das andere Nöthige aus- und umgearbeitet. Wenn Sie mir das Manuscript auf einige Tage wieder zustellen lassen wollen, so glaube ich Ihren Ansichten das Werk näher rücken zu können. Könnte ich, wenn auch nicht Ihren ganzen Beifall, doch Ihre Zufriedenheit mit mir erringen, so hoffe ich auch, daß Sie dem Stücke das Leben auf der Bühne schenken werden. Ich möchte nicht gern wieder etwas drucken lassen, ohne sagen zu dürfen: es ist vorgestellt worden; ja außerdem würde das Buch auch Niemand sich anschaffen. Noch habe ich eine historische Notiz gefunden, die mir lieb ist. R....'s Vater soll der natürliche Sohn Heinr. IV. gewesen sein. Oft erklärt sich aus solchen Zufälligkeiten das ganze Schicksal eines Menschen. Wenn R....'s Weib, bei deren Einführung in das Stück und gehoffter Aufführung desselben ich an Fräulein Bauer gedacht habe, von dieser Künstlerin, Montorale von unserem Weymar und R...i von Devrient gegeben würde, so glaube ich, daß es schon seinen Theaterabend gut genug ausfüllen wird. Doch das Alles lege ich in Ihre gütige Hand. Auf Ihr Wohl habe ich gestern noch mit Hr. G. R. v. Ungarsternberg in dessen Behausung eine Flasche Wein getrunken; — er wie ich waren von Ihrer Vorlesung des Homburg über das ganze Herz hinüber warm und begeistert. Nicht nur Ihren Mund, auch Ihre Seele hat die schöne Muse geküßt! Ich sehe Sie bald wieder! Wie immer mit aller Verehrung

Ihr
ergebenster
Julius Mosen.

VII.

am 25. Octbr. 1836.

Hochverehrtester Herr Hofrath!

So darf ich denn beifolgendes Stück wiederum in Ihre Hände zurückgeben, indem ich nicht nur das Eingreifende

Ihrer Andeutungen als entscheidend eingesehen, sondern auch nach Kräften befolgt habe. Es geht nun, wie es mir vorkommt, besser zusammen, indem die Farben selbst gesättigter sind. Ein Verdienst wird es haben, daß es fast zuerst den Standpunct der Kirche zu den italischen Staaten im Mittelalter würdigt. Lästern ist ja leichter, als anerkennen. Finden Sie im Manuscripte noch einen Ausdruck, welcher unlauteren Gemüthern anstößig sein sollte, so bitte ich einen solchen kürzlich zu verwischen. Da ich als Geschäftsmann hier meinen Namen öffentlich nicht preisgeben mag, so habe ich den Verfasser in: Louis Morgenländer umgetauft. Es war der erste Namen, der mir einfiel, deshalb habe ich ihn auch gewählt. Daß Sie, hochverehrtester Gönner, mit der mir so oft erwiesenen Liebe und Güte meines Rienzi Sich annehmen werden, bin ich überzeugt. Dieser empfehle ich mich und ihn und verharre mit jeglicher Verehrung

Eur. Hochwohlgeboren

ganz ergebener
Julius Mosen.

VIII.

April 1837.

Hochverehrtester Herr Hofrath!

Einer meiner Jugendfreunde, ein Advocat aus dem Voigtlande ist eben auf Besuch bei mir, dem ich den Rienzi vorlesen möchte. Wollten Sie wol so gut sein, und mir die Reinschrift, welche Sie haben, durch den Bringer Dieses, meinen kleinen Schreiber, verabfolgen lassen? Ihre Vorrede zu Lenz, und ihn dazu, bitte ich mir noch einige Tage zu überlassen, da ich nunmehr in diesem Buche gerne blättere, nachdem ich es in aller Andacht gelesen. Von Ihrem Wohlbefinden bin ich unterrichtet; möchten Sie in den neuen Frühling eben so munter hinüber gehen! In diesen Tagen hoffe ich, Ihnen meine persönliche Aufwartung wieder machen zu können, nachdem mich der Nachwinter in harte Buße genommen hat. Wie immer mit aller und alter Verehrung

Eur. Wohlgeboren

ergebenster
J. Mosen

IX.

am 13. Januar 1840.

Hochverehrtester Herr Hofrath!

Schon seit mehren Tagen, denn ich bin erst von einer mehrwöchentlichen Reise zurückgekommen, wollte ich Sie besuchen, aber immer kam etwas Unabweisbares dazwischen. Da fällt mir ein, daß dasjenige, was ich zu schicklicher Zeit Ihnen mitsagen wollte, schriftlich am besten abgethan ist. Man hat mir von verschiedenen Seiten her weiß machen wollen, als wenn Sie mir nicht gewogen wären, das habe ich nicht geglaubt, ich bin aber erst dann ruhig, wenn Sie bei ähnlichen Gelegenheiten ebenso urtheilen sollten. Warum soll man das kurze, so traumähnliche Leben sich noch verbittern lassen durch unbedeutende Menschen, welche sich gern eine Folie geben möchten? — Werden Sie aber nicht am Ende diese Zeilen übel aufnehmen? Ich glaube nicht, da Ihre Seele das Höchste und Schönste, was je die Menschheit gottähnlich macht, gefühlt hat, und die Stätte, wo die Gottheit wandelt, bleibt immer heilig. Ich war in Jena, wo Sie an dem Kirchenrathe Schwarz einen eifrigen Verehrer haben; in Weimar sprach ich Riemer, der sich lebendig noch der Zeit erinnerte, wo er mit Ihnen bei der Schopenhauer zusammengewesen wäre. Professor Brockhaus, bei dem ich eigentlich auf Besuch war, läßt Sie durch mich mit aller Verehrung grüßen. Das ist Alles, was ich für Sie von der Reise mitgebracht habe, nächstens aber komme ich selbst und hoffe wie immer ein freundliches Willkommen zu erhalten. Wenn das, was ich oben im Eingange erwähnt habe, Ihnen gemäß ist, so vergessen Sie es; denn dann war es überflüssig. Wie immer mit ausgezeichnetster Hochachtung und Verehrung

Eur. Hochwohlgeboren

ganz ergebenster
Julius Mosen.

Müller, Friedr. von.

Die Handschriften Goethe's, deren Sendung der intime Freund des Hauses, der Weimarische Kanzelar und General-Vermittler Weimarischer Angelegenheiten, Herr Dr. Friedrich von Müller mit nachfolgendem Schreiben vermittelt, haben sich in Tieck's Briefsammlung, wie sie in unsere Hände gelangte, nicht mehr vorgefunden, obgleich dieselbe doch sehr viele, eben auch nicht an ihn gerichtete, sondern nur als Reliquien aufbewahrte Blätter enthielt. Da die von uns mitgetheilten Briefe Goethe's dem Sekretair diktiret worden sind, so befand sich außer den Namensunterschriften, auch nicht eine Zeile Goethe's in den dickleibigen Bänden. —

Nicht nur Autographensammler, auch Solche, die ohne Sammler zu seyn, Verehrer Goethe's sind, werden, gleich uns, aus Herrn von Müllers Worten mit Freuden ersehen, daß Ludwig Tieck den Wunsch ausgesprochen hatte, „etwas von G.'s eigener Handschrift zu besitzen."

Weimar, 19. Sept. 32.

Sie haben, hochgeehrter Freund und Gönner! eine Reliquie aus Göthe's Nachlaß, und zwar etwas von seiner eignen Handschrift gewünscht; nach langer Auswahl will es mir scheinen, daß beiliegendes eigenhändig aufgesetztes Schema zu einem Hefte von Kunst und Alterthum von besonderm Interesse für Sie seyn würde. Frau von Göthe fügt zwey Zeichnungen des Verewigten hinzu, wovon eine für Fr. Gräfin Finkenstein, mit den allerangelegentlichsten Empfehlungen an Euer Wohlgeboren und all' die werthen Ihrigen; sie hat dabey in der That Ihnen zu Liebe ihren festen Vorsatz gebrochen, keine Handzeichnung des Verewigten jemals wegzugeben. Mögen Sie, mein Theurer! diese zweyfachen Handzüge unseres edlen Abgeschiedenen stets mit der Ueberzeugung von der aufrichtigen Achtung, die er Ihnen und Ihrem, dem seinigen wahlverwandten Streben und Wirken widmete, betrachten!

Zugleich erlauben Sie mir Ihnen meine anliegende Denkschrift auf Göthe zu übereignen, die wenigstens ihren Titel: Beitrag zur Characteristik &c. rechtfertigen dürfte. Denn recht absichtlich wählte ich die Darstellung nur einer Seite aus dem reichsten Leben, aber einer solchen, die meines Wissens noch nicht hervorgehoben und näher beleuchtet worden ist.

Ich darf Sie wohl bitten, unserm gemeinschaftl. Freunde, dem Hrn. Grafen Baudissin, die weitern Anfuge Götheschor Handschriften zu übergeben?

Haben Sie denn in einem Feuilleton der allerneusten Stücke des Journals des Debats die Anzeige und Analyse Ihres Phantasus gelesen? Sie ist im Ganzen gut und wohlmeinend geschrieben, nur vermögen die Franzosen durchaus nicht, sich in eine deutsche Dichterseele rein hineinzudenken und fügen daher unwillkührlich immer noch einen Schnörkel daran. Inzwischen ist es schon merkwürdig genug, daß ihnen das Verständniß genialer Leistungen des Auslandes zu dämmern beginnt.

Ich erlaube mir Sie auf das Schlußheft von Kunst und Alterthum, welches in dieser Michaelis-Messe erscheint, aufmerksam zu machen, da ein Aufsatz von Göthe: „Für junge

Dichter“ und zwey seiner Briefe über den Abschluß des Faust Sie gewiß sehr interessiren werden.

Faust selbst, der 2te Theil nämlich, erscheint in der ersten Lieferung nachgelassener Werke unfehlbar zu Weihnachten und ich bin äußerst begierig, welchen Eindruck diese wahrhaft wundersame Composition auf Sie machen wird.

Mit der ausgezeichnetsten Hochachtung

Euer Wohlgeboren

gehorsamster Diener
F. von Müller.

Müller, Karl Ottfried.

Geb. am 28. August 1797 zu Brieg in Schlesien, gestorben am 1. Aug. 1840 zu Athen.

Von den vielen und bedeutenden Werken und Schriften dieses im eigentlichsten Sinne genialen, hochbegeisterten Gelehrten und Alterthumsforschers heißen die bekanntesten: Geschichte hellenischer Stämme und Staaten, 3 Bde. (1820—24). — Handbuch der Archäologie der Kunst (1830). — Die Etrusker, 2 Bde. (1828). — Geschichte der griechischen Litteratur bis auf das Zeitalter Alexanders, 2 Bde. (1841) u. s. w.

Galt es dem kurzen, aber ruhmgekrönten Leben und Streben des herrlichen Mannes für ein vielsagendes Vorzeichen, daß er an Goethe's Geburtstage geboren ward, so haben wir auch wohl ein Anrecht, mit ernster tiefer Rührung darauf hinzuweisen, daß Er — Ottfried Müller — in Griechenland, in seiner eigentlichen Heimath gestorben ist; daß, da der Tod ihn dort ereilte, noch nicht alle Hoffnungen zerstört waren, die sein warmschlagendes Herz für die Auferstehung jenes Volkes hegte. —

Und möchten die Mißklänge barbarischer Zwietracht, welche sich neuerdings in und um Athen erhoben, den Frieden des Haines nicht stören, welchen einst Sophokles gepriesen; in dessen aus Lorbeer, Weinstock, Oel- und Feigenbaum gewobenem Dickicht heute wie damals Nachtigallen singen; des Haines, den die vom Kephissos herabrieselnden Wasserquellen immer frisch und grün erhalten. — Wo er sich nach der Höhe hinauf zieht, steht eine Säule von weißem Marmor. Sie bezeichnet Ottfried Müllers Grab.

I.

5. Dec. 19.

Verehrtester Herr Doktor.

Wenn zwei zuvorkommende Herrn, Hofrath Reuß und mein Freund Max, beide gleich bemüht Ihnen zu dienen, mir alle Gelegenheit abgeschnitten haben, mich durch eine Gefälligkeit oder kleine Gabe bei Ihnen beliebt zu machen, so rechnen Sie mir das gewiß nicht an, sondern nehmen nach Ihrer Güte den guten Willen für die That. Wie danke ich dieser Güte alle Annehmlichkeiten meines Aufenthalts in Dresden, und wie selten kann ich an die zwei Monate denken, ohne Sie zugleich im Herzen preisen zu müssen.

Die Zeit ist nun leider vorbei, und auf die saumseelig hingetändelten Tage und Wochen sind nun andre recht schlimme gefolgt, wo es scharf hergeht und alle Kräfte erbarmungslos mitgenommen werden. Doch hält mich das Interesse der Wissenschaft aufrecht, in der mir so Vieles noch sehr neu ist, wie ich überhaupt merke, daß jetzt erst das Lernen recht angeht, und ich nach dem akademischen Triennium, wo ich blos gegessen, nun ein andres Triennium brauche, um einigermaßen zu verdauen, eh' es ordentlich in's Blut gehn kann.

Zu diesem stillen Insichhineinarbeiten ist Göttingen ein ganz trefflicher Ort, ganz geeignet, um was an andern Orten excentrisch und polarisch hervortritt, ruhig zu verarbeiten und hübsch ins Gleiche zu bringen. Ein ähnlicher Ton herrscht in den Gesellschaften, ohne Liebe und Haß, ohne sonderliches Anziehn und Abstoßen, dabei aber doch ein allgemeines Wohlwollen, und eine freundliche Schonung fremder Schwächen. Besonders wohl fühle ich mich in Heerens Familie, wo noch Heyne'scher Geist weht, auch die Frau Hofräthin, eine treffliche Frau, hat mich in ihren besondern Schutz und unter ihre Aufsicht genommen. — Auch mein nächster Kollege, Dissen, ist ein trefflicher Mann, so gelehrt wie anspruchslos, und mit seinem richtigen und durchdringenden Urtheil, der Bestimmtheit und Sicherheit seines Wissens, und dem unfehlbaren Treffen auf den Punkt in allem, was er thut, grade der, an dem ich mich heranbilden muß. Aber ein Mann von eigentlich ergreifender Kraft der Seele und des Worts, der ein wirkliches Schauen an die Stelle aller Schulbegriffe und Distinktionen setzte, fehlt hier ganz. Wie würde sich Steffens Genius hier ausnehmen.

Aber wie bin ich nach Göttingen gekommen, ich werde nie ohne Schaudern an diesen Weg denken. Ich fuhr über Merseburg; wäre ich nur auf der Chaussee über Erfurt gefahren. Ich hatte von Leipzig nur einen halbbedeckten Wagen mit einem Pferde genommen, aber auf den grundlosen Wegen, die bald steil bergan gingen, bald sich in den tiefsten Hohlwegen verloren, brauchte ich oft Vorspann und kam kaum von der Stelle. Dazu beständiger Regen, der in der Nähe des Gebirgs halb zu Schnee wurde, eine Mischung, die ganz vorzüglich geeignet ist bis auf die Haut zu durchnässen und zu erkälten, und mit der man selbst griechisches Feuer auslöschen könnte. Daß ich nicht eben wohl verwahrt war, denken Sie gewiß, ohne daß ich es sage. Ich kroch alle Abende zitternd und starr vor Kälte unter Dach, und es kostete Stunden mich zu erwärmen. In einem Dorfwirthshaus, wo ich einmal, nachdem ich mich mit dem Wege gänzlich verrechnet hatte, bei einbrechender Nacht einkehren mußte, traf ich zu meinem Vergnügen die Wirthin, die Sie in der Novelle so schön gezeichnet haben, freilich nicht so veredelt wieder. Es war Hessenrode hinter Nordhausen, und unglücklicher Weise daselbst Kirchmeß, so daß ich mich mitten unter dem lustigen Bauer- und Soldatenvolk vor Aerger kaum zu lassen wußte: aber die Wirthin entzückte mich. Indem sie mich auf Hochdeutsch begütigte und meine Forderungen freundlich herabzustimmen suchte, warf sie zugleich auf platt=deutsch einen Schnapsbruder, der wild geworden und von aller Welt verlangte, sie sollte mit ihm: O du lieber Augustin, singen, zur Thüre hinaus, fuhr einige misvergnügte Muske=tiere mit vieler Herzhaftigkeit an, und stiftete überall Ruhe und Friede, so daß alle sonst Zwistigen doch in ihrem Lobe über=einstimmten. — Für Geschichtsschreiber der Menschheit ist eine solche Nacht ein wahres Studium, besonders für solche, die sich vorher das Bier immer haben in den Wagen bringen lassen.

Bei solchen Fährlichkeiten mußte nun das Andenken an Dresden vorhalten, um mich einigermaßen munter und heiter zu erhalten. Göttingen sah' ich zuerst vom Heimberge, über den ich mußte, und indem die Sonne aus dem trüben Himmel auf ein paar Minuten hervorbrach, und auf den dicken Nebel des Kessels herunterleuchtete, kam mir wieder zuerst etwas Hoffnung für die Zukunft.

Darf ich Sie erst bitten, mich der Frau Gräfin von Fin=kenstein, Ihrer Frau Gemahlin und allen den Ihrigen zu Gunsten wohl zu empfehlen. Ich würde unendlich glücklich sein, wenn in Ihrem Kreise auch nur einmal meiner mit einem Wörtchen gedacht würde; so sehr verehrt Sie

Ihr

gehorsamster

Karl O. Müller.

II.

Göttingen, 17. Jul.

Nach Ausweis des Poststempels 1820.

Schon lange hatte ich vor, verehrtester Herr, mich durch einen Brief wieder in Ihr gütiges Andenken zurückzurufen: aber ich kann so selten einen ruhigen Augenblick gewinnen, wo ich mit einer gewissen Behaglichkeit vorwärts und rück=wärts blicken und mich einem Manne vor Augen stellen möchte, dem ich gern nicht in gelehrter Zerstreuung und Zerfaserung, sondern in einer gesammelten Existenz erscheinen möchte. Aber wirklich kann ich's nicht bergen, daß ich von einem Taumel und Strudel ergriffen selten eigentlich Selbst bin, sondern immer nur das, wozu mich momentanes Studium macht, daß ich mit krampfhafter Lebhaftigkeit in mich hineinreiße, was mir in den Weg kommt, und am allerwenigsten darüber nachdenke, was ich eigentlich will. Wenn ich diesen Herbst einige Wochen in Dresden zubringen könnte, möchte ich wieder etwas zu Ruhe und Besinnung kommen, aber leider ist es darauf angelegt, daß ich mit Couriergeschwindigkeit nach Hause und wieder zurück reise, und sobald wie möglich wieder in den Irrsal und Zauberkreis der hiesigen Bibliotheks-Studien zurückkehre.

Mein Freund Max hat mich durch Nachrichten und Grüsse von Ihnen höchlich erfreut, wie er mich überhaupt durch seinen Besuch recht beglückt hat. Wenn er nur nicht den dritten Tag wieder fortgefahren wäre. Wir brachten einen der schönsten Nachmittage auf der Plesse zu, die mich immer entzückt, so oft ich sie besuche. Ich hatte sie schon im Vorfrühling lieb gewonnen, als man sich vor dem starken Sturm noch hinter dem alten Thurm bergen mußte, und die sanften Umrisse der schwarzbraunen Hügel einen mehr düstern als anmuthigen Eindruck machten. Mit Max strich ich einen halben Tag bis zur sinkenden Nacht an den Abhängen des waldigen Grundes umher, und war, ohne auf einzelne Schönheiten sonderlich zu merken oder aufmerksam zu machen, durch den gesammten Eindruck fast bacchisch begeistert. Weil ich aber immer meine Spaziergänge auf den einen Punkt richte, habe ich von der übrigen Umgegend noch so gut wie gar nichts gesehen. Nur das Weserthal bin ich bei Anbruch des Frühjahrs bis Pyrmont hinuntergewandert, aber doch noch zu früh im Jahre. Auch in Cassel war ich einmal kurze Zeit. Die schöngebaute

Stadt, in der man nichts als schulternde Musketiere sieht und hört, macht einen traurigen Eindruck. Auch die Gallerie beklagt empfindlich den Verlust einiger schöner Claude-Lorrain's, die Kaiser Alexander in Paris ihren unrechtmäßigen Besitzern abgekauft hat. Das Antiken-Museum ist zwar nicht zahlreich, enthält aber interessante Stücke, eine Pallas, die mit der Dresdner im vierten Saal genau übereinkommt und auf ein erhabnes Original zurückweist, und einen männlich vierschrötigen Apollo mit einem ganz äginetischen Gesicht, in welchem ich den Milesischen Apoll des Canachus zu erkennen glaube u. s. w.

Bei dieser Spazierfahrt begleiteten mich einige junge Freunde, zwei Griechen und ein Amerikaner. Wie interessant ist der Gegensatz dieser beiden Nationen. Die Griechen achte ich aufs höchste, und wenn es auch nur um der ehrfurchtsvollen Demuth wäre, mit der sie dem Born deutscher Wissenschaft sich nähern. Es ist wahr, sie haben wenig Talent für mechanische Spracherlernung, am allerwenigsten für den gewöhnlichen Schick, so daß sie sich in vielen Fällen sehr ungeschickt ausnehmen. Aber sie haben einen tiefen Sinn, der sich Alles recht nah zu bringen und innerlich anzueignen sucht; sie begnügen sich nie mit der bloßen Notiz; sie haben eine bewundernswürdige Ausdauer. Ich habe nie einen von ihnen im Collegium gähnen gesehen, was ich von den Amerikanern täglich sehn muß: dagegen hören sie auch dem Halbverständlichen mit gespannter Aufmerksamkeit hin, die mir oft wirklich rührend ist. Ja man bemerkt selbst für das bei ihnen Empfänglichkeit, was andre Ausländer so schwer begreifen wollen, romantische Poesie, Naturphilosophie, Construktion der Geschichte. So ist besonders ein Greiß aus Macedonien hier, den ich für einen der ausgezeichnetsten Studenten der Universität achte.

Dagegen die Amerikaner mit ihrem praktisch-mechanischen

Talent nur immer berechnen, wie viel sie wohl von hier mitnehmen können, und daher immer nach allgemeinen Notizen streben. Ich kann nur nach denen urtheilen, die eben hier sind: aber es giebt keine oberflächlichere Art des Studiums, als diese treiben. Dabei wollen sie von den Lehrern immer prompt und solid bedient sein, und besonders muß man es kurz machen. Aber am ärgerlichsten sind sie mir, wenn sie ihre trockne Verstandesansicht noch durch verdrüßlichen Puritanismus zu adeln suchen, und sich überall bei Altem und Neuem gegen sogenannte Unmoralität und Unanständigkeit kehren, und sich selbst mit einer Arroganz, die mich vollends erboßt, für das freiste, frömmste, rechtschaffenste und moralisch'ste Volk auf Gottes Erdboden ausgeben.

In den Vorlesungen ist man recht übel daran mit dem Gemisch von Nationen, denen man kaum verständlich werden, geschweige für Aller Bedürfnisse sorgen kann. So hören in einem Collegium Heerens Leute aus allen Nationen zwischen Havannah und Kleinasien incl. In meiner Kunstgeschichte habe ich schon ganz darauf resignirt, für die Zuhörer zu lesen. Ich betrachte die Vorlesung als einen Versuch, die Masse des Stoffs zu begränzen und wie es gehn will, zu unterwerfen. Doch lese ich sie in heitrer Stimmung und oft mit Freudigkeit, wozu das Lokal der Bibliothek und die neidlose Menge von Hilfsmitteln beiträgt. Wenn wir nur bald Gipsabgüsse von den sogenannten Elginschen Erwerbungen hätten. Was ich in Dresden in der Antiken-Gallerie sowohl als im Mengsischen Museum gesehn habe, wird mir immer merkwürdiger, und ich sinne oft in Gedanken darüber. So sehne ich mich sehr den Menelaos und Patroklos wiederzusehn, eine Gruppe, die doch besonders gegen Winckelmanns schnödes Urtheil ans Licht gesetzt zu werden verdiente.

Aber noch viel mehr freue ich mich darauf, Sie und die verehrten Ihrigen, wenn auch nur auf kurze Zeit wiederzusehn, und mich in der Gewogenheit glücklich zu fühlen, die ich mir einbilde einigermaßen zu besitzen.

Der gute Lipsius könnte jetzt selbst in dem Columbarium beigesetzt werden, dessen Ursprung aus dem vertraulichen Familiengespräch der Livia er so gemüthlich zu erzählen wußte.

Ganz und gar

der Ihrige

K. O. Müller.

III.

Göttingen, 12. April 21.

Als ich im vorigen Herbste von Ihnen, verehrter Freund, und dem lieben Dresden schied, dachte ich noch über Weimar und Gotha zu gehn, und war noch voll von Reiseplänen, von denen ich hernach nichts ausgeführt habe. Denn am Ende war ich über dem Abschiede so weichmüthig geworden, und die ganze Reise kam mir nun auf einmal so nichtig und zwecklos vor, da ich Dresden so eilig verlassen hatte, daß ich von Leipzig auf gradem Wege in möglichster Schnelle nach Göttingen zurückfuhr, und mir doch noch jede Poststation eine Ewigkeit dünkte. Jetzt kam mir meine lange Unthätigkeit und der Schlendrian des Lebens, dem man sich auf Reisen ergiebt, ordentlich wie ein Verbrechen vor, und ich stürzte mich mit doppeltem Eifer wieder in meine Studien. Nun ist wieder ein halbes Jahr vorbei, und ich schaue hinaus, und denke sehr lebhaft an Sie. Mehrere Freunde ziehen von hier fort, unter andern der Sanskritkenner Fr. Bopp, mit dem ich diesen Winter und besonders in der letzten Zeit viel zusammen gewesen bin. Wir hatten einen kleinen Cirkel, in welchem mancher Abend darauf verwandt wurde, Ihren Phantasus zu lesen; oft konnten wir bis tief in die Nacht hinein nicht aufhören, besonders über dem köstlichen Fortunat. Ich mußte den Vorleser machen, wozu ich wenig taugte, wenn mich nicht manche Erinnerungen von Ihnen bisweilen aufrecht gehalten hätten. Bopp kommt in sechs Wochen etwa nach Dresden und wird sich die Freiheit nehmen Sie zu besuchen. Nur Schade, daß man ihn erst nach einigen Wochen recht kennen und schätzen lernt; zuerst hat er etwas sehr Unscheinbares. In diesen Ostertagen will ich mit meinem Bruder — um nicht als Bodensatz in Göttingen zurück zu bleiben — eine kleine Reise durch den Thüringerwald machen, leider wieder mit der Eile, die mich mein ganzes Leben hindurch vor sich hertreibt. Die Ferien greifen diesmal ziemlich mit in das Frühjahr hinein, und ich möchte das erste frische Grünen und Blühen des Waldes in diesen Bergen genießen, die ich mir sehr anmuthig verschlungen und verzweigt denke. — In diesen Tagen sind alle Griechen von hier abgegangen, um dem Kriegschauplatz näher zu sein. Meine Betrübniß darüber wird durch die Hoffnung überwunden, daß das oft versuchte Befreiungswerk nun endlich von Statten gehn wird, so sehr auch die Klugen, die stets wenig auf höhere Motive rechnen, zweifeln und fürchten mögen. Mir scheint es, als entscheide diese letzte und äußerste Kraftanstrengung über die Zukunft Europa's, da das Leben, im Fall es glückt, eine ganz andere Richtung bekommen und sich wieder nahe an die Vorzeit und Ostwelt anlehnen wird, während es sich jetzt einseitig in eine selbstgemachte Cultur verliert. Den Göttingern scheint es ein wichtiges Ereigniß, daß der König gegen Ende Augusts nach Göttingen kommen wird, ich glaube der Prorektor sinnt jetzt schon auf passende Empfangsfeierlichkeiten, die doch am Ende lächerlich ausfallen. Da ich einmal darauf verfallen bin, Ihnen von allerlei verschiedenartigen Dingen, die grade im Götting'schen Gesichtskreis liegen, Relation zu machen: so muß ich auch etwas von meinen litterarischen Plänen referiren. Ich habe zum Gegen=

stand des zweiten Bandes die Dorier gewählt, freilich ein weit größeres Thema als die Minyer; auch weiß ich noch nicht, wie ich es bezwingen werde. Religion, Staat, Kunst und gemeines Leben sind bei diesem Volksstamm so eigenthümlich, daß man wohl sagen kann: es habe nie eine schärfer ausgeprägte Form menschlichen Seins und Thuns gegeben. Die Entwickelung des Dorischen Charakters aus den tiefsten Gründen, zu welchen Fr. Schlegel und Schleiermacher manche Andeutung gegeben haben, überlasse ich freilich Andern; ich will mich mehr in den mittlern historischen Gegenden halten, wo man sich begnügt, die Nationalität als gottgegebne Bestimmung unerklärt stehen zu lassen. Ueber sehr Vieles möchte ich gern Ihre Stimme vernehmen, und vielleicht giebt sich Gelegenheit dazu. Ist Ihr Werk über Shakespeare schon dem Drucke nah? Ich komme noch manchmal auf das Griechische Theater zurück, und es interessirte mich neulich, bei Thiersch Einleitung zu Pindar S. 112 zu lesen, daß Fr. Gärtner, dessen Werk wir noch nicht haben, vor dem Herotempel zu Agrigent sich steinerne Sitze amphitheatralisch erheben sah. So war auch in Athen der Tempelhof des Lenäons das älteste Theater. Der große Brandopferaltar vor dem Tempel, zu dem man gewöhnlich auf vielen Stufen hinanstieg, war dann die älteste Thymele; rings umher tanzt der kyklische oder dithyrambische Chor, und die Stufen des Tempels bildeten wohl die älteste Scene, daher noch später die Säulenverzierungen an der Scenenwand. Etwa so, wenn es erlaubt ist —

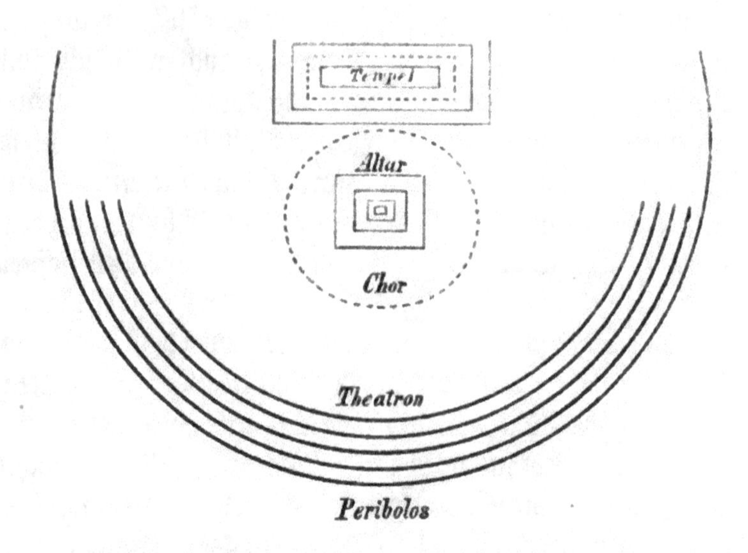

Für das tragische Costüm würde man viel aus den Mosaiken des Pio-Clementinum lernen, die Millin (Description d'une Mosaique antique Paris 1819) herausgegeben, wenn sie nicht gar zu grob und ungeschlacht wären. Wenigstens sieht man daraus, daß die Alten so gut wie keine Variation des Costüms kannten und am weitsten von der historischen Pedanterei unsrer Zeit entfernt waren; und die Kothurne erscheinen dort wirklich als eine Art von Stelzen.

Doch ich muß den Brief schließen, weil ich sonst ganz ins Citiren u. dgl. hineinkomme. Ich rechne überall auf Ihre gütige Nachsicht. Mein Bruder empfiehlt sich Ihnen; der angenehme Tag in Dresden liegt ihm wie ein Traum in der Seele; der mannigfaltige und flüchtige Kunstgenuß ist ihm wie ein Taumel vorübergegangen. Er wird jetzt nach 2 Jahren juristischer Studien noch zum Theologen; alle Remonstrationen waren vergebens; es ist bei ihm entschiedne Neigung.

Max'n haben Sie gewiß schon durch die versprochnen Mährchen erfreut.

Ich empfehle mich dem geneigten Andenken der Ihrigen

und der Frau Gräfin. Möchten Sie mich bald, auch nur mit wenigen Zeilen erfreun.

Ihr
treu ergebner
K. Otfr. Müller.

IV.

Göttingen, 26. Nov. 1821.

Obgleich es nichts Besonderes und Einzelnes ist, was ich Ihnen zu schreiben hätte, verehrter Freund: so ist es mir doch jetzt schon Bedürfniß geworden, mich von Zeit zu Zeit mit Gedanken und Gefühlen an Sie zu wenden. Mein Leben fließt ohne tiefe Bewegungen so leicht und heiter dahin, daß ich in dem beständigen Fluß der Dinge den Wechsel doch gar nicht merke; indeß kann ich doch von Zeit zu Zeit zurückschauen, und den zurückgelegten Weg überschauen. Eigentlich liebe ich nicht zu reflektiren, was ich gethan und was ich thun soll, sondern überlasse mich dem innern Triebe, den ich für den Leiter meines Daseins halte. Bei dieser sorglosen und harmlosen Art zu existiren bin ich nun freilich gar nicht geeignet, mein Streben und Leben so zu concentriren und zusammenzufassen, wie ich es gern möchte, daß es vor Ihnen erschiene; daher ich für die Unbedeutendheit meiner Briefe ein für allemal um Verzeihung bitte.

Von Ihnen dringt nach unserm so ganz unpoetischen Göttingen nur bisweilen eine schwache Kunde, die ich stets mit Begierde auffasse. Waren Sie nicht kürzlich mit Ihrer lieben Familie in Stuttgardt? Um so mehr muß ich mich an Ihre Schriften halten, die jetzt wieder reichlicher zu fließen anfangen. Die 2 Bände Gedichte haben wir; den 3ten, den neuen Fr. Sternbald, die Novellen, das Werk über Shakespeare erwarten wir. Wie haben mich die tiefen, langen Töne der Sonnette an Alma bewegt. Aber über wen haben Sie die großen Worte gesprochen in dem Sonnett an einen jüngern Dichter? Ich frage jetzt alle Leute, welche etwas vom Zustande der Poesie wissen, was wir für Hoffnungen hegen dürfen für die Zukunft, und welches die neuen anwachsenden Dichter sind. Ich kenne nur ein Paar. Das biedre, warme Gemüth Uhlands liebe ich, und von der kühnen Kraft Rückerts erwarte ich noch etwas Großes. Aber ich bitte, führen Sie mich zu den mir unbekannten Schätzen. Sehr erfreut hat mich das Sonnett an A. W. Schlegel. Es ist doch empörend, wie undankbar Viele jetzt diesem so umfassenden Geiste begegnen, und wie wenig die Gegenwart seine unermüdete Thätigkeit lohnt. Unser Bouterweck hat aus Wuth gegen Schlegel einen Haß auf die gesammten Indier geworfen. — Ich schrieb einmal, daß der Sanscritamicus Fr. Bopp Sie in Dresden kennen zu lernen wünschte; er ist aber in seiner Reise stecken geblieben, da man ihn in Berlin zum Professor gemacht hat.

Auch den von Ihnen herausgegebenen Nachlaß von Heinr. v. Kleist haben wir mit Eifer gelesen und die Libation dunkler Wehmuth wie Blutstropfen, auf sein Grab gesprengt. Daß sich nicht wenigstens ein Plan seines Guiscard erhalten hat! —

Nächster Sommer ist mir zu einer Reise nach England und Frankreich verwilligt worden, die mir für den Augenblick wichtiger ist als die noch verschobne nach Italien. Es wird mich sehr freuen, wenn Sie mir irgend einen Auftrag geben wollen. Ich bleibe 3—4 Monate in London, gehe auch nach Oxford und Cambridge, dann über Paris und vielleicht durch Süddeutschland, was aber nur ein verschwiegner Wunsch ist.

Mein Buch über die Dorier wird erst hernach erscheinen. Es ist etwas ins Große angelegt, und hält mich stets in der gespanntesten Thätigkeit. Ein Hauptcapitel ist darin Apollon. Ich habe den Gedanken durchgeführt, daß Apoll ursprünglich ein dualistischer Gott sei, ein reiner, starker, zorniger und zugleich helfender Gott, daher Todesgott bei

Homer, wo der Tod eine ethische Bedeutung hat, und zugleich das reine Licht, was Spätere verleitete an die Sonne zu denken, der unsichtbar treffende Bogengott und der milde Heiler Päan, der Verderber und Retter, welcher straft und sühnt, daher die Mordsühne unter seiner Obhut steht. Daran knüpft sich dann eine alte Ethik, die die Ruhe und Festigkeit des Gemüthes im Gegensatz jeder trübenden und verwirrenden Leidenschaft als Ziel setzt, die einfache, strenge Harmonie. Diese zu bewirken und herzustellen hat eigentlich die alte apollinische Musik zum Zweck; auch die alten Orakel sind eigentlich nur Götterordnungen, θέμιστες, aussagend, was geschehen muß; diese verkündet Apollon den Menschenwillen zu beugen u. s. w. Denn viel lieber, und mit viel größerem Gewinn für mich spräche ich darüber mit Ihnen, und das möcht' ich vor der Herausgabe auf jeden Fall. Auch bin ich durch meine Beschäftigungen sehr angeregt, Ihnen von der wunderbaren Vortrefflichkeit der alten Lyrik zu reden, die man erst jetzt recht erkennt.

Noch muß ich wohl über mein äußeres Fortkommen in der Welt etwas sagen. Die Göttinger Regel mit dem allmäligen Zuwachs der Zuhörerzahl trifft an mir ein; ich habe jetzt in einer Stunde 50, in der andern 40, was mir immer lieb ist, da man hier den Werth eines Professors, wie in Statistiken, nach diesen Zahlen bestimmt. Der Jurist Eichhorn wiegt 250—300 Centner; aber es sind auch unter den 1400 Studenten hier die Hälfte Juristen. — Meine auswärtigen Verhältnisse stehn gut; insonderheit hat Creuzer einen mir sehr ehrenvollen Waffenstillstand mit mir geschlossen, wozu wohl besonders der wüthende Angriff des alten Voß mitgewirkt hat, des Fanatikers für die Nüchternheit.

Ich denke doch, daß dieser Brief Sie zu Dresden, und hoffe, daß er Sie in gutem Wohlsein trifft. Ich empfehle mich wie immer Ihrer werthen Familie, deren Andenken ich mit treuer Anhänglichkeit pflege. Auch meinen Bruder darf ich Ihnen empfehlen.

Mit inniger Ergebenheit

der Ihrige
K. Otfried Müller.

V.

Göttingen, den 10. Juli 23.

Mein verehrtester Freund!

Ich denke eben mit sehr freudiger Erinnerung an die Zeit, da Sie meinen damals noch sehr geringen Autoren-Muth durch den gütigen Antheil belebten, mit dem Sie die einzelnen Bogen meines Buches, die Sie sich geben ließen, gelesen zu haben versicherten. Meine damalige Empfindung ist mir jetzt sehr gegenwärtig, wo ich Ihnen wieder ein Mittelding zwischen Buch und Manuskript, eine Anzahl Bogen ohne Titel, Vorrede u. s. w. zusende, die erst dazu kommen sollen, wenn ich in diesem Herbste den dazugehörigen zweiten Theil vollendet haben werde. Doch bilden sie so schon ein Ganzes, wenigstens ein Halbes, und namentlich ist das zweite Buch darin für sich abgeschlossen; und am Ende war, was Sie damals lasen, ja noch vielmehr ein bloßer Anfang oder auch das nicht einmal. Ich eile aber so es Ihnen zu schicken, weil ich mich sehr sehne zu erfahren, ob die Richtung meiner Arbeiten, die damals noch mir selbst sehr dunkel und fast unbewußt war, jetzt mit einiger Schärfe und Präcision ausgesprochen Ihnen auch noch zusagt. — Doch ich muß Ihnen wenigstens den fehlenden Titel auch schreiben. Es ist eine Fortsetzung der sogenannten Geschichten Hellenischer Stämme, und hat den Volkstamm der Dorier zum Gegenstande, wovon das vor Ihnen liegende die erste Abtheilung ist, die die äußere Geschichte bis zum Peloponnesischen Kriege, und dann Religion und Mythus in sich begreift; die zweite behandelt den Staat, und das Privat-Leben, die Bildung und Kunst des Volkes.

Diese denke ich Ihnen mitzubringen, wenn ich auf den Spätherbst wieder — wonach meine ganze Seele verlangt, — nach Dresden komme, denn wenn ich auch bis in den Oktober hinein durch den Druck meines Buches, den ich abwarten muß, hier festgehalten werden sollte: so will ich doch auch dann noch an 14 Tage in der lieben Stadt zubringen, wenn Sie da sind. Diese 14 Tage leuchten mir wie ein Stern vor den Augen, wenn ich über der Strapaze meines mühseeligen Buches schier ermatten möchte. Sie glauben nicht wie ich mich darauf freue.

Die Geißel der Dramatiker, die Sie in der Abendzeitung schwingen, ist mir eine recht erfreuliche Erscheinung gewesen. Ich lechze recht nach ordentlicher, gediegner Critik in jedem Fache, und sie ist jetzt recht selten. In meinem wollte ich lieber einen Terrorismus haben als diese wüste Anarchie; ich wollte mich mit Freuden unterordnen und leiten lassen, wenn Einer geboren zu leiten und zu herrschen aufstände. Jetzt ist man frei wie der Vogel im Walde, aber auch vogelfrei für den Anfall jedes Unverständigen.

Ich hoffe zum Himmel, daß dieser Brief Sie wohl trifft, mein innigst verehrter Freund. Vielleicht sind Sie schon nach Töpliz abgereist, wovon mir Max geschrieben. Ihrer lieben Familie und der Frau Gräfin empfehle ich mich mit herzlicher Anhänglichkeit.

Ihr
treuer
C. O. Müller.

VI.

Göttingen, 20.(?) März 1824.

Verehrtester Freund!

Ich habe Ihnen dreierlei mitzutheilen; daß ich es ganz ohne Umschweif und auf eine etwas lakonische Weise thue, werden Sie der Lage, in der ich bin, verzeihen, die viel Sünden gegen Freunde und Beschützer entschuldigen muß. Erstens die Nachricht von meiner Verlobung mit der Tochter von Hugo. Beiläufig gesagt; als Ihre gütige Einladung nach Berlin an mich gelangte, hatte diese Leidenschaft grade von allen meinen Gedanken Beschlag genommen, und Sie mögen sich daraus eine gewisse Indifferenz erklären, mit der ich unter andern Umständen einen so höchst annehmlichen Antrag schwerlich aufgenommen haben würde. Ich hatte nur einen Entscheidungsgrund; was mich sichrer zur Verbindung mit Paulinen führen würde; und dies war, bei des Vaters überaus großer Liebe zu seiner Tochter, das Hierbleiben. Das Zweite sind meine Dorier, die ich Ihnen als ein kleines Zeichen meiner Erkenntlichkeit und Anhänglichkeit sende. Das Dritte — die Zusage, die Sie wohl auch schon durch Thorbecke erhalten haben — daß ich geneigt und bereit bin, aus den besagten Sammlungen den erforderlichen Aufsatz zu concinniren: was mir um so leichter werden wird, da ich Solgers Mythologie gehört habe und mit seinen Ansichten vertraut bin; ja ich habe immer, bei den Creuzer-Hermannschen und andern Streitigkeiten, daran gedacht, daß es wohl lohne, das Publicum mit Solgers geistreicher Behandlungsweise der Mythologie bekannt zu machen. Erhalte ich die Sammlungen bald, so sende ich Ihnen den Aufsatz binnen 2—3 Monaten; schneller werden Sie ihn wohl nicht verlangen.

Mit Verehrung und Ergebenheit

Ihr

C. O. Müller.

VII.

30. März 1824.

Ich hätte Ihnen vielerlei zu schreiben, mein innigst verehrter Freund, aber ich kann in der That von dem Vielen zu nichts Einzelnem kommen. Die Hauptsache werden Sie schon durch eine Karte erfahren haben, die Ihnen hoffentlich vor einigen Wochen abgegeben worden ist; andre Neuigkeiten von unserm Göttinger Leben erhalten Sie unendlich besser durch unsern besonnenen und ruhigen Freund Thorbecke, als durch einen leidenschaftlich Verliebten. Meine Pauline bittet mich, sie Ihnen zu empfehlen; ich freue mich darauf, sie bei einer Reise, die wir wohl einmal nach Schlesien machen werden, Ihnen und Ihrer liebenswürdigen Familie vorstellen zu können.

Ihr
treuergebner
K. O. Müller.

VIII.

18. April 1827.

Herr Ampère aus Paris, der Ihnen, mein hochverehrter Freund, diese Zeilen als eine Empfehlung überbringt, ist ein enthusiastischer Freund Deutscher Litteratur, und ein großer Verehrer von Ihnen, der es vielleicht auch unternehmen wird, wie er mir sagt, Theile Ihres Phantasus der Französischen Welt durch Uebersetzung bekannt zu machen, dabei eine aufrichtige und offne Seele, ein heitres und liebenswürdiges Gemüth, dessen lebendige Aeußerungen Sie gewiß ergötzen werden. Was ich sonst zu schreiben hätte, spare ich lieber auf mündliche Mittheilung auf, da ich schon wieder eine Reise nach Schlesien projektire und also die Hoffnung habe, Sie und die Ihrigen in diesem Herbst wiederzusehn, worauf ich mich sehr freue.

Mit der wärmsten Anhänglichkeit

Ihr
C. O. Müller.

IX.

Göttingen, 17. Julius 1833.

Meine Frau, welche den noch übrigen Theil des Sommers bei den Meinigen in Schlesien zubringen will, überreicht Ihnen, hochverehrter Herr, dies Briefchen, und zugleich ein Exemplar meiner Eumeniden-Uebersetzung, welche eher vor Ihre Augen getreten wäre, wenn ich nicht auf diese Gelegenheit mit der Zusendung gewartet hätte.

Vielleicht geben die beigefügten Abhandlungen, die freilich keineswegs sich über das Ganze des alten Theaterwesens erstrecken, Ihnen wieder einen kleinen Antrieb und Reiz, Ihre so lange gepflegten Forschungen über die alte Bühne und Dramatik wieder vorzunehmen, und dem Publicum Manches davon mitzutheilen. Dann könnte sich noch aus dem formlosen Aggregat vielartiger Untersuchungen, das ich dem Publicum darbiete, etwas wahrhaft Schönes und der Bildung unsrer Zeitgenossen Förderliches entwickeln.

Von unserm Leben hier wird meine Frau, für die es bei ihrem kühnen Reiseunternehmen ein rechter Trost ist, wenigstens in der Mitte ihrer Tour bei Ihnen und den Ihrigen Rath und Hülfe finden zu können, gern bereit sein, Ihnen, so viel Sie davon erfahren mögen, zu erzählen; sie wird Ihnen aber schwerlich die treue und warme Anhänglichkeit schildern können, womit ich in Erinnerung alter schöner Zeiten mit aller Jugendlichkeit des Gemüthes an Ihnen festhalte.

K. O. Müller.

Müller, Wilhelm.

Geb. am 7. Okt. 1797 in Dessau, gest. daselbst am 30. Sept. 1827. Er machte als freiwilliger Jäger die Feldzüge mit, durchreisete einige Jahre später Italien, wurde im Jahre 1819 Gymnasiallehrer in seiner Vaterstadt, wo er sich mit einer schönen, klugen, liebenswerthen Frau (geb. Basedow) vermählte, und als herzoglicher Bibliothekar, in der Blüthe seines blüthenreichen Lebens und Wirkens starb.

Hat jemals ein Dichter den Namen „deutscher Sänger" verdient, so war's Wilhelm Müller. Wander-Lieder — Waldhornisten-Lieder — Wein-Lieder — Griechen-Lieder — Müller-Lieder! Ach, die Müllerlieder! Und da sandte der Himmel seinen Franz Schubert, daß er diese Dichtungen in Tönen verkläre ... Wer die Müller-Lieder von Schubert und Müller in ihrer ganzen Schönheit vernahm; wer sie von Stockhausen singen hörte ... nun, der mag sich freuen, ein Deutscher zu sein; der mag dankbar erkennen, was Schubert Großes gethan, was Stockhausen (wenn man so sprechen darf), als dritter Dichter daran thut; — aber vor Allem soll er nicht vergessen, ihres ersten Dichters und Schöpfers mit voller Liebe zu gedenken; unseres lieben, treuen, deutschen Wilhelm Müller!

I.

Dessau, 17ten Oktober 1826.

Bei dem neuen Abdruck meiner ersten Gedichtsammlung erinnerte ich mich lebhaft des schönen Nachmittags in Kalckreuths Sommerwohnung an der Elbe, wo ich Ihnen, kurz nach unsrer Bekanntschaft, meine Müllerlieder vorlas und, von Ihrem Urtheil aufgemuntert, den Entschluß faßte, damit in die Welt zu treten. Von diesem Tage an, wie viel verdanke ich Ihnen, mein verehrter Freund! Darum nehmen Sie meine Dedikation, die einfach ist, wie ich selbst, nicht für eine formelle Redensart, sondern für den wahren Ausdruck meiner Dankbarkeit.

Ich habe von Raumer aus mündlicher Mittheilung erfahren, wie es Ihnen geht und was Sie treiben. Das muß mich denn dieses Jahr schadlos halten für den aufgegebenen Besuch in Dresden. Ich habe dafür das alte schöne Nürnberg kennen gelernt und Göthe gesehn, und noch dazu ihm Glück gewünscht zu seinem 77ten Geburtstage. Das ist auch etwas, das quondam meminisse juvabit. Der alte Herr war wohl auf, gut gelaunt, mit mir sehr höflich und freundlich, aber das ist auch Alles, und was ich aus seinem Munde gehört, das kann mir jeder gebildete Minister sagen. Doch auch gut so, und viel besser, als wenn er mir z. B. über Shakspeare's Romeo und Julie das gesagt hätte, was im neuesten Hefte seiner Zeitschrift steht. Das ist auf Sie gemünzt.

Ich bin in diesen Tagen in meine neue große und ich darf sagen schöne Dienstwohnung eingezogen. Möchte mir doch das Glück werden, Sie einmal darin zu beherbergen! Und nun kann ich die Frage nicht mehr zurückhalten: Bleiben Sie in Dresden? Ich fühle meinen Egoismus in dem ängstlichen Eifer, mit dem ich diese Frage thue, und doch kann ich nicht anders.

Mich beschäftigt jetzt die Encyklopädie — und diese ist gleich wieder ein Stichwort zu der Frage: Liefern Sie mir aus besonderer Freundschaft für den Gegenstand und auch für mich den Artikel Hardenberg? Er ist jetzt bald an der Reihe. Sonst habe ich ein Paar Hundert Epigramme oder Reimsprüche gemacht, wovon 100 in der Eleganten Zeitung abgedruckt zu lesen sind, worüber ich wohl Ihr Urtheil hören möchte. Sie stehn in den Nr. gegen 100—98 bis etwa 102—. Auch in Eger habe ich Verse gemacht, die Loebelln sehr gefielen und in demselben Blatte zu lesen sind. Diesen Winter will ich wieder Shakspeare vorlesen, nicht für Geld, sondern für gute Freunde. In dem Zimmer, wo ich lese, steht Ihre Büste [1]) mir gegenüber, die soll mich vor gar zu argen Mißgriffen bewahren. Denn durch Sie ist mir der Sinn für Shakspeare zuerst aufgegangen, und wenn ich Ihnen auch weiter nichts schuldig wäre, welche Unendlichkeit der Schuld! Meine Wünsche arbeiten mit Ihnen an der Vollendung des Heinrich VIII., des Macbeth, des Wintermährchens und des mir fast unvollendbar erscheinenden Loves Labours Lost, das ich neulich wieder einmal, und ich darf wohl sagen, mit mehr Genuß, als jemals, gelesen habe.

Meine Häuslichkeit ist in erwünschtem Zustande, Frau und Kinder gesund und fröhlich, wie ich selbst, dem der Egerbrunn fast so wohl gethan hat, als hätte ich ihn sehr nöthig gebraucht. Empfehlen Sie mich dem freundlichen Andenken der Frau Gräfin, Ihrer Gattin und Töchter. Eben darum bittet meine Frau, die mir oft Vorwürfe macht, daß ich, statt nach Eger allein, nicht mit ihr nach Dresden gereist bin. Ich verspreche keinen Besuch wieder, weil ich Ostern habe mein Wort brechen müssen. In jeder Entfernung ist ja doch mein bester Theil viel und oft bei Ihnen.

Mit unveränderlicher Hochachtung und Liebe

Ihr
treu ergebener Freund
W. Müller.

II.

Dessau, den 11ten Juli 1827.

Verehrtester Freund!

Ich könnte ein wenig empfindlich gegen Sie sein und sollte vielleicht so thun, aber ich will doch lieber wahr sein

---

[1]) Meine Frau will ausdrücklich bemerkt wissen, daß sie mir diese Büste zu meinem 32ten Geburtstage, den 7t. Oktober 1826, geschenkt hat.

und Ihnen sagen, daß Ihr Schweigen auf meine Briefe und Dedikationen mir eine Zeit lang nur das unangenehme Gefühl des Wartens, nachher aber die Ueberzeugung gebracht hat, daß Sie aus keinem andern Grunde nicht an mich geschrieben haben, als weil Sie nun einmal ungern schreiben, zumal, wenn Sie es erst lange aufgeschoben haben. Göthe'n nähm' ich ein solches Schweigen übel, einem Könige noch mehr.

Diesen Brief überbringt Ihnen der Fürst zu Lynar, welcher sich nach Ihrer Bekanntschaft sehnt und als Mann von Geist und Eifer für das Schöne, dabei selbst mit Talent für die Poesie ausgestattet, seinen Aufenthalt in Töplitz und Dresden benutzen wird, vorzüglich um Ihnen näher zu kommen und sich Ihrer Mittheilung auch zu eigener Belehrung und Ermunterung zu erfreuen. Ich bin überzeugt, daß auch Ihnen die Bekanntschaft dieses liebenswürdigen Fürsten und seiner Gemahlin, deren lyrische Versuche ausgezeichnet sind, genußreiche Stunden verschaffen wird und freue mich daher, die Erinnerung an mich mit diesem Verhältnisse verknüpfen zu dürfen.

Ich leide seit einiger Zeit an dem Uebel, welches mit dem weiten und schwankenden Namen der Hypochondrie bezeichnet wird. Jedoch geht es jetzt wieder so gut, daß ich den 31ten nach dem Rhein abzureisen gedenke, wo ich wohl ein paar Monat zubringen werde.

Wenn Ihr Versprechen, mir den Artikel Hardenberg zu liefern, Sie drückt und vielleicht gar Schuld ist an Ihrem Schweigen gegen mich, so theile ich Ihnen die Nachricht mit, daß ich, ohne Ihre Absage abzuwarten, den Artikel bereits anderwärts untergebracht habe.

Meine Frau, die mich nach dem Rheine begleitet, empfiehlt sich Ihnen und den Ihrigen bestens und so thue ich als

Ihr treu ergebener Freund und Diener
W. Müller.

Münch-Bellinghausen, Eligius Franz Joseph, Freiherr von.

Geb. zu Krakau am 21. April 1806. Gegenwärtig k. k. wirkl. Hofrath und Direktor der k. Hofbibliothek in Wien.

Sein Dichtername ist Friedrich Halm.

Griseldis (1834.) — der Adept (1836.) — König und Bauer, freie Bearb. nach Lope de Vega — Camoëns (1837.) — J. Lambertazzi (1838) — der Sohn der Wildniß (1842.) — Sampiero (1844) — Maria de Molina (1847.) — der Fechter von Ravenna (1854.) — u. a. m. — Gedichte (1850.).

Diese zwei Briefe sind unschätzbar für Jeden, der eingestehen will, daß berufene Dichter edleren Schlages, wenn sie mit Ernst und Weihe an's Werk gehen, gewöhnlich schon in sich selbst Alles durchgearbeitet und Für und Wider dabei abgewogen haben, was ihnen dann verneinende Kritik als Mangel und Fehler vorzuwerfen gleich bei der Hand ist. Wo bliebe die Negation, wäre ihr nicht erst ein Positives dargeboten, woran sie ihren Scharfsinn übt?

Es läßt sich kaum bescheidener und zugleich fester eine eigene Sache vertreten, als es Halm, den Schluß der Griseldis betreffend, hier gethan.

I.

Wien, den 1ten Dezbr. 1836.

Ew. Wohlgeboren!
Verehrtester Herr Hofrath!

Der Hofschauspieler Löwe hat mir die gütigen Bemerkungen mitgetheilt, welche Sie gegen ihn während seines Aufenthaltes zu Dresden im Laufe dieses Sommers über die „Griseldis" äußerten. Trotz dem Gefühle der Bewunderung und innigsten Verehrung, welche ich mit ganz Deutschland für Sie hege, fehlt es mir an Worten, um die erschütternde Freude zu schildern, die mir die Anerkennung meines geringen Talentes von Seite des Altmeisters deutscher Poesie verursachte. Hinsichtlich Ihrer Einwendungen wider den

Schluß der Griseldis erlaube ich mir, mit aller Ehrfurcht, die dem Schüler gegenüber des Meisters ziemt, zu bemerken, daß niemand tiefer fühlen und erkennen kann als ich, wie mißlich für die dramatische Bearbeitung in der Regel das Abweichen von den Grundzügen des gewählten Stoffes ausfallen muß; zumal wenn dieser so vortrefflich ist, als die Griseldis Boccacio's. Indeß schienen mir die Motive, die den Markgrafen Saluzzo zur Prüfung seines Weibes bestimmen, durchaus zu wenig theatralisch, ja selbst zu wenig dramatisch, um sie beibehalten zu können; ich suchte und fand neue in der gereizten Eitelkeit und in der krassen Selbstsucht Percival's, welche aber, nach meiner sich gern eines Bessern bescheidenden Meinung, keinen andern versöhnenden Ausgang des Stückes zulassen, als den, der in Erhebung des weiblichen Gemüthes über die Täuschungen der Liebe, in der Rettung seiner menschlichen Würde — auf Kosten seines geträumten Glückes liegt. Zudem hatte ich bei meiner innigen Ueberzeugung, daß der dramatische Dichter, wenn er seinem höhern Berufe nachkommen will, nothwendig die Interessen seiner Zeit ergreifen, erwägend und versöhnend in der Brust tragen und in seinen Werken abspiegeln müsse, das ganze Stück hindurch den ewig unentschiedenen Streit zwischen Aristokratie und Demokratie als Grundton angeschlagen, und mein Gefühl sagte mir, nur eine Dissonanz könne seine Modulirungen schließen.

Nicht ohne Zagen habe ich die Ehre, Ew. Wohlgeboren in der Anlage meinen zweiten dramatischen Versuch, das Trauerspiel „der Adept" zu übergeben. An ein zweites Werk werden billig höhere Forderungen gestellt, und wenn sie nicht befriediget werden, so geht nur allzuleicht, wie die Erfahrung lehrt, aller Credit des Anfängers mit seiner eigenen Zuversicht zu Grunde. Wie dem auch sey, der Schritt ist gethan, und kann nicht zurückgenommen werden. Meine

Absicht war, im Adepten die höhere tragische Region zu betreten und meine Flügel zu prüfen. Trotz seiner im Voraus zu berechnenden minderen Wirksamkeit, und allzuhochgespannter Erwartungen der Menge auf ein lange angekündigtes Werk fand der Adept beim Publikum eine glänzendere Aufnahme, als ich gedacht, aber dagegen bei den Kunstrichtern ein strengeres Urtheil, als ich erwartete.

Einige finden im Adepten zu wenig ansprechende, rührende, verklärte Charaktere; Andere sprechen dem Stück alles Tragische ab, weil es in der Hauptperson nicht hervortritt, ihr Charakter nicht würdig genug gehalten sey, und keine stufenweise Entwickelung desselben vorliege. Was nun die erstere Ansicht betrifft, so beruht die Wirkung der Tragödie nach meiner Meinung nicht in der Entfaltung exceptioneller, himmlisch verklärter Charaktere, sondern in der richtigen Entwickelung der tragischen Idee in ihrer ganzen zermalmenden Größe und Bedeutung, die schon darum die Versöhnung in sich tragen muß, weil sie nicht ohne Hinweisung auf eine moralische Weltregierung stattfinden kann. Das Rührende, das Gemüth Ansprechende wird in der Tragödie nur immer vom Stoffe bedingt, also zufällig vorhanden seyn können, wie es in Lear, Othello u. a. Tragödien erscheint. Hamlet, Macbeth, Julius Cäsar setzen außer allen Zweifel, daß die Aufgabe der Tragödie Erhebung, nicht weichliche Rührung sey. Den Anhängern der letzteren Meinung gebe ich gerne zu, daß im Adepten die Hauptperson kein sogenannter tragischer Held, sondern nur der Hauptträger der Handlung, der Mittelpunkt sey, um welchen sich die übrigen Figuren gruppiren. Nicht auf einer Person, auf der Totalität des Gemäldes beruht im Adepten die Entwickelung der tragischen Idee, und um diese, nicht um einen Helden handelt sich's in der Tragödie. Shakspeares Heinrich 6. kann nicht als tragischer Held angesehen werden, aber um ihn versammeln sich alle Erscheinungen, an ihn knüpfen sich alle Fäden des blutigen Gewirrs des Bürgerkrieges, und die Gesammtheit dieser Züge wird in jedem geweihten Gemüthe die tragische Empfindung hervorrufen.

Nach dem vorleuchtenden Beispiele dieses Vaters der Tragödie wagte ich im heiligen Eifer gegen die Runkelrüben-, Dampfwagen- und Eisenbahn-Richtung unserer Zeit im Adepten alle jene einzelnen Züge der Züggellosigkeit menschlichen Verlangens, alle Phasen der Verirrungen menschlichen Begehrungsvermögens anzuhäufen, und ich glaubte die tragische Wirkung zu erreichen, wenn am Ende derjenige, der vor allen Anderen Alles, das Unermeßliche errungen, der vermessen an Gottes Weltregierung zu bessern sich vorgesetzt hatte, durch das errungene Uebermaaß untergehend, sein Haupt anerkennend vor dem ewigen Gesetz der Beschränkung zu beugen gezwungen ist.

Entscheiden Ew. Wohlgeboren, in wie fern ich mein Ziel erreicht, und ob der Adept zur Darstellung auf der Dresdener Hofbühne, der ich schon für die vollendete Darstellung der Griseldis so vielfach verpflichtet bin, geeignet ist odernicht.

Erlauben Sie mir mit der Bitte um die Fortdauer Ihres Wohlwollens die Versicherung der unbegränzten Verehrung zu verbinden, mit der ich die Ehre habe zu seyn

Ew. Wohlgeboren

gehorsamster Diener

Freiherr von Münch.

II.

Wien, den 12ten April 1837.

Euer Wohlgeboren!
Verehrtester Herr!

Ich habe mit übergroßer Freude aus einem von dem Schauspieler Kriete an Herrn Lembert gerichteten Brief entnommen, daß der Adept Gnade vor Ihren Augen gefunden hat, und dieß reicht vollkommen hin, mich über die kühlere Aufnahme des Stückes auf einigen Bühnen zu trösten. Auf der hiesigen ist es unlängst zum zwölftenmale bei übervollem Hause gegeben worden.

In der Anlage wage ich, Ihrer Einsicht und Beurtheilung mein dramatisches Gedicht Camoëns zu übergeben.

Wenn ich schon einmal bei Gelegenheit der Griseldis vor Ihrer Bemerkung über diese Novelle des Boccacio in den dramaturgischen Blättern zu zittern und zu beben hatte, so scheint dieß jetzt noch mehr der Fall seyn zu müssen, da meine schwache Schülerhand einen Camoëns zu schaffen wagte, nachdem bereits ein so großer unerreichter Meister ein unsterbliches Gemälde jener Zeit und jenes Mannes hingestellt.

Man würde indeß Unrecht thun, wenn man mir das Erscheinen des Camoëns in dieser Beziehung als Anmaßung anzurechnen versucht wäre, indem dieß Stück schon seit zehn Jahren in meinem Pulte liegt, und den Grundzügen nach bereits fertig gewesen ist, ehe Sie vielleicht noch an Ihren Camoëns gedacht hatten. Uebrigens glaube ich, muß auch die Verschiedenheit der Form bei jedem Billigdenkenden meinen Camoëns vor dem Wahnsinn einer Vergleichung mit dem Ihrigen schützen. Wenn Sie den Stoff in reicher epischer Fülle entfalten, uns ein bis in die kleinsten Züge vollendetes Gemälde jenes Zeitalters, jenes Volkes, seiner Gesinnungen und seiner Sitten aufrollen, uns in einem rührendn Stillleben die Heroengestalt des vaterländischsten aller Dichter mit würdevoller Erhebung, mit allen zerstörten Hoffnungen seines sturmbewegten Lebens abschließend vor die Seele führen konnten; wenn Sie mit einem Worte: uns der Gegenwart entrücken, und in eine frischere, lebenskräftigere Vergangenheit versetzen durften; — so war es meine Aufgabe, die Gegenwart nie vergessend, sie vielmehr nur in den Gestalten der

Vergangenheit abzuspiegeln. Das Drama, dessen Natur Kampf und Versöhnung ist, zwang mich der Sage zu folgen, und den Zuschauer an das Sterbebett Camoën's im Hospitale zu führen. Sie gaben mit dem Sehergeiste des Dichters Camoëns, wie er war; ich mußte mich bemühen, ihn zu geben, wie er damals sein konnte, und wie er unter gleichen Verhältnissen heute gewesen seyn würde. Ich mußte, um den Interessen der Gegenwart getreu, meine Ideen über Dichterberuf, Dichterpflicht und Dichterlohn in einer Zeit entwickeln zu können, die so oft und in so vielen Beziehungen an den Tag gelegt hat, wie sehr sie die Wesenheit der Dichternatur mißversteht, ... ich mußte alle zuckenden Fibern des zerrissenen Dichtergemüthes aufdecken, in alle offnen Wunden der Dichterbrust meine Finger legen, und die Versöhnung von Oben herabholen, wo Sie nur die Narben der Wunden zu zeigen, und die Verklärung schon vorausgesetzt und gegeben im Stoffe zu entwickeln brauchten.

Doch genug von der Verschiedenheit zweier Werke, die schon der Name ihrer Verfasser hinlänglich begründet.

Was den Umfang meines Camoëns betrifft, so verkenne ich nicht, daß sein Leben einer andern vollständigeren, dramatischen Bearbeitung fähig ist, und daß sich einer solchen mit Vortheil Ihre Novelle zu Grunde legen ließe. Die Idee meines Werkes aber wies mich ausschließend an sein Ende, und ich glaube, es fehle ihm troß des Mangels an Begebenheiten nicht an dramatischem Leben. Mir wenigstens scheint die durch das Gespräch mit dem Kaufmann immer steigende Zerfallenheit Camoëns' mit seiner Laufbahn, die als tragische Verwickelung in der Zusammenkunft mit Perez ihren versöhnenden und erhebenden Abschluß findet, den Erfordernissen des Drama's — wenn auch vielleicht nicht des Theaters — hinreichend zu entsprechen.

Der Erfolg auf hiesiger Hofbühne war ein sehr günstiger.

Somit überlasse ich vertrauensvoll und mit bescheidener Ergebung in Ihre bessere Einsicht mein Werk Ihrer Beurtheilung, sowohl hinsichtlich seines inneren Werthes, als seiner Eignung zur Aufführung auf der Dresdner Hofbühne, und schließe diese Zeilen mit dem Ausdruck der unbegränzten Hochachtung, die seit der ersten Lesung des Phantasus in meinem zwölften Jahre, für Sie und Ihre Werke in stäter Steigerung erfüllt

Ew. Wohlgeboren

ergebensten Diener

Münch.

N . . . . . Wilh.

Ueber den Schreiber nachstehender zwei Briefchen (dessen Familienname wie billig nur durch Punkte angedeutet wird), wissen wir nichts Näheres, als was sich in dem Briefe eines Herrn M. S. aus Winterthur angegeben findet, worin es heißt: „Hr. Prof. E. sagte mir, N. ist nun zerknirscht; und dieß ist das Gute, was sein Austritt in die Welt bewirkt hat. Er wähnte, daß ihm dort Alles offen stände, und hat jetzt gesehn, wie viel ihm fehlt.“ —

Diese offenbar erbetene Nachricht, so wie eine Stelle in Wolfgang Menzel's erstem Briefe zeigen deutlich, daß Tieck trotz seines Zürnens, doch nicht aufgehört hat, an dem jungen Menschen, der ihn vielfach betrogen, Theil zu nehmen und sich nach ihm zu erkundigen.

Jedenfalls sind diese beiden Blättchen geeignet, sowohl psychologische Betrachtungen über ihren Absender als auch Mitleid für Tieck zu erregen, der während seines vieljährigen Aufenthaltes in Dresden unglaublich oft vom Andrange ähnlicher Gesellen zu dulden hatte, und dennoch jeder neuen Täuschung, mit ewig-jugendlicher Hingebung, zugänglich blieb.

Ueberraschend wird dem Leser die Kunde aus Amerika sein, welche David Strauß in einem seiner Briefe an T. über diesen N. ertheilt.

I.

Dresden, den 5. Oct. 1827.

Wenn Sie es anmaaßend nennen, verehrter Meister im Leben, wie in der Kunst, daß ich Junge Ihr Schweigen ehrend nicht im Vorsaal bescheiden warte, bis Sie meinen Namen rufen, sondern in Ihr innerstes Gemach dringend Ihre höhere Beschäftigungen mit meinem kleinen Leben stören will, so kann ich zu meiner Entschuldigung Nichts erwiedern, als daß, da mir das Wasser bis an die Seele gestiegen, ich meine Rechnung mit dem Leben schließe. Hören Sie mich an, wie ich dieß meine. Ich habe von der Welt, die Sie um sich in urkräftigem Behagen geschaffen, Alles genossen, ich habe den Pulsschlag gehört, der Alles bewegte, und die feinsten Fibern an den äußersten Spizen des geistigen Körpers mitgefühlt. Ja ich glaubte schon im Traume den geheimen, heiligen Ort betreten zu haben, den Sie allein gefunden haben, wo Lachen und Weinen die lieblichste Melodie bildet, von dem aus in richtiger Perspektive alle Straßen und alle Gäßchen des menschlichen Lebens sich dem Auge darstellen, den, so offen er mitten auf dem Markte liegt, doch Niemand beschreiben kann. Wenn Sie darüber lachen und mich einen betrogenen Thoren schelten, so wag' ich kühn einen Streit. Betrogen bin ich, aber — nur als Betrüger. Auch in Ihrer Schöpfung, das weiß ich wohl, gilt das herbe Wort: Mit Schweiß mußt Du Dir Dein Brod gewinnen! Daß ich aber darum den Meister betrügen konnte, ist mir eben das einzige, unaufgelöste Räthsel. Daß ich kein Faust bin, sag ich mit demselben Gefühl, das Hamlet lachen macht, wenn er sich dem Herkules vergleicht. Wohl aber kann ich mich wörtlich einen Don Juan nennen. Auch mit derselben Frechheit bin ich hieher gekommen und habe Ihren Geist gerufen und rufe Ihn wieder. Ja, ich flehe Sie an, treten Sie mir, nur eine Minute treten Sie mir, wenn ich so sagen darf, unkörperlich entgegen, so ist ja Alles entschieden. Entweder kann ich dann Ihren Anblick ertragen und — ich bin erlöst, die göttliche Gnade hat an dem Sünder Wohlgefallen und wem viel vergeben ist, der liebt viel, ich kann in Nichts ungöttliches mehr zurückfallen, oder ich kann

Ihren Anblick nicht ertragen, verdammt sink ich nieder, Alles war Schein und Lug und Trug, und eine ewige Oede, eine unermeßliche Leere steht vor mir.

Ich habe, was ich geschrieben, wieder durchgelesen, aber mit Schrecken, wenn das Gefühl, von dessen Instinkt geleitet ich schrieb, nicht in dem Augenblick noch als mein eigenstes Leben pulsierte, ich verstände mich nicht aus diesen Worten, ach darum nur bin ich so unglückseelig, so verlassen u. einsam, wie keiner, weil Alles, was ich gebäre, todt zur Welt kommt — ja wenn ich mir denke, diese Worte vollends von einem Andern zu lesen, wie verächtlich würd' ich darüber lachen, es schienen mir hochtönende Phrasen, leerer Schellenklang, die Unverjohrenheit, die man alltäglich sieht, und doch wag' ich, gerade eine solche Sprache mit Ihnen, die mir schon zu niedrig ist? Ja! von Ihnen kann ich am wenigsten fürchten. Wie Ihnen Etwas erscheint, also ist es auch in der Wahrheit, sind es Ihnen Worte, so sind es auch wahrhaftig nichts, als Worte. Ich aber bin — ein dummer Teufel.

Wilh. N.....

II.

Sonntag Abend.

Theuerster Mann!

Arg hat mich mein eigen Gewissen ob der Grobheit, mit der ich Ihnen genaht bin, gefoltert. Ich bitte Sie unter heißen Thränen, vergeben Sie dieß einem Knaben, den freilich der albernste Uebermuth zu Ihnen geführt hat, der aber dadurch hart genug gestraft ist, daß er Heimath, Verwandte und Freunde, ach Alles, worin er ganz lebte, verloren hat und nun einsam in der kalten Fremde da steht. Ich bin wieder demüthig geworden und habe Gott gebeten, er möchte mich nur irgend Etwas brauchbares noch werden lassen; wie ichs aber angreifen soll, um den Faden wieder aufzunehmen, nachdem die Jugend verloren ist, weiß ich nicht, ich habe Niemand, der mir rathen könnte, als Sie. Und wahrhaftig — Sie wären gewiß nicht so böse auf den letzten Brief geworden, wenn Sie gewußt hätten, wie schwer mirs auf dem Herzen lag, daß Sie mich für einen ganz andern ansahen. Den angenommenen Doktorrock wollt ich abwerfen und als armer Junge Ihnen zu Füßen fallen. Gebe Gott, daß Sie mir ins Herz sehen!

Voll der innigsten Verehrung

Wilhelm N.....

Nicolai, Christoph Friedrich.

Geb. am 18. März 1733 zu Berlin, gest. daselbst am 8. Jan. 1811. Buchhändler und Schriftsteller, Freund großer Männer, obgleich prosaischer Widersacher der eigentlichen Poesie; bei alle dem eine kräftige Natur, vielfach unterrichtet und nicht ohne produktives Talent. — Leben und Meinungen des Magisters Sebaldus Nothanker (4. Auflage 1799) bleibt ein wichtiges Buch aus jener Litteratur-Epoche.

Und mag die von ihm begründete, in 106 Bänden von 1765—1792 fortgeführte: „Allgemeine deutsche Bibliothek" aus höherem Standpunkte noch so heftig angegriffen worden sein, sie enthält doch auch sehr viel Schätzbares und der Mann, der sie länger als ein Vierteljahrhundert zu halten verstand, verdient Achtung.

Nachfolgende zwei Briefe, denen wenigstens Niemand ihren praktischen Werth, noch ihre redliche Aufrichtigkeit absprechen kann, fanden sich schon durch Tieck für den Druck abschriftlich vorbereitet.

I.

Berlin 19 Dec. 1797.

Von dem Manuscripte, welches Ew. Wohlgeboren mir heute zugeschickt haben, habe ich das erste Schauspiel und das

Tagebuch heute an den Buchdrucker geschickt. Ew. Wohlgeboren aber werden verzeihen, daß ich das andere Schauspiel anbei zurückschicke. Ich thue es ungern, aber Euer Wohlgeboren werden mir verzeihen, daß ich offenherzig meine Meinung sage.

(Ich hatte bis hierher dictirt, und nehme nun selbst die Feder, ohnerachtet das eigenhändige Schreiben mir etwas sauer wird.)

Die Sammlung ist zu Erzählungen nicht zu theatralischen Stücken gewidmet. Sie haben im vorigen Theile schon eine Ausnahme gemacht. Ich will allenfalls in diesem Bande auch noch das eine Stück gehen lassen, aber zwei ist fast zu viel. Sie sind außerdem in einer gewissen excentrischen Laune geschrieben — Es läßt sich über solche Sachen nicht streiten — Aber der vorzüglichste Theil der Leser kann derselben schon in Ihren Volksmährchen keinen Geschmack abgewinnen. Ich bekenne, ich selbst halte es mehr für Witzelei, als für Witz: **Rondi, Menuett, Variatione** u. dgl. m. Ich mag Unrecht haben, aber darin habe ich gewiß Recht, daß dieser Ton von dem Ton im Musäus allzusehr abweicht, und daß man also wenigstens nicht den größten Theil eines Bandes der Strausfedern damit anfüllen sollte. Dies haben verschiedene Recensenten des VII Bandes schon bemerkt, welche ausdrücklich sagen, er scheine gar nicht von eben dem Verfasser zu sein ꝛc.

Erlauben Sie mir noch zu bemerken, daß der Schriftsteller doch auf seinen Leser, nicht blos auf sich zu sehen hat. Die Kunst der Darstellung ist eigentlich die Kunst des Schriftstellers, die Wirkung einer Schrift ist die, welche sie auf den Leser macht, und machen kann. Es scheint aus einigen Ihrer letzten Schriften, es macht Ihnen Vergnügen, sich Sprüngen Ihrer Einbildungskraft ohne Plan und Zusammenhang zu überlassen. Das mag Sie vielleicht amüsiren, ich zweifle aber, ob es Ihre Leser amüsiren werde, die wahrlich nicht wissen, aus welchem Standpunkte sie ansehen sollen, was sie lesen. Erlauben Sie mir zu bemerken, wenn Sie z. B. im gestiefelten Kater auf hiesige Theateranecdoten anspielen, so ist's vielleicht schon für hiesige Leser, welche unbedeutende Theater- und Parterre-Anecdoten für armselig halten, nicht interessant; was sollen denn auswärtige Leser dabei denken, welche gar nicht wissen, was sie lesen? Der Autor, der sich die Miene giebt, als wolle er seine Leser zum Besten haben, nimmt die Leser nicht für sich ein, selbst, wenn er die Miene annimmt, als lache er über sich selbst. Und das unangenehmste ist — wenigstens für mich als Verleger, und als einen Verleger, dem man oft die Ehre anthut, zu glauben, was er verlege, sei gewissermaßen von ihm gebilligt — daß, weil nun die Leser nicht wissen, was sie lesen, — so legen sie vielleicht die dunkeln Anspielungen ganz falsch aus. Sie haben in dem anbei zurückgehenden Stücke auf Gewissenszwang, Königthum u. dgl. angespielt. Dies ist, meines Erachtens, jetziger Zeit, da wir Hoffnung haben, einige Preßfreiheit zu erhalten, und es doch noch sehr ungewiß ist, ob wir sie erhalten, gar nicht passend; wenigstens halte ich es für mich nicht passend!

Ich bitte also, von dem anbei zurückgehenden Schauspiele irgend einen Gebrauch außer meinem Verlage zu machen, und das was noch zum Manuscripte zu dem letzten Bande der Strausfedern fehlt, mit irgend kleinen Romanen beliebigst auszufüllen, und sie mir bald zu senden.

Ich nehme mir übrigens nicht heraus, Ihren Genius zu leiten. Wollen Sie aber einem Manne, der unsere Litteratur und unsere Schriftsteller und Leser seit 40 Jahren kennt, in etwas glauben, so werden Sie von dem excentrischen Wege etwas ablassen. Er mag Sie vergnügen, aber Sie werden sich auf diesem Wege nie ausbilden. Das Excentrische ist im Grunde leichte Arbeit! Ich wüßte nicht, wie viel ich alle Tage schreiben könnte, wenn ich alles hinschreiben wollte, was mir in den Kopf käme! Aber sich mehr als oberflächliche Kenntniß menschlicher Charaktere und Situationen zu erwerben, unter diesen auswählen, die Wirkung voraussehen, die sie machen können, das uninteressante vom interessanten scheiden, und ersteres ausstreichen, wenn man es auch schon niedergeschrieben hat: dies ist der einzige Weg, auf welchem ein junger Mann sein Talent ausbilden kann. Ich schätze die Anlagen, welche Sie haben, so hoch, daß ich mir diese kleine Herzensergießung darüber erlaube, und Sie bemerken lasse, daß Anlagen ohne Ausbildung des Talents bald verloren gehen. Zur Ausbildung geht freilich ein steiler und dornichter Weg, der Selbstentäußerung erfordert. Das Reich der excentrischen Imagination ist einförmiger, als es dem Faulen scheint, der gern selbstgefällig darin herumspatzirt; das Reich der Natur ist höchst mannichfaltig, aber es ist nicht so leicht zu erforschen, wer es aber zu erforschen und interessant darzustellen weiß, findet Wahrheit und Leben, da jener blos Träume findet, die vergehen, sobald das Morgenlicht strahlt.

Shakspear ist nicht excentrisch, sondern wahre, menschliche Natur meisterhaft dargestellt; darum leben seine Stücke auch Jahrhunderte, und das was eigentlich etwa nach dem Geschmack seiner Zeit bloß wild ist, stirbt jetzt schon sogar in England, wo man seine Stücke ändern muß, wenn sie sollen aufgeführt werden. Unsere Ritterstücke und Ritterromane, welche blos wild und excentrisch sind, ohne hohe Natur getreu und lebhaft dargestellt, sterben, indem sie geboren werden. Dies ist das Loos aller Werke von gleicher Art.

Bin ich zu offenherzig gewesen, so denken Sie, ein alter Radoteur hat es geschrieben, der es gut meint, und nicht versteht. Und wenn Sie dies nach zehn Jahren noch denken, so habe ich gewiß Unrecht.

Fr. Nicolai.

II.

Berlin d. 5 Oct. 1803.

Ich habe, mein werther Herr und Freund, Ihr Schreiben vom 19 Aug. zu seiner Zeit richtig erhalten. Dieser Brief fand mich, der ich zeitlebens beinahe nur krank gewesen bin, in dem heftigsten Katarrhalfieber, wobei ich Tag und Nacht hustete, und an Kräften so herunterkam, daß ich vom 3ten bis zum 6ten Sept. nicht glaubte wieder zu genesen. Während dieser schweren Krankheit verlor ich den 1ten Sept. meine älteste verheirathete Tochter durch den Tod, nachdem ich schon seit 2 Monaten dieselbe hatte sinken sehen, und diesen traurigen Erfolg vorhersah. Meine Philosophie und Resignation ist überhaupt seit voriger Ostermesse sehr geprüft worden. Jetzt habe ich mein Fieber verloren, und es ist nur noch ein unbedeutender Husten übrig geblieben. Was aber eine schlimmere Folge der Krankheit ist, ist, ich kann auf meinem rechten Auge beinahe nichts sehen. Seit 3—4 Wochen, seit dieses gemerkt worden, sind alle Mittel vergeblich. Indeß hoffen doch die Aerzte einstimmig, es werde diese Blindheit gehoben werden, welches ich mehr wünsche, als zu hoffen mir getraue. Ich bin in der unangenehmen Lage, nicht ½ Stunde hinter einander lesen oder schreiben zu dürfen, das sehende Auge bei Licht gar nicht brauchen zu dürfen, und ein Ueberbleibsel von Husten hindert mich auch am langen fortgesetzten Diktiren. Wundern Sie sich also nicht, wenn ich nur ganz kurz schreibe. Es haben sich überdies während meiner Krankheit die Geschäfte sehr aufgesammelt, und ich muß nach und nach doch alle nachholen.

Es ist mir sehr angenehm, daß Sie meine Offenherzigkeit in der bewußten Sache so aufnahmen, wie ich dieselbe gemeint hatte. Meine Absicht war, Ihnen zu zeigen, daß wenn auch an den Nachrichten, die man Ihnen gegeben hatte, etwas sein sollte, dennoch die Hauptsache sich nicht ganz so verhielt, wie man Ihnen geschrieben hatte, und daß man hier diese Sache officiel noch aus andern Gesichtspunkten betrachtete, und betrachten mußte, wie Sie in ihrem Briefe selbst einigermaßen zugestehen. Es ist freilich sehr unangenehm, daß durch eine Menge dazwischen gekommener Umstände diese Sache nicht so ging, als sie hätte gehen sollen, und als sie vielleicht würde gegangen sein, wäre sie anders eingeleitet worden. Wenn ich bis zur künftigen O. M. lebe, läßt sich vielleicht mündlich darüber etwas sagen.

Das Hr. Bellermann an Hr. Gedikens Stelle ist an's Gymnasium berufen worden, und daß er den Ruf angenommen hat, wissen Sie vermuthlich schon. Jakobs war vorher berufen worden, nahm aber die Stelle nicht an.

Was die Sache mit der Verpflanzung der Lit. Zeit. nach Halle und zugleich mit Ihrem Bleiben in Jena betrifft, so fallen einem dabei mancherlei Gedanken ein, die besser mündlich als schriftlich mitgetheilt werden. Wie es mit diesen beiden Zeitungen künftig gehn wird, muß man erwarten, und es läßt sich so wenig darüber sagen, als über alle futura contingentia. Aus der öffentlichen Anzeigung habe ich gesehn, daß Sie bei der alten Kirche bleiben. So viel kann ich sagen, daß des Hrn. von Kotzebue höchst unüberlegte Aeußerung über diese Sache bei allen gesetzten Leuten Mißvergnügen erregt hat, und auch in Potsdam ist sehr gemißbilligt worden. Es gehört überhaupt zu den piis desideriis, daß die vielen Indiscretionen möchten aus unsrer neuesten Literatur verbannt werden.

Es ist eben nicht wahrscheinlich, daß der Freimüthige

unter Merkels Direction sich hierin bessern werde. Indessen ist es auch wahr, daß vernünftige Leute und wahre Gelehrte an dergleichen Klatschereien keinen Gefallen haben, und keinen Werth darauf legen. Alle solche Dinge währen eine Weile, und nach einiger Zeit hört man nichts mehr von den Leuten, die heute oder übermorgen so viel Lärm machen.

Ich bin unverändert

der Ihrige
F. Nicolai.

Oehlenschläger, Adam Gottlob.

Geb. den 14. November 1779 zu Kopenhagen, als Konferenzrath ꝛc. daselbst gestorben am 20. Januar 1850.

Er hatte sich verletzt gefühlt durch einige Urtheile Tiecks über seine Schriften; hauptsächlich wohl mag es die Uebersetzung Holberg's gewesen sein, die Jener vielleicht zu streng tadelte, und welche die alten Freunde auseinander brachte. Schön ist, was O. im ersten Schreiben (nach Goethe's Tode) von der Versöhnung mit T. sagt.

Oehlenschläger ist ein dänischer Dichter gewesen; seine „Gedichte" (1803.) — die poetischen Schriften, 2 Bde. (1805.) verkünden ihn als solchen.

Aber er war auch ein deutscher Dichter. Er gab uns die besten seiner Dramen auch in deutscher Sprache, mit bewundernswerthem Eingehen in ihren Genius; und wo er fehlte, fehlte er poetisch; so daß Goethe mit vollem Rechte aussprechen durfte: „Man schreibt eigentlich nicht so, doch man könnte (ja man sollte) so schreiben."

Palnatoke — Axel und Walburg — Hakon Jarl und andere seiner Werke werden bleiben — wenn freilich so entschiedene Irrthümer wie „Hamlet" und dergleichen, kaum geboren schon ihr Ende fanden.

Correggio, diese in Deutschland bekannteste seiner Dichtungen, hat strenge Beurtheiler gefunden, hat doch aber auch viele begeisterte Freunde sich erworben. Es giebt Scenen darin, deren Pracht mit nichts zu vergleichen ist. Chamisso schloß einstmals eine lange Diskussion für und gegen dieses Gedicht mit der Aeußerung: „Meine lieben Freunde, ich denke, wir streiten um des Kaisers Bart; wer eine Tragödie in fünf Akten, in solchen Versen machen kann, und seinen Helden mit einem Worte[1]) tödtet .... der ist doch wohl ein Dichter!"

I.

Kopenhagen d. 7. Juli 1832.

Mein geliebter Tieck!

Nie habe ich stärker die Macht einer übeln Gewohnheit empfunden, als wenn ich an dich denke, und dann wieder denke: aber warum in aller Welt (oder in Teufels Namen) — (oder um Gottes Willen) — schreibst du nicht dem edeln Freunde, an den du so oft denkst, und jedesmal wenn du etwas gedichtet hast bei dir wünschest, um seine Meinung zu hören und vielleicht die große Lust seines Beifalls zu gewinnen?

Leider, mein theurer Bruder! hast du den selben Fehler. Man sagt sonst „les beaux esprits se rencontrent," aber auf die Art könnten wir uns nicht leicht rencontriren. Ich schrieb dir einen langen Brief im vorigen Sommer. Du antwortetest nicht darauf — aber glaube ja nicht daß ich deshalb schwieg. Du hattest mir in Dresden gar zu viele und rührende Beweise deiner Freundschaft gegeben — es wäre schlecht von mir gewesen deshalb Verdacht gegen deine freundliche Gesinnung zu schöpfen. Aber da muß ich doch zu meiner Entschuldigung sagen: da war noch ein andrer Grund, warum ich lange schwieg. Es ist so betrübt seinen Freunden etwas Unangenehmes mitzutheilen, und es begegnete mir, nach meiner Zurückkunft, viel Unangenehmes. Lottchen hatte sich nehmlich mit einem Schauspieler bei dem hiesigen Theater

[1]) Das Wort „Pfuscher," welches Michel Angelo in der Heftigkeit gegen Antonio Allegri ausstößt.

heimlich versprochen, und obschon ich keine von den dummen Vorurtheilen gegen den Schauspielerstand theile, so war doch das ein Schwiegersohn, den ich auf keine Weise anerkennen wollte, denn obschon nichts Schlechtes von ihm zu sagen ist, so ist er sehr leichtsinnig und wird nie im Stande seyn, Lottchen eine sorgenfreie Existenz zu verschaffen. Das hat sie nun zuletzt eingesehen, und sie hat sich wieder von ihm getrennt.

Diese Verstimmung mag einigermaßen zu meiner Entschuldigung dienen, daß ich dir so lange nichts geschrieben habe. Auch könnte ich eine Menge Philisterursachen anführen, das Rectorat hat mir viel Zeit gekostet, ich mußte zwei lateinische Reden theils verfertigen, theils verfertigen lassen. In der letzten Rede sprach ich eine ganze Viertelstunde davon, wie dumm es ist lateinisch zu reden. Ich hoffe wir werden jetzt bei unserer Universität auch dänische Reden in der Zukunft halten. Ich sprach auch viel von Goethe!

Ihn haben wir denn auch verloren! —

Wie schön war es, lieber Tieck! daß du eben noch vor seinem Tode in deiner schönen Novelle sein unsterbliches Verdienst als lyrischer Sänger mit so vielem Geiste und Tiefe darstelltest. —

Wir zwei sahen uns wieder und versöhnten uns noch vor seinem Tode. Das war auch schön! O lasse uns dieses herrliche Verhältniß pflegen und hegen; uns einander öfter schreiben; wenigstens zwei mal im Jahre.

Aber kommst du nicht einmal nach Dänemark? O komme, komm! Du sollst bei mir wohnen und bleiben so lange du Lust hast, und ich werde es als ein außerordentliches Glück betrachten.

Um doch recht viel mit dir zu leben, habe ich seit meiner Zurückkunft sehr vieles von dir wieder gelesen, die Novellen (den Aufruhr in den Cevennen mußt du absolut fertig machen). Auch Octavian und mehrere von den alten Sachen.

Ich habe auch Vorlesungen gehalten und mehrere ästhe=
ische Abhandlungen ausgearbeitet. Im künftigen Herbst
gebe ich eine dänische Monatsschrift „Prometheus" heraus,
die Aesthetik, Kritik und Poesie enthalten wird.

Ich habe ein kleines romantisches Schauspiel in gereimten
Versen Rübezahl geschrieben — es wurde gespielt, aber —
das war „Caviar für den großen Haufen," es gefiel nur den
Poetischen, Gebildeten.

Mein Singspiel „das Bild und die Büste" (in der
deutschen Sammlung übersetzt,) ist von einem jungen geist=
reichen Musiker „Berggreen" sehr gut componirt, und hat
auch gefallen. Was sagst du dazu dieses Stück mit Berggreens
Musik in Dresden aufführen zu lassen?

Hast du daran gedacht einige von meinen Stücken in
Dresden sonst aufzuführen? Robinson in England? Erich
und Abel?

Ich wünsche sehr einige gute Nachrichten von deiner
Gesundheit zu hören. Und wie befindet sich deine gute Frau
und deine lieben Töchter, und die treffliche Gräfin Finkenstein?
— Zu Brockhaus' Urania habe ich eine Novelle geschrieben:
„der bleiche Ritter." Sage mir deine aufrichtige
Meinung darüber, wenn du sie gelesen hast. Ich freue mich
dazu wieder eine Novelle von dir in Urania zu finden.

„Quid novi ex Africa" kann ich sonst fragen; denn das
poetische Deutschland fängt jetzt so ziemlich an eine africa=
nische Sandwüste zu werden. — Aber so ist es überall —
und so war es zum Theil überall. Der Fluß des Lebens fließt
über Sand, und der Sand enthält immer nur wenige Dia=
manten. Lebe wohl!

Dein treuer Bruder
A. Oehlenschläger.

II.

Coppenhagen d. 4 Mai 1834.

Liebster Tieck!

Der junge Müller, ein talentvoller Maler, der gewiß etwas Gutes in seiner Kunst leisten wird, bittet mich ihm einen Brief an Dich mitzugeben. Eigentlich sollte ich Dir nicht mehr schreiben, denn zwei (?) lange Briefe habe ich Dir geschrieben, und Du hast mir keine Zeile geantwortet. Doch — ich weiß daß Du mir treu bist und bleibst, und das ist ja die Hauptsache. Vielleicht waren meine Briefe auch damals zu traurig, was meine Familie betraf, und du wußtest mir keinen rechten Trost zu geben. Jetzt geht alles Gott Lob recht gut. Der junge Müller, ein Sohn meines Hauswirthes, des Bischoffs wird dir alles erzählen können.

Ich bin seit wir uns sahen ziemlich fleißig gewesen. Jetzt werde ich wieder etwas Deutsches schreiben. Ich werde meine Tragödien „Tordenskiold," „die Königinn Margareta" und „die italienischen Räuber" übertragen. Lese sie, wenn sie herausgekommen sind und sage mir Deine aufrichtige Meinung! Ich habe mit großem Vergnügen Deine Sommerreise gelesen. Adieu, bester Freund! Grüße Deine liebenswürdige Familie und die edle Gräfin Finkenstein vielmals von Deinem treuen Freunde

A. Oehlenschläger.

III.

Kopenhagen d. 20 Septbr. 1837.

Liebster Tieck!

Ich bitte dich die Güte zu haben meine Tragödie „Sokrates," welche dir Dr. Hammerich von mir brachte, meinem

Freunde Dahl wieder zu geben; er wird mir das Manuscript nach Kopenhagen schicken.

Ich habe mehre Sachen von mir deutsch übertragen, und will nun sehen einen Verleger für das Ganze zu finden. Einzelne Sachen können in diesem Gewimmel von Büchern, die heraus kommen, sich gar nicht bemerklich machen.

Ich danke dir, daß du in deinen Schriften gelegentlich mit Liebe von mir gesprochen hast. Ich will das als Antwort auf meine Briefe an dich betrachten. Ich bin auch ein fauler Briefschreiber, doch du übertriffst mich hierin wie in vielen andern Eigenschaften. — Ich hoffe immer dich wieder zu besuchen. Willst du nicht eine kleine Tour nach Kopenhagen machen? Du sollst bei mir wohnen und es so gut wie ich haben.

Lebe wohl, alter Freund!

Dein treuer
A. Oehlenschläger.

IV.

Kopenhagen d. 7 Nov 1843.

Mein alter Freund!

Ein junger Gelehrter, Cand. Theol. Brasch, der eine Reise macht, wünscht deine persönliche Bekanntschaft zu machen, und bittet mich einige Zeilen zu dir mit zu geben. Dieses habe ich dem jungen hoffnungsvollen Manne, der mehrere Jahre beim Finanzminister Moltke Hauslehrer war, nicht abschlagen wollen; und ergreife zugleich diese Gelegenheit meine Erinnerung in deinem freundlichen Gedächtnisse ein wenig aufzufrischen. Es freut mich zu hören daß du den Einfluß und die Liebe deines Königs erworben, die du verdienst. Ich höre, Ihr spielt jetzt in Berlin Stücke im Geschmack der Alt=

Griechen und Alt-Engländer — das ist hübsch von Euch. — Vielleicht kommt die Reihe auch an einen armen Mitlebenden. Schiller sagt: „Wir wir leben, unsre sind die Stunden" — das ist aber nicht immer wahr. Mitunter kommen erst die Stunden, wenn die letzte Stunde der Lebensuhr geschlagen hat.

Ich habe neulich eine Tragödie gemacht „Dina," die in Kopenhagen viel Glück machte. Ich werde ein Exemplar meiner deutschen Uebersetzung nach Berlin und eins nach Wien schicken. Bei dieser Gelegenheit hoffe ich auf deinen Einfluß, wenn das Stück das Glück haben sollte deinen Beifall zu gewinnen.

Gott segne Dich!

Dein

treuer Freund

A. Oehlenschläger.

Paalzow, Henriette, geb. Wach.

Geb. zu Berlin 1788, gestorben daselbst am 30. Oktob. 1847.

Godwie Castle, 3 Bde. (1836.) — Saint-Roche, 3 Bde. (1839.) — Thomas Thyrnau, 3 Bde. (1843.) — Jakob van der Nees, 3 Bde. (1847.) — Daß es hauptsächlich der vielbelobte „blühende Styl" gewesen, welcher diesem weiblichen Autor so rasch die schwärmerische Vorliebe jugendlicher Leserinnen erwarb, wird Niemand befremden, der Periodenbau wie nachstehenden zu würdigen weiß: „Wenn sie in jungfräulicher Einsamkeit ihn aus der Tiefe ihres Herzens heraufbeschwor, so öffneten sich die Pforten desselben von seliger Fülle gesprengt, und ihr ganzes Wesen blieb lauschend stehen, und horchte der Wunder, die einen magischen Kreis sanft betäubend um sie her zogen!"

I.

Den 14. November 1841.

Sie sind nun hier, und Ihr Königlicher Freund verreist! Sie glauben nicht was mir da Alles einfällt!

Gestern Abend war mein hübsches grünes Wohnzimmer so schön beleuchtet, es war mir als hätte es was vor, wollte mir was erzählen — ich horchte:

„Bin ich denn nicht hübsch genug um ihn aufzunehmen? Soll ich denn nicht aus seinem Munde hören, wie er den großen Meister, dem er huldigt, zu Ehren hilft mit dem Zauber seiner Rede? Wie würde es ihn so gut kleiden, wenn er hier in dem bequemen Lehnstuhl säße — vor sich das Tischchen mit den Lichtern — die Geister die er herauf beschwört, sie hätten hier Raum und die Besten die Du kennst, die müßtest Du sammeln!"

Denken Sie einmal, wie mich solche Phantasien treiben müssen! ich erzähle es Ihnen und hoffe auf Ihr liebes versöhnliches Lächeln!

Die nächste Woche ist so lang — aber die letzte — den 28: erwartet man den zurück, der dann die königliche Hand unerwartet nach Ihnen ausstrecken kann!

Jeder Tag also in dieser, den Sie wählen könnten — und dann! soll das ein Fest werden!

Ihnen wir Beide recht wahrhaft ergeben

Henriette Paalzow
geb. Wach.

II.

Den 28. Novbr. 1843.

Hochverehrter Herr und Meister!

Wenn das beifolgende Blatt Sie etwas ungeduldig macht, so denken Sie nur, daß ich dies fürchtend lange anstand es Ihnen zu senden.

Nun ich es heute doch thue, habe ich mir allerlei Gründe ausgedacht, warum ich es thun dürfte, und Sie in gewohnter Weise still halten müßten.

Und vielleicht ist es doch nur ein Grund — einer aber für Alle — „daß Sie da sind! Daß wir Sie haben!“ — Und daraus entsteht dann mein Grund: ich möchte gern, daß Sie mein Gewissen würden — daß Sie Ihr Auge auf mich richteten und theilnehmend zusähen, wie ich mich aus innerer unbezwinglicher Nothwendigkeit gestalte — ich habe ein Gefühl, als müßte mir das Seegen bringen!

Lassen Sie gütigst sagen, ob man Sie schon besuchen darf, und wie es mit dem Befinden der Frau Gräfin geht!

Voll inniger Verehrung Ihnen ergeben!

Henriette Paalzow
geb. Wach.

Pauli, L.

Herr P. war ein vorzügliches Mitglied des Dresdener Hoftheaters, und besonders als Intriguant in bürgerlichem Schauspiel ausgezeichnet. Sein Wurm in „Kabale und Liebe“ durfte vollkommen genannt werden. Ob für hochtragische Charaktere ihm die erhebende Kraft einwohnte, wagen wir nicht zu entscheiden. Jedenfalls ist diese seine Sturm- und Drang-Petition geeignet, ihm Achtung zu erwerben, und wir bedauern, nicht berichten zu können, welchen Erfolg sie gehabt.

B. H., den 25. July 1831.

Wohlgeborner
Hochzuverehrender Herr Hofrath!

Wenn es nicht ganz gegen Ihren Willen ist, daß ich auf der hiesigen oder Leipziger Bühne einen Versuch mit der Darstellung Richard III. mache, so bitte ich noch einmal dringend, halten Sie es der Mühe werth, mit mir über den Charakter dieses Meisterwerks, so wie über die scenische Einrichtung des ganzen Stücks berathend zu sprechen. Es wird mir nicht leicht, den Gedanken an die Möglichkeit des Gelingens aufzugeben und hierzu trägt die Ueberzeugung bei, daß viele von den Darstellern dieser Rolle bei andern Bühnen nicht mehr geistiges und physisches Vermögen besitzen, als ich und doch Ruhm und Ehre erworben haben. Ich muß mich vor diesen schämen, da ich nicht vollwichtige Gründe aufstellen kann, die mich zwangen, die Darstellung unversucht zu lassen. Haben Sie die Güte, Hochverehrter Herr, und kräftigen Sie entweder meinen Vorsatz, diese Rolle zu meinem ernstesten Studium zu machen, oder bestimmen Sie mich, nicht mehr daran zu denken.

Sie würden nicht so wiederholt durch meine Bitten belästigt werden, wenn mir seit November vor. Jahres auch nur die geringste Gelegenheit gegeben wäre, auf der hies. Bühne etwas zu leisten, was mein Daseyn bezeugte. Es ist eine Schande, welches unthätige Leben ich führe. Ich bin das nicht gewohnt. In der Arbeit lebe ich nur; darum helfen Sie, daß ich mir selbst welche schaffe, da Eine Allerhöchst verordnete General-Direction von meiner Existenz als Mitglied des hies. Theaters keine Notiz mehr zu nehmen scheint.

In Erwartung, daß Sie mir gütigst einen Tag und die Stunde angeben werden, wo Sie, ohne dadurch belästigt zu werden, meiner Bitte willfahren wollen, habe ich die Ehre, mich mit hochachtungsvoller Verehrung zu nennen

Ew. Wohlgeboren

ganz ergebener
L. Pauli.

Pichler, Caroline von, geb. Greiner.

Geb. zu Wien am 7. Sept. 1769, gestorben daselbst am 9. Juli 1843. Fruchtbare und vielgelesene Schriftstellerin.

Gleichnisse (1800). — Idyllen (1803). — Lenore, 2 Bde. (1804). — Ruth (1805). — Olivier (1812). — Agathokles. — Die Nebenbuhler,

2 Bde. (1821). — Die Belagerung Wiens, 3 Bde. (1824). — Die Schweden vor Prag (1827). — Die Wiedereroberung von Ofen, 2 Bde. (1829). — Friedrich der Streitbare, 4 Bde. (1831). — Zeitbilder, 2 Bde. (1840). — Sämmtliche Werke, 60 Bde. (1820 bis 1845).

Es erscheint bemerkenswerth, daß die beiden hier mitgetheilten Briefchen dieser Dame, obgleich zwei volle Jahre zwischen dem zweiten und ersten liegen, bis auf die Verschiedenheit des Ausdrucks, einen und denselben Inhalt haben. Man sieht, wie mächtig die von ihr geschilderte Wirkung gewesen sein muß, daß sie so unverändert blieb.

I.

Wien, 10t. May 1828.

Sie gedenken meiner freundlich, und zuweilen bringt ein Reisender mir ein Zeichen dieser Erinnerung. So auch Prf. Ranke im vorigen Herbst. Gern hätte ich gleich geantwortet, aber ich ehre Ihre Muße zu sehr, an welche ganz Deutschland hoffnungsvolle Ansprüche macht. Wenn aber ein Freund durch Dresden geht, und Sie ohnedieß aufsucht, so gebe ich ihm ein Blättchen mit, das mich in Ihr Gedächtniß ruft. Baron Maltiz, ein junger Mann von seltnem Talent, und noch seltenerer gediegener classischer Bildung bringt Ihnen dieß, und wird Ihnen mündlich mehr von uns allen hier in Wien sagen.

Einen köstlichen Genuß hat mir Ihre Erzählung: Der Gelehrte gewährt — dieß Leben, diese Wahrheit, diese höhere Natur des guten Professors, welche alle seine Pedanterie nicht verstecken kann, und die es begreiflich macht, daß man sich in ihn verlieben kann! Nehmen Sie meinen wärmsten Dank und mit ihm den Dank des Freundekreises, der sich nebst mir daran erfreut. Was haben wir aber von dem Aufruhr in den Cevennen zu erwarten? Wie Tantalus steht die lesende und bewundernde Welt vor dem reichen Quell, der vor ihren Augen sich in die Erde verliert, ohne zu wissen ob und wo er wieder hervorbrechen wird? Vielleicht bringt Maltiz uns Hoffnungen, die Sie ihm geben.

Mit der ausgezeichnetsten Achtung

Ihre

Pichler.

II.

Wien, 21. Junius 1830.

Frau v. Schlegel, meine sehr theure Freundin, kommt nach Dresden, sie wird Sie sehen, und ich kann es mir nicht versagen, Ihnen durch sie ein Paar Zeilen zu senden. Sie sollen Ihnen sagen, wie sehr mich jedesmahl Ihre gütige Erinnerung, Ihre freundliche Theilnahme erfreut hat, wenn mir ein Gruß, eine ehrenvolle Meinung von Ihnen wurde, und sie sollen Ihnen für so manche schöne Stunden danken, die Ihre neuesten Arbeiten mir gewährt. Leider sind wir alle durch die Eine derselben — gerade die wichtigste (den Cevennenkrieg) tantalisirt werden — und kaum wage ich zu hoffen, daß unsre Erwartungen je erfüllt werden! Für eine kleine Erzählung aber, die ich schon oft und jedesmahl mit neuem Antheil gelesen habe, nehmen Sie ganz besonders meinen Dank, für den Gelehrten. — Wenige Gedichte haben mich in so beschränkter Form, bey so einfachem Gange, mit so natürlichen Verhältnissen und Characteren, wobei Jeder glaubt, sie kennen und unter seinen Bekannten nachweisen zu müssen — so lebhaft und tief zugleich angesprochen. Mir ist, ich wäre zu Hause unter diesen Menschen, und gar so erfreulich und erhebend blickt durch die ängstliche pedantische Hülle des Professors der höhere edle Geist durch, der in einer andern Entfaltung etwas recht Glänzendes und Großes hätte werden können. — Doch ich sage Ihnen Dinge, die Sie selbst wissen, die Andre Ihnen hundertmahl gesagt haben; Dinge die vielleicht auch nur in meiner Ansicht liegen — denn das wird Ihnen wohl auch schon begegnet seyn, daß die Leser Ansichten und Begriffe in Ihre Dichtungen hinein bringen, von denen Sie selbst nichts wußten, die Sie nicht hineingelegt — das ist wohl ein allgemeines Loos.

Leben Sie nun recht wohl, und empfangen Sie die Versicherung der höchsten Achtung von

Ihrer

ergebensten
C. Pichler.

Prutz, Robert.

Geb. den 30. Mai 1816 zu Stettin, wo er jetzt wieder seinen bleibenden Aufenthalt genommen, nachdem er mehrere Jahre hindurch eine Professur in Halle bekleidet hatte.

An wissenschaftlichen Werken lieferte er u. A.: Der Göttinger Dichterbund (1841). — Geschichte des deutschen Journalismus, 2 Bde. (1845). — Vorlesungen über die Geschichte des deutschen Theaters (1847.) — Litterarhistorisches Taschenbuch, 6 Bde. (1843—48). — Die deutsche Litteratur der Gegenwart, 2 Bde. (1860).

Seine „Gedichte" erschienen zuerst 1841. — Dann: Neue Gedichte (1843). — Aus der Heimath (1858).

Von dramatischen Werken sind zu nennen: Nach Leiden Lust, Lustsp. — Karl von Bourbon. — Moriz von Sachsen. — Erich XIV., Trauerspiele.

Von Romanen: Das Engelchen, 3 Bde. (1851). — Felix, 2 Bde. (1851). — Der Musikantenthurm, 3 Bde. (1855) u. a. m.

Die von ihm gestiftete und redigirte Zeitschrift „Museum" bewahrt dauernd ihre bedeutende Geltung.

I.

Berlin, 21ten Mai (ohne Jahreszahl).

Mit dem unbedingten Vertrauen, welches der Name eines so hochgefeierten Mannes in jeder jugendlichen Brust erregt, zugleich mit der Offenheit, die wol das beste Zeugniß eines bewegten und ernsten Gemüthes ist, wendet sich an Sie, hochgeehrtester Herr! ein junger Mann, der von Ihrem Urtheil, Ihrem Rathe sein fernerweitiges Leben abhängig machen will. Welcher Art dies Gesuch ist, werden Ihnen die eingelegten Papiere andeuten, und schon tadeln Sie vielleicht die Zudringlichkeit dieser halbreifen Poeten, die Sie mit ihren Verseleien verfolgen; — dennoch erlauben Sie mir, Ihnen Ausführlicheres mitzutheilen. —

Unter eigenthümlich aufregenden Verhältnissen erzogen, und von der Natur mit einer mindestens lebhaften Seele begabt, ward es mir sehr früh zum Bedürfniß, dies rastlose innere Treiben in oft sehr unvollkommener poetischer Form zu äußern. So bin ich — zum Dichter freilich nicht; denn dies eben ist es, was mich beunruhigt, und was ich so gern wissen möchte! — zum Versemacher geworden, ohne selbst recht zu wissen, wie; von älteren Freunden aufgemuntert, überließ ich mich gern diesem unverstandenen Drange, dessen Befriedigung mir ein so süßes Spiel war. Jetzt aber, da jene Jugendzeit entschwunden ist und ich mich ganz einer ernsten und ein Menschenleben in Anspruch nehmenden Wissenschaft (dem Studium der Sprachen) seit Längerem gewidmet habe; — jetzt erregt mir dies Spiel mancherlei Zweifel und Bangigkeit. Es will ja Alles heut zu Tage dichten, Alles will mit immensen Talenten, mit großen Hoffnungen prunken — und bei den Meisten ist es nur ein Spielwerk. Bin nun auch ich nicht zu Ernsterem fähig (denn der Trieb zum Dichten ist nicht immer Beruf dazu!) so ist es jetzt Zeit, dem Spiele zu entsagen, gewaltsam jenen Trieb zu unterdrücken und mich mit ungetheilter Kraft dem ernsten Studium zu weihen. Darum thut eine Entscheidung in dieser fraglichen Sache so noth; aber nur der Dichter kann über Dichtertalent und Dichterwerke urtheilen, und darum, geehrtester Herr! wende ich mich an Sie! — In der inneren Befangenheit, da ich jetzt bin, da jene Verse und Gedichte, alle die poetischen Bilder und Gedanken wie ein Ballast auf meiner Seele ruhen, kann ich mich nicht anders davon befreien, als indem ich durch Herausgabe meiner Lieder mich des alten Wustes ganz entäußere, und Raum gewinne in meinem Herzen zu neuen, vielleicht ganz anderen Eindrücken. Aber ich möchte durch mein Buch nicht gern die lange Reihe elender Machwerke vermehren; darum, bitte ich, lesen Sie gütigst die beigefügten Bruchstücke meiner Gedichte: freilich sind es eben nur Einzelheiten, Bruchstücke; allein sie werden Ihnen genügen, daraus zu erkennen, weß Geistes Kind der sein mag, der diese Gedichte empfand und schrieb. Ihrem Urtheile will ich mich gern fügen; denn gewiß werden Sie ebenso richtig urtheilen, als Ihr Urtheil, welcher Art es sein mag, unumwunden aussprechen. Vielleicht, wenn meine Versuche nichts Eigenthümliches beurkunden, wird es mir schwer fallen, alle ferneren Ergüsse meiner Seele zu hemmen; das Eine aber gelobe ich Ihnen feierlichst, daß ich nie gegen Ihren Rath an Veröffentlichung meiner Machwerke denken werde. Verdienten sie jedoch, dem Publikum übergeben zu werden, so würde ich ihnen einen wohlberufenen Verleger zu verschaffen suchen; denn auch hierin bin ich ängstlich. mit großem Rechte giebt man bei der heutigen Büchersündfluth fast mehr auf den Namen des Verlegers, als auf die Titel des Verfassers. Dann, geehrtester Herr! würde ich zu so vielen Bitten noch ein neues Gesuch hinzufügen: erlauben Sie mir, Ihnen, dem gefeierten und von mir geliebtesten Dichter, dem Einzigen unter den Mitlebenden, dessen Namen noch an jene für ewig hingeschwundene glänzendere Zeit unserer Literatur erinnert — Ihnen, dem Manne, der sich auch meiner freundlich annehmen wird, als ein öffentliches, wenn auch vielleicht nur allzuvergängliches Denkmal unvergänglicher Achtung und Liebe jenes Bändchen Gedichte zu widmen. — Doch freilich sind das

Träume, deren Verwirklichung sehr fraglich, denen sich hin=
zugeben, sehr gefährlich ist. —

Indem ich jetzt diesen Brief wieder durchlese, tritt es mir recht lebhaft vor die Seele, wie sehr Sie erstaunen mögen über dies zudringliche, vielleicht langweilige Geschwätz; ja, Sie mögen unwillig werden, wenn ich Ihnen eine recht — recht baldige Beantwortung meines Briefes mit gehorsamster Bitte recht dringend an's Herz lege; aber sehen Sie — darum bitte ich: — in allen diesen Außergewöhnlichkeiten, sogar in diesen Verstößen gegen Sitte und Bescheidenheit nur Merkmale der unbegrenzten Hochachtung, Verehrung und Liebe, mit welcher ich Ihrer gütigen Theilnahme mich empfehle.

R. E. Prutz.

II.

Dresden, d. 13. Aug. 34.

Auf einem kleinen Ausfluge in's sächsische und böhmische Gebirge auch Ihr liebliches Dresden berührend, war mein erster Gang in Ihre Behausung; denn obwohl Sie, verehrte=
ster Herr! mich auf mein freilich sehr andringliches und selt=
sames Ansuchen noch mit keiner Antwort erfreut hatten, hoffte ich dennoch, Ihr freundliches Wohlwollen werde mir die Gunst längst ersehnter persönlicher Nähe nicht versagen. Leider will der Zufall, daß ich Sie hier nicht finde, und meine Zeit ge=
stattet mir keinen längeren Aufenthalt: sehr schnell und sehr ungern muß ich diesem kleinen Paradies mein Lebewohl! sagen. Dennoch kann ich nicht umhin, mich mindestens schrift=
lich neuerdings Ihrer Theilnahme, Ihrer freundlichen Geneigt=
heit zu empfehlen: wohl mögen Sie den Kopf schütteln, und ich erröthe ja auch selbst über dies ungeschickte und Ihnen wol gar verhaßte Ansuchen; aber gar zu lieblich hatte ich's mir

geträumt, die alten Zeiten neu zu machen, und wie jene wackern mittelalterlichen Sänger von dem Meister und wo möglich vor dem Meister selbst zu lernen. Jene Zeiten sind dahin, und wie so unsäglich vieles Schöne auch dies mit ihnen; aber ich weiß nicht, welche Stimme mir zuflüstert, daß sie für mich noch wiederkehren, daß Sie, Geehrtester! meinem herzlichen Gesuche um Rath, Theilnahme und Belehrung sich nicht entziehen werden. Und so hoffe ich denn bald, recht bald (denn Sie mögen denken, wie froh und zaghaft ich seit Monaten harre!) einige Zeilen von Ihnen zu empfangen. In dieser freundlichen Hoffnung und mit der wiederholten Bitte, meinem Anliegen nicht ganz abhold zu sein, empfehle ich mich Ihrer gütigen Theilnahme

ergebenst
R. E. Prutz.

III.

Halle, 13. April 1840.

Hochwohlgeborner Herr,
Hochgeehrtester Herr Hofrath!

Nicht ohne einige Besorgniß, durch die lange Benutzung der beifolgenden Bücher die außerordentliche Güte, mit welcher Sie mir dieselben verstattet, gemißbraucht zu haben, sende ich endlich diese Bücher, nämlich:

Oehlenschlägers Holberg, 4 Bde.
Holbergs Schr. v. Rahbek, 6 Bde.
Gherardi's Theâtre Italien, 6 Bde.

mit meinem ebenso aufrichtigen, als ergebenen Danke sowohl für das unschätzbare Vertrauen, welches Sie mir theilnehmend bewiesen, als für die mannigfache Belehrung und Förderung, die mir aus diesen Büchern erwachsen ist, zurück.

Erlauben Sie mir, Hochgeehrtester Herr Hofrath, diesem Danke zugleich die aufrichtigsten und innigsten Wünsche für Ihr uns Allen so werthes Wohlergehen, sowie die Versicherung der dankbarsten Ergebenheit beizufügen, mit welcher ich mich empfehle als

Ew. Hochwohlgeboren

ergebenster
Dr. R. E. Prutz.

Quandt, Johann Gottlieb von.

Geb. den 9. April 1787 zu Leipzig.

Als Kunstkenner und kunsthistorischer Schriftsteller hochgeachtet. — Streifereien im Gebiete der Kunst, 3 Th. (1819.) — Entwurf zu einer Geschichte der Kupferstechkunst (1826.) — Vorträge über Aesthetik für bildende Künstler (1844.) — Leitfaden zur Geschichte der Kunst (1852.) — u. a. m.

I.

Leipzig, 12ten Okt. 1829.

Verehrter Herr Hofrath.

Hätte nicht schon die innigste Verehrung und Freundschaft mich zu Ihnen hingezogen, so würde die Pflicht der Dankbarkeit es von mir unerläßlich gefordert haben, nach meiner Rückkehr von Teplitz Sie zu besuchen. Auch befand ich mich bereits an Ihrer Thür, erfuhr aber, daß Sie ausgegangen waren. Bis ich von Leipzig zurückkomme, kann ich es nicht verzögern Ihnen zu sagen, welche große, fast an Beschämung grenzende Freude, Sie mir durch Zueignung des dritten Bandes Ihrer Werke verursacht haben.

Kann wohl etwas wünschenswerther seyn, als daß wir nicht, wie ein Schiff auf dem Meere, hinter welchem die Wellen zusammenschlagen und die Furche des Kiels verwischen, spurlos vorübergehn? — Durch dieses öffentliche Zeugniß Ihres Wohlwollens haben Sie die Mitwelt mir befreundet und mein Andenken für die Nachwelt aufbewahrt und mich ohne Mühe und Verdienst, zum berühmten Manne gemacht; also für mich gethan, was ich nicht zu erreichen vermocht hätte.

Dies und noch vieles habe ich Ihnen zu sagen und zu danken. So auch die Abschrift des Prologs zum Faust und die Aufführung des Fausts selbst. Doch hievon mündlich ein Mehreres und für jetzt nur so viel; daß der Prolog als ein Wort zur rechten Zeit und am rechten Orte, nicht nur auf die große und schwerfällige Masse des Volks die rechte Wirkung belehrend hervorbrachte, sondern auch dem mit Göthe vertrauten und begeisterten Verehrer ward das Innigste und Tiefste dieses gewaltigen Dichters, mit seiner kräftigen und sonnigen äußern Erscheinung, in einer umfassenden Anschauung, vor die Seele geführt. Als ich die Rede vernahm, war mir zumuthe, wie es einem großen plastischen Künstler seyn muß, denn in mir gestaltete sich Göthes Bild zu einer colosalen Statue.

Bey einigen Mängeln im Einzelnen, war die Aufführung doch sehr gelungen, denn die Hand, welche alle Figuren lenkte und führte, hielt das Ganze kräftig zusammen und hielt es empor. Sowohl die Folgsamkeit mehrerer Talente als auch der Zuschauer, muß Sie sehr erfreut und für große Anstrengungen belohnt haben. Nur der Teufel [1]) schien Ihnen nicht gefolgt zu haben und trug seinen Pferdefuß zu sehr zur Schau und obwohl dieser Geist mich bisweilen störte, so ergriff mich doch das Ganze allmächtig und eine solche Wirkung von der Bühne habe ich fast noch nie erfahren.

---

[1]) Sollte dieser, „den Pferdefuß allzusehr zur Schau tragende" Teufel nicht derselbe Künstler gewesen seyn, dem wir auf umstehenden Blättern als Expektanten des K. Richard III. begegneten?

Immer hat sonst der Faust beym Lesen eine tiefe Schwermuth zurückgelassen; so war es aber nicht, nachdem ich die Darstellung gesehn hatte.

Der Mensch ringt und quält sich nur so lange, als ihm noch eine Hoffnung bleibt und fügt sich klaglos, ernst und fest der Nothwendigkeit. Nun wurde mir es bey der Darstellung recht klar, daß Gretchen in Fausts Armen unabänderlich zermalmt, daß sie in diesem Riesenkampfe eines Geistes, wie Faust ringt, untergehen muß und darum trat auch die Fassung über ihr Schicksal ein. Auch ist es, als wenn durch die ungeheuren Leiden, Liebe, Reue, Wahnsinn, in der letzten Scene alle Schuld abgebüßt und durch den letzten Schmerzensschrey: Heinrich! Heinrich! die Seele alle Qualen ausstieße, und sich von ihnen und dem Leben befreyt und gerettet losrisse, wodurch eine Versöhnung eintritt, die allen Schmerz hinter sich liegen und keinen übrig läßt.

Der Faust selbst aber führt eine solche Kraft in und mit sich, daß diese auf den Zuschauer überströmt und ihn aufrecht erhält.

Ueber alles dieses bedarf ich von Ihnen Aufklärung und Belehrung und freue mich Sie recht bald zu sprechen. Empfehlen Sie mich unterdeß der Frau Gräfin und Ihrer verehrungswürdigen Familie, der ich mit größter Hochachtung und Dankbarkeit verbleibe

Ew. Wohlgeboren

ganz ergebenster Diener
Quandt.

Mein guter Wagner, der eben bey mir war und Ihrer mit wahrer Verehrung gedenkt, läßt sich Ihnen freundschaftlich empfehlen.

II.

Dresden, 10ten April 1843.

Da nur die Briefe, welche eine Antwort erfordern, Ihnen unwillkommen sind, so darf sich dieser wohl einer gütigen Aufnahme erfreun, weil ich damit nichts weiter will, als daß Sie, verehrter Herr Geheimer Rath, nur einen Augenblick an mich denken mögen. Auch verlange ich nicht, daß Sie das beifolgende Buch lesen. Ich halte als ein eingerosteter Legitimer so sehr auf alte, gute Gebräuche, daß ich Ihnen dieses Buch aus verjährter Gewohnheit übersende, ohne mir einzubilden, meine Schriften könnten Ihnen eine Unterhaltung gewähren. Es ist mir die größte Freude, als Zeichen und Tribut wahrster Verehrung Ihnen zu überreichen, was ich in den einsamen Winterabenden gesponnen habe. Die Recensenten, welche es nun auf die Bleiche bringen und mit Wasser begießen, werden nicht fein damit umgehn, zumal mit Stellen, wie die Vorrede und pag. 36—41, 89—93 und 290—291. Wer dem Volke nicht schmeichelt, ist jetzt der wahre Freimüthige.

Da jedermann an Ihnen den lebhaftesten Antheil nimmt, so bin ich über Alles unterrichtet und habe mich über das Gute und besonders die Wiederherstellung Ihrer Gesundheit herzlich erfreut.

Mein Leben geht in seiner, ich möchte sagen, bunten Einförmigkeit, halb auf dem Lande, halb in der Stadt, so fort, wie Sie es kennen. Bei der Academie und den Museen hat sich nichts verschlimmert. Ich wüßte Ihnen also nichts Neues zu erzählen.

Meine Frau und ich empfehlen uns der Gräfin von Finkenstein bestens und insbesondere wünscht meine Frau Ihrem

Andenken freundschaftlichst empfohlen zu seyn, so wie ich mit größter Verehrung verharre

Ihr

allerergebenster Diener
v. Quandt.

Rahbek, Knud Lyne.

Geb. zu Kopenhagen am 18. December 1760, gest. im Jahre 1830. Ein fruchtbarer Schriftsteller, der vielerlei litterarische, dramatische und andere poetische Werke herausgab — z. B. Poetiske Forsoeg (Versuche), 2 Bde. (1794—1802) — obwohl ihn seine Landsleute nicht zu Dänemarks ersten Dichtern zählen.

Er docirte in verschiedenen Epochen von 1798 bis 1825 Aesthetik und Geschichte, als Professor an der Kopenhagener Universität und am Christians-Institut. Dazwischen durchreisete er mehrfach Deutschland und Frankreich, mit besonderer Berücksichtigung litterarischer und theatralischer Zustände, sammelte vielseitige Erfahrungen, und wurde nach seiner Heimkehr Mitglied der Theater-Commission, so wie auch Vorstand einer durch ihn ins Leben gerufenen, von der Regierung gegründeten Theaterschule, die er zehn Jahre hindurch geleitet hat.

Hamburg, am 2ten Jan. 1823.

Ich ergreife die Gelegenheit, da mein Freund und Collega, der Herr Prof. Bang — Freund und Verwandter unseres Freundes Steffens — nach Dresden geht, um eine alte Schuld abzutragen, und Ihnen meinen innigen Dank abzustatten, für die liberale Herzlichkeit, womit Sie sich von Zeit zu Zeit so vieler meiner theuren hingeschiedenen Zeitgenossen und Freunde annehmen, gegen die .. (unlesbar) des jetzigen Zeitgeistes. Wahr ist es, wir mögen uns zu unserer Zeit wohl ein Bischen übergeschätzt, wenigstens übergelobt (sagt man nicht so, könnte man doch so sagen! würde mein Schwager Oehlenschläger hinzufügen) haben; wie es denn nun wohl überhaupt eine etwas überhöfliche Zeit war. Daß man aber in späteren Zeiten manchmal das Kind mit dem Bade verschüttet, das haben Sie jetzt bei so mancher Veranlassung, besonders in der Abendzeitung, so deutlich bewiesen, daß mir, dem das Andenken seiner Hingeschiedenen über Alles werth und theuer ist, das Herz dabei aufgegangen, und daß ich mich seit Monaten mit dem Gedanken herumgetragen habe, Ihnen schriftlich Dank auszusprechen im Namen meiner Schröder, Fleck, Iffland, Jünger und so vieler der Meinigen; besonders da der freundliche Gruß, den Professor Rosenvinge mir vor zwei Jahren von Ihnen brachte, mir die Freude gewährt, daß Sie meiner mit Güte gedenken.

Ich werde Ihnen meinen Freund Bang nicht empfehlen, denn die Empfehlung, die er in seinem gebildeten und feinen Geiste, in seinem hellen Kopfe, in seinen mannigfaltigen Kenntnissen, und in seinem liebenswerthen Charakter allenthalben mitbringt, macht ihm jede andere Empfehlung überflüssig.

Eine andere Neuigkeit, die Sie als einen gerechten Schätzer unseres trefflichen Holberg interessiren wird, kann ich mir nicht versagen Ihnen zu melden: daß ich, durch eine Notiz in einem sehr gut gewählten, in Copenhagen erschienenen Handbuch der deutschen poet. Litteratur (von dem dasigen Professor F. C. Meyer) bewogen, Ihren alten Gryphius durchgegangen bin, und mich — gegen meine vorhergehegte Meinung — überzeugt habe, daß Holberg nicht bloß manche Idee seines „Bramarbas," sondern auch die prima stamina mehrerer Stücke und Scenen dem Horribili scribifax verdanke. Ich habe in einem Aufsatze meines Journales Hesperus diese Entdeckung dem dänischen Publiko mitgetheilt. Wenn es Sie interessiren sollte diesen Aufsatz, so wie auch eine eigene Schrift, die ich über Holberg im Geschmack der „Etudes sur Molière" geschrieben, zu kennen, bitte ich Sie es mir durch meinen Freund B. wissen zu lassen, und ich werde die erste Gelegenheit ergreifen, die sich darbietet sie zu übersenden.

Genehmigen Sie die Versicherungen meiner innigsten Hochachtung, und entschuldigen Sie wenn dieser Brief gar zu viele Spuren einer undeutschen Feder an sich tragen sollte.

Erkenntlichst und ergebenst
K. L. Rahbek.

Rake.

Professor an der Universität zu Breslau; ein schlichter, anspruchsloser Gelehrter, von dessen Leben und wissenschaftlichem Wirken wir nichts Näheres beizubringen vermögen. Sein Schreiben soll nur als historisches Dokument hier stehen, und findet sich noch eine Beziehung darauf in einem der Steffens'schen Briefe.

Breslau, d. 13ten Februar 1816.

Wohlgeborner
Hochgelehrter Herr Doctor,
Hochzuehrender Herr!

Ew. Wohlgeboren habe ich das Vergnügen bekannt zu machen, daß die philosophische Facultät der Universität zu Breslau bey Gelegenheit der Feier des Friedensfestes Ihnen die philosophische Doctor-Würde ertheilt hat. Es ist mir eine sehr angenehme Pflicht, bey diesem ehrenvollen Geschäfte das Organ der Facultät zu seyn. Indem ich Ew. Wohlgeboren hiermit das Doctor-Diplom übersende, bitte ich Sie, dasselbe als einen Beweis der Hochachtung anzusehen, welche die philosophische Facultät einem Manne von so ausgezeichneten litterarischen Verdiensten mit dem größten Vergnügen öffentlich zu erkennen giebt.

Genehmigen Sie die Versicherung der vollkommensten Hochachtung, mit welcher ich die Ehre habe zu seyn

Ew. Wohlgeboren

ergebenster Diener

Rake

z. Z. Decan
der philosophischen Facultät
der Universität zu Breslau.

Raßmann, Christian Friedrich.

Geb. den 3. Mai 1772, gestorben den 9. April 1831.

Die von ihm verfaßten Schriften sind sehr zahlreich. Meistentheils sind es Sammelwerke verschiedenartigsten Inhaltes, die Umsicht, Kenntniß und gewissenhaften Fleiß an den Tag legen.

Handwörterbuch verstorbener deutscher Dichter von 1137 bis 1824 — Kurzgefaßtes Lexikon deutscher pseudonymer Schriftsteller — Sonette der Deutschen — Triolette — Pantheon der Tonkünstler — und viele andere. — Auch Mancherlei eigene Poesieen. —

Er war gewissermaßen ein Vorläufer solcher hochverdienter Männer wie z. B. Gödeke; und wenn seine vielfach beschränkten und mangelhaften Bestrebungen auch nicht im Entferntesten hinanreichen an dessen immense Leistungen, so muß man ihm doch, seine Zeit und haupsächlich seine gedrückten Verhältnisse im Auge, zugestehen, daß er tüchtig, redlich, unverdrossen gearbeitet hat, während er leider oft mit dem Hunger kämpfte. Er war der Sohn des gräflichen Stollberg'schen Bibliothekars in Wernigerode, wurde nach zurückgelegten Universitätsjahren Lehrer an der Marienschule zu Halberstadt, und gab diese, allerdings dürftige Stellung auf, um in seiner Vaterstadt von der Schriftstellerei zu leben, — die ihm dann, wie ach! so vielen ihrer Jünger, das Nöthigste versagte. Er kam aus Noth und Mangel nicht heraus. Uns sind Fälle bekannt, wo er ihm unentbehrliche schriftliche Zusendungen uneröffnet zurückgehen lassen mußte, weil er — die paar Groschen Postgeld nicht aufzutreiben vermochte.

Leidend und niedergebeugt wehrte er sich, so weit er konnte, durch rege Thätigkeit bis an's Ende, und verfiel niemals — wie so manche seiner Mitbrüder — auf das verächtliche Auskunftsmittel, seine Feder in Gift zu tauchen, damit Furcht, Eitelkeit oder Bosheit sie erkaufen möchten.

Deshalb bleibe das Andenken des armen Mannes in Ehren!

Sestine.

Wer säumt, die herbe Schlehe hinzugeben,
Wird ihm die süße Traube dargeboten?
So tauschen heißt fürwahr, ein Fest begehen. —
Auch mir ist solch ein schönes Loos gefallen:
Drum laß' ich jetzt die Lust, die nektarreiche,
Durch der Sestine Schöpforten ziehen.

Wohl manches Jahr sah ich vorüberziehen,
Seit ich antiker Dichtung mich ergeben!
Nur Hellas Rhythmus konnte mir gefallen,
Der Mythen Sprache, ha! die bilderreiche;
Mit Sprea's Schwan, der mir den Gruß geboten,
Mocht' ich so gern im Tempel mich ergehen.

Doch endlich sollte diese Nacht vergehen,
Herauf ein helles Morgenroth mir ziehen,
Vom Auge sollten mir die Schuppen fallen,
Des argen Wahnes sollt' ich mich begeben,
Daß Poesie die höchste Stuf' erreiche,
Wenn Griechheit drin die Kräfte aufgeboten.

Dich sah ich, Tieck, den leichtbeschwingten Boten
Aus Südens Zone, der Romantik Reiche,
Im blüthenvollen Frühlingswalde gehen:
Da lag mir das Antike schnell zerfallen!
Mit Dir, mit Dir mußt' ich den Wald durchziehen,
Und Deines Liedes Zauber mich ergeben.

O, könnt' ich halb den Ton nur wiedergeben,
Den Ton, geschaffen, tief ins Herz zu gehen,
Den Du im „Octavianus" ließest fallen!
Der Märchenwelt, der herrisch Du geboten,
O könnt' ich meine Muse ihr erziehen,
Aufschließen Wunder in dem Wunderreiche!

Umsonst! ich bin nicht mehr der Jugendreiche,
Dem Irrlicht hab' ich meinen Lenz gegeben!
Die Furche naht, die Stirn mir zu beziehen,
Die Locke will zur Bleichung übergehen.
Dir nachzujagen ist mir drum verboten;
Mein Schloß der Phantasie steht fast verfallen.

So oft des Lenzes Boten aber ziehen,
Und Blüthen fallen, will zum Wald' ich gehen,
Und Deine reiche Dichtung neu mir geben.

Friedrich Raßmann.

Raumer, Karl v.

Geb. am 9. April 1783 zu Wörlitz; zur Zeit der bekannten Turnstreitigkeiten Professor in Breslau; seit 1827 an der Universität in Erlangen; gelehrter und berühmter Verfasser zahlreicher geognostischer und geographischer Werke; auch einer Geschichte der Pädagogik, 3 Bde. (2 Aufl. 1846—52.)

Da wir leider keinen Brief seines Bruders Friedrich mehr vorfanden, weil diesem vertrautesten Freunde Tiecks sämmtliche Blätter von seiner Handschrift geziert zu eigner Verwendung zurückgestellt wurden, so wären an und für sich diese beiden Schreiben des Herrn Prof. Karl von Raumer schon höchst willkommen gewesen, damit solch' hochgeachteter Name in der Sammlung nicht fehle. Doppelter Gewinn ist es nun, daß die Zuschrift von 1832 durch ihren tiefen Gehalt unschätzbaren Werth besitzt, und zu einem der anziehendsten Stücke im bunten Gemisch so verschiedenartiger Expektorationen wird.

Für diejenigen, welche den Familienverhältnissen fremd blieben, sei noch erwähnt, daß Frau von Raumer, eine Tochter Reichardt's, die Schwester der verstorbenen Johanna Steffens, und daß Ludwig Tiecks Gemahlin ihrer Mutter Schwester war.

I.

Erlangen d. 26ten Obr. 1832.

Liebster T., was mußt Du und die gute Tante von mir denken, daß ich schon mehrere Wochen zu Hause bin, ohne ein freundliches Wort über Eure so überaus freundliche Aufnahme zu schreiben. Doch denke ich, Ihr müßt mirs angemerkt haben, wie mir bei Euch so wohl war, da ich, nach dem überaus unruhigen Leben in Berlin, wieder allmählig still wurde. — Ich danke Dir, liebster T., daß Du mir so viel Zeit schenktest; mögen wir auch über manches verschieden denken, ich fühlte doch, daß ich mit Dir getrost und friedlich auch über die Differenzpunkte sprechen könnte. Ja ich fühle eine Sehnsucht, den Gedankenstrich auszufüllen, den wir am ernsten Schluß eines Abendgesprächs machten — und welcher Schluß ist denn wohl ganz geschlossen? welcher ist nicht der Prolog eines spätern Stücks! — Ich schreibe nun freilich so spät, weil ich hier viele Geschäfte vorfand, weil eine vortreffliche Frau aus unserer Bekanntschaft starb — doch der wahre Grund ist, daß ich immer damit umgieng, durch einen langen Brief jenen Gedankenstrich zu ersetzen, dazu kam ich aber nicht und komme ich auch jetzt nicht.

Ich kenne Dich und Deine Werke nun schon seit 30 Jahren, und darf sagen: ich kenne Dich nicht wie ein kühler Leser, sondern ich habe Dich innig lieb gewonnen. Deine Dichtungen haben in mein Leben eingegriffen und mich selbst auf die einsamsten Gebirgsreisen begleitet. Deine Vorlesung des Alten vom Berge war recht geeignet Alles zur Sprache zu bringen, was ich zu besprechen auf dem Herzen hatte: den Zauber der Natur, die Gewalt der Sünde, den Scheideweg zur Verzweiflung oder zur Gnade. Du hast so tief in den schauderhaften Abgrund des menschlichen Daseyns geblickt.

Wohl dem den tief die heilgen Schmerzen trafen,
Die tief im Weltall schlafen.

Der Schmerz über das verlorene Paradies erweckt die Sehnsucht nach dem neuen, nach dem Erlöser. — Immer muß ich Dich wieder fragen, warum müssen kraft Deiner Prädestination so viele Kinder Deines Geistes verloren gehn

— Tannhäuser, Ekbert, Walter, Christian, der Alte vom Berge ꝛc. Warum hast Du nicht — Gott ähnlich — keinen Gefallen am Tode des Sünders, sondern willst daß er lebe? Ich kann der Berufung auf die innere Nothwendigkeit des Individuums nicht beipflichten. Kannst Du mit Gewißheit von einem lebenden Menschen sagen: er falle der Hölle anheim!? Wer ergründet die Kraft der Gnade, die sich (scheinbar inconsequent) des Schächers am Kreuze erbarmte, wer begreift die Intensität der Sterbestunde, welche viele lange matte Jahre aufwiegt. Ja die Gnade, welche blutrothe Sünde schneeweiß macht, spottet alles poetischen Calculs der Consequenz, auch der Dichter kann von seinen Menschen nicht sagen: sie seyen verdammt. Winchester auf dem Sterbebette ist eine furchtbare Ausnahme — das Tragischste, was ich kenne, denn da spielt das Stück über den 5ten Act hinüber in die Ewigkeit. Hiernach dürfte nach christlichen Principien der Aesthetik entschieden werden, was Tragödie und tragisch sey. (Divina Comedia dagegen.)

Ich vergas auch mit Dir über Deine „Verlobten" zu sprechen, oder verschob es auch mit, besorgt Du möchtest mich selbst zu den Pietisten rechnen. Ich meine die falschen Pietisten kommen bei Dir viel zu gut weg, die aufrichtigen Christen aber schon dadurch schlimm, daß sie vom Publicum (wie ichs erfahren) mit jenen falschen Deiner Verlobten in eine Klasse gestellt werden. Gegen eine solche Interpretation diente eine getreue Charakterschilderung eines ehrlichen Christenmenschen als die beste Widerlegung. —

Das Wichtigste worüber ich mit Dir sprechen möchte, bleibt der Gegensatz von Natur und Gnade, Geburt und Wiedergeburt. (Joh. 3. Nikodemus.) Der Teufel macht uns weiß, daß mit dem Absterben des alten Menschen die schönsten Gottesgaben verloren giengen — als wenn Sonne und Mond und Sterne für den verloren giengen, der sich von

Anbetung derselben zur Anbetung Gottes wendet. Im Gegentheil wird durch Christus die Naturgabe verklärt, geheiligt ja unsterblich — während auch die größte Gabe, ohne solche Wiedergeburt, wie eine Blume des Feldes blüht und verwelkt. Geister wie Seb. Bach, Kepler, Eyk ꝛc. trösten am besten und zeigen den Weg. —

Doch genug mein liebster T., nimm dies als eine flüchtige Andeutung dessen, worüber ich eben gern gesprochen hätte. Du bist zu tief, als daß Du Dich selbst mit dem Trost des oberflächlichen Volks beruhigen und befriedigen könntest — auch helfen die Scherze, wie die gegen das Ende des Alten vom Berge nicht. Als die alte Schütz im Sarge lag, kam die Hendel Schütz zum Alten, und sagte ihm: er solle doch die Leiche noch einmal sehen. Sie hatte das Todtengesicht geschminkt! Der Alte sagte: der Anblick versetze ihn in seine Jugend zurück. Bald darauf meldete der Todtengräber: er könne es vor Gestank der ins Gewölbe beigesetzten Leiche nicht aushalten, und die Alte mußte nachträglich unter die Erde wandern. —

Soll ich mit der scheuslichen Geschichte schließen? — lieber ganz getrost mit 1 Corinther 15. — Die herzlichsten Grüße der lieben Tante, der Dor., der verehrten Gräfin. Auch an St. der mir so freundlich entgegenkam viele Grüße. Den besten Dank noch für den trefflichen Wein, welcher mich Nachts besonders erquickte.

Leb recht wohl.

Dein K. Raumer.

II.

Erlangen d. 27ten Aug. 1840.

Liebster Tieck,

Herr Durand Stud. Theol. aus Lausanne reist von hier über Wien nach Dresden und wünscht sehr Dich kennen zu lernen. Er ist ein lieber Mensch, der unter A. mit französischem Feuer die Volkslieder seines Vaterlandes zur Guitarre singt. Auch soll er improvisiren; ein deutscher Freund in Lausanne empfahl ihn mir als einen Troubadour, was ich nicht wiederhole, um durch die Empfehlung nicht zu schaden. — Wir hören so gar nichts mehr von Dir und Deinem Hause. Mein Bruder ist auch so schreibfaul, daß ich wohl seit ½ Jahre keinen Brief erhielt und wir ganz abgeschnitten von unsrer Familie sind. — Sonst geht es uns gut, nur leidet Rikchen etwas an den Augen. Mein Rudolph ist Privatdocent und liest nächstes Semester Nibelungen, im jetzigen hat er eine Geschichte der deutschen Gramm. vorangeschickt. Hans studirt (im letzten Jahre). Dorothee will ich morgen besuchen, sie ist wohl wie meine übrigen 3 Mädchen.

Reisest Du gar nicht mehr? Kommst Du mit den lieben Cousinen nicht noch einmal nach Er., Deinen alten Lehrer Mehmel findest Du nicht mehr, er starb im 80sten Jahre an demselben Tage mit dem Könige von Preußen.

Vielleicht besuche ich Dich im künftigen Jahre, ich sehne mich recht darnach.

Rikchen grüßt mit mir Euch aufs Herzlichste.

Dein Raumer.

Recke, Elisa von der.

Geboren zu Schönburg in Kurland am 20. Mai 1754, gestorben zu Dresden am 13. April 1833.

Der entlarvte Cagliostro (1787.) — Reise nach Italien, 4 Bde. (1815.) — Gebete und Lieder (1783.) — Gedichte (1806.). —

Dies Briefchen ist zwar an Gräfin Henriette F. gerichtet, doch aber nur für Tieck bestimmt, gehört also hierher, und mußte schon deshalb eingereiht werden, weil der gleichzeitige Aufenthalt Tieck's und Tiedge's (bei seiner Freundin Elisa lebend) in Dresden, zu manch' ergötzlichen Qui pro quo's Veranlassung gab, deren vorzüglich reisende Engländer und Engländerinnen, denen es nur um die obligate Quittung über glücklich absolvirte Celebritäten und Merkwürdigkeiten für ihre Notizbücher zu thun ist, die ergötzlichsten lieferten.

Dresden d. 22. Ap. 1821.

An Sie, Theure Freundin, wende ich mich, um von Ihnen zu erfahren, ob unser Freund Tieck, den nächsten Donnerstag, das ist, d. 26 dieses Monathes, die Stunden von 12 bis 5 Uhr freyhat; und ob unser Freund mir dann den Genuß geben könnte, in den Mittagsstunden von ihm das Trauerspiel seines Freundes Kleist lesen zu hören. Nur in den Mittagsstunden bin ich eines solchen Genusses fähig: wenn die sechste Abendstunde herannaht, dann drückt mich eine Schläfrigkeit, die mich jedes geistigen Genusses unfähig macht. Noch bitte ich auf diesen Fall einige wenige Freunde, die unsern Tieck noch nicht lesen gehört haben, diesen Genuß zu verschaffen. Es werden nur wenige seyn, denn immer noch werden meine Kopfnerven schmerzhaft gereitzt, wenn ich viele Persohnen um mich sehe; Sie Theure Gräfin müssen mir aber die Freude machen, unsern Tieck herzubegleiten, denn es ist mir ein doppelter Genuß, wenn ich bey jeder schönen Stelle auf Ihrem Gesichte die edlen Empfindungen Ihrer Seele lesen kann. — Können Sie beyderseits mir Donnerstag Ihre Gegenwart schenken, so wird mein Wagen Sie vor der 12ten Mittagsstunde abholen, und nach beendigter Lektüre genießen wir dann in kleinem Kreise, ein frugales Mittagsmahl.

Im Geiste freue ich mich heute schon dieser schönen Aussicht; denn ich bin dessen fest überzeugt, daß wenn Ihre beyderseitige Gesundheit es gestattet, meine Bitte erfüllt werden wird. — Mit herzinniger Hochachtung

Ihre
Ihren Werth fühlende
Elisa von der Recke.

Regis, Johann Gottlob.

Geboren zu Leipzig 1791 an Shakspeare's Geburtstage; gestorben 1854 zu Breslau einen Tag nach Goethe's Geburtstage.

Aus dem Englischen, aus dem Italienischen, aus dem älteren Französischen, gab dieser sehr gelehrte, tief in den Geist der Zeit wie der Sprache eindringende Forscher Uebersetzungen, die vielleicht nur den Fehler haben mögen, daß sie dem ungelehrten Leser zu hoch stehen. Sowohl Shakspeares Sonette — (geläufiger scheint uns sein Timon von Athen) — als den Bojardo, vorzüglich aber den Rabelais muß der Deutsche aus Regis Verdeutschung sich gewissermaßen noch einmal übersetzen. Und deshalb dürften den ganzen unschätzbaren Werth dieser Riesenarbeit nur diejenigen vollkommen anzuerkennen fähig sein, die seine gewissenhaften Uebersetzungen als Schlüssel betrachten, der ihnen den Zugang zum Verständniß der Originale eröffnet und erleichtert.

Regis, seit 1825 in Breslau einheimisch bis zum Tode, war selbst was man „ein Original" zu nennen beliebt, wobei sich denn freilich ein Jeder denkt, was ihm einfällt, und womit nicht viel gesagt ist. Er war menschenscheu, zurückhaltend, mißtrauisch gegen Fremde, auch möglicherweise ein Bischen cynisch, was herkömmliche Ausstaffirung des Studierzimmers und der eigenen Person betrifft, doch weit entfernt, ein Menschenfeind zu sein, wofür ihn oberflächliche Schwätzer ausschreien wollten. Was Wunder, wenn er dem Verkehre mit solchen, den Verkehr mit seinen Büchern vorzog! Seine Bedürfnisse sind gering gewesen, doch auch für diese geringen Ansprüche reichte der Ertrag so streng abgeschlossenen philologischen Wirkens nicht aus. Deshalb suchten und fanden Gönner den Weg zum Herzen des Königs Friedrich Wilhelm IV., welches dergleichen Bitten stets offen, dem bescheidenen Gelehrten ein Jahrgehalt von 300 Thl. zuwendete. Als die näheren Freunde gewahrten, daß er auch damit nicht hauszuhalten verstehe, schossen sie unter sich eine gleiche Summe zusammen, die sie ihm (um sein Zartgefühl zu schonen) alljährlich bis an seinen Tod auszahlen ließen, als ob sie Gott weiß aus welcher ebenfalls Königlichen oder andern Chatoulle flöße. Er hat den großmüthigen Betrug niemals entdeckt.

Schon zum Tode krank, sein nahbevorstehendes Ende ahnend, arbeitete er, zuletzt mit fast schwindendem Bewußtsein, ängstlich an einer Reinschrift der „Epigramme der griechischen Anthologie," welche, „in den Versmaßen der Urschrift verdeutscht," im Jahre 1856 von seinem getreuesten Freunde Professor Dr. Haase herausgegeben worden ist.

Sr. Hochwohlgeboren, dem Herrn Hofrath Ludwig Tieck.

Breslau, d. 2. Februar 1833.

Hochverehrter Freund und Gönner.

Unbesorgt um Ihre gewogene Aufnahme meines endlich ans Licht dringenden Rabelais, wage ich Ihnen denselben zu senden. Denn Sie selbst waren es ja, der schon vor Jahren so gütig an ihm Theil nahm, und ihn herausgefördert hätte, wenn es an Ihnen gelegen hätte. Er tritt nun in aller seiner Sünden Maienblüthe vor Sie, „calzadas las espuelas para ir á besar las manos á V. E.“ und bittet um ein ganz offenes Gericht — denn leider weiß ich wie wunderlich seine Sprache im Deutschen lauten muß — die ich mir immer noch nicht ganz zu Dank habe bilden, aber auch, nach 20jährigen Versuchen, bei Anspruch auf Treue, (das bin ich mir bewußt) nicht besser habe machen können.

Nehmen Sie daher vorlieb mit dem Mäslein meiner Kräfte und seyn Sie versichert, daß jede Zurechtweisung, deren Sie mich würdigen wollten, dem Buche selbst in der Folge, wenn ich dazu Gelegenheit finde, zu gute kommen soll. Den Commentar, eine mühsame, aber nun doch auch schon, Gott sey Dank! größtentheils beendigte Arbeit, nehme ich mir die Freiheit, zu seiner Zeit Ihnen nachzuliefern.

Eine Freude hat mir die Zeit vereitelt; denn ich hatte schon mehr als ein Briefconzept geschrieben, womit ich es Göthen noch senden wollte!

Haben Sie noch innigen Dank für Ihre Worte zu dessen Gedächtniß, wobei Sie auch meiner gedenken wollten! Denn Carus, als er zu meinem Geburtstag sie mir schickte, schrieb daß Sie sie mir selbst bestimmt.

Durch diesen bin ich seit so manchem Jahr meiner Entfernung von Dresden, doch nie ganz von Ihnen geschieden gewesen. Denn wie könnten die Briefe eines mit Ihnen verbundenen Mannes von Ihnen leer seyn. Aber so manche herzliche Freude, die ich in einsamen Stunden auch diese Zeit her, Ihrer Muse wieder verdankte, ging doch zunächst von Ihnen aus. Seyn Sie für alles auf immer gesegnet!

Gienge es mir nach, so müßte Sie nie etwas Uebles treffen. Noch immer denke ich mit unauslöschlichem Dank Ihres unverdienten Wohlwollens, das Sie mir, hochverehrter Mann, selbst mit eigner Zeit-Aufopferung in Dresden bewiesen, und ich klage mich wegen letzterer noch oft im Stillen an, weil ich weiß, was die Arbeitsstunden werth sind, in denen ich störend bisweilen zu Ihnen hereintrat, ohne auch nur den mindesten Ersatz dafür mitzubringen. Diese Abbitte an Sie liegt mir fürwahr noch auf dem Herzen. Behalten Sie mir die Sünde nicht!

Möge dieser Sommer, wo Sie ihn auch verleben, Ihnen heilsam seyn! sowie alle folgende Jahreszeiten. Ein Wunsch, den gewiß selbst die nächsten Ihrigen nicht ehrlicher für Sie meinen können als

Ew. Hochwohlgeboren

treu verpflichteter

Freund und Diener

Gottlob Regis.

Rehberg, August Wilhelm von.

Geb. in Hannover am 15. Januar 1757, gestorben in Göttingen am 9. August 1836.

Wurde 1815 in Hannover zum Kabinetsrath ernannt. Lebte von 1820 ab Jahre lang in Dresden. —

Ueber den deutschen Adel (1803). — Constitutionelle Phantasieen (1832). — Sämmtliche Werke, 3 Bde. (1828—31).

Wir legen ein offenes Bekenntniß ab: Von den zahlreich-vorhandenen Briefschaften dieses vorzüglichen, unserm Tieck so innig ergebenen Mannes, haben wir — weniger mit sicherer Auswahl, als durch Zufall geleitet — nur diese drei Blätter entnommen.

Wir wollen unsere Schuld nicht beschönigen, aber wir hoffen auf Nachsicht, wenn wir eingestehen, daß es uns unmöglich geworden, den ganzen Vorrath aufmerksam prüfend durchzulesen. Es hat in der großen, dickbändigen Hinterlassenschaft keinesweges an schlimmen Handschriften gefehlt. Diese jedoch steht einzig da, und trotz mehrfach wiederholter Anläufe kündigten die matten Augen immer wieder den Dienst auf.

I.

Dresden, 24. Jan. 28.

Ich weiß nicht für welche literarische Sünde, die vielleicht alt ist und nach vielen Jahren von der unerbittlichen Nemesis gestraft wird, ich so vieles Vergnügens entbehren muß, das doch nicht blos unschuldig, sondern noch etwas mehr wäre.

Ich soll weder Eduard den 3ten, noch Cromwell, noch die Jugendscherze Shakspears hören. Nun soll ich auch nicht einmal mich mit Ihnen unterhalten dürfen. Denn das bloße Reden erhitzt meinen Catarrh, der gar nicht nachlaßen will, und ich möchte Ihnen nicht einmal zumuthen, mit einer chinesischen Pagode zu reden, die nur mit Nicken und Kopfschütteln erwiederte, wenn ich es auch über mich vermöchte still zu schweigen, wenn ich mich über die intereßantesten Bemerkungen oder lehrreichsten historischen und literarischen mir neuen Thatsachen freue.

Sollten Sie eine Sammlung von Lessings Schriften haben, worin seine Briefe vom Jahre 1773 stehn, so bitte ich sie mir einstweilen zu schicken, bis ich Erlaubniß erhalte, Sie an das Versprechen zu erinnern, mir ein Stück von Ben Johnson zu erklären. Auch möchte ich die Herzens-Ergießungen eines Closterbruders einsehen.

Endlich aber die Hauptsache. Ist der Anfang des 2ten

Theils des Dichterlebens in England wirklich zu Papiere gebracht? Ich soll es ja stückweise lesen.

Ganz der Ihrige.
Rehberg.

II.

Dresden, 17. September 1830.

Theuerster Herr Hofrath.

Das Schicksal, welches in alle menschliche Entwürfe seine disharmonischen Querzüge einzeichnet, hat mir nicht vergönnt, so wie ich es wünschte, die Erinnerungen eines zweyjährigen glücklichen Lebens in Italien mit einer Erneuerung der so erfreulichen Unterhaltungen mit Ihnen über die Gegenstände zu verbinden, die ich in jenem reizenden Lande fast aus den Augen verlohren. Bey Ihrer unerwarteten Abwesenheit von Dresden ist es mir ein Trost, daß Sie die Zeit, die ich hier zugebracht habe, in vollkommenster Abspannung und Ruhe (soweit die Bewegungen der Welt es verstatteten) meine, durch die Unendlichkeit ansprechender Gegenstände, durch zu viele Seebäder und eine ermüdende Reise überreizten Nerven zu beruhigen, — benutzt haben, sich durch den Anblick der großen Naturscene in mir bekannten Gegenden zu erheitern. Vielleicht kann das günstigere Schicksal uns noch einmal in derselben Region zusammenführen. Wenigstens ist die Aussicht zu einer Reise nach Baden nicht so außerhalb des Wahrscheinlichen, als mein Wunsch Rom und Neapel nochmals zu besuchen. Ich habe die lebhafteste Freude empfunden, als ich von den Ihrigen hörte, daß Sie in Bern bey gutem Wetter gewesen sind. Wären Sie statt dessen am alten Markte gewesen, so hätte ich den Verdruß gehabt, die drey Schritte bis zu Ihnen nicht einmal machen zu dürfen, um einen Abend mit Shakespear, einen andern mit Merlin und den dritten mit Andalosia zuzubringen. Ich danke Ihnen von Herzen für die Zueignung des letzten. Ich kenne die Gräfin zu gut, um die Fortdauer ihrer mir gewogenen Gesinnungen zu erbitten. Ich rechne drauf. Die schöne Reise wird ihr auch wohl gethan haben.

Ganz der Ihrige.
Rehberg.

III.

Göttingen, 13. May 1835.

Da endlich der Frühling sich eingestellt hat, und ich eine erwartete Nachricht von der glücklichen Entbindung meiner Tochter, vor der ich nicht daran denken konnte, mich von hier zu entfernen, heute eingetroffen ist, so ist es Zeit, die Anfrage, die ich Ihnen vor mehreren Monaten angekündigt habe, im Ernste zu machen. Ich frage Sie also, Theuerster, ob wir Uns in diesem Sommer auf eine weniger beengte Weise sehn können. Es wäre Uns allen so erfreulich gewesen, mit Ihnen in dem Baden, das mit allem Widerwärtigen des vorigen Sommers doch so viele Reize hat, einige ruhige Tage zu verleben, statt dessen wir Sie wegfliegen sehn mußten, und drey Wochen lang Ihnen nachsahen. Reisen Sie dieses Jahr? und wohin? Ich werde, wenn nicht sehr unangenehme Störungen meiner Entwürfe eintreten, wieder in die Gegend, aber nicht bis nach Baden gehen. Haben Sie etwas vor, damit ich meine Anlegungen combiniren könnte, so würde ich diese danach einrichten. Nach Böhmen ist mir zu entfernt. Aber was zwischen dem Mayn und Rhein liegt, ist zu erreichen. Ich hätte einen doppelten Grund zu wünschen, mit Ihnen einige Zeit zuzubringen, da ich endlich mit der Politik schmolle, und mich in ganz andre Regionen der Beschäftigung des Geistes zurückgezogen habe: welche Uns einen für mich um so mehr erfreulichen Stoff zur Unterhaltung geben würden. Meine erste Frage würde seyn, ob Sie nicht den dritten Theil Ihrer dramaturgischen Blätter herausgeben? Wäre es auch nur um die vortreffliche Beurtheilung von des Oehlenschlägers Correggio davor zu retten, daß sie nicht in dem Wuste einer Zeitschrift, der sie beygegeben ist, vergraben bleibe. Sie wißen, daß ich das Theater und das Raisonniren darüber, — ich könnte sagen, wie Goethe sich so oft ausdrückt, mehr als billig liebe. Nun sehe ich nie Schauspiele, und zweifle gar sehr, ob ich je noch ein Haus betreten werde. Aber das Interesse an der Dramaturgie ist in mir so lebhaft, daß ich mich nicht zurückzuhalten vermag, wenn nur etwas genannt wird, das Anlaß zu Betrachtungen über Dramen geben kann. Ferner habe ich meinen lange gehegten Wunsch den divino Lope näher kennen zu lernen, immer vereitelt gesehn, und doch noch nicht aufgegeben. Viel spazieren zu gehn, ist mir eben so wenig gelegen, als Ihnen. Aber in einer schönen grünen Umgebung über Alles dieses mit Ihnen zu reden, wäre besser als Alles, was ich in der weiten Welt suchen mag. Geben Sie mir das Mittel dazu an. Ich höre mit der lebhaftesten Theilnahme, daß Ihre häuslichen Umstände sich so gestaltet haben, daß Sie Dresden verlaßen können, ohne die Sorgen mitzunehmen, die Ihnen den Aufenthalt in Baden trübten.

Nachschrift der Frau von Rehberg.

Ich kann nur unterschreiben, was Ihnen R. gesagt hat, theurer Freund. Wir Alle freuen uns herzlich der ernstlichen Besserung Ihrer lieben Frau, und denken nun wieder ruhiger und heiterer an unser verlornes Paradies am Alt-Markte zurück. Wir sollen dorthin kommen, sagen Sie — und was hindert uns daran, da kein Engel mit dem Schwerdte als Schildwache davor steht? Aber wir hätten Sie da nicht allein, und müßten Sie mit Allen denen theilen, die an dem

Europäischen Theetische ab- und zuströmen. In einer einsamen grünen Gegend gehörten Sie unser.

Sie sollen uns aber nicht selbst antworten — es wäre Ihren Freunden peinlich, wenn Ihre vom Schreiben müde Hand sich auch noch zu einem Briefe in Bewegung setzte. Die Gräfin oder die gute Solger sind wohl so gütig, uns in einigen Worten über Ihre Sommer-Plane Nachricht zu geben.

Vor wenigen Tagen hat meine Tochter Marianne ein zweytes Mägdlein bekommen — ich theile dies den gütigen theilnehmenden Freunden in Dresden mit, auch meiner lieben stummen Adelheid Reinbold.

Herzliches Lebewohl!

v. Rehberg.

Reichardt, Johann Friedrich.

Geb. zu Königsberg 1751, gest. zu Halle den 27. Juni 1814.

Wenn er zu seiner Zeit als Komponist größerer wie kleinerer Opern, Operetten und Liederspiele einen hohen Rang einnahm; wenn er als Redakteur der musikalischen Zeitung, ja auch als politisirender Schriftsteller vielseitigen Einfluß übte, und für eine geistige Macht gelten durfte, die man bisweilen beargwöhnte, daß sie sich zu überheben suche; wenn all' diese seine verschiedenartigen Produktionen, die den Mitlebenden imponirten, jetzt mit ihnen begraben sind .... in Einem wird er doch unvergeßlich bleiben, und auch heutzutage bei gänzlicher Geschmacksveränderung jeden Unbefangenen entzücken, der ihn darin kennen lernen will: in seiner Art und Weise, Liedern unserer größten Dichter entsprechende Melodieen zu finden. Reichardt verdient vollkommen den Namen Tondichter, denn keiner hat tieferes Verständniß dabei an den Tag gelegt. Es war eine offenbare Ungerechtigkeit, daß Goethe wie Schiller sich von diesen wahrhaft klassischen Kompositionen abgewendet haben, um Zelter'n zu huldigen. Eine Ungerechtigkeit, die sich wohl nur erklären läßt durch oft anmaßendes Betragen, und durch manche kleine Charakterzüge, die ihn perfid erscheinen ließen, wo er doch in gutem Rechte zu sein glaubte. Gewiß hat dieser bedeutende Mensch Alles gethan, um sich Feinde zu machen. Auch seine Stellung bei Hofe verdarb er sich durch unüberlegte Witzworte, die er schonungslos wie Geißelhiebe austheilte. Als z. B. der vielbeliebte Kapellmeister Himmel die von Kotzebue aus Paris mitgebrachte Operette „Fanchon, das Leiermädchen" in Musik setzte, und die darin enthaltenen unzähligen kleinen, coupletartigen Liedchen mit leichten Melodieen begleitete, äußerte Reichardt, erbittert über den beispiellosen Succeß solch' oberflächlicher Leistung ganz laut: „In dieser Oper sieht man den Himmel für einen Dudelsack an!" was zwiefach boshaft klang, weil dieser Ausdruck volksthümlich auf Betrunkene angewendet wird, und weil Himmel im Rufe stand, oft betrunken zu sein.

Von den Briefen R.'s an Tieck haben wir nur einen weggzulassen gewagt, — obgleich sehr ungern — aus Rücksichten für Lebende wie Todte. Dafür bringen wir als Zugabe ein Schreiben Tieck's an ihn, womit diese Reihe eröffnet wird, und als Anhang zwei Briefe seiner Tochter Louise, die dem Freunde und Kenner deutschen Liedes werth bleiben müßte, wenn sie gleich nichts anderes gesungen hätte, als die herrliche Melodie zu Novalis unsterblicher Klage:

„Der Sänger geht auf rauhen Pfaden,
Zerreißt in Dornen sein Gewand 2c."

Ludwig Tieck an Reichardt.

I.

Dresden .... 1801[1]).

Ich schicke Dir hier nach meinem Versprechen das Liederspiel zurück, das ich mit großem Vergnügen gelesen habe; da Du aber ein ganz aufrichtiges Urtheil von mir verlangst, so wär' es sehr Unrecht von mir, wenn ich es Dir nicht ganz so mittheilte, wie es mir beim Lesen und beim nachherigen Ueberlegen vorgekommen ist. Du weißt, was mir in Deinen beiden ersten Stücken so sehr gefiel, war ein gewisses künstliches Gegenüberstehn der Personen und Gesangesmassen, wie

---

[1]) Ohne Bezeichnung des Tages. Ort und Jahreszahl von Tieck's Handschrift auf der für den Druck vorbereiteten Kopie.

ich es nennen möchte, wodurch in den Liedern selbst eine fortschreitende Handlung war, und wodurch alles korrespondirte und sich gegenseitig trug und erhielt. Dies scheint mir in diesem Stücke zu fehlen, wodurch es ein wildes verworrenes Ansehn erhält, und doch monoton wird, alle Töchter drücken einen Gedanken aus, ebenso die Künstler, Mann und Frau stehn fast ganz müssig, die Handlung erregt eine falsche Erwartung, die nachher nicht befriedigt wird. Wozu lässest Du das Theater verwandeln? Ich sollte meinen, bei einem solchen Tableau müßte wirklich die Unveränderlichkeit der Bühne ein Gesetz sein; denn durch die bloße Verwechselung der Scene entsteht schon ein viel größerer Anspruch, eine Ausbreitung, die dem kleinen Detail Schaden thut; wenn ich das Final abrechne, so hat Göthe wohl in Jery und Bätely die Aufgabe sehr schön gelöst. Ich fürchte auch, was das Aeußere anbetrifft, die erste Scene mit dem Herunterklettern muß sich auf jedem Theater kleinlich machen, und was noch schlimmer ist, Du hast dadurch das Pikante vorangestellt; denn nachher ist es mit dem Vorfall schon vorüber, es steht nur still und erhält eine Auflösung, die ängstlich klar und deutlich ist, und die man eigentlich gar nicht erwartet. Wozu sind überhaupt die handelnden Personen Künstler? Es thut nichts zur Sache, als daß es eine gewisse Heftigkeit in dem jungen Menschen zeigt, die mir wenigstens nicht hat gefallen wollen; es geht aber mit der Liebe ein wenig zu schnell, was sich mit der großen Innigkeit besonders der andächtigen Lieder nicht vereinigen läßt. Von diesen Liedern muß ich Dir überhaupt sagen, daß sie mir in diesem Stücke keine angenehme Empfindung erregt haben, sie sind fast alle die heiligsten, die Göthe je gedichtet und Du gesungen hast, sie sind wie Kernsprüche aus der Bibel, die eine unendliche Anwendung zulassen, die aber schon für sich tausend mannichfaltige Geschichten und Empfindungsspiele enthalten; will man sie nun, wie hier geschehn, in die Welt einführen, so verlieren sie durchaus ihren Charakter von Allgemeinheit und Größe, sie erläutern einen geringfügigen Umstand, wodurch sie fast zur Parodie werden, wie es besonders mit dem göttlichen: Trocknet nicht, Thränen der heiligen Liebe geschehn ist. Eben so unerwartet kam mir das Lied aus dem Meister: Kennst Du das Land, was hier nothwendig seinen (Lücken) — — — — — — schöninnigen und geheimnißvollen kindischen Charakter verlieren muß. Am meisten hat mich fast der Klopstock überrascht und gestört, der doch mit seiner hohen Anmaßung noch überdies schwerfällig und unverständlich ist, so daß er gewiß mit dieser Ode nicht populär sein kann. Ich glaube überdies, diese Sachen von Göthe müssen niemals populär werden, sie können es auch nicht; auf dem Theater werden sie eben entheiligt, welcher Comödiant soll es sich unterstehn, das: Die ihr Felsen und Bäume bewohnt, herzusingen? Es ist ja dieses ähnlich als im Göthe selbst der innerste Göthe, er hat dergleichen in keines seiner musikalischen Stücke aufgenommen, weil es die Andenken seiner glänzendsten Lebensmomente sind. Mir wenigstens thut es weh, diese Töne auf irgend eine Weise verknüpft wieder zu finden. Du kannst es nicht vermeiden, daß es sich nicht selbst parodirt. Warum willst Du nicht überhaupt bei kleinen Liedern stehn bleiben, die eben im Zusammenhange ergreifen, weil sie so klein und verständlich sind? Hier im Schweizerkostüm hätt' ich mir: „Wenn ich ein Vögli wär'," und „Ich hab' einmal ein Schätzel g'habt," erwartet und gewünscht. Es konnte eine Familie sein, die von den Unruhen vertrieben, sich hier niedergelassen, ein desperater Sohn will fort, in den Krieg, seinen Freund aufsuchen, der sich seitdem verloren; die Schwestern können ihn nicht zurückhalten, er klettert heimlich den Fels hinauf, indeß zeigt sich von oben der Freund und Geliebte, die gegenseitige Erkennung, die Liebe, die Nachricht vom Frieden und dergleichen, recht alte Schweizerleute in Mann und Frau hätten wohl was Schönes machen können, dazwischen einmal der Kuhreigen u. dgl. — Verzeih mir meine umständliche Kritik, die vielleicht zu strenge sein mag. — Wir sind hier alle wohl, nächster Post wird Mama schreiben, die außerordentlich munter ist. Ich danke Dir noch einmal für Deine freundliche Aufnahme, und denke noch mit Sehnsucht an Euren schönen Aufenthalt.

Grüß alle herzlich von mir.

Dein
L. Tieck.

Reichardt an Tieck.

II.

Halle, den 1ten März 1812.

Schon längst wollt' ich Dir, mein Lieber, schreiben, um Dich wieder einmal an unsre Sacontala zu mahnen. Im Herbste hatte das Vorlesen dieses herrlichen Stückes mich schon zu einer Ouvertüre begeistert, die den in sich geschlossenen heiligen Kreis jener lieblich göttlichen Natur gar glücklich darstellt. Könnt' ich Dir diese, von allen vorhandenen Ouvertüren gänzlich abweichende, nur einmal ordentlich hören lassen! Du würdest wohl dadurch zur Thätigkeit ermuntert werden. Aber so leben wir Beide Jeder in einem armseelig unmusikalischem Winkel, und das zwischen uns liegende große Berlin wird für Alles, was Kunst und Genie verheißt und erzeugt, immer kleiner und armseeliger, daß auch da kaum mehr eines bedeutenden Zusammentreffens zu gedenken ist. Doch rechne ich etwas darauf, wenn ich Dich, mein Lieber, bei meiner schlesischen Reise sehen kann. Entweder mach' ich sie hin- oder zurück über Berlin, und also auch über Ziebingen. Wenn Du Dich doch bis dahin mit dem herrlichen Gegenstande wenigstens im Geiste etwas mehr beschäftigen wolltest, damit wir dann um so fruchtbarer darüber conferiren könnten! Ein musikalisches Scenarium hab' ich bereits dazu entworfen, dieses könnten wir dabei zum Grunde legen. Ließet Ihr Lieben Eure schlesische Reise bis zum Herbst, so könnten wir uns wohl auch in Breslau treffen, und ich könnte Dir da vielleicht meine Ouvertüre hören lassen. Eher als im October komm' ich selbst aber nicht hin. Bis dahin will ich mein liebes Giebichenstein in schöner Einsamkeit, und in einem guten Stück Arbeit, nach welchem mich lange schon recht eigentlich dürstet, wozu es mir aber immer an völliger Ruhe gebrach, so recht in vollen Zügen genießen. Dabei auch meinen lieben Garten recht ordentlich pflegen und benützen.

So lange haben wir nun nichts von Dir gehört und gelesen. Du bist doch wohl nicht so ganz faul gewesen? Das Beenden und die Besorgniß der Herausgabe wird Dir wohl so recht eigentlich nur lästig? Könntest Du Dir dazu nicht einen geschickten Handlanger zulegen? Daß ich selbst für mich nicht früher an einen solchen gedacht, gereut mich jetzt sehr oft. Wenn ich jetzt — oft mit herzlichem Lachen — von grünschnäbelichen Recensenten lesen muß, wo sie ein Lied von mir (absichtlich) doppelt komponirt finden, „ich könne nun einmal nichts von meinen Arbeiten ungedruckt lassen" — seh' ich doch nicht ganz ohne Bedauern auf mehr als zwei Drittheile meiner besten Kompositionen zurück, die gar nicht bekannt wurden.

Wird in Deinem nächsten Kreise auch wohl der edle Gesang recht eifrig getrieben? Habt Ihr auch wohl meinen Göthe und Schiller, in denen so mancher gute Chorgesang steht? Mit den letzten Heften von beiden könnt' ich noch dienen; die ersten besitz' ich aber nicht mehr. — Grüße Alle, besonders Burgsdorf recht sehr von mir. Mit diesem hab' ich immer gehofft, mich einmal in Dresden zu treffen; es hat aber nicht gelingen wollen. Wenn Du mir eine rechte Freude machen willst, so schreib mir bald, und sag' mir auch, daß Du auch unserer Sacontala so recht con amore gedenkst.

Dein
Reichardt.

III.

Halle, den 17ten März 1812.

Deine schnelle herzliche Beantwortung meines Briefes hat recht erquickt, mein Lieber. Ich eile Dir mein musikalisches Scenarium zur Sacontala zu schicken. Du wirst finden, daß sich recht viele und mannigfaltige Veranlassung zum Gesange darbietet, und die dazwischen fallenden Recitative eben nicht ermüdend lang werden dürfen. Denn ich nehme ein völlig gesungenes Singspiel an, aus dem allein ein Ganzes, ein vollendetes Kunstwerk werden kann. An die gewöhnlichen Formen der Arien und Ensemblestücke denk' ich kehren wir uns gar nicht. Sind die Verse nur rhytmisch bedeutend und symmetrisch unter sich, findet sich die bessere und beste musikalische Form in der Begeisterung der Arbeit selbst. An unser Theaterpersonale und Publikum müssen wir gar nicht weiter denken, als daß wir nur nicht unnöthige Schwierigkeiten für die Aufführung häufen. Was der beste Decorateur und Maschinist, der von Natur begabte Sänger, und ein empfängliches Publikum darstellen, geben und empfangen muß unsere einzige Richtschnur seyn. Stellen wir so ein wirklich neues, in sich abgeschlossenes Kunstwerk dar, so wird sich ja auch wohl einmal ein Fürst und Theaterdirektor finden, mit dem wir eigentlich hätten leben sollen, der aber ohne unser Werk nicht zu seiner gehörigen Höhe gehoben werden konnte. Ich bin mit Dir völlig überzeugt, daß wir kein Singspiel haben, wie es seyn sollte; und auf dem Wege, den man gleich bei Erfindung der ital. Oper betrat — zur Wiederherstellung der griechischen Tragödie — konnten wir auch keines erhalten. Alles was die Alten hatten: Vaterland, Verfassung, Sprache, Poesie, Volk, hinderte sie an der Erfindung der Musik (als eigentl. Kunst) und des wahren Singspiels. Alles was die Neueren aber durch Religionseifer und weichliche Empfindsamkeit erlangten und erfanden, ward ihnen wieder unnütz durch den Rückschritt zur alten Tragödie. Kunstgenie's haben sich immer und überall gegen die Magister gesträubt; jene haben fest gehalten; und so sind tausend Zwitter und Ungeheuer entstanden, an denen sich die Tonkunst ausgebildet und fast vollendet hat. Daß Mozart das Höchste darin leisten konnte, hat er wirklich dem Schikaneder und Consorten zu danken. Ohne die Zauberflöte und Don Juan hätten wir keinen ganzen Mozart!

An meinem Scenarium wirst Du leicht bemerken, daß ich mich wohl zu sehr an das indische Stück gehalten habe. Aber selbst dann, wenn Dein poetischer Genius Dir eine ganz andere Folge für das Singspiel eingiebt, wirst Du doch immer die Gesangspunkte als Fingerzeige bezeichnet finden, und benützen können. Sonst bild' ich mir wahrlich nicht ein, Dich durch das Scenarium binden zu wollen. Es wird indeß immer dazu dienen, uns über Anlage und Ausführung zu verständigen, und daß dieses durch fortgesetzten Briefwechsel geschehe, wünsche ich von Herzen, da unsere Zusammenkunft sich bis gegen Winter verspäten möchte. Danke Burgsdorf recht sehr in meinem Namen für seine freundliche Einladung, und sag' ihm, daß ich gerne nach Möglichkeit davon Gebrauch machen werde. Dießmal wird es auf keinen Fall solche Eile mit mir haben, als damals nach dem ver=

wünschten Kriege und preußischen Aufenthalt, der den innersten Kern meines Lebens zum ersten Male anzugreifen drohte.
Wie gern ladete ich Dich für den Sommer zu uns ein! In
dem lieben Giebichenstein, das Dir von jeher so lieb war,
würden wir erst ganz mit unserm Genius leben und weben
können. Aber ich werde diesen Sommer da draussen ganz
einsam seyn, und weiß selbst noch nicht recht, wie ich's mit
meiner eigenen Oekonomie für meine Person einrichten soll.
Doch das ist meine geringste Sorge. Ich bin leicht bedient,
wenn mir Freiheit und Ruhe vergönnt ist. Auf diesen häß-
lichen Stadtwinter soll mir auch die einsamste Einsamkeit
höchst wohlthätig in Mitte der lieblichen Natur da draussen
seyn. Nun weiß ich doch auch, wie es den Schwalben zu
Muthe ist, die sich über Winter im Morast verbergen, und
freue mich auf mein Schwalbenerwachen für die nächste Woche
wie ein Kind. Wenn uns nur das Wetter, das jetzt schlack-
rich und schneeich ist, einigermaßen darin begünstiget.

Von der Sacontala muß ich noch bemerken, daß Du viel
Chöre absichtlich angegeben finden wirst; oft auch „hinter
der Scene." Mir scheint dieses dem feierlich heiligen Charakter des Stücks, das so viel im Walde spielt, angemessen.
Auch bearbeite ich die feierlichen Chöre so gern. Dann auch
noch: Du wirst den Namen „Duschmante" für den Gesang
nothwendig wohlklingender machen müssen; vielleicht „Da-
mante," das für unser an italienischen Gesang gewöhntes Ohr
eine angenehme Nebenbedeutung hat.

Auf Deine Riesen- und Feen-Oper nach Calderon bin
ich recht begierig. Wie heißt das spanische Stück? Könnten
wir dieses nicht für die Zeit fertigen, indem wir jenes so
recht absichtlich für die Ewigkeit bebrüten? Iffland wollte
schon für diesen Winter eine neue Oper von mir haben. Bei
der neuen Einrichtung des Berliner Theaters, nach welcher er
auf seine Kasse Righini und den Rest des alten Königlichen

Orchesters übernehmen mußte, machte er für diesen Winter aber Schwierigkeit, mir eine große Oper so wie bisher bezahlen zu können — (und dergleichen thu' ich nur für's Geld!) — da verlangte er unterdessen ein kleines Stück, Operette oder Liederspiel, für welches er mit ein paar hundert Thalern sich abfinden könnte. Doch weder für dieses, noch für die große Oper war ein Gedicht zu finden, das uns beiden recht dünkte. Er schlug mir unseelige Kotzebuejaden vor, die mich anekelten; ich ihm das blaue Ungeheuer, das ich nach Gozzi bearbeitet habe, worin ihm aber die Maskenrollen zuwider waren. Nun ist die Rede wieder für den Herbst so etwas zu besorgen. Könnten wir die Riesen und Feen bis dahin fördern, so sollt' er auch wohl für das Gedicht mit Hundert Thalern oder dergleichen herausrücken. Ueberlege Dir's doch und gieb mir bald Antwort darauf. Ich bin mit ihm in fortwährendem Briefwechsel darüber. Deine andere Frage über ein „Ungeheuer"[1]) versteh' ich nicht. Hast Du ein solches Gedicht drucken lassen? Einzeln .. oder wo?

Ich bringe Dir im Herbst auch so Mancherlei, das ich in den letzten Jahren für's Theater entwarf und zum Theil ausführte, um Deine Meinung und leitendes Urtheil darüber zu vernehmen. Schon darum muß ich mehrere Tage mit Dir leben, wenn mein Wunsch, für den Du hier in Giebichenstein zu kurz bliebst, erfüllt werden soll.

Du endest Deinen lieben erfreulichen Brief mit so guten Wünschen für mein Wohl, daß ich Dir mit Worten nicht genug danken kann. Wenn es mir nur ferner gelingt, mir mein Giebichenstein zu erhalten, will ich sehr froh leben und

---

[1]) Sollte dies nicht das nämliche „Ungeheuer" sein, auf welches Iffland's erstes Briefchen deutet, und durch dessen Zurückweisung der Bruch zwischen ihm und Tieck unheilbar wurde?

sterben. Von ihm mich trennen fühl' ich als eine wahre Unmöglichkeit. Der Garten ist zu einem Theil meines Lebens mächtig herangewachsen. Könntest Du ihn doch wieder bald einmal in seiner ganzen Frühlingspracht sehen! Er muß dieses Jahr unendlich schön blühen und prangen: unzählige Rosen= und Blumen=Gesträuche aller Art hab' ich verwichenen Herbst wieder hineingepflanzt, und jede Partie wächst so frei und voll ihrer Pracht entgegen. Es kostet mir viel Mühe und Kunst die Pension von 800 Thalern, welche mir der König von Preußen voriges Jahr zugestand, hierher (in's damals Westphälische!) zu erhalten, und eigentlich lüg' ich mich nur so damit durch. Doch hoff' ich auf Inkonsequenz und Veraltung. Wie es indeß auch immer werden mag, lieber leb' ich am Ende ganz allein in dem lieben Giebichenstein von Milch und Früchten, als irgend wo anders in Ueppigkeit!

Amalie und Alles was unserer in Liebe gedenkt ist herzlich gegrüßt. Meine Frau hofft noch sehr auf eine Zusammenkunft mit ihr in Schlesien. Mitte Mai wird sie sich wohl mit Raumers in Schmiedeberg zusammenfinden und da bis gegen den Herbst, mit Waldenburg abwechselnd, bleiben. Dann gehen sie zusammen nach Breslau, was Euch wohl fast näher liegt. Wir haben immer die besten Nachrichten von dort her, und müssen es in jeder Rücksicht für ein Glück halten, daß die Lieben nach Breslau und nicht nach Berlin gekommen sind.

Nun mein Lieber sey herzlich umarmt, laß bald wieder von Dir hören. Laß uns nicht ermüden, bis wir zusammen was Rechtes zu Stande gebracht haben. Immer und ewig der Deine

Reichardt.

IV.

Giebichenstein, d. 27. Jul. 1812.

Malchen [1]) hat mir im besten Wohlseyn Deinen lieben Brief gebracht, mein geliebter Freund und Bruder. Sie hat sichs mit den lieben Kindern Freitag Mittag und Sonnabend Abend hier draußen gefallen lassen, und der Garten schien ihnen allen wieder viel Freude zu machen. Er ist auch wirklich in einem sehr lieblichen Zustande und ich habe es hundertmahl bedauert, daß Du nicht mitten unter uns warst. Es ist mir sehr schwer geworden mit dem Antrage zurückzuhalten, daß Du doch die Zeit der Abwesenheit von M. hier bei mir in schöner Einsamkeit zubringen möchtest. Aber Du sollst ein verzärtelter delicater Gast seyn, und dazu fühlt ich in mir und in meinem Hause eben nicht die Mittel und Fähigkeit zu so völliger Befriedigung, als ich sie Dir gern gewährte. Wie hätten wir nicht auch mit gemeinsamer Liebe und Zärtlichkeit über unsre Sacontala brüten und singen wollen! Was Du mir in Deinem Briefe darüber sagst, zeigt mir daß Du das Ganze tiefer beherzigst und ich will die einzelnen Fragen nach Möglichkeit beantworten. 5 Akte sind gewis zu viel. Auch ist nach meinem Plan sicher zu viel Gesang darinnen, wiewohl ich auf den luxuriösen üppigen ganz ausgesponnenen Gesang der neuesten Zeit dafür gerne Verzicht thäte, so leicht es mir auch wird ihn den besten italienischen Mustern nachzubilden. Das Ganze glücklich in 2 Theile zu theilen, wäre gewis von großem Gewinn; wenn auch der Abschnitt, dächt' ich, nicht so scharf wäre, daß ein zweites Stück nicht nothwendig geahndet und verlangt werden dürfte. Die Geister denk' ich mir auch zum Theil sichtbar und besonders Tänze bildend. Freilich, denken wir dabey an unser Theater, bin ich, ganz

[1]) Tiecks Gattin, Reichardts Schwägerin.

Deiner Art, Angst und Bange. Was Jämmerlicheres als unser modernes deutsches Theater hat es nie in der Welt gegeben. Ich kann mich auch gar nicht mehr entschließen es zu sehen, weder hier, wo die Weimarsche Truppe spielt, noch in Berlin. Die Hauptcharactere der beiden Theile unsrer Sacontala hast Du sehr bestimmt und richtig angegeben, jedes könnte so für sich ein schönes herrliches Ganze werden, und doch durch das Hauptganze erst der ganze hohe Eindruck eines ächt lyrisch dramatischen Werks hervorgehen. Nächstens werd' ich Dir einzelne musikalische Sätze dazu schicken; damit Du Dein Heil daran versuchen mögest. Was sich Dir nicht gleich willig zu poetischer Bearbeitung darbietet das lege nur gleich bei Seite. Mir werden dergleichen Sätze auch in großer Menge gar leicht.

Ich danke Dir in diesen fatalen Tagen, die wieder mit mancher körperlicher Plage für mich verbunden waren, noch andern reichen Genuß. Carl [1]) ist so brav gewesen mir Dein altenglisches Theater herzuschicken, das ich noch nicht kannte, und worin mir der Flurschütze und Perikles sehr großes Vergnügen gewährt. Gegen den Johann bin ich nun erst begierig den späteren zu halten und den Lear kenn' ich noch nicht. Auch hat mir C. ein paar inhaltreiche Briefe mitgetheilt, die Du ihm aus M. über Göthe geschrieben, und in denen mein eigen Urtheil rein ausgesprochen ist. Ja ich möchte noch hinzu behaupten, daß G. weit mehr ein gebohrner Denker, Beobachter und Redner als Dichter ist. Als dramatischer Dichter fehlt ihm gewis das, was eben auf der Bühne allein den sicheren Effeckt gewährt. Er ist auch da immer mehr Menschenkenner und Redner, als Schöpfer und Dichter; am wenigsten Schauspieler.

Das Buch des Grafen bring' ich Dir nach B. mit: denn

---

[1]) Carl von Raumer, Reichardts Eidam.

ich rechne sehr darauf, Dich Ende Sept. oder Anfangs Oct. dort zu umarmen und mit Dir dann nach Ziebingen und so weiter zu meinen Lieben zu gehen. Laß uns bis dahin einander fleißig schreiben und schick' mir ja gleich die ersten Verse zur Sacontala. Von Herzen der Deine

R.

V.

Berlin d. 13ten Oct. 12.

Seit dem 7t. bin ich hier, mein Lieber, und hoffe täglich etwas von Dir und Deiner Herüberkunft zu hören, aber leider bis heute vergeblich. Ladet Dich nicht der schöne Herbst? C. und M. wünschen auch sehr Dich hier zu sehen, wenn sie gleich bedauern, Dich während meines Hierseyns nicht logiren zu können. Auch für mich haben sie sich erst von ihrer franz. Einquartirung, die sie 4 Monathe hatten, befreien müssen. Malchen meynte aber, Du würdest wohl bei Reimers wohnen können, und so wäre ja denn auch weiter kein Hindernis im Wege. Komme ja bald und richte Dich so ein, daß wir um die Mitte Novemb. zusammen nach Ziebingen reisen können. Burgsdorf ist ja nun auch wohl wieder zu Hause? Kommt er nicht her? Bis auf wie weit könnt' ich von Ziebingen wohl ein gutes Fuhrwerk nach Breslau hin haben? ich möchte auf Liegnitz, oder vielmehr auf Kaltwasser, nah bei Liegnitz gehn, welches zwei Brüder von meinem Raumer gepachtet haben. Doch davon, wie von allem andern, besser mündlich. Hier ist alles wohl, mir geht es auch leidlich; in A.'s Hause sehr wohl, nur zu viel in Gesellschaft. Aus Bresl. und auch von Wilh. aus Burgos vom 15t. Aug. haben wir gute Nachricht. Gieb solche auch bald von Dir und Deinen Lieben, m. l. Freund, und empfiel mich allen aufs beste.

C. und M. grüßen Dich und M. herzl.

Dein

Reichardt.

VI.

Breslau d. 31. Oct. 12.

Seit dem 27t. Abends bin ich recht wohl behalten hier. Bis auf ein gebrochen Rad, am Wagen des Crossner Gastwirths, eine Stunde Fußwandrung und eine Nacht in einer kleinen Dorfschenke, ging alles nach Wunsch und Willen. Hier fand ich alle sehr wohl und heiter. Rike ganz hergestellt und etwas stärker als vor der Ehe, ihre kleine Dor. ein gar liebes ruhiges Kind von freundlichem Ernst, dem Vater ganz gleich. H. und S.[1]) und Clärchen auch etwas stärker geworden und alle, auch meine Frau, sehr wohlaussehend. Diese freut sich Eurer freundlichen Einladung für den Rückweg, und wird mit Vergnügen einige Tage bei Euch hausen: aber acht Tage scheinen ihr in der Nähe ihrer Töchter, die sie so lange nicht sah, doch auch zu viel. Vor Neujahr geschieht es indes auf keinen Fall. Wir sind hier auch gar gut aufgehoben. Die Kinder wohnen gar erwünscht, in einem schönen Hause, das mich oft an die besten Lombardischen Paläste erinnert und das auf Königl. Kosten mit aller möglichen Bequemlichkeit für sie und für die unter ihnen befindliche Bank versehen ist. Schildwachen, Hauscastellan, große Hausuhr auf dem Giebel des Hauses, doppelte Laternen, Diener für die Mineralsamml., der auch zugleich für R. und St. ein guter Aufwärter ist; man kann gar nicht bequemer geräumiger und zugleich ansehnlicher wohnen. Auch sind sie alle sehr mit der Wohnung zufrieden; auch ist die Vertheilung sehr passend ausgefallen, für St. die untere durch Höhe und Wölbung der prächtigen Zimmer noch ansehnlichere, für R. die gemüthlichere noch bequemere Wohnung. Auch von der Stadt und ihren freund-

---

[1]) H. und S. sind „Hanne" (Reichardts Tochter) und Steffens. — Rike ist Frau von Raumer (Carl).

lichen gastfreien Bewohnern bin ich sehr gut empfangen, Einladungen zu Diners und Soupers kommen vom ersten Tage an, viel häufiger als ichs wünschte: mehrere sind auch schon abgelehnt. Die Reise hat mich doch wieder etwas von neuem angegriffen, und ich fühle wohl, daß ich Ruhe und Mässigkeit bedarf. Das Wetter hat mich sehr begünstigt, erst als ich hier schon in Sicherheit war, stellte sich der Regen ein, der die alte würdige Stadt schon gar weidlich mit Koth überzogen hat. Neues von der Armee erfährt man hier eben so wenig als in B., obgleich man ihnen hier doch schon näher ist, und manches auch über Wien her erschallt. Das fatale Friedensgerücht scheint sich indes doch von keiner Seite zu bestätigen.

Nun wünsche ich recht herzlich, mein Lieber, bald einmal etwas von Dir über all das Geschreibsel, das ich Dir zurückließ, zu erfahren. Was Du der weitern Ausführung am würdigsten findest, und worüber Du wohl bei Deinem Aufenthalt in Berlin am liebsten ein Wort zu meinen Gunsten an Reimers sagen möchtest, das könntest Du mir wohl auch wieder herschicken. Ich bin so ganz ohne Beschäftigung hier, daß ich sonst etwas Neues beginnen müßte. Ich denke mich zwar mit dem hiesigen Theater zu beschäftigen, wozu die Direction auch schon die Artigkeit gehabt, mir ein für alle Plätze gültiges Billet zuzuschicken, aber ich weiß doch noch nicht, ob mich das auch zu einer ruhigen Stubenbeschäftigung führen wird, deren ich immer bedarf. Wenn ich mit Deinem Phantasus zu Ende bin, schreib ich Dir auch, nach Deinem Willen den Eindruck, den die verschiedenen Märchen auf mich gemacht. Auf dem Wege kam ich weniger zum Lesen, als ich vermuthete, hier noch fast gar nicht. Es soll indes nicht so gar lange mehr währen, daß Waagen das Exemplar erhält. Hergekommen ist er doch nicht, aber wohl wieder von Schmiedeberg nach Waldenburg zurückgegangen: Du schickst mir auch wohl d. 2t. B. zu weiterer Beförderung.

Nimm heute mit diesem flüchtigen Blatte vorlieb, mein Lieber, wohl zehnmal ward ich dabey unterbrochen. Könnt' ich Dich doch herzaubern, um mündlich so manches zu verhandeln, das sich in den paar Tagen dort in Ziebingen eben nicht einstellte. Am meisten hab ich Dich gestern Abend spät hergewünscht, als mir Rieke und Soph. mehrere meiner Göthe-Sachen mit einer sehr verschönten und vergrösserten Stimme, und gar edlem gehaltnen Vortrage sangen. Alle grüßen Dich und M. und D. und den kleinen C. XII aufs herzlichste. Laß ja recht bald etwas von Dir hören und empfiel mich auch dem ganzen Hause bestens. Nochmals tausend Dank für freundl. Aufnahme.

R.

Louise Reichardt,

des Vorigen Tochter, als Komponistin schöner Lieder bekannt, die sich durch Tiefe des Gefühls und einfach natürliche Declamation auszeichnen.

VII.

Hamb. d. 20t. Nov. (ohne Jahrzahl).

Lange habe ich solch eine Freude nicht gehabt wie über Deinen Brief, lieber Tieck, und Du brauchtest zu v. Bielefelds Empfehlung nichts weiter zu sagen, als daß er Dein Freund ist. Die Familien, deren Bekantschaft Dir für ihn lieb wäre, sind noch alle auf dem Lande, aber die nächste Woche pflegt so der letzte Termin zu seyn und dann werd ich ihn mit Vergnügen bey Mad. Sillem einführen; die weiteren haben Runge und der junge Sieveking übernommen, mit denen ich ihn bereits bekannt gemacht habe, und die dazu weit geschickter sind als ich, da ich schon seit mehreren Jahren aus allen Gesellschaften mich herausgezogen habe, weil ich es mit meinem Geschäft nicht vereinbar fand, und auch meine Gesundheit, die mich seit der letzten Reise nach Berlin oft Monathe hindurch im Zimmer hält und ausser aller Thätigkeit setzt, es ohnmöglich machte. — Von Deiner Gicht hörte ich oft mit herzlicher Theilnahme und freute mich, wenn man mir zugleich erzählte, daß Du dabey Deine Heiterkeit nicht verlohren. — Daß Deine Töchter musicalisch sind, ist eine schöne Zugabe, meine Lieder sind mir so fremd geworden, seit ich in Hamb. bin, daß Dein Wunsch, sie zu haben, mich ordentlich einen Augenblick wehmüthig machte, weil es mich an die alte gute Zeit erinnerte. Ich habe durchaus nichts davon, aber ich weiß hie und da noch jemand, von dem ich sie glaube erhalten zu können, und so soll Dein Freund, der Weihnachten zu Euch kommt, Dir wenigstens die Deinen, und was ich sonst der Mühe werth halte, mitbringen. Mein einziger Wunsch ist, bevor ich sterbe, noch etwas für die Kirche zu schreiben, ich habe diesen Sommer mit einzelnen Sprüchen aus der Bibel, die ich für meine Schülerinnen 3 und 4 stimmig gesetzt habe, angefangen und denke hauptsächlich in dieser Absicht eine Einladung nach England anzunehmen, weil ich dort in 2 Tagen mehr verdienen kann, als hier die ganze Woche und dann alle übrige Zeit eine Stunde von London in einer schönen Gegend ganz auf dem Lande zubringen würde, in einem deutschen Hause, welches mir alle Vortheile, deren ich mich in der Sillemschen Familie erfreue, anbiethet, dafür daß ich zwey lieben Mädchen, die schon hier meine Schülerinnen waren, Singstunden gebe.

Ob ich mich um Fritz verdient gemacht habe, daß wird sich erst zeigen, ich habe nach meiner Ueberzeugung gehandelt und es mir viel kosten lassen, aber er entspricht meinen Erwartungen bis jetzt leider nicht. Laß dies unter uns bleiben. — mein seeliger Vater schrieb mir, als er ihn mir schickte: „Suche seinen Verstand auszubilden, so wird es vielleicht möglich, von dieser Seite auf sein Gefühl zu wirken; aber was mich und Dich beglücken kann, das wird er nie haben," und ich fürchte, er hat nur zu wahr gesagt. Er hat der Mutter ihren Egoismus und den eisernen Eigenwillen von Carl Alberti. Gott möge sich sein erbarmen! —

Deine Arbeiten erhalte ich immer ganz frisch von Perthes; und Runge, der sehr viel davon hält, liest sie mir vor. Ich muß bey Erwähnung Deiner Arbeiten noch sagen, daß mir mehreres, besonders der Phantasus so werth ist, daß ich viel daraus ganz auswendig weiß. Diese beyden Männer gehören zu den wenigen Menschen meines vertrauten Umgangs, und daß sie Dich achten und lieben, macht sie mir besonders werth. Voriges Jahr hofften wir so sicher, Dich hier zu sehn, kannst Du es nicht einmahl noch machen, wie würden wir uns freuen! Deine Frau grüße tausendmahl; beykommende graue Erbsen lege ich Dir zu Füssen und schicke nicht mehr, weil die großen, die aber jetzt sehr theuer sind, erst in 14 Tagen kommen, wie mir der Mann, von dem wir alles nehmen, hat sagen lassen; willst Du nun davon noch mehr haben, so soll er Dir sie gleich mit der Rechnung schicken, ich hoffe Du sollst aber auch mit diesen, wovon Mad. Sillem, die Dich freundlich grüßt, eine Probe hat kochen lassen, wohl zufrieden seyn. Die gute Sillem ist heute in Trauer, da gestern Abend plötzlich ihre einzige Schwester Mad. Goddefroy gestorben, der Mann ist schon seit dem Frühling todt, und die fromme Frau, die schon lange kränkelte, sehnte sich mit ihm wieder vereint zu seyn.

Entschuldige mein Geschmier und bleibe freundlich Deiner Dir innig ergebenen

L. Reichardt.

VIII.

Hamb. d. 24st. Oct. (ohne Jahrzahl [1]).

Dein freundliches Andenken, Bester Tieck, macht mich so glücklich, daß ich nicht zu sagen wüßte, ob ich mich mehr über Deinen Brief oder über Webers Bekanntschaft, der ich viel schöne Stunden verdanke, gefreut habe. Es gehört zu den wenigen Wünschen, die ich für diese Welt noch habe, Dir einmahl wieder näher zu kommen und Deine Kinder, von denen ich so viel Liebes höre, kennen zu lernen. Webers werden Dir sagen, daß ich immer noch in derselben glücklichen Lage im Sillemschen Hause lebe. England ist mir eine sehr schöne Erinnerung, hauptsächlich weil ich dort den Grund zu einer bessern Gesundheit gelegt habe. Um dort zu bleiben, war grade nicht der rechte Augenbl., indem grade in jenem Sommer all' die guten Häuser, denen ich empfohlen war, fallierten und zum Theil England verliessen; jetzt sieht es nun gar so bunt aus, daß meine dortigen Freunde sich herzlich freuen, mich nicht gefesselt zu haben. — Welche Freude wäre es gewesen, wenn wir uns dort getroffen hätten, ich weiß, wie ich mich schon an den wenigen Menschen dort, die Dich gesehen hatten, gefreut habe. Daß auch Deine Gesundheit sich bessert, ist gar herrlich! — ich denke im Frühling nach Giebichenst. zu reisen, wo jetzt wieder so viele von den Meinigen beysammen sind, und hätte große Lust einen kleinen Abstecher nach Dresden, was mir in so vieler Hinsicht bedeutend ist, zu machen. Aber du müßtest freylich noch dort sein, wozu ja auch Weber mir Hoffnung giebt. Deine Frau und Kinder sind auf's

---

[1]) Dieser Brief ist schon nach Dresden adressirt; also wahrscheinlich kurz nach T's. Uebersiedelung von Ziebingen dahin geschrieben, worauf auch die auf Weber bezügliche Stelle hindeutet.

Herzlichste von mir gegrüßt. Die Meinigen schreiben mir so wenig, daß ich gar nicht wußte, daß Ihr in Dresden lebet, auch der Fritz hat ganz aufgehört mir zu schreiben, und kommt Ende dieses Monaths ganz zu Raumer ins Haus, was mich sehr glücklich macht, und ich beabsichtige die Reise hauptsächlich, um ihm nicht ganz fremd zu werden. — Herzlich habe ich mich gefreut, auch einmahl wieder etwas von Möllers zu hören, die ich recht sehr werth halte. Dein kirschbrauner Freund v. Bielefeld ist auch wieder hier, ich habe ihn aber noch immer verfehlt. Bey Deinen hiesigen Freunden bist Du in sehr gutem Andenken; Mad. Sillem, die jetzt viel kränkelt, trägt mir herzliche Grüße auf. Die grauen Erbsen, davon Weber nur einige Pf. in seinem Wagen lassen kann, kommen mit der fahrenden Post. — Seegne Dich Gott für Deine Güte und erhalte mir Deine Freundschaft.

L. Reichardt.

Reinbold, Adelheid.

Obgleich wir diese Zierde Tieckscher Geselligkeit oft zu sehen und uns an ihr zu erfreuen so glücklich waren, wollen wir doch gern, was wir von ihr zu sagen vermöchten, unterdrücken, und schwärmerisch-begeisterten Klageworten über ihren Tod (siehe den Brief des Baron Maltitz) einen zusammengedrängten Abriß ihres Lebens folgen lassen, wie derselbe auszugsweise, doch wörtlich Rudolf Köpke's herrlicher Schilderung entnommen ist.

„Unter den zahlreichen deutschen Schriftstellerinnen ist Adelheid R. eine der begabtesten, und doch ist kaum eine weniger anerkannt worden. Was sie besaß und vermochte, selbst ihre Dichtungen, hatte sie dem Leben in hartem Kampfe abgerungen. Schon als junges Mädchen war sie auf sich selbst, auf ihre eigene Kraft angewiesen. Sie stammte aus einer hannoverischen Beamtenfamilie. Früh machte sie manches verborgene Leiden durch. Dennoch erwarb sie reiche Kenntnisse in Sprache und Wissenschaft, und suchte sich dadurch eine selbstständige Stellung zu verschaffen. Zuerst hatte sie in Rehberg's Familie eine freundschaftliche und für ihre Ausbildung folgenreiche Ausbildung gefunden; dann ging sie nach

Wien, wo sie als Erzieherin lebte, in die Welt der großen Gesellschaft eingeführt, und nach Lösung ihrer Aufgabe mit einer Pension entlassen wurde. Sie ging nach Dresden, und lernte Tieck kennen.

Fern von Weichheit und Sentimentalität, besaß sie eine männliche [1]) Kraft des Talentes. Zu weiterer Fortbildung, zu eigenen Schöpfungen fühlte sie sich hingedrängt; sie wollte aussprechen, was sie in sich unter schweren Verhältnissen erlebt hatte. Die Trauerspiele „Saul" und „Semiramis" entstanden. In der Novelle versuchte sie sich mit bestem Erfolg. — Zu ihrer Familie heimgekehrt, führte sie ein Dasein häuslichen Kummers. Dennoch schrieb sie für öffentliche Blätter und trat, unter dem Autornamen Franz Berthold, als Erzählerin im Morgenblatte auf. Im Jahre 1831 ging sie nach München, wo sie eine Zeit lang in Schellings Hause lebte. Später nahm sie abermals eine Stelle als Erzieherin bei fürstlichen Kindern in Sachsen an. Doch weil sie in solcher Existenz die Selbstständigkeit ihres produktiven Talentes gehemmt glaubte, machte sie sich wieder los, und wagte es, sich eine unabhängige literarische Stellung zu schaffen. Seit 1834 lebte sie in Dresden, wo sie einen ihrer jüngeren Brüder auf der Militairanstalt untergebracht. Mit voller Selbstverleugnung und Aufopferung verwandte sie ihren literarischen Erwerb darauf, die Ihrigen zu unterstützen. In der Familie eines einfachen Handwerkers hatte sie sich eingemiethet, deren kleines häusliches Leben sie theilte. In ihrem Zimmer schrieb sie Dramen, Novellen, Kritiken. In der Gesellschaft erschien sie als Weltdame. Sie war eine glänzende Erscheinung, schön, lebhaft, geistreich, von seltener Schnellkraft und Thätigkeit. In Tieck's Hause zu Hause, ihm selbst fast leidenschaftlich ergeben, war sie heiter, witzig, sprübend, ein Gegenbild zur ernsten, frommen, gelehrten und einfachen Dorothea. Sie beherrschte das Gespräch vollkommen, mochte ihr der Diplomat oder Philosoph, der Engländer, Franzose, oder der deutsche Dichter gegenüber stehen." — Wie theuer sie ihrem verehrten Meister gewesen, läßt sich schon daraus entnehmen, daß Dichtungen, der aufregenden Zeit von 1830 entsprossen: „Der Prinz von Massa" — „Masaniello" — trotz revolutionairer Färbung nicht vermochten, sein Herz ihr zu entfremden. Sie blieb der Liebling des ganzen Tieck'schen Kreises, nicht minder geachtet als geliebt.

---

[1]) Dennoch war ihr Wesen echt weiblich.

I.

Göttingen, den 19. Juny 1829.

Wollen Sie mir vergönnen, theurer unvergeßlicher Freund, nach so langer Zeit einmal wieder vor Sie zu treten? Aber Sie standen mir so nah in diesen Tagen, wo ich Ihr herrliches Dichterleben las, daß ich mir es nicht versagen kann, Ihnen wieder einmal ein Wörtchen zu sagen; mir war, als hörte ich alle die schönen inhaltschweren Worte von Ihren Lippen fließen, wie sonst, Sie waren es so ganz selbst; dieses Werk muß vor allen andern, die ich von Ihnen kenne, so recht aus Ihrem Innersten geflossen seyn, denn so nah, so sichtbar möchte ich sagen, hat Sie noch keines vor meinen Geist gestellt. Wie herrlich zeichnen Sie den Kampf der wilden chaotischen Kraft mit dem menschlichen, den Kampf der Götter mit den Titanen, wie lernen wir Ihren Dichter lieben und bewundern, wie trifft er so wahr und so entschieden immer das Rechte, und doch können wir dabey auch dem Titanen Marlowe unsre Liebe und Bewundrung nicht versagen, ja er reißt sie gewissermaaßen noch mehr an sich, als Shakespear, den Sie mehr als die ruhige Critik auftreten lassen, er erobert unsre Zuneigung wie der Handelnde es immer thut, während der andre sie von Rechtswegen gewinnt. Ich finde in dieser Novelle den Stoff zu einem Trauerspiele, welches Sie Marlowe nennen könnten, und über welches ich Göthe's Motto schreiben möchte: „Auch ohne Parz' und Fatum spricht mein Mund, ging Agamemnon, ging Achill zu Grund," und dem es nur noch an Handlung fehlte, denn den ganzen innern Gehalt eines Trauerspiels, die Gedanken, welche sich unter einander verklagen und nicht aufs Reine kommen können, ja es ihrer Grundanlage nach vielleicht nie können, hat Ihre Novelle schon. Es ist eine Göttergestalt dieser Marlowe, der an nichts als an sich selbst hätte zu Grunde zu gehen können. Und wie schön ist nun wieder der Contrast des sanften weichen Green, der eben in der süßen Milde seines Gemüths uns doch wieder auf dem Sterbebette die poetische Beruhigung zeigt, die sein Leichtsinn ihm auf immer zu entreißen droht. Nun sollten Sie uns aber auch, theurer Freund, Ihren eigentlichen Helden und Liebling einmal im Kampfe mit sich selbst zeigen, und wie er in sich das Ungeheure und die nach allen Seiten überströmende Kraft, durch das Menschliche, und in diesem Sinn Göttliche, bändigt; denn glauben Sie, daß in Shakespeare selbst diese vollendete Harmonie aller Kräfte nicht erst nach manchem geheimen Kampf hervorgetreten ist, der nur nicht laut ward, weil seine Verhältnisse so bescheiden waren? Wer so unendlich tief empfand, daß er so in jede Menschenbrust zu tauchen verstand, wie er, sollte der nicht selbst alles Menschliche empfunden haben, und den Begriff des noch fehlenden nur durch das schon Erfahrene ersetzen, und sollte es nicht eben sein innerer Werth, der Gott in ihm seyn, der ihn diesen Einklang finden ließ? denn wenn es ihm tout bonnement angebohren wäre, so stände er uns zu unbegreiflich fern, als daß wir uns für ihn interessiren könnten, das können Sie also nicht gemeynt haben. Wie herrlich wäre es, wenn wir durch Sie, denn kein andrer würde ihn so begreifen, einen Blick in den Kampf der innern Kräfte mit sich selbst und der Außenwelt, in die Seele Ihres Shakespeare thun könnten, obgleich wir Ihnen gewiß alle zugeben müssen, daß Ihre Darstellung in diesem Moment seines Lebens vollkommen richtig ist; denn um sein herrliches Trauerspiel zu schreiben, welches ich Jugend benennen möchte, mußte er diesen innern Einklang, diese Geistesfreyheit errungen haben, aber er stand noch auf der Gränze des neueroberten Reiches, und blickte mit wehmüthig süßem Schmerz hinab in die Thäler der Erinnerung, überwundner Freuden und Leiden. — Und nun den heitern kindlich lieblichen Prolog mit seinen schlummernden

Gefühlen und Blüthenknospen dabey; ich sah mich wieder, uns alle im Cabinetchen um Ihren Stuhl, und die ahndungsvolle Stille, die das Geräusch der geschäftigen Hausfrau und die schwatzenden Mädchen im Nebenzimmer so oft unterbrach, und die Thränen kamen mir in die Augen. Doch Sie wissen das wohl alles so nicht mehr. Und die Wiederholung dieses schönen Tages dieses Jahr habe ich nicht mit erlebt! Mit Betrübniß sehe ich mein bescheidnes Blättchen, welches Sie vielleicht in Töplitz, oder wer weiß wo, weswegen wir es auch nicht zu schwer beladen wollen, aufsuchen muß, zu Ende gehen; wie viel möchte ich Ihnen noch über die einzelnen großen Worte Ihrer Dichter sagen, aber ich ermüde Ihre Geduld, und habe vielleicht schon manches gesagt, was Sie für dummes Zeug erklären müssen; gemeynt habe ich bey allem etwas, aber es vielleicht schlecht ausgedrückt, die Männer wissen die Sachen, wir fühlen sie, und wenn wir unser Gefühl undeutlich ausdrücken, weiß kein Mensch, was wir gewollt haben. Leben Sie wohl, Verehrter, Theurer, grüßen Sie Ihr ganzes liebes Haus und die gute Solger, und denken Sie in verlornen Augenblicken auch einmal mit Nachsicht und Güte an

Adelaide Reinbold.

II.

Waldeck, den letzten May 1831.

Recht sehr verlangt es mich, Ihnen einmal wieder ein paar Worte zu sagen, theurer Freund, obgleich ich nicht hoffen darf, dafür etwas von Ihnen zu hören. Haben Sie Semiramis gelesen, und was sagen Sie dazu? Ich weiß recht gut, daß ich dabey etwas gemeynt habe, werde ich es denn aber recht ausdrücken können? Ich habe zeigen, oder besser, sagen wollen, daß die Moral im höhern Sinne das organische

Gesetz unsrer Menschheit ist, welches eben dadurch, daß es aus der chaotischen Masse geistiger Kräfte die Legislation eines Ganzen schuf, etwas höheres producirte, als selbst das ist, welches Geister ohne ein solches Gesetz aufzuweisen haben, und ich habe zeigen wollen, wie diese Humanität selbst die übermäßigen anarchischen Kräfte eines halb göttlichen Wesens durch ihre moralische Geordnetheit, wenn ich so sagen darf, bezwingt, und dadurch höher steht, als wir uns die Geister, Engel oder wie wir andre geistige Wesen nun einmal nennen wollen, im Allgemeinen denken, obgleich ich überzeugt bin, daß auch sie ein, nur uns natürlich entgehendes, Gesetz ihrer Natur haben.

Eine Composition der Art konnte, wegen ihres luftigen Terrains, nur Skizze und Fragment seyn; wer vermag dieser alten Fabelwelt einen festen Boden zu geben? Uebrigens schließt sich Semiramis selbst, troß ihres fingirten halb göttlichen Ursprungs, eben durch diese Kräfte ihres Innern an jede höhere menschliche Natur, sie sey weiblich oder männlich, an, welche gewaltige Kräfte über das Gesetz hinaustragen, bis die Erfahrung, seine heilsame Beschränkung fühlend, sie wieder zurückführt.

Meine paar Novellchen (ziemliche Jämmerlichkeiten, welche durch die Schürzengunst und Critik der Schelling und Cotta (entre nous soit dit) sich den Weg ins Morgenblatt bahnen mußten) sind im Morgenbl. gedruckt; sie heißen die Kette und Emilie de Bergy. Letztere überraschte mich gedruckt in Leipzig, aber ich fühlte keine Wonne eines zum ersten mal gedruckten Menschen, sondern tiefe Beschämung über die Erbärmlichkeit des Products, welche mir da erst recht in die Augen fiel. Aber es war ein Machwerk, à commande geschrieben, fast mit vorgeschriebener Seitenzahl, aus dem das Beste noch weggestrichen wurde. Von hier aus habe ich ihnen auf Verlangen zwey andre Kleinigkeiten nachfolgen lassen, die mehr mein eigen sind. Sie heißen die Gesellschaft auf dem Lande mit Fortsetzung.

Uebrigens bin ich sehr fleißig, ob es hilft, müssen wir erst sehen. Raumek hat mir in den Memoires du Comte de Modène ein vortreffliches Buch geschickt, welches alles enthält, was ich wünschen kann. Ich habe hier keine Seele als mich selbst, der Spaß dauert auch nicht länger als sechs Monate, ich habe schon das Meinige in allem Guten dazu gethan, ihm seine Gränzen zu stecken. Finden Sie das nicht zu voreilig expeditiv; ich mußte! —

Darf ich Ihnen ein schönes, schönes Schwesterchen zuschikken, welches ich in Dresden seit acht Tagen bey der Canzlerin Könneritz habe? Ein gar gutes, liebes, solides Kind mit einem wahren Madonnakopf; empfehlen Sie sie Ihren Damen, und bitten Sie sie in meinem Namen um die Erlaubniß sie besuchen zu dürfen. Ich fürchte, sie wird mich bey Ihnen ganz ausstechen, bey Agneschen und Dorothea gewiß.

Der Gräfin bin ich noch sehr dankbar für ihren letzten Brief, den ich höchst ungern, aber auf ihr Gebot gewissenhaft vernichtet habe. Mit der Zeit schreibe ich einmal mehr von hier, bis dahin bitte ich mich all den Ihrigen zu empfehlen. Darf ich denn diesen schlechten Wisch abschicken? Sie sehen aus seiner Eile den — wollte Gott Früchte bringenden — Fleiß und das Vertrauen

Ihrer
Adelaide R.

Rellstab, Ludwig.

Geb. den 13. April 1799 in Berlin, gestorben am 28. Novbr. 1860 ebendaselbst.

Sein Vater, Inhaber einer bekannten Buch- und Musikalien-Handlung in Berlin, erzog die Kinder entschieden für Musik. Ludwig's ältere Schwester wurde als Sängerin beim Breslauer Theater angestellt, und gewann, obgleich Anfängerin auf den Brettern, durch liebliche Stimme, ausgebildete Schule und weibliche Bescheidenheit allgemeinen Beifall. Leider starb sie, einem dortigen Regierungsbeamteten verlobt, in der Blüthe ihrer Jahre, da ihr Bruder noch ein Knabe war. Als sechszehnjähriger Jüngling griff dieser, den der Vater auch zum „Musiker von Métier" bestimmt hatte, nach dessen Tode (1815) zu den Waffen, machte die Feldzüge mit, wurde Offizier in der Artillerie, Lehrer an der Brigade-Schule, und nahm 1821 seinen Abschied. Dann hielt er sich abwechselnd in Frankfurt a. O., Dresden, Heidelberg, Bonn u. s. w. auf, ein „freies Dichterleben" führend. Mannichfach enttäuscht durch die nicht in Erfüllung gehenden Hoffnungen, wie sie ein junger Poet in seine ersten Tragödien setzt, kehrte er nach Berlin zurück und warf sich, gleich manchem andern, im ersehnten Erfolge gehemmtem Autor, auf die Kritik, worin er besonders für musikalische Besprechungen eine gefürchtete Autorität wurde, und den Anmaßungen des Ritter Spontini fest entgegen trat. Doch hörte er daneben nicht zu produciren auf und schrieb Gedichte, Abhandlungen, Dramen, Novellen, Romane rc., die als „Gesammelte Schriften" (von 1843 bis 1860) mehr als dreißig voluminöse Theile bilden.

Wenn er hier und da sich hatte verführen lassen, die spitzige Feder in einigermaßen vergiftete Tinte zu tauchen, und Schriften in die Welt zu senden, die vielleicht besser ungeschrieben geblieben wären (z. B. „die schöne Henriette"), oder wenn er in der kritischen Polemik zu einseitig, manche Gegnerschaft hervorrief, so war und blieb er doch ein redlicher, wohlmeinender, ja weichherziger Mensch, der mit kalter Absicht Niemanden verletzen wollte. Für seinen ehrenhaften Charakter spricht wohl am deutlichsten sein Verfahren beim Konkurse der von ihm, mit einem ehemaligen Kameraden unternommenen Buchhandlung, wo er, — nachdem Jener „schlechte Geschäfte gemacht," — mit seinem väterlichen Erbtheil das Defizit deckte, ohne als ungenannter und nicht in Anspruch zu nehmender Kompagnon verpflichtet zu sein. — Vierunddreißig Jahre hindurch ist er unermüdet thätiger Mitredakteur der Vossischen Zeitung gewesen.

Weimar am 21ten September 1821.

Geehrter Herr Professor!

Die Dreistigkeit, Ihnen zu schreiben, kann ich nur damit entschuldigen, daß ich sowohl die Verpflichtung fühle, Ihnen noch einmal meinen Dank für Ihre so freundliche, mir unvergeßliche Aufnahme abzustatten: als auch Ihnen anzuzeigen, daß ich meinen Aufenthalt in Heidelberg verschiedner Umstände wegen um ein halbes Jahr verschoben habe. Die mir von Ihnen für diesen Ort gütigst mitgegebnen Briefe habe ich daher couvertirt und mit einigen entschuldigenden Worten nach Heidelberg gesandt in der Hoffnung, daß meine Verspätung mich nicht des Glückes berauben werde, mich persönlich vorstellen zu dürfen. Den Brief an J. P. F. Richter habe ich übergeben und dadurch große Freude gemacht. Höchst wahrscheinlich befindet sich J. P. jetzt in Heidelberg, wohin er gleich nach meiner Abreise von Bayreuth (am 30ten August) zu reisen gedachte. Er prophezeihete das beste Wetter, allein es ist so übles eingetroffen, (wenn dort und hier sich gleichen), daß er vielleicht deshalb die Reise gar unterlassen haben mag, indem er um eine solche mit Vergnügen machen zu können das heiterste Wetter fordert.

Noch einmal sage ich Ihnen besten und herzlichsten Dank für das Freundliche, das Sie dem ganz unbekannten und unbedeutenden erwiesen, und hege nur den Wunsch, daß ich (wenn auch nicht es erwiedern, denn dazu ist schwerlich Hoffnung) doch zeigen können möchte, daß Sie Ihre Güte nicht an einen ganz Unwürdigen verschwendet haben.

Mit größester Hochachtung

Ihr

ergebenster

L. Rellstab.

Rettich, Julie, geb. Gley.

Julie Gley! Ein Name, reich an Erinnerungen für alte Theaterfreunde. Juliens Eltern waren treffliche Künstler aus früherer Schule. Die Mutter, eine gute Sängerin für die sogen. „Spieloper," deren „Marianne" in den „drei Sultaninnen" uns jugendliche Zuhörer sehr entzückte. Der Vater, ein ausgebildeter, gewiegter Schauspieler, im Helden- und Charakter-Fache, der auch in Liederspielen mit klangvoller Stimme hübsch zu singen vermochte. Man wußte damals, und wahrlich nicht zum Nachtheile dramatischer Darstellung, Beides zu vereinen, weil wildes Geschrei noch nicht unumgänglich nothwendig erschien, um „Effekte" hervorzubrüllen.

Als Gley in Breslau (vor länger denn einem halben Jahrhundert) den Karl Moor gab, setzte er uns in bewunderndes Erstaunen durch den Vortrag der im Original enthaltenen Gesänge, die er mit der Laute begleitete. Unseres Erinnerns hat sich niemals ein anderer Räuber Moor daran gewagt, „keine Welt für Deinen Brutus mehr" ertönen zu lassen.

Die Tochter .... nun, wer kennt Julie Rettich nicht? Da sie nachstehendes Brieflein schrieb, hieß sie noch Gley; war noch nicht die beglückende Gattin des sie beglückenden Mannes, der mit ihr im Vereine das Vorbild einer künstlerischen Häuslichkeit in's Leben rief; einer Häuslichkeit, wo Geist und Gemüth walten; wo Jeder gern gesehen und gütig empfangen ist, der dahin paßt.

Der Künstlerin Herz redet vernehmlich aus diesen Zeilen. Was sie über Schreyvogels Absetzung sagt, haben viele edle Herzen mit ihr empfunden, und derjenige dem es gelang, Jenen „bis auf den Tod zu verwunden," hat als sein Nachfolger wenig gethan, am Burgtheater gut zu machen, was er am Hingeopferten verschuldet.

Wien, d. 31ten Mai 18..?

Lieber, verehrter Herr Hofrath!

Henkel, der heute Abend nach Dresden abreist, wünscht, daß ich ihm einige Zeilen an Sie mitgebe, und ich benutze diese Gelegenheit mit großer Freude, denn es ist grade die rechte Zeit, zu Ihrem Geburtstag zu gratuliren, und wenn Sie die innigen Wünsche auch nachträglich erhalten, so werden Sie

sie ihrer Innigkeit wegen, doch nicht unfreundlich aufnehmen, wie ich gewiß weiß. Ich wünsche Ihnen all' das Gute und Schöne, was Sie für den Mondsüchtigen verdienen, und eine ganze Stube voll der herrlichsten Tulpen und Rosen — das ist genug für einen Sterblichen, wenn es selbst ein ganz aparter ist. — Einen so ausgezeichneten Glückwunsch können Sie aber nicht umsonst erwarten, und ich erbitte mir dafür von Ihnen etwas, was mir sehr am Herzen liegt. Ich habe lange nicht an Agnes und Dorothea geschrieben, ich war in dieser Zeit viel, und vielfach bewegt, ich konnte nicht die Ruhe finden, konnte, wollte auch vielleicht nicht; vielleicht bin ich auch Schuld, wenigstens theilweise, und jetzt fürchte ich mich. Sie sollen mich nun vertreten, lieber Herr Hofrath, und Sie können das immer thun, um mir zu beweisen, daß Sie sich nicht gegen mich geändert haben — auch nicht ein bischen — was mir manchmal bewiesen werden soll, was ich aber nicht glaube, und nie glauben werde. Ihre Güte gegen mich, ist mir die liebste Erinnerung, der geistigste Duft meines Lebens, Sie dürfen Ihre herzlichste Verehrerin nicht vergessen, die es doch besser meint, wie alle die gepriesenen vornehmen Leute, die Sie anbeten, um sich interessant zu machen.

Von dem Wichtigsten, was bei unserm Theater in letzter Zeit vorgefallen ist, vom Göthefest, und von Schreyvogels Pensionirung, kann Ihnen Henkel viel, und weitläuftig erzählen, da er persönlicher Zeuge war. Faust in Wien, ist gewiß merkwürdig, und hat mir viel Freude gemacht, die Entfernung Schreyvogels ist dafür um so trauriger, wenigstens für mich. Man beklagt sich über ihn auf vielfache Weise — aber über welchen Theaterdirector beklagt man sich nicht? mir hat er nur Gutes und Freundliches erwiesen, gegen mich ist er immer wahr, immer derselbe geblieben, ich kann seinen Abgang also nur bedauern. Wäre dies aber auch nicht der Fall, so könnte ich doch einer so tiefen Kränkung nicht ohne Theil=

nahme zusehen, die ein Mann erfährt, der dem Theater 19 Jahr mit glühender Leidenschaft vorgestanden hat, der alt und kränklich, dabei ehrgeizig ist, und den diese Beseitigung gewiß bis auf den Tod verwundet. Ich bin wüthend auf die, die sich darüber freuen, denn ich dächte, bei solchen Umständen, könnte man auch seinem Feinde Mitleid nicht versagen. —

Henkel ist ein freundlicher, gefälliger, und wie ich allgemein höre, sehr achtungswerther Mann, er ist gegenwärtig ohne Engagement, und wünscht sehr, Ihnen empfohlen zu seyn. — Der Frau Hofräthin, der Gräfin, Agnes und Dorothea meine besten, herzlichsten Grüße, und noch einmal die Bitte um Verzeihung. Mir hat neulich Jemand gesagt: „Dorothea Tieck, hat Sie lieber, wie Agnes.“ Fragen Sie doch einmal, ob das wahr ist? — Kommt Vogel viel zu Ihnen? Verzeihen Sie meine Schmiererey, es ist aber die höchste Zeit, ich muß eilen. Leben Sie wohl, liebster, bester, einziger Herr Hofrath, und bleiben Sie, was Sie waren, für Ihre

Julie Gley.

Ribbeck, August Ferdinand.

Geb. zu Magdeburg am 13. Novbr. 1790, gestorben am 14. Januar 1847 zu Venedig.

Er war der Sohn des einst in Berlin hochgeachteten Probstes Ribbeck, der jüngere Bruder des vor einigen Jahren verstorbenen ehemaligen schlesischen Generalsuperintendenten. Seit 1813 wirkte er als Lehrer an Berliner Lehr-Anstalten; seit 1828 als Direktor des Friedrich-Werderschen Gymnasiums — (dessen Schüler auch Tieck gewesen;) seit 1838 in gleicher Stellung am „Grauen Kloster.“ In Folge eines deutlich hervortretenden Brustübels wurde er 1846 nach dem Süden geschickt, und liegt auf der Insel St. Christoforo im protest. Friedhofe begraben.

Er war ein Mann, reich an Geist, Witz, scharfem Verstande, umfassender Gelehrsamkeit; bei seinem bedeutenden Formtalente und bei der Tiefe seines inneren Gehaltes, wäre er vor vielen Andern berufen gewesen, durch selbstständige Produktionen Aufsehen zu machen, hätte er nicht die seltene Eigenschaft besessen, schärfere Kritik gegen sich selbst zu üben, als gegen Andere.

Wie Herr Prof. Köpke uns belehrte, sind im Jahre 1848 erschienen: „Mittheilungen aus Ribbeck's Nachlaß," die wir leider nicht zur Hand haben, und die wohl zunächst für den engsten Kreis seiner Verehrer bestimmt gewesen. Möglicherweise könnte auch dieses Scherzgedicht darin enthalten sein? Doch darf uns solche Möglichkeit nicht hindern, es hier mitzutheilen. Die letzten sechs Verse desselben sprechen ein herrliches Wort über Tiecks Erscheinung aus.

Berlin, 19. August 1841.

„Gesellige" streiten bei Schwiebus —
Wie Dir es, Hochverehrter Mann,
Beiliegend Schreiben zeigen kann —
Gar eifrig, ob es Cārolus
Oder Carōlus heißen muß,
Ob Nōvalis recht, ob Novālis,
Und was der Ziegenwolle mehr.

Dabei nun thun sie mir die Ehr,
(Wie wohl im Grund nur meiner Stelle,
Als ob die instar Tribunalis)
Zu fordern, daß ich Urtheil fälle.
Was ist zu thun? Zwar liegt es nah,
Derlei ad Acta still zu werfen,
Und giebt man eine Antwort ja,
Sie scherzend etwas spitz zu schärfen.
Indessen muß ein Schulmonarch,
So schwer es hält in manchen Fällen,
Gelassen doch zur Welt sich stellen,
Und, treiben sie's nicht gar zu arg,
Sich hüten, kleinen oder großen
Homunkeln vor den Kopf zu stoßen.
Kaum werd' ich denn auch hier der Pflicht

Entgehen, den Schwiebuser Brüdern
Ganz ehrbar trocken zu erwiedern:
So muß man sprechen — und so nicht.
Nur Schade, daß der Novalis
Anlangend seine Quantität
Mir selber nicht so recht gewiß.
Zwar hab' ich ruhig, früh und spät,
Luisae Brachmann nachscandirend,
Bis dato Nōvalis gesagt,
Und wenn darob auch protestirend
Grammatica latina grollte,
Novālis einzig dulden wollte,
Nach solchem Groll nicht viel gefragt,
Weil eines myst'schen Namens Leben
Wohl darf auf freierm Fittich schweben,
Und stets mit geistig feinerm Klang
Mir Nōvalis zu Ohre drang.

Doch scrupulöser werd' ich nun,
Da mich die zwistigen Gesellen,
Definitiven Spruch zu thun
Auf den Orakel-Dreifuß stellen;
Da gilts zu gründlichem Bescheid
Erforschung aus den echtsten Quellen.

Die sind denn — glücklich! — jetzt nicht weit;
Du bist uns nah, der einst die Weihe
Von dem Verklärten selbst empfing,
Als „Kind voll Demuth und voll Treue"
Geliebt, an seinem Busen hing;
Dir tönt gewiß der echte Klang
Des theuern Namens noch im Ohr;
Und wenn es freilich fast Entweihung,

Dich danach fragend zu behelligen,
Sagst Du vielleicht doch — aus Humor —
Mit freundlich lächelnder Verzeihung
Durch mich den streitenden Geselligen
Ob kurz das A war, oder lang.

Noch einmal bitt' ich: zürne nicht
Wenn der Dir völlig Unbekannte
In Sachen von — so viel Gewicht
Zu dreist vielleicht sich an Dich wandte.

Vermuthlich hätt' ich's lassen bleiben,
Sah ich nicht jüngst (zum ersten Male
Ward mir das lang gewünschte Glück)
Dein Angesicht im Festes=Saale;
Das seh' ich noch — und dieser Blick
Gab mir den Muth, an Dich zu schreiben.

F. Ribbeck,
Director.

Richter, Jean Paul Friedrich.

Geboren den 21. März 1763 zu Wunsiedel, gestorben am 14. Nov. 1825 in Baireuth. —

Zwischen ihm und Tieck lag eine Welt voll trennender Elemente; verschiednere Naturen kann es nicht geben, und wo Einer vom Andern zu reden kam, blitzte diese — Gegnerschaft läßt sich's nicht nennen — diese innerlichste Verschiedenheit sichtbar aus jeder Silbe hervor. Die überschwängliche Sentimentalität Jean Paul's, wodurch er bei seinem Auftreten gerade die Frauen wie mit Blumenbanden an sich gezogen, forderte Tieck's spöttische Neckereien heraus: die „Clotilden und Lianen" mußten's entgelten. Auch gegen gewisse cynische Ausmalungen wehrten sich Tieck's fein-fühlende Sinne, und er schalt den „Katzenberger" ekelhaft. Jean Paul war sonst der Mann eben nicht, dergleichen Aeußerungen stillschweigend hinzunehmen. Weshalb hat er sich gegen Tieck immer so sanft gezeigt, und immer, auch tadelnd, mit Liebe seiner gedacht? Zunächst wohl aus wirklich empfundener Achtung. Dann aber auch, weil er's im Herzen trug, und bis zum Tode treu darin bewahrte, daß Tieck im ersten Abschnitt des Phantasus ihm eine Huldigung dargebracht, wie nur wenigen Auserwählten zu Theil ward. Wenn in jenem Buche die Freunde und Freundinnen nach langem, geistvollen, Erd' und Himmel umfassendem Gespräche noch einmal das Glas heben, um Derer mit Ehrfurcht zu gedenken, welche ihnen als die Höchsten, die Edelsten gelten; wenn Shakspeare, Göthe, Schiller, Jacobi, Friedrich und August Wilhelm Schlegel, Novalis begrüßt werden, da ruft Manfred auch:

„Feiert hoch das Andenken unseres phantasievollen, witzigen, ja wahrhaft begeisterten Jean Paul! Nicht sollst Du ihn vergessen, Du deutsche Jugend. Gedankt sei ihm für seine Irrgärten und wundervollen Erfindungen! Möchte er in diesem Augenblicke freundlich an uns denken, wie wir uns mit Rührung der Zeit erinnern, als er gern und mit schöner Herzlichkeit an unserm Kreise Theil nahm!"

Solch' ein Trinkspruch verhallt nimmermehr im Herzen Desjenigen, dem er galt.

I.

Weimar, d. 19. März 1800.

Mein lieber Tieck!

Zuerst meine Bitte, welche die eines Andern ist. Ein Anderer wünschte die größere Büste Bounapartes, die man in Berlin verkauft und welche die H. Schlegel haben sollen. Er bittet also durch mich Sie und durch Sie diese, ob Sie ihm die ihrige, die sie doch nur die Transportkosten nach Berlin zum zweitenmale kosten würde, nicht überlassen wolten. —

Neulich wollt' ich Sie besuchen; da ich aber alles leichter finde als Wege und Häuser: so fand ich Sie nicht. Ich wolte Ihnen danken für Ihre Phantasien über die Kunst, die selber Sprößlinge der Kunst sind. So viele Stellen darin wie überhaupt Ihre Prosa scheinen mir poetischer als Ihre andere Poesie, und jene hat statt jedes fehlenden pes einen Flügel.

Ich lies mir sie, wie die Alten die Gesetze, unter Musik promulgieren; ich meine, ich spielte sie im eigentlichen Sinne auf meinem Klaviere vom Blatte. Die Musik — besonders die unbestimmte — ist ein Sensorium für alles Schöne; ja unter Tönen fass' ich sogar Gemälde leichter. —

Leben Sie gesund! Diesen nöthigen Wunsch thu' ich aus innigster Seele!

J. P. F. Richter.

II.

Bayreuth, d. 5. Okt. 1805.

Nur die Ungewißheit Ihres wechselnden Aufenthaltes verzögerte so lange mein Schreiben, dessen Wunsch am stärksten nach der Lesung Ihres Oktavianus war. Es wäre wol in dieser lauten und doch tauben und nichts sagenden Zeit — wo sogar ein erbärmlicher Krieg seinen erbärmlichen Frieden ausspricht und roth genug unterstreicht — der Mühe werth, daß Leute sich sprächen, die sich lieben, wozu ich nicht nur mich rechne, sondern auch Sie. Wie froh wär' ich gewesen, seit ich aus der lauten Stadt in die stumme gezogen, mit Ihnen sogar zu — zanken, wenn nichts weiter möglich gewesen wäre als ich der Alte und Sie der Alte; — was wol bei uns zweien, wenigstens bei mir nicht ist. Meine Aesthetik sollte Ihnen, dächt' ich, mehr gefallen als ich sonst; und ich wünschte herzlich Ihre Worte darüber, und über 1000 andere Sachen und über den 3ten und 4ten Titan und über was Sie wollen. Der Himmel gebe, daß Sie uns bald Ihre Jocosa geben, von denen ich gehört; oder wenigstens mir etwas davon, unfrankirt.

Ich wollte, wir kämen gegeneinander recht in Wort- und Briefwechsel. Ich lebe in einem Kunst-öden Lande und bedarf wie ein Rhein-Ertrunkener zuweilen des fremden Athems, um den eignen zu holen. Antworten Sie mir bald, lieber Tieck. Ich grüße Sie und Ihre Gattin.

Jean Paul Fr. Richter.

Auf der Adresse:

An

L. Tieck

in

Raum und Zeit.

Robert, Ludwig.

Geb. am 16. Dezember 1778 zu Berlin, gestorben am 5. Juli 1832 zu Baden-Baden.

Kämpfe der Zeit (1817). — Die Macht der Verhältnisse, bürgerl. Trauerspiel. — Die Tochter Jephta's, Tragödie. — Cassius und Phantasus, eine dramatische Satyre. — Die Richtigen. — Die Ueberbildeten. — Die Wachsfiguren in Krähwinkel und manche andere Bühnenscherze. — Der Waldfrevel, eine dramatisirte Dorfgeschichte. — Ein Schicksalstag in Spanien, phantastisch-romantisches Lustspiel — u. s. w.

Durch sein ganzes Leben und Streben zog sich eine verbitterte und verbitternde Stimmung, die zuletzt doch nur aus verletzter Eitelkeit hervorging, und seine angeborene Herzensgüte überbietend ihn oft ungerecht machte. Durchdringender Verstand, künstlerischer Fleiß, redliches Wollen, entschiedenes Talent berechtigten ihn gewiß Ansprüche zu hegen, deren Erfüllung ein eigenthümliches Mißgeschick niemals recht gestatten wollte. Seine Briefe sprechen das in jeder Zeile aus. Wir haben den größeren Theil der vorhandenen unbenützt zurücklegen müssen, aus gebieterischen Rücksichten auf den Umfang dieser Sammlung. Doch schon die aufgenommenen genügen, ihn darzustellen wie er war. Schwankend in Groll und Liebe, in Zutrauen und Argwohn, in Lob und Tadel; von jedem Windhauche abhängig in seiner Meinung. Man betrachte nur seine Urtheile über das Königstädter Theater (dem er später leidenschaftlich anhing), über München (wofür er später schwärmte!) und ähnliche, aus momentaner Verstimmung hervorgehende Aeußerungen. Dabei aber doch blieb er edel, redlich, aufopfernder Freundschaft fähig und dankbar jedem Beweise wohlwollenden Antheils. Im persönlichen Verkehr gefällig, mittheilsam, unterhaltend und witzig wie — nein, doch nicht so witzig wie sein Bruder Moriz. Wir haben auch einige Zeilen der schönen Frau Friederike eingeschoben, deren Bild Jedem lebendig bleiben wird, welchem es jemals vor Augen getreten ist.

Sie entflohen aus dem Kreise ihrer Berliner Freunde, aus Besorgniß vor der Cholera, um beide in Friederikens Heimath dem damals dort epidemischen Typhus zu unterliegen.

Daß Ludwig der Bruder Rahel's Varnhagen von Ense war, ist bekannt.

I.

Berlin, am 30t. Merz 1816.

Sie können nicht glauben, mein verehrtester Freund und Meister, wie viel Freude mir Ihr in jeder Hinsicht werthes Schreiben gemacht hat, und daß mein Vorschlag Eingang bei Ihnen gefunden, und daß Sie die Sache so ernst nehmen und selbst herkommen und den Proben mit beiwohnen wollen; denn Sie in unmittelbarer Verbindung mit unsrer Bühne zu setzen, dahin gieng mein eigentlichstes Bestreben. In meiner Freude lief ich zum Graf Brühl, und theilte ihm das aus Ihrem Schreiben mit, was ich sollte. Er will zu Allem hilfreich die Hände biethen; und erwartet die von Ihnen versprochene nähere Auseinandersetzung Ihres Planes; von dem er freilich bis jetzt wohl noch weniger verstanden hat, als ich, der ich in Prag wenigstens die Hauptideen angeben hörte, die Sie uns damals von den Shaksp. Brettern mittheilten. — Ich halte es bei dieser Gelegenheit für nöthig, Ihnen den Gr. Brühl ein wenig zu beschreiben, damit Sie sein Anerbieten: die Hände zu Allem willig zu biethen, weder zu hoch, noch zu niedrig anschlagen. Redlicher Wille und eine Ahnung des Bessern — und eine fast gänzliche Urtheilslosigkeit und gutmüthige Charakterschwäche, stehen sich in ihm, nicht sowohl einander gegenüber, als sie sich vielmehr durchaus in einander verliehren und verwischen. Er kann nichts abschlagen und selbst, wann er Nein schon gesagt hat, sagt er noch hinterher: Ja. Aber auch dies lezte Ja wird auf die lange Bank geschoben und vergessen, und von dem weit Unwichtigerem verdrängt. Die Gegenwart ist seine Göttin und so ist das Nächste für ihn das unvermeidlich Nothwendige, und hat der Letzte, der mit ihm spricht recht; und so ist überhaupt mit der Rede bei ihm schneller und sicherer etwas durchzusetzen, als mit der Schrift; und doch imponirt ihm wieder ein wohlgedachtes und wohlgeschriebnes. — Seine zu ängstliche Beschäftigung mit dem Detail des Theaters raubt ihm sowohl den freien Ueber- und Herrscherblick über das Ganze, als auch die Zeit und die Kraft es zu führen und zu leiten. Dabei hat er das beste Wollen (freilich ohne Willen) und ist durchaus frei von Lieblingsvorurtheilen, oder eigensinniger Beschränktheit oder sonst dergleichen ärgerlichen Grundsätzen, worauf sich die Flachheit in der Regel so viel zu Gute thut. — Sie werden leicht einsehen, daß mit einem solchen Manne Alles zu machen ist, wenn man ihn nur gehörig bearbeitet und dazu gehört weiter nichts, als daß man ihn oft und öfter sehn und sprechen muß, denn selbst die Begeistrung für irgend ein Unternehmen kann man ihm ein- und ansprechen, und hat er nur mal angefangen wirklich Hand an ein Ding zu legen, so setzt er es auch mit Eifer durch. — Er ist jetzt in den Händen eines zwar etwas modischen, aber doch argen Philisters, in denen seines ehemaligen Präzeptors Herrn Professor Lewezow — dieser Erz-Schulmeister mag vielleicht wissen, wie die Griechen ihre Schuhe gebunden und wie die Römischen Consularen ihren Praetexta gesäumt haben; aber weder von jener Alten eigentlichstem Leben, noch von unserm heutigen, weder von Welt noch von Bühne, weiß er ein Wort. — Seine Haupttendenz geht dahin, unsre Bühne strikt und sklavisch nach der Weimarischen zu bilden, und das deucht mir ist der eigentliche Tod unterm Eise, und viel gefährlicher, als die Ifflandsche Wassergefahr. Franz Horn unterstützt ihn redlich darin, doch ist der Letztre wohl weniger gefährlich, obgleich vielleicht noch langweiliger; ja dieser wäre sogar zum Guten zu gebrauchen, wenn ihm gebothen würde, was er zu thun und zu lassen habe. Eine einzige Unterredung, ein Hauch von Ihnen würde den Einfluß dieser Leute vernichten, oder — was leicht möglich wäre — sie würden sich geschmeichelt fühlen, mit ihnen verbunden für die bessere Erscheinung der Shaksp. Stücke wirken zu dürfen, oder auch nur ihr weiches und aprobirendes Ja hören zu lassen. Denn Shaksp. ist glücklicherweise eine Autorität und auch Ihr Nahme ist von keinem übeln Klange in Deutschland und Klang und Autorität ist ja Alles bei Leuten, die unfähig sind in das Wesen einzudringen, unfähig sich einem Kunstwerke, ohne vorgefasste Meinung, ganz und gar hinzugeben. — Darum freut es mich so, daß Sie herkommen wollen; denn sind Sie einmal hier und haben den Grafen Brühl und den genialen Schinkel, und allenfalls jene beiden Leute gesprochen, so wird sich Alles leicht und willig fügen und ich würde mir dann mit Stolz sagen, daß ich (wenn auch nur mittelbar) mehr für die deutsche Bühne gethan habe, als wenn ich zehn mittelmäßige Stücke geschrieben hätte. — Lassen Sie mir also sobald als möglich die versprochene Ausarbeitung zukommen, daß ich sie dem Gr. Br. vorlege und er sich in Korrespondenz mit Ihnen setze, welche dann Ihr Hieherkommen unfehlbar zur Folge haben wird. — Die Abhandlung, die das Publikum auf den richtigen Standpunkt stellen soll, ist ein ganz vortrefflicher Gedanke und unendlich nützlicher und heilbringender, als die hinterdreinkommenden Kritiken, die dennoch den ersten Eindruck nie zerstören. Möchte nur Ihr Gesundheitszustand in alle diese schönen Hoffnungen keine Störung bringen. Die unberufne Feder, die sich in den Zeitungen über Dekorationen hat vernehmen lassen ist die des konfusen aberwitzigen, aber witzigen Brentanos, der mir als

Schriftsteller und Dichter höchst zuwider, als litterarischer Hanswurst und lustiger Rath am Hofe des Apolls aber doch gar nicht übel ist. Wahrhaft schmeichelhaft (ich meine damit: wohlthätig und beruhigend für mich) ist der Antheil, den Sie an meinen Bemühungen in der Kunst nehmen, und daß Sie sich noch des bürgerlichen Trauerspiels entsinnen, das ich in Prag Ihnen vorlas. — Mit der Wirkung, die es hier machte, kann ich vollkommen zufrieden seyn; es herrschte eine Stille im Theater, wie man sie hier nur im Ballette kennt, und diese Stille errang sich das Stück nach und nach; da im ersten Akt — auf öffentlich an den Ecken angeschlagne Aufforderungen: eine Sudelei von einem Juden, die man Abends im Theater geben würde, auszupochen — mannigfach gehustet, geschnaubt und gescharrt wurde. — Man gratulirte mir folgenden Tages wegen meines doppelten Triumphs; ich hatte aber bei dem letzteren ein Gefühl, als ob ich mit goldenen Ketten vor dem Wagen des Vespasians einhergieng, als er nach der Zerstörung Jerusalems triumphirte. Ich hätte mich über diese Gemeinheit, die von ein Paar Buben herrühren konnte, trösten können; wenn die Schmach und die Kränkung nicht durch eine Rezension in den hier herauskommenden dramaturgischen Blättern erneuert worden wäre, worin wieder auf den Juden zwar etwas versteckter, aber noch viel beleidigender angespielt wurde. Dieser wahrhafte Rückschritt in wahrhafter Bildung treibt mich von hier fort; ich will als ein fremder in der Fremde leben, da mein Vaterland doch nicht von dieser Welt seyn kann. — Ich gedenke im Laufe des nächsten Mais an den Rhein zu reisen, dort einige Zeit zu weilen, um mich zu einer Reise nach Italien vorzubereiten. Zuvor aber muß ich hier ein größeres Gedicht vollenden, das ich begonnen habe, und wovon ich Ihnen den Plan, da Sie es mir erlauben, mittheilen will. —

(Schluß d. Br. ist verloren.)

II.

(Ohne Datum.)

Sie können nicht glauben, mein verehrtester Freund, mit wie viel Freude ich Ihren lieben Brief empfangen und gelesen habe; und mit wie vieler Freude ich mich jetzt hinsetze ihn zu beantworten; obgleich ich nicht ein Sterbenswort weiß von dem, was ich auf diese leere Seiten noch hinschreiben werde; und darum wird es wohl auch kein Geschriebenes, sondern ein Gesprochenes, ein eigentlicher Brief, ein Freundesbrief werden, und dazu berechtigt mich die Güte, die freundschaftliche Theilnahme an mir, die aus jeder Ihrer Zeilen schaut und spricht und mich ergreift. Und doch muß ich fort von Berl. und werde, wenn Sie nicht vor dem Juni hieherkommen, Sie nicht mehr erwarten können; denn hier bringe ich nun einmal nichts hervor und — sey es auch meine Schuld — ich fühle und weiß es nur allzu deutlich. Sie haben in allem dem vollkommen Recht, was Sie vom Süden sagen, besonders von Oesterreich und Baiern; aber in den Nicht-Katholischen Ländern des Südl. Deutschl. ist es doch anders und ganz besonders im Wirtembergschen. Diese Schwaben scheinen mir die größte Anlage zu haben, die vollendetesten Deutschen zu werden, weil sich in Ihnen eine harmonisch-glückliche Mischung von Hingebung und Reflexion vorfindet. Daß ichs dort nicht positiv, und nach allen Richtungen hin, besser als hier finden werde, weiß ich nur zu gut; aber erstlich einmal kennt man ein fremdes Land nicht so genau als das eigene, man wird nicht so intim mit demselben; und dann wird man auch von seinen Mangelhaftigkeiten und Verwirrungen nicht so tief und schmerzlich ergriffen, als von denen des Geburtslandes. Vorzüglich aber mag ich das dortige Volk lieber, als das Unsre; es steht der Natur näher, es ist unschuldiger, es ist freundlicher und originaler, und nicht so höflich und nicht so grob, als hier. Und mehr als schöne Natur und ein gutes Volk bedarf ich, um daß meine Lust zum produziren erweckt werde, nicht. Was den Ideenaustausch betrifft, so kann ich erstlich nicht einräumen, daß es nicht auch dort bedeutende, und lebendig-bedeutende Männer gäbe; dann aber giebt es ja auch Bücher und Briefwechsel. — Daß uns ein fremder, und sey es der Beste, bei einem vorhabenden Werke Geburtshilfe leisten könne, das werden Sie selbst aus eigener Erfahrung wohl für unthunlich halten. Es sollte wohl nie ein Dritter zwischen den Dichter und die heimlich innere Stimme seiner Muse treten; aber ein Baum beim Sonnenuntergang, das Wort eines Dorfschulzen, oder eines frommen sechszehnjährigen Mädchens kommt Einem oft so unerwartet zu statten und schließt uns so neue Regionen, bei so fern von ihnen liegenden Bemühungen, auf; daß man sich selbst bei solchen Gelegenheiten über die Association der Gedanken keine Rechenschaft zu geben vermag; und so giebt es auch gewisse schlechte Bücher, aus denen man mehr lernt, als aus den guten. Ist aber ein Werk vollendet, oder seiner Vollendung nahe, dann soll man es dem Künstler und dem kritischen Freunde, ja selbst der Alles-wissenden Naseweisheit vorlegen, nicht etwa um zu bessern und zu feilen; aber um für eine künftige Arbeit etwas zu lernen. So habe ich es immer gehalten, und wenn ich auch noch nichts bedeutendes hervorgebracht habe, so darf ich doch zu meiner Rechtfertigung und zu meinem Troste sagen, daß ein Fortschreiten zum Ziele sich in der Reihe meiner Bemühungen darthut. Ueberdies hat Würtemberg noch den Reitz für mich, daß sich dort ein politisches Leben entzündet, und die vergangne große Zeit doch dort noch nachhallt. Daß ich nun, als Dichter, dergleichen Anforderungen an die Gegenwart mache, möchte wohl eben nicht dichterisch seyn; es ist vermuthlich der Reflex jenes politischen Gedichts, was ich unter Händen habe, das meinem Gemüth dieses Kolorit von Mißmuth giebt, der aber wirklich nur Schein ist, denn eigentlich bin ich doch im Innern heiter und der besten Hoffnung, ja überzeugt von dem Eintritt einer neuen bessern Zeit, wenn wir sie auch nicht erleben sollten und worauf doch auch im Grunde nichts ankommt. — Solger habe ich vor mehreren Jahren einige Male gesehen; aber auch nur gesehen; ich weiß gar nichts von ihm. Aber ich fürchte mich vor ihm. Nicht etwa, weil ich nicht griechisch weiß, und die alten Tragiker nur aus den Uebersetzungen und also nur oberflächlich kenne; aber weil ich überhaupt, bey allem meinen Respekt vor ihnen, den Antiquaren gern aus dem Wege gehe. Ihr Studium, das ein ganzes Menschenleben erfordert, bringt es mit sich, daß sie in den Ruinen einer untergegangenen Zeit ein abgeschlossenes, jene Welt beschauendes Einsiedlerleben führen und nicht nur von der heutigen nichts lebendiges wissen, sondern sie auch zurückführen möchten zu jener alten Herrlichkeit, die so schön sie gewesen seyn mag, doch nun einmal verlohren ist und verlohren seyn soll, weil wir uns eine neue Herrlichkeit anerschaffen sollen. Sobald sie also praktisch und faktisch einwirken wollen, so ist ihr Bestreben gewöhnlich ein falsches und todtes, und selbst ihr kritisches Auftreten ein Verkennen der Zeit und ein vornehmes und ärgerliches Entgegentreten gegen dieselbe. Ihre unumgängliche Nothwendigkeit verkenne ich desshalb nicht. Sie sollen den Grund bewahren und schützen und ausbessern, auf dem weiter fortgebaut werden soll; und sie sind das in der Republik der Kunst, was die Kammer der Pairs oder der Grundeigenthümer im Staate ist, welche das hergebrachte und bestehende festhalten soll, damit nicht, wie zur Zeit der Revolution in Frankreich, ins Blaue und aufs Blaue sogenannte Konstitutionen gebaut werden. Ich aber werde im Staate immer zu der Opposition gehören [1]), und um der

[1]) Im Jahre 1830 erklärte R. entschieden das Gegentheil.

Zukunft willen gegen Vergangenheit und Gegenwart auftreten — und eben so fühle ich mich in der Kunst gegen das Antique gestimmt, sobald man es buchstäblich wieder zurückführen will. Machte die Menschheit nur einen mechanischen Kreislauf und wieder einen und noch einen, so wäre es nicht werth, daß man lebte; oder vielmehr man lebte wirklich nicht, so wenig wenigstens als des Müllers Gaul. — Dennoch weiß ich es, daß mir in der Kunst jener feste Boden, jene Kenntnisse des Antiquen fehlen, weil ich sie öfter vermisse; aber, wie überhaupt meine Natur nicht die kräftigste ist, so habe ich die Kraft nicht, sie mir noch im Spätsommer des Lebens anzuarbeiten, welches, wenn ich es thäte, vielleicht noch die geringe Kraft, die ich besitze, zersplittern möchte. Ich muß mich also schon so verbrauchen, wie ich bin; und es mir gefallen lassen, daß der Antiquar, in seiner Konsequenz, es sich a priori beweist, daß ich kein Künstler seyn kann. Uebrigens bezieht sich Alles, was ich hier von dem Antiquar sagte, durchaus nicht auf Solger, den ich, ich wiederhole es, nicht kenne; ich sprach nur im Allgemeinen, und hatte ich ja in unbestimmten Umrissen irgend ein schwankendes Bild vor der Seele, so war es das des Geh. R. Wolff, nehmlich, wie ich ihn mir als einseitigen philologischen Papst des Heidenthums denke. Solger, als Philosoph, kenne ich noch weniger als den Philologen; indem ich doch wenigstens seine Uebersetzungen des Sophokles gelesen habe; Philosophisches aber durchaus nicht. Eine seiner Aeußerungen in dieser Hinsicht, die mir wieder erzählt wurde, ist meiner Ueberzeugung zuwider. Er soll nehmlich gesagt haben, daß er Fichten in seine Prämissen beistimme; aber aus denselben anders folgere. Das soll er wohl bleiben lassen! Denn sonst wäre Fichte Inkonsequenz nachzuweisen, und dieser hat sich nie ein Denker weniger zu Schulden kommen lassen, als dieser tugendhafte Erforscher der Wahrheit. Griffe er die Prämissen an, so möchte er eben von einer andern Anschauung, wenn auch von einer falschen ausgehen, und dann müßte er auch konsequenterweise auf ganz andre Resultate kommen. Aber die Grundbedingungen, ja selbst das Postulat stehen lassen, und dann andre Wege einschlagen und hier zugeben und dort nicht, ein solches Verfahren möchte, bei Kant wie bei Fichte, wohl einen Mißverstand dieser Heroen der Denkkunst zum Grunde haben. Man erwartet über diesen Gegenstand ein Buch von ihm und ich werde mich bemühen, es mit Unbefangenheit und Fleiß zu lesen — Sie würden mich erfreuen, mir ein Wort über den Mann selbst zu sagen, der mir in seinem persönlichen Auftreten, so viel ich mich entsinne, liebenswürdig erschien. — So arg ist es mit meinem Mißmuthe nicht, daß ich von der Kunst ablassen solle; das hieße von meinem Leben ablassen: und so mir Gott Gesundheit und Kraft und das Glück unabhängiger Muße läßt, will ich schon treu bleiben. Daß ich nun den rechten und höchsten Standpunkt der Kunst nicht ergriffen habe, mag wohl seinen Grund in meiner Individualität haben. Es ist, wenn ich so sagen darf, ein französisches Element in mir, nehmlich: die Furcht und der Abscheu vor Geschmacklosigkeit in der wirklich plebejen Bedeutung des Worts. Bei fremden Werken erfordert es bei mir einen Schluß und ein Versetzen in die Eigenthümlichkeit des Dichters, um bei dergleichen mich des unangenehmen Gefühls zu erwehren oder mich gar daran zu erfreuen; bei eignen Hervorbringungen wird es mir aber unmöglich eine solche Geschmacklosigkeit zu dulden; und so werde ich mich z. B. an Kleists Thuschen wohl erfreuen können, dabei aber immer das Gefühl haben; du hättest es nicht hingeschrieben. Mit Käthchen ist es ganz ein ander Ding. Käthchen ist eben Käthchen; es liegt so etwas identisches in Nahmen und Person, eine solche innere Nothwendigkeit, daß beide nicht mehr von einander zu trennen sind, und Katharine wäre ein ganz anderes und fremdes Wesen in diesem Stücke.

Thusnelda aber ist eine uns bekannte geschichtliche Frau, und obgleich ein Dichter, der das deutsche Familienleben durch sein Werk will durchklingen lassen, mehr Recht hat seine Thusnelda Thuschen zu nennen, als es Schiller gehabt hätte seine Maria, Rikchen, oder seine Elisabeth, Betty rufen zu lassen, so schlägt das Thuschen dennoch nicht recht mit dem Bilde zusammen, das uns die Geschichte (freilich eben nur die Römische und nicht die Deutsche) von der Thusnelda giebt. — Ueberdies aber spielt mir, schon vor einer solchen kritischen Reflexion, mein bon gout den Streich, daß mir Käthchen lieblicher klingt als Thuschen. — Denke ich mir nun aber wieder den lieben Kleist in seiner Eigenthümlichkeit, so ist Alles wieder gut, und ich bin überzeugt, daß ich selbst von dem jungen Bären ein so intimer Freund werde, daß ich ihn mit eiferndem Zorn gegen alle Philisterei, selbst gegen meine eigne vertheidige. So bin ich zum Beispiel ein leidenschaftlicher Verehrer von dem: hetz! hetz! in der Kleistischen Penthesilea, in welchem Bruchstück mir überhaupt die derbe Auffassung des Antiquen unendlich gefällt. Meine zweite Philisterei ist eine abgöttische Anbetung der Form sowohl der, die auf der Oberfläche eines Dichterwerkes, als der, die sich in seiner innern Konstruktion offenbahrt. — Die Form des Worts und die Form des Plans. Ich lasse mir nicht gern bei der erstern die Feile, und bei der zweiten die Einigkeit einer sich darthuenden Grundidee nehmen. Fehlt eines oder das andere bei fremden Werken, so ist es mir zuwider; oder kann ich es bei Werken anerkannter Meister nicht auffinden, so glaube ich sie nicht zu verstehen — und dies möchte mir bei Shakespeare wohl hin und wieder begegnen. — Desswegen aber bin ich kein Widersacher rein-phantastischer Dichtungen, nur will ich, daß alsdann eben das rein-phantastische, das gesetzlose, als Grundgedanken sich darthun und so wieder Einheit erstrebt werden soll; nur soll diese Ungebundenheit, dieses Dunkel nicht das Prinzip der

Kunst, nicht die Kunst selbst seyn, denn das führt schnurstraks, wie wir es gesehen haben, zu dem mit Recht verschrieenen Geklingel des Nichts; zu der sogenannten poetischen Poesie. Das ist, meinem besten Wissen nach, mein aufrichtiges Glaubensbekenntniß über die Kunst, obgleich ich mich bescheide (und wahrlich ohne Stolz, und ohne die Bescheidenheit der Lumpen!), daß es eine noch höhere Ansicht gewiß giebt; und die ich denn doch auch zu erreichen hoffe. Doch würde sich auch auf einem höheren Standpunkt meine Individualität nur mehr ausbilden, aber nicht verwandeln, nicht eine andre werden; und, um Ihnen zu zeigen, daß ich mich mit Aufrichtigkeit untersuche und bemüht bin mich kennen zu lernen, um mir Rechenschaft von mir zu geben, so will ich Ihnen mit zwei Worten sagen, worein ich diese meine Eigenthümlichkeit in Hinsicht auf Kunst setze. Wenn das Geheimniß, das schaffende Prinzip eines großen Künstlers nehmlich in der harmonisch-sich-belebenden Mischung von dämonischer Begeisterung und kritischer Reflexion liegt, so daß er zu gleicher Zeit über seinem Stoffe schwebt und zu gleicher Zeit sein Stoff selbst ist; wenn nur aus einer solchen harmonischen Individualität ein wahrhaftiges Kunstwerk hervorgehen kann, so klage ich mich an, daß ich mehr reflektire, als begeistert bin; daß ich mehr *über*, als *in* meinem Stoffe lebe; daß ich also mehr Talent als Genie habe und, streng genommen, eigentlich mehr Virtuose als Künstler bin. Darüber müßte und sollte ich nun untröstlich seyn und die Kunst längst an den Nagel gehängt haben, wenn ich nicht glaubte, daß, obgleich jedes Jahrhundert (neue Zeitepoche) nur Einen Dichter haben kann, es dennoch auch der Virtuosen bedürfe, so wie ein Baum nicht nur Wurzel und Stamm seyn, sondern auch seine Wipfel in die Breite ausstrecken und Blätter und Blüthen und Früchte tragen soll, des Schattens und des Farbenwechsels und der würzigen Frühlingsdüfte halber. — Was Sie über das Käthchen von Kleist sagen, und die Erfindung des neuen Schlußes, ist vortrefflich! So aufgefasst und ausgeführt, würde es zu den vorzüglichsten Dramen gehören. — Es ist unendlich traurig wenn man denkt, was mit diesem gewaltigen Menschen Schönes und Großes für die deutsche Kunst untergegangen ist, was er hervorgebracht, wenn er jenen Moment der schönen Erhebung erlebt hätte. Und kein Mensch gedenkt seiner; und alle Welt spricht von dem untergeordneten Körner, weil er der Glückliche war. Ich lasse diesem edlen und faktisch-begeisterten Menschen, der sich zur That erhob, und so, als Held, über dem Dichter stehet, ich lasse ihm gewiß Gerechtigkeit wiederfahren; ich will ihn selbst loben und preisen und besingen, weil er nun einmal der Repräsentant jener gebildeten Jugend geworden ist, die den Hörsal und die Museen, Kunst und Wissenschaft verließ, um in den Krieg zu ziehen und das Vaterland mit Blut und Leben zu vertheidigen. Aber ist er darum ein Dichter? Eben so gut könnte man die Liedeswerthe That, für das Lied selbst halten! Und wahrlich das thun die Gutmüthig-beschränkten, die, weil sie das Schwert, in Körners Rechten, blutig sehn, nun auch die Lyra in seiner Linken klingen und singen hören. — Herr von Burgsdorff, den ich gestern gesprochen habe, will so gütig seyn, diesen Brief mitzunehmen. Er hat Ihnen den Vorschlag gemacht, auf einige Tage mit hieher zu kommen; das wäre vortrefflich gewesen; Sie hätten Devrient noch getroffen, der nun für zwei Monath verreist ist. Ich bitte Sie dringend, mich in den Stand zu setzen, dieweil ich noch hier bin, jene wichtige Angelegenheit des gesammten deutschen Theaters in thätigen Geschäftsgang zu bringen. Ich bleibe wie gesagt bis zu Anfang Junis hier — hier haben Sie die ersten zehn Gedichte meines kleinen politischen Werks. Den Plan zu den beiden letztern habe ich Ihnen in meinem vorigen Briefe bereits mitgetheilt. Nur von der Form des Schlußgedichts noch ein Wort: Es wird die Formen aller übrigen in sich aufnehmen, und im freien Schwunge von der einen in die andre übergehen, und diese Form leuchtet mir so klar ein, daß ich sie für nothwendig halten muß. Sagen Sie mir doch, ob Sie es für recht halten, daß jedes Gedicht seinen Denkspruch hat, oder, ob Sie darin eine Affektation finden? — Ich fürchte, daß Ihnen das didaktische Element, das hin und wieder aus dem Gedicht hervorschaut, zuwider seyn möchte, doch hoffe ich, daß es wenigstens eine deutsche Didaktik und weder eine römische noch französische ist. — Nicht wahr, wenn Sie diese Blätter acht Tage besitzen, so genügt diese Zeit wohl? Ich besitze nur diese Eine reinliche Abschrift. Leben Sie glücklich! und bewahren Sie mir Ihre freundschaftliche Gesinnung.

Mit Achtung und Liebe
Ihr
ergebenster
Ludwig Robert.

III.

Berlin, den 20t. Jenner 1822.

Endlich, mein verehrtester Freund, endlich will es, nicht die Schicklichkeit, denn die hat es schon längst gewollt, sondern die Menschlichkeit will es, daß ich Ihnen einen schriftlichen Gruß als Lebenszeichen hinüber sende. Wie oft ich es schon in Gedanken that, brauche ich Ihnen wohl nicht zu sagen, da Sie es wissen müssen, wie eingenommen ich von Ihnen und wie stolz ich darauf bin, daß Sie mich beachtet haben. Aber das Schreiben wird mir jetzt, wo ich leider Briefe für Geld schreiben muß, mehr als je sauer. Apropos dieser Briefe, so habe ich vorgestern eine Abhandlung über den Pr. v. Homburg dem Morgenbl. geschickt, die achtzehn, eng wie diese, geschriebene Seiten zählt. Das hiesige Theater ist darin tüchtig mitgenommen, daß man das Stück hier nicht giebt, und die dummen

Ungründe dagegen zu Schanden gemacht; auch der Kabale in Dresden erwähnt das Ganze, aber in dem ?-Artikel; so daß Dresden nicht genannt wird, wohl aber Berlin. — An den Kohlhas denke ich ernstlich; auch hat mir Raumer schon eine Quelle angezeigt; ich werde das Buch heute von der Bibliothek erhalten und es heißt: Schöttgen und Kreisig diplomatische Nachlese zur Geschichte v. Obersachsen. Kennen Sie es? — Im Morgenbl. Mth. Xbr. Nr. 295 und 303 stehen zwei Briefe von mir über das zu errichtende Volkstheater in Berlin. Diese Abhandlung scheint Aufmerksamkeit erregt zu haben; denn erstlich hat sie das Wiener Theater-Journal wörtlich abgedruckt und zweitens sind die Unternehmer dieses Theaters hier so aufmerksam drauf geworden, daß sie mich zu einer Konferenz geladen und die Grundsätze, die in jenem Schreiben ausgesprochen sind, als Basis ihrer artistischen Tendenz niedergelegt haben. Außer diesem aber ist noch folgendes Resultat — das Sie, mein verehrtester Freund betrifft — aus dieser Konferenz hervorgegangen. — Ich bin nehmlich ermächtigt, Ihnen im Nahmen der Unternehmer folgende Fragen zu stellen: ob Sie — versteht sich für eine bestimmte, angemessene und jährl. Gratifikation — die Mühe eines korrespondirenden[1]) Mitglieds der Direktion übernehmen und der Kunstanstalt fortwährend mit Rath und Vorschlägen an die Hand gehen wollen? — Ob Sie es zu übernehmen wünschen, ein Programm anzufertigen, in welchem die Direktion sowohl ihre ganze Einrichtung als die Tendenz ihres Strebens darlegt, deutlich macht und das Publ. zur Mitwirkung einladet? Endlich ob Sie — versteht sich unter besonderer Honorarbedingung — sich entschließen würden, ein Stück zur Eröffnung dieser Bühne (vermuthlich im Frühjahr 1824)

[1]) Das war ein verwünschter Gedanke, lieber Robert: Ludwig Tieck korrespondirendes (!) Mitglied der Königstädter Theaterdirektion! — Oh . . .

zu schreiben? Ich finde es rathsam — da ich von Karlsruhe wider Erwarten auch nicht eine Sylbe Antwort bekomme — auf diese einträglichen Vorschläge Rücksicht zu nehmen. Ein Mann, wie Sie, kann, meines Erachtens, von dieser neuen Bühne aus, so vortheilhaft auf die Kunst einwirken, daß ich es fast für Ihre Pflicht halte, diesen Vorschlag nicht ganz von der Hand zu weisen und sich je eher je lieber in direkte Korrespondenz mit den Unternehmern, unter denen zwei geistreiche Leute, der Justizrath Kunowsky und der Banquier Herr Mendelssohn der Aeltere sich befinden, die zu allem Guten und Neuen freudig und thätig die Hand — die volle — biethen. Man ist gesonnen, für die ersten Stücke Preise auszusetzen und überhaupt den Autoren, wie in Frankreich eine Tantième der Einnahme zu bewilligen. Schreiben Sie mir also, ob Sie es erlauben, daß sich die Direktion direkt an Sie wende. — Das Stück zur Eröffnung könnten wir ja zusammen anfertigen, wenn Sie dies für möglich und mich dieser Ehre werth halten. — Immermann hat eine kleine Broschüre: Brief über die falschen Wanderjahre geschrieben. Treu und wahr, kunstverständig und evident=klar. Sie dürfen sich die kleine Schrift nicht entgehen lassen; sie wird Ihnen Freude machen. Ich habe sie sogleich im Morgenbl. lobpreisend angezeigt; denn da die Miserabeln das Miserable ausschreien, so müssen auch die Guten das Gute ausrufen. — In dem obenerwähnten Buche steht über Kohlhaas nichts, was Sie mir nicht schon gesagt hätten; es ist die wörtliche Abschrift aus Petri Hafflitii geschriebene Märkische Chronik. — Nur die Art wie er zu Luther kommt ist dramatisch, ja sogar theatralisch. — Die Verlobten machen hier viel Aufsehen und gefallen — bis auf jene, die sich getroffen fühlen — allgemein. Die Reisenden werden weniger verstanden und ich habe schon oft sagen müssen: Leset es nur noch ein Mal! — Ich werde demnächst ein Wort darüber schreiben. —

Sie haben ja über Gehe's Stück und noch dazu ins Abendblatt etwas einrücken lassen. Noch bin ich nicht dazu gekommen; aber ich bin sehr begierig es zu lesen. — Varnhagens grüßen Sie herzlich. Empfehlen Sie mich angelegentlichst und freundlichst dem verehrten Kreise Ihrer liebenswerthen Hausgenossen und nehmen Sie meinen wahrhaften Dank für alle erzeugte Ehre und Güte und Liebe. In Hoffnung eines freundlichen Wortes

Ihr
mit Liebe und Achtung
ergebener
L. Robert.

Adresse:

Herrn M. Th. Robert
für Ludw. Robert
in
Berlin.

T. S. V. P.

Ich kann diesen Brief nicht an Sie, verehrtester Freund! abgehen lassen, ohne meine herzlichen Wünsche für Ihr Allerseitiges Wohl und die freundlichsten Grüße selbst beizufügen, an Sie und die ganze theure Familie, die mich mit so viel Liebe und Wohlwollen aufnahm. Die Zeit drängt mich so, daß Sie über meinen Styl lachen werden; deßhalb behalte ich mir vor, meine Ehre bald durch ein anderes Schreiben zu retten. Ich empfehle mich in Ihre fortdauernde Freundschaft und bin

Ihre
ergebenste
Friderike Robert.

Varnhagens lassen beide vielmals grüßen. Sie ist oft unwohl.

IV.

Dresden, 29/8. 1821.

Dürfte ich Sie wohl um den Prinzen von Homburg bitten; ich bedarf ihn, um einige Worte öffentlich darüber zu sagen und schon Morgen sollen Sie ihn wieder zurück erhalten.

Meine undiplomatische Aufführung von gestern Abend thut mir leid, man soll nie in Gesellschaft ein wahrhaftes und tiefes Gefühl äußern, weil eine solche Aeußerung, ihrer Natur gemäß, laut werden muß, welches die Andern, Kalten still macht; und weil heiliger Eifer imponirt, das heißt stumm macht. Stumm-Machen aber ist noch unverzeihlicher als Still-Machen. Kurz ich habe sehr unrecht gehabt ein Gespräch vor fremden Herrn zu führen, das sich höchstens in Ihrer Studierstube geziemt hätte; aber auch Sie haben mich etwas dazu verführt und deßhalb reicht Hohenzollern dem Churfürsten diese Bittschrift ein.

Ihr
L. Robert.

V.

Berlin, 6ten April 1823.

Hochverehrter Freund!

Daß ich meine Antwort auf Ihr liebevolles Schreiben so lange aufgeschoben habe, daran ist die stets arbeitende und zu nichts kommende Direction des neuen Theaters Schuld. Uebermorgen aber gewiß sende ich den ausführlichen Geschäftsbrief an Sie ab.

Diese Zeilen sollen in den edeln Kreis Ihrer Häuslichkeit ein Talent für die Bühne — Demoiselle Pfeifer [1]) aus München — einführen, das ich für ein höchst eminentes halte.

---

[1]) Charlotte Birch-Pfeifer.

Dabei eine südliche lebhafte, für die Kunst begeisterte, unterrichtete und sehr angenehme Persönlichkeit. Möge sie Ihnen so sehr gefallen, daß sie Ermunterndes von Ihnen hört und dadurch auf der Bahn weiter gefördert wird, die sie eingeschlagen hat. Dies mein Wunsch und die Absicht dieses Schreibens. Bald mehr von Ihrem Sie liebenden

Lud. Robert.

VI.

Berlin, 8t. April 1823.

Hochverehrter Freund!

Gestern ist eine Mamsel Pfeifer aus München, ein sehr bedeutendes, tragisches Talent, nach Dresden gereist und ich konnte weder ihr noch mir die Genugthuung versagen, sie Ihnen zu empfehlen. Und nun zu unserm Geschäft mit dem Nebentheater: Seit der Zeit, daß ich Ihnen nicht schrieb, habe ich tiefer dort hineingesehen und zu meinem Schrecken eine ganz andere Ansicht von den Leuten und deren Unternehmen bekommen. Das Resultat dieser Ansicht heißt: Es wird eher Alles aus diesem Unternehmen, als eine Kunstanstalt. Der Justizkomissarius Kunowsky ist der einzige der Unternehmer, der noch eines Gedankens fähig ist; aber nicht eines eignen, sondern fremder und ich darf sagen, Alles was er weiß, weiß er von mir. Dabei ist er zersplittert, treibt Astronomie als Steckenpferd, hat hundert Dinge im Kopf, kommt vom Hundertsten ins Tausendste und kann sich keiner Sache einzig und begeistert hingeben, wärend ihm für diesen einzelnen Fall, nicht nur Brettererfahrung, sondern auch die gewöhnlichsten litterarischen Hilfskenntnisse fehlen. Daher ist ihm Bethmann eine Authorität und wie es mit dessen Kunstsinn und Urtheil steht wissen Sie. Ohne Gesinnung und Tendenz, ohne Ahnung von Kunst, ja ohne alle praktische Erfahrung, glaubt er ein Bühnenverwaltungsheros zu seyn, weil er abgekuckt hat, wie Iffland sich räusperte; ist aber dabei so weltklug, daß es ihm eigentlich um nichts zu thun ist, als um Geld zu gewinnen, noch mehr aber, um sich am Grafen Brühl zu rächen, der ihm das consilium gegeben hat. Letzteres aber dürfte ihm nicht gelingen, da Brühl schon jetzt mit allen ihm zu Gebothe stehenden Kräften gegen die entstehende Anstalt anwirkt, neue Lustspieler überall werben läßt und schon jetzt für ein neues komisches Repertoir sorgt, woran jene noch nicht denken würden, wenn ich sie nicht dazu aufgefordert und gedrängt hätte. Der Rest der Unternehmer sind Kaufleute, die jene Anstalt, je nach ihren verschiedenen Temperamenten, aus drei Absichten gründen: Die Einen um Geld zu erwerben; die andern aus allgemeiner Eitelkeit und der besondern dem König zu schmeicheln; endlich aber um sich in den Kulissen umher zu treiben und zu ihrem Privatvergnügen sich von den jungen Schauspielerinnen einen Harem zu bilden: ein Hauptmotiv so bedeutende Summen zu wagen!! An eine Idee, an Kunst, an Volksbildung, ja an Lust zu der Sache selbst ist nicht zu denken; dabei will Jeder kommandiren, Niemand versteht etwas, sie kontrekariren sich aus Privatinteressen und ich habe keiner Versammlung beigewohnt, wo ich es hätte dahin bringen können, daß nur 5 Minuten lang von der Tendenz, von dem Repertoir, von den zu engagirenden Personen, kurz von der Sache selbst gesprochen worden wäre. Immer kam man vom Hundertsten ins Tausendste und Nebensachen interessirten am meisten, und die Oper, die sie verbannen sollten und Maschinen und Melodrams und französische vaudevilles sind das gelobte Land, wohin man steuert. Alles dieses dringt ins Publikum, das schon jetzt über die Sache spottet und vom Judentheater spricht: ein Nahme, der (in Berlin) schon ganz allein die Sache muß fallen lassen — deßwegen habe ich mich auch sachte zurückgezogen und den Herrn gesagt, sie mögten sich in direkte Korrespondenz mit Ihnen setzen. Deßhalb rathe ich Ihnen nun vorsichtig mit diesen Kaufleuten zu seyn. — Ob Sie Sich überhaupt mit denselben einlassen wollen, darüber will ich Ihrem Urtheil nicht vorgreifen; aber das rathe ich Ihnen: lassen Sie Sich praenumerando und gut zahlen. Dafür daß Sie Ihren berühmten Nahmen auf das verlangte Program setzen, müssen Sie Ihnen wenigstens 20 Louisd'or zahlen und für ein Eröffnungsstück, von dem ich aber, trotz der großen Ehre die Sie mir erweisen (Verzeihen Sie mir!) meine Hand abziehe: wenigstens fünfzig Louisd'or. Sie können um so mehr darauf bestehen, als Sie dieses Gelegenheitsstück keiner andern Bühne verkaufen können. — Ich bitte Sie in diesem Fall jede Schonung, jede Delikatesse diesen reichen Ignoranten gegenüber, außer Augen zu setzen. Wenn Sie fest darauf bestehen, so zahlen sie. Crede Rupperto experto! — Hätte ich nicht eine unbegränzte Liebe zum Theater und hoffte ich nicht, daß doch vielleicht die Authorität Ihres Nahmen diesen Menschen imponiren dürfte, so würde ich sagen: Weisen Sie Alles von der Hand! Das sage ich aber nicht. —

Von dem hiesigen Theater könnte ich Ihnen nur wiederholen, was ich im Morgenblatt darüber vielfältig gesagt habe. Sollten Sie Zeit und Lust haben es zu lesen? Mit Wolff's Spiel habe ich mich in so fern ausgesöhnt, als er ein ganz anderes Subjekt ist, wie der Goethesche Meisterschüler, der uns vor sieben Jahren von Weimar überkam. Auch dies habe ich ausführlich im Morgenblatte auseinander gesetzt. Meine Frau empfielt sich Ihrem und der Ihrigen Andenken und ich küsse der Gräfin Finkenstein die Hand wie Ihrer Frau Gemahlin und den Fräuleins. Gott segne Sie mit Gesundheit und Kraft!

Ihr
Sie verehrender
Ludw. Robert.

P. S. Soeben war Herr Teichmann, Theatersekretair, von Paris zurückkommend, bei mir. In seinem Auftrage schreibe ich, daß er Goethen die Verlobten, die dieser noch nicht kannte, hat zukommen lassen; daß der alte Herr sehr erfreut darüber und Sie den guten Tieck nannte.

Sie wollen über Preciosa schreiben. Das ist wichtig! Ihr unbedingtes Lob dieses Stückes kann zu Saamen sehr schlechter Stücke werden. Ich wage daher zu sagen: Sprechen Sie über das Stück nicht, wenn Sie Ihre Liebe zu dem Autor nicht beseitigen können.

VII.

Berlin, 12t. April 23.

Verehrtester Freund!

Hier ein Schreiben der neuen Theaterdirection, das ich Ihnen zusenden soll und worauf ich erwiedert habe, daß Sie direct antworten werden, weil mir die Leute zu konfus scheinen, um mich mit ihnen einzulassen.

Ihnen aber rathe ich, und wäre ich Ihr Geschäftsführer, so würde ich es mir ausbitten, daß Sie keinen Zug thun, bevor Sie Sich nicht über das Honorar jedes Briefes, den Sie schreiben, geeinigt haben.

Höchst indelikat finde ich die Nicht=Frei=Machung des unmäßig dicken, auf grobes Papier geschriebenen Briefes und feig=geitzig, daß man bei Ihnen nicht wegen des Honorars bestimmt anfrägt.

Was den ästhetischen Inhalt des Briefes betrifft, so werden Sie diesen besser als ich zu beurtheilen wissen.

Mit Liebe

Ihr

L. Robert.

VIII.

Berlin, d. 10. Juni 23.

Sehr recht haben Sie, mein verehrtester Freund: Nicht allein, daß man nicht immer kann, was man will, man will auch meist nicht, was man kann, ja, was man soll. Das erste ist Schicksal, das zweite negative und das dritte positive Nichtigkeit; man nennt es auch Sünde. Ich will mich nicht ganz freisprechen; aber größtentheils tragen die Umstände die Schuld, daß ich nicht früher nach Dresden kam und noch ein paar glückliche und unterrichtende und befruchtende Monathe mit Ihnen verlebte. Einrichtungen, die meine Vermögensumstände betreffen, mußten und konnten nicht eher genommen werden, als bis sich der politische Himmel wenigstens momentan wieder aufgeklärt hatte. So lange ich unverheirathet war, ließ ich unbesorgt Alles so hingehen, wie es eben wollte, in dem sichern Bewußtseyn, daß mirs für meine Person nie fehlen würde. Jetzt muß für die Zukunft der Besitz fest bestimmt und möglichst gesichert seyn, d. h. flüssig erhalten werden. Das ist nun jetzt — wenn auch mit einigen Opfern — geschehen. Dadurch aber hat mein Reiseplan sich sehr geändert. Wollte ich doch schon jetzt in meinem paradiesischen Baden-Baden zurück seyn und irgend eine liebe Arbeit begonnen haben. Nun aber geht mir der Sommer verlohren und ich muß für Zeitschriften — um die Reisekosten zu erschwingen — Kräfte aufwenden und Zeit, die ich wahrlich zu etwas Besserem gebrauchen könnte. Nach Wien muß ich und da der Sommer dort todt ist, so will ich den September dort und den October in München zubringen. In allen Fällen aber gedenke ich, Sie noch ein Weilchen zu sehen, entweder in Dresden oder in Teplitz. — Und auch, wenn ich dann von Ihnen Abschied nehme, wollen wir das schlimme Wort: „Niewiedersehen" nicht aussprechen; denn mein

Weg führt mich ja doch von Zeit zu Zeit zu meiner Vaterstadt und meinen Verwandten und Freunden. Großes Herzeleid aber macht es mir, daß ich die Hoffnung aufgeben muß, Sie in unserm freundlichen und unschuldigen Carlsruhe zu sehen. Ich bin überzeugt, daß Sie Sich in jener milden Luft, wo man vom Winter nicht viel weiß und Sommers in dem erquicklichen Baden lebt, vortrefflich befinden würden; wärend Dresden mit seiner gichterzeugenden Brücke Ihre Krankheit, die ich übrigens für quälend zwar, aber nicht für gefährlich halte, nährt und steigert. Wie gut und wie wohlfeil würden Sie dort, wie freundlich und produzirend würden wir da zusammenleben! Was haben Sie denn in Dresden von Dresden? Die Fremden? Die kommen auch zu uns und ich denke sogar vielseitigere, wahrhaftere Fremde, statt deren in Dresden nur nordisch-barbarische Brunnengäste, oder Gallerie-Beseher mit längst bekannter Bildung, oder gar Liederkreusler erscheinen. Glauben Sie mir, es ist eine wahre Geistes- und Seelenkur, eine Gemüthsstärkung, eine Herzerfrischung, den in der Unnatur der Kritik und Theorie versunkenen Norden für einige Zeit total zn vergessen; diesen so sehr theoretisch-kritischen Norden, daß er jetzt, auf dem Kulminationspunkt seiner kritischen Theorie, es herausgerechnet hat, daß es weder Theorie noch Kritik gebe und nun, auch von allem wahrhaft Praktischen und Kräftigen entblößt, sich im reinen Nichts umhertreibt. Ist es denn gar nicht möglich, daß Sie Sich zu dieser Ortsveränderung entschlössen; daß wir, wenn ich zurück bin, darüber korrespondirten? Auch in pekuniärer Hinsicht würden Sie Vortheil, nehmlich Verleger finden, die Sie besser bezahlten. Cotta z. B. der vor einiger Zeit hier in Berlin war, hat mir in dieser Hinsicht viel von Ihnen gesprochen und mir aufgetragen, Sie zu bitten, für ihn und für seine Zeitschriften zu arbeiten. Er biethet sich an Sie vorzugsweise gut zu honoriren und frühere Verhältnisse in eine neue Verabredung nicht gleich und unmittelbar einfließen zu lassen. Ich schreibe Ihnen dieses in seinem Auftrag und wahrlich, er ist der Mann — was man auch von ihm sagen möge! — etwas Erhebliches und Fruchtbringendes für Sie zu thun. — Ich setze beiläufig — von größeren Arbeiten und Unternehmungen abstrahirend — hinzu: So sehr mich Ihre Kritiken im Abendblatt erfreut, so sehr sie allgemeine Theilnahme erregt haben, so ist man doch nicht mit dem Organ, das Sie wählen, zufrieden und ich meines Theils glaube sogar das Hemmende heraus zu fühlen, was dieses Süßblatt Ihnen entgegenstellt. Bei dieser Gelegenheit eine Bitte und eine inständige! Sie haben in jener Rezension, wo Sie dem Gehe nur zu viel Ehre anthaten, der Müllnerschen Schuld gedacht und sie kurzweg unter die Mißgeburthen der Zeit gestellt. Seitdem ward Müllner sehr höflich gegen Sie, nannte Sie Meister ꝛc. Ich wußte gleich, daß er seinen Grimm nur verberge; und richtig! jüngst im Litt. Blatt des Morgenblattes sagt er in einer Anmerkung, von seinem beliebten heidnischen Fatum sprechend: es wäre sehr natürlich, daß die dramatischen Schulknaben sich gegen dasselbe erhöben, aber das wäre zu verwundern, daß ein Ludwig Tieck diesen darin Vorschub leiste und mit in diesen Chor einstimme. Dieses Wort nun zwar nicht — denn Müllners Worte bleiben jetzt ohne Eindruck — aber das allgemeine Aufsehen, welches die Schuld erregt hat, gebiethet, daß Sie die Nichtigkeit dieses Meteors ausführlich und gründlich darthun, besonders weil Sie schon ein Mal wegwerfend, aber zu kurz für eine Erscheinung, die so allgemein geblendet hat, gesprochen haben. Ich fordre Sie im Nahmen der dramatischen Kunst dazu auf, denn ich halte es für nöthig. Ich selbst würde es thun, wenn ich es so eindringlich vermögte als Sie, der ja noch überdies das litterarische Reichssiegel seines Nahmens darunter drücken kann. Auch der Fir=

niß des undramatischen ja oft ungeschickten Verses muß von dieser Lackirarbeit mit beitzend-kritischem Spiritus weggewischt werden. Lassen Sie Sich weder die Mühe, noch die Fehde davon abhalten; es ist Ihre kritische Pflicht. — Ihren Brief an die Direktion des 2. Theaters habe ich eben abgeschickt. Ich bin ganz Ihrer Meinung; doch könnte Ihnen ja wohl die Lust kommen, einmal etwas recht Drolliges und Populäres für eine solche Bühne zu schreiben, und nicht wollte ich, daß Sie dieses ganz und gar aufgäben. Außer meinen (fleißigen und gewissenhaften) Arbeiten für Zeitschriften und ein paar geringen flüchtigen Musengeschenken habe ich hier nichts gemacht, als eine Modernisirung meiner ersten dramatischen Arbeit: die Ueberbildeten nach Molière's précieuses ridicules, die ich mit nach Wien nehmen will; denn hier ist französische Drehkunst und Spontinischer Janitscharenlärm das Einzige was kostumirt, dekorirt und illuminirt wird; in den Zwischentagen giebt man französische vaudevilles und aus alter Schaam selten ein altes gutes aber schlecht ja skandalos besetztes Stück. Nun, ich will meiner Frau noch ein Plätzchen zum Schreiben lassen. Gott stärke Ihre Gesundheit!!!!!! Viele Grüße und herzliche den lieben Hausgenossen. In jedem Falle sehe ich Sie noch im Laufe dieses Sommers.

Mit Achtung und Liebe

Ihr

Ludwig Robert.

Es ist mir recht lieb, verehrtester Freund! daß Sie mit Rob. über sein Wegeilen von Dresden zanken. Diesen Winter war ich sehr oft nahe dran, das Heimweh nach Ihnen und Ihren lieben Haußgenossen zu bekommen, doch jetzt wo der häßliche Winter sich entfernt und das Frühjahr sich einstellt — befinde ich mich ziemlich angenehm hier und will ich einmal wieder die Wintervergnügungen der deßhalb berühmten Stadt mitmachen so komme ich im Sommer, wo im Thierjarten dieselben Thees getrunken und dieselben belustigenden Gespräche geführt werden, die den Winter erwärmen sollen. Lassen Sie sich doch meines Mannes Zureden wegen Karlsruhe und Baden zu Herzen gehen; ich hoffe Sie bei unserm Wiedersehen nicht ganz abgeneigt zu finden, vielleicht nächsten Sommer unsern Zaubergarten Baden zu bewohnen. Eine Harfenspielerin=schlägerin macht mich mit ihrem ewigen tik tak tak so confus, daß ich nichts mehr beifügen kann als meinen herzlichsten innigsten Wunsch, Sie Alle recht bald gesund und vergnügt zu sehen.

Ihre
ergebenste
Frid. Robert.

IX.

B. d. 20t. Dec. 1823.

Ein rundes Jahr habe ich mir vorgenommen, Ihnen zu schreiben und da es nun endlich einmal dazu kömmt, bin ich so schüchtern, daß ich nicht weiß, wie ich anfangen soll. Wären Sie kein so berühmter Mann, so hätten Sie, wenn es Ihnen Spaß machte, ein Dutzend Briefe von mir in dieser Zeit erhalten, aber so — was kann ich Ihnen schreiben, das interessant genug wäre, Ihnen einige Minuten Ihrer kostbaren Zeit zu rauben? Glauben Sie ja nicht, daß das Komplimente sind, die ich als Einleitung oder Lückenbüßer einschiebe, nein es ist mein wahrer Ernst, und ich würde vielleicht noch immer geschwiegen haben, wenn ich nicht vor einiger Zeit ein Gedichtchen von Ihnen (in Musik gesetzt von Fanny Mendelsohn) gehört hätte, was mir so wohl gefiel, daß ich mir vornahm, es Ihnen zu schicken. Mit nächster fahrender

Post wird es folgen, und ich lasse, damit Sie auch die Componistin kennen lernen, das Billet von ihr dabei. Sie hat noch mehrere Gedichte aus Ihrem Reiche componirt, doch kann ich nichts darüber sagen, da ich sie nicht gut habe vortragen hören, dieses aber ist hier schon oft mit Beifall gesungen worden, und es wäre zu wünschen, daß Mdme. Devrient, die hier so sehr gefiel, es Ihnen zuerst vorsänge.

Wie oft ich mich schon nach Dresden zu Ihnen zurückwünschte, kann ich nicht sagen, an den gastfreundlichen runden Tisch, Niemand daran als Sie, Ihre theuren Haußgenossen und wir, erzählend und bis ins Innerste vergnügt. So war es hier noch nie. Die Erinnerung hat etwas rührendes, und ich weiß nicht, ob ich weine oder lache. Ich soll Platz lassen zum Siegeln, sagt mein Schicksal, das heißt mein lieber Mann, und ich gehorche

Ihre
ergebenste Friderike Robert.

X.

Carlsruhe d. 15. Obr. 1824.

Verehrtester Freund.

Ihre Besorglichkeit war ungegründet. Ich habe mich in dem ungesellschaftlichen München nicht länger aufgehalten, als eben nöthig war, es kennen zu lernen. Um eine alte Krummstadt herum, und in sie hinein entsteht eben eine neu'st=modige, griechisirende und romantisirende, und giebt so ein Bild der geistigen Baulichkeiten: der Bildung. Man steht mit dem Einen Fuße tief unten im Wust und Schlamm noch nicht weggeschafter Barbarei, und hat den andern über viele Mittelstufen hinweg, so plötzlich und so hoch erhoben, daß man gar nicht begreifen kann, wo man die Kraft zu einem solchen Sieben=Meilen=Schritt hernehmen soll. Auch macht man diesen Schritt nicht; man spreitzt sich eben nur und wähnt unter Anderm z. B. Preußen weit überflügelt zu haben. Reinlichkeit der Straßen und unelegante finstere Kaufläden; Gewühl von Menschen, Pferden, Soldaten und Güter- und Bier-Wagen, und keine Equipagen, außer denen des Hofes und zweier Gesandten; Napoleonische Polizei und andre Einrichtungen, bei altfränkischen ärgerlichen unnützen Formen; Soldaten-putz und wissenschaftlich-militärisches Treiben, bei höchstem Spießbürgersinn des Volkes; eleganter Pariser Damenputz im Theater, und Fraubasen-Gespräche mit breiter unangenehmer Mundart; ächt deutsche und höchst rührende Liebe zu dem angebohrenen Herrscher, und doch im Ganzen ein höchst undeutsches, ungemüthliches, egoistisches Wesen, das auf den sarmatischen Ursprung des Stammes hindeutet — und so könnt' ich noch hundert Gegensätze anführen, die man hier dicht neben einander findet und die Einen bald unangenehm berühren, bald wieder mit Hoffnung für die Zukunft erfüllen, dabei ein rauhes unangenehmes Klima bei ganz unfruchtbarem Kiesboden. Man sieht den Schnee auf den Alpen liegen, der Südwind bringt Eiskälte und in gewöhnlichen Jahren schneit es noch im Juni — Gott sey also gedankt, daß ich wieder in meinem milden, einsamen und freundlichen Carlsruhe bin. — Und nun zur Hauptsache, zu Ihren Geschäften. Ich habe mit Cotta gesprochen und gegen Ihre Forderung von 10,000 Rthlr. für Ihre sämmtlichen Werke hat er, nachdem ich ihm das Geschäft anschaulich machte, Nichts einzuwenden gefunden; dagegen verlangt er hauptsächlich, daß Sie ihn sicher stellen, daß Ihre früheren Verleger nichts gegen diese neue Auflage einwenden und er nicht mit Jenen in Streit komme; dann rechnet er auf die Vor- oder Einleitungsreden, von welchen ich ihm, Ihrem Auftrage gemäß, gesprochen habe; auch wünschte er die Zahl der Bände zu wissen, die ich ihm nicht angeben konnte, aber ungefähr auf einige und zwanzig anschlug; endlich fordert er die baldigst schnelle Erscheinung des Werks und will sich vor dem Beginne des Drucks zu keinem Vorschusse verstehen. — Dies ist, mit kurzen Worten, das Resultat eines langen Gesprächs. Sie mögen ihm nun schreiben, sich auf diese Punkte beziehen und sich mit ihm einigen, welches ich Ihnen um so mehr rathe, da mir seine Forderungen billig scheinen und mit ihm, hinsichtlich der prompten Baarzahlungen durchaus nichts zu befürchten ist, welches bei minder reichen Buchhändlern doch mehr oder weniger der Fall seyn dürfte. — Was die Beiträge zum Morgenbl. betrifft, so scheinen sie ihm sehr angenehm zu seyn. So wie ich den Mann kenne, so werden Sie Sich auch hierüber mit ihm einigen, wenn Sie damit beginnen, ihm sogleich einen gewichtigen Beitrag einzusenden. Versäumen Sie aber ja nicht, diese Angelegenheiten zu betreiben!!! Und schmieden Sie das Eisen, dieweil es glüht!!!!! Es ist schon nicht vortheilhaft, daß Sie ihm nicht, wie Sie mir versprachen, bereits geschrieben hatten; ich kam dadurch in einige Verlegenheit. — So weit die Geschäfte! Nun will ich als Unterhändler aber auch ein Douceur haben; und das soll darin bestehen, daß Sie über meinen jetzt herausgekommenen Paradiesvogel ein öffentliches Wort irgendwo sagen. Daß ich kein unbedingtes Lob erwarte, brauche ich Ihnen, der Sie mich kennen, nicht zu sagen; aber — da Sie doch einigen Antheil an meinen Arbeiten nehmen, warum sollte ich nicht begehrlich hoffen, daß mir auch die Ehre werde, daß Sie ein Wort darüber drucken lassen? — Aber nun kommt etwas, das ich fast für eine Pflicht, die Ihnen obliegt, halte. Nehmlich eine Beurtheilung jener Novelle zu geben, die in den diesjährigen Rheinblüten vom Mahler Müller in Rom abgedruckt ist. Sie haben Sich früher für dieses Talent interessirt, sie waren Herausgeber desselben, er hat eine lange Reihe von Jahren geschwiegen und erscheint nun endlich wieder auf dem Felde der deutschen Literatur. Ich glaube, daß Sie dieses nicht ignoriren dürfen und gut wäre es, wenn man den derben Tüchtigen, wenn auch ein wenig Unmodischen, neben die süßlichen Zierbengel unserer Almanache zu Nutzen und Frommen des nervenschwachen Publikums hinstellte. Die moralische Kraft in seinen obscönen Schilderungen, die nicht nur nicht lüstern machen, sondern Abscheu erregen und dennoch Produkte der Kunst bleiben, ist bewundernswürdig, ist kunstreich, künstlich und sogar ein Kunststück. Wäre das Ende der Erzählung minder breit, so wäre, ich wenigstens, vollkommen mit ihr zufrieden. Ich bin begierig, was Sie darüber sagen werden; aber thun Sie es ja! Es kostet Sie ja nur ein Stündchen. Aber thun Sie es bald, denn dadurch würden Sie den Debit des Taschenbuchs und also meines Schwagers Nutzen vermehren. Sie dürfen ihm wohl diesen Gefallen erzeigen. Ueber die ihm zum neuen Jahre versprochene Novelle wird er Ihnen selbst schreiben, und ich füge meine Bitte hinzu, diese Angelegenheit nicht zu verschieben, dagegen verpflichte ich mich, Ihnen auch sogleich nach der Einsendung des Msptš. für die rasche Einsendung des Honorars zu sorgen. Schreiben Sie mir doch ein Wörtchen. Grüßen Sie Ihre mir höchst verehrten Hausgenossen freundlichst

von

Ihrem

L. Robert.

So wenig Platz und so viele Gefühle und Einfälle! Gedanken kann ich nicht sagen, denn dazu kömmt es noch lange nicht, denn jetzt habe ich zu viel mit der Poesie, Begeisterung, zu thun; ich richte meine Haushaltung ein, damit Sie nächsten Sommer eine „schöne" Tasse Thee bei mir trinken können und kaufe Tischchen, einen Lehnstuhl und Leuchter zum Vorlesen! Ueber München bin ich mit Rob. ganz ein=

verstanden, und so wie ich Zeit habe, schreibe ich ausführlicher, für Ihre und Ihres verehrten Hauses Gastfreundschaft zu danken, die ich in München nach ihrem ganzen Werthe hätte können schätzen lernen, wenn mein Herz nicht schon ganz davon überzeugt wäre und überflöße. Mich best. empfehlend

Ihre
Frid. Rob.

XI.

Berlin 29t. Jan. 29.

Verehrtester Herr und Freund.

Vor einigen Wochen nahm ich mir endlich das Herz, Ihnen, durch meinen Bruder, eine dramatische Arbeit zu überreichen, die, wenn auch nicht viel Gewicht auf sie zu legen ist, doch so gut, wie so vieles Andere der Darstellung auf der Dresdner Bühne werth wäre. Ich dachte, durch Ihre Vermittelung, die Lebendigmachung des Werks und ein übliches Honorar zu erreichen, um so mehr, als ich es nicht versäumte, die für Ihre sämmtlichen Werke von Cotta geforderte Summe bei demselben zu erzielen, die Reise nach Stuttgart, einzig dieser Verhandlung wegen, nicht scheuete, und, als Sie denselben gänzlich ohne Antwort ließen, Reimer aber den Verlag der Werke ankündigte, über die Unannehmlichkeit schwieg, mich kompromittirt zu sehen.

Wohl weiß ich es, mein verehrter Meister, daß Sie Gewichtigeres zu thun haben, als mir Ihr Urtheil über das, was ich zu leisten vermag, aufzuschreiben, oder wohl gar dessen in Ihren öffentlichen Kritiken zu erwähnen. Aber offen will ich es gestehen, daß ich, bei Ihrer Stellung zu dem Dresdner Hoftheater, schon früher erwartete, daß Sie einige meiner Stücke zur Aufführung bringen würden; und ich also um so schmerzlicher berührt bin, da Sie, nachdem ich Ihnen ein Werk, das wenigstens die Eigenschaft der Darstellbarkeit hat, übersendet habe, mich auch nicht einer Zeile Antwort würdigen.

Dieses Ihnen unumwunden zu sagen, gebiethet mir meine redliche Offenherzigkeit, zu welcher mich überdies Ihre frühere günstige Meinung über mich berechtigt. Sollte die dortige Bühne von dem übersendeten Stücke keinen Gebrauch machen, oder Sie es derselben nicht vorschlagen können, so erbitte ich mir das Manuscript durch die fahrende Post zurück, und ersuche Sie diese Zeilen sowohl, als daß ich Ihnen überhaupt lästig fiel zu verzeihen

Mit
vollkommen anerkennender Hochachtung
Ihr
ganz ergebenster
Ludwig Robert.
Leipzigerstraße Nr. 3.

Rochlitz, Friedrich.

Geboren den 12. Februar 1769 zu Leipzig, gestorben eben daselbst am 16. December 1842.

Durch dreißig Jahre führte er (von 1798 bis 1818) die Redaktion der Allgemeinen musikalischen Zeitung mit Einsicht, Kenntniß, Geschmack und Gerechtigkeit; Eigenschaften, ohne welche er den dreißigjährigen Krieg wider so vielerlei feindselige Mächte unmöglich so lange siegreich bestanden hätte.

Als poetischer Schriftsteller lieferte er:

Denkmale glücklicher Stunden, 2 Bde. (1810, 11.) — Kleine Romane und Erzählungen, 3 Bde. (1807.) — Neue Erzählungen, 2 Bde. (1816.) u. a. m.

I.

Leipzig d. 23ten Dec. 1801.

Sie haben in dem Buche, Phantasieen über die Kunst ꝛc. so tief und schön über Musik geschrieben, daß ich mit immer neuem Genuß, und immer herzlicherem Dank gegen Sie, zu seiner Lektüre zurückkehre. Schon längst würde ich Ihnen deshalb geschrieben haben, was ich jetzt schreibe, wenn ich, wie jetzt, den bestimmten Auftrag dazu gehabt hätte. Ich ersuche Sie nehmlich im Namen der Redaktion der musikal. Zeitung, wenn Sie etwas über Musik geschrieben haben oder schreiben, es ihr für ihr Institut gefälligst mitzutheilen. Es bleibt Ihnen der weitere Gebrauch solcher Aufsätze; nur würden Sie dieselben nicht zum Schaden der Zeitung allzuzeitig — wenigstens nicht unter einem Jahre nach dem ersten Abdruck — nochmals herausgeben. Die Redaktion bietet Ihnen für den Bogen des gewöhnlichen Drucks der Zeitung zehn Thaler Honorar, und würde gern mehr bieten, wenn das, denn doch nur ein beschränktes Publikum interessirende Institut irgend einem Mitarbeiter mehr geben könnte.

Der Buchhändler Herr Härtel (Breitkopf und Härtel) hat die Auszahlung. Verstattet es die Sache selbst, so werden Sie wie wir Alle, die wir an diesem Institut Theil nehmen, bei der Form Ihrer zu hoffenden Beiträge daran denken, daß bei weitem der größte Theil der Musiker und Musikliebhaber wohl Menschen von Geist und Sinn seyn mögen, aber nicht Menschen von tiefer, wissenschaftlicher Bildung; auch daran, daß ein seiner Länge wegen in mehrere Stücke zu theilender Aufsatz, durch solches Zerstückeln verlieren muß.

Ich sage Ihnen das alles so gerade hin, weil ich jedem Manne, den ich nicht kenne, mit Offenheit und Vertrauen entgegen gehe; wie viel mehr Ihnen, von dem ich so viel Vortreffliches weiß.

Lassen Sie mich noch diese Gelegenheit benutzen, Sie von meiner aufrichtigen Hochachtung zu versichern, und Ihnen für die wahre Herzensfreude zu danken, die Sie auch mir durch Ihre Arbeiten, — auch kürzlich erst durch verschiedene Ihrer Gedichte im Musenalmanach bei Cotta, — gemacht haben, und noch gar oft machen werden. Kann ich Ihnen auch nichts seyn, als ein Punkt in der langen, leider schwankenden Linie, die man das Publikum nennt, so besteht doch eine Linie aus Punkten.

Friedr. Rochlitz.

II.

Leipzig, den 16ten März 1821.

Verehrter Herr und Freund!

Ich wünschte, Sie könnten sich meine Freude über den schönen Beweis der Fortdauer Ihres wohlwollenden Antheils an mir recht lebhaft vorstellen, und damit sie gewissermassen theilen. Aber dazu müßten Sie vollständig wissen, wie so etwas eben auf mich wirkt. Da das nun nicht seyn kann, so sage ich hier gar nichts, als ein einfaches: Ich danke — für Brief und Geschenk! Daß ich die Genovefa nun aus Ihren Händen besitze, wird allerdings dem erneuerten Genuß an ihr noch einen besondern, und gewiß nicht störenden Reiz zusetzen. Dieses Genusses nach allen meinen Fähigkeiten theilhaftig zu werden, spare ich ihn mir für die schönsten und ungestörtesten Frühlingstage auf; und daß ich dann laut lese, wenn auch mir selbst nur, brauche ich wohl nicht erst zu versichern.

Zur Ostermesse Sie hier zu sehen, und endlich von Angesicht zu Angesicht kennen zu lernen: darauf freue ich mich sehr. Ja, vielleicht finde ich im Laufe des Sommers Gelegenheit, Ihnen, — wenn Sie es nehmlich nicht ungern sehen, — noch näher zu treten, als es in jenen Tagen der Unruhe und des vielfältigen Treibens möglich ist: ich werde den Monat Julius im Schandauer Bade zubringen, und hoffe dann den August in Dresden zu verleben.

Erwarten Sie von mir, außer der innigen Hochachtung und Erkenntlichkeit gegen den Dichter, wie sie mir seit meinen Jünglingsjahren (und das ist lange her) unverändert innewohnt, nur noch eine freudige Hinneigung zu jedem bedeutenden und edlen Menschen: von anderm aber, was dem Umgange Gewicht oder Reiz giebt, gar nichts; — dann werden Sie sich über mich nicht irren. Hiermit lassen Sie mich

Ihnen
in freundschaftlicher Ergebenheit
empfohlen seyn
Rochlitz.

III.

Dresden, d. 11ten Jun. 27.

Ich bin gestern ohne Dank, ja ohne Alles, von Ihnen gegangen. Dichtung und Vortrag hatten mich so ergriffen, so an- und ausgefüllt, daß ich's so machen mußte. Auch wollte ich den Eindruck gar zu gern ganz ungestört mit nach Hause nehmen. Da hab' ich denn bis lange nach Mitternacht still dagesessen; so gut ich konnte, jedes Einzelne wieder an mir vorübergehen, nun Alles sich wieder vereinigen, vereinigt auf mich wirken, und so die ganze Musik endlich nach und nach in mir ausklingen lassen.

Auch heute will ich nur das sagen: Jener köstliche Heinrich war mir freilich von A bis Z bekannt und auch erinnerlich; aber wenn nun Alles und Jedes in ihm, scharf umrissen und vollendet ausgemalt, vor mir und in mir lebt, so verdanke ich das Ihnen. Und wenn ich nun weiß, wie sich das Vorlesen überhaupt, hoch, bis zu einer selbstständigen Kunst steigern läßt, so verdanke ich das Ihnen auch.

Wie könnte ich da anders, als meine Bitte wiederholen: Lassen Sie mich wissen, wenn Sie wieder vorlesen. Für mich, wie ich nun eben bin, enthält Dresden nichts Genußreicheres, und für Sie macht ein Zuhörer keinen Unterschied. Dankbar

Ihr
Rochlitz.

IV.

v. H. d. 17ten Octob. 28.

Niemand weiß besser als ich, daß man einem verehrten Manne kaum einen geringeren Erweis seiner dankbaren Gesinnung und treuen Anhänglichkeit darbringen kann, als wenn man ihm ein selbstverfaßtes Buch giebt. Kaum einen geringeren; und doch auch kaum einen gültigeren. Jedes Andere unerwähnt: ist doch ein mit Liebe und Fleiß geschriebenes Buch das Beste, was ein Autor hat, und gewissermaßen, was er ist. Thut er doch mit der Zusendung seine Ueberzeugung dar, der Andere werde Eindringlichkeit, Nachsicht, freundliches Wohlwollen an dem Buche üben, und eben weil er diese daran geübt hat, ihm geneigt seyn, — und dem Autor auch. Darum und dazu nehmen Sie, bitt' ich, dieses mein Buch hin; zumal da es, wenigstens in dieser Gattung, zuverlässig mein letztes bleiben soll. Sollte es aber auch blos Sie zuweilen wieder an mich erinnern, so bin ich schon zufrieden.

Hiermit empfehle ich mich Ihnen, so gut ich kann.

Ihr

Rochlitz.

Rückert, Friedrich.

Geb. am 16. Mai 1789 zu Schweinfurt. — Lebt seitdem er (1849) seine Stellung in Berlin aufgegeben, auf seinem Gute Neuseß in der Nähe von Coburg.

Als Freimund Reimar hat er zuerst seine ersten Kampf-, Zorn- und Spottlieder gegen Deutschlands Erbfeind erschallen lassen, und hat sich seit fünfzig Jahren mit einer noch nie und nirgend erlebten Fülle poetischer Gaben und Schätze; mit einer unübertroffenen Herrschaft in Form und Sprache; mit einem ganzen Frühling und Sommer voll Blüthen so tief in dieses Deutschlands Leben und Weben hineingesungen, daß deutsche Dichtung und Friedrich Rückert für ewig unzertrennlich bleiben. Das hat Friedrich Wilhelm der IVte erkannt, und hat ihn nach Berlin berufen, den großen Poeten, der auch für dieses Königs Mutter, für

Königin Luise, den Kranz von immer blühenden weißen Rosen wand, der in den „Geharnischten Sonetten" den Ahnherrn, den alten Fritz, heraufbeschwor!

Daß Rückert in Berlin nicht heimisch werden könne, war vorauszusehen. Nach 1848 wurd' es unmöglich. Und daß der verstorbene König diese Unmöglichkeit begriff, macht seinem Verstande, daß er dem Dichter die Möglichkeit gönnte, sich in den Frieden ländlicher Stille aus dem Geräusch der großen aufgeregten Stadt zu flüchten, macht seinem Herzen Ehre.

Deshalb auch begegnen wir den innigen Worten, die in nachstehenden Zeilen dem königlichen Gönner gelten, mit aufrichtiger Freude.

Berlin d. 11. Okt. 41.

Hochverehrter Meister!

Hier stellt sich mein armenischer König vor Ihren Richterstuhl. Sehen Sie die Arbeit so an, wie ich mündlich sie Ihnen zu zeigen versuchte, als eine erste Einübung der mir neuen Kunstform, und zwar als ersten rapiden Hinwurf ohne Durchsicht und Feile. Ich sagte Ihnen schon, daß noch einige dergl. Uebungstücke folgen sollen, eh ich an meinen eigentlichen Vorsatz, vaterländische Stücke (aus der brandenburgischen Geschichte) gehen werde. Wäre das Stück nicht zu unvollendet und nicht zu lang, so könnt' ich ihm nichts besseres wünschen, als es durch Sie selbst unsrem König vorgeführt, von dessen Begeisterung in mir es die erste Eingebung ist. Wenigstens möcht' ich Sie bitten, Ihm bei guten Gelegenheiten von meinen Intentionen zu sagen, was ich selbst mündlich thun möchte, aber er hat mich bis jetzt noch nicht zu sehen verlangt, da ich ihn zu sehen nicht verlange, sondern brenne. Der gnädigen Gräfin empfehl' ich mich unterthänig. In vollster Hochachtung

der Ihrige
Rückert.

Ueber den Zauber Ihrer Vorlesung möcht ich noch einmal mich mündlich gegen Sie aussprechen. Ganz besonders hat mich Malvoglio befriedigt, der beim Lesen immer als ungebührlich mishandelt mir wehe that. Aber Ihre Stimme macht ihn so dick und derb, daß man kein Mitleid mehr mit ihm fühlt.

Rühs, Christian Friedrich.

Geb. in Greifswalde 1779, gestorben 1820 in Florenz.

Er wurde 1801 Privatdocent in Göttingen, 1802 in Greifswalde, 1808 Professor der Philosophie, 1810 Professor der Geschichte in Berlin, 1817 königl. preuß. Historiograph und Bibliothekar.

Versuch einer Geschichte der Religion rc. der alten Skandinavier (1801.) — Unterhaltungen für Freunde altdeutscher und altnordischer Litteratur (1803.) — Pommersche Denkwürdigkeiten (1803.) — Finnland und seine Bewohner (1804.) — Entwurf einer Propädeutik des historischen Studiums (1811.) — Die Edda (1812.) — Zeitschrift für die neueste Geschichte, Staaten- und Völkerkunde, 4 Bde. (1814—15.) — Historische Entwickelung des Einflusses Frankreichs rc. (1815.) — Handbuch der Geschichte des Mittelalters (1817.) — und noch viel Anderes.

Dürfen wir von der Handschrift dieses Briefes auf jene in den Manuskripten seiner zahlreichen Werke schließen, dann mögen die Setzer bei ihrer Arbeit manchen Seufzer ausgestoßen, vielleicht auch manchen Fluch losgelassen haben. An ersteren wenigstens haben wir es nicht fehlen lassen.

Berlin, d. 14. Jul. 16.

Mein hochgeschätzter und verehrter Freund!

Den Babingtonschen Catalog hab' ich Ihnen nicht gesandt, auch Reimer nicht, aber mit Vergnügen hab' ich Ihre Aufträge an Hrn. Spiker befördert, der bis zum October in London bleibt. Sein Aufenthalt ist für die Königl. Bibliothek sehr vortheilhaft gewesen: schon haben wir 3 große

Kisten mit englischen und einigen spanischen und portugiesischen Büchern erhalten. Wir haben bereits alle alten Hauptchroniken von England und von Schottland bekommen: ferner in der schönen Literatur jetzt 2 Ausgaben der old plays und die sämmtlichen neuen Commentatoren über Shakespear, auch Hawkins, Massinger Works u. dgl. Sobald alle diese Sachen, die mehrere hundert Volumina ausmachen, geordnet sind, zweifle ich nicht, daß Sie dieselben zu Ihrem Gebrauch werden bekommen können. Besonders wünschte ich, daß Sie einige Zeit hier bleiben könnten, um genauer mit diesen Schätzen bekannt zu werden. Nun bitte ich Sie, wenn Sie noch einige ältere für die Geschichte der Sprache und Literatur wichtige Werke wissen, die eine Bibliothek, die die Ehre haben will, die erste eines großen Staats zu seyn, haben muß, mich darauf aufmerksam zu machen: ich werde dann sorgen, daß sie angeschafft werden. Ich hoffe, daß die Bereicherungen, die unmittelbar durch meinen Betrieb der Bibliothek zugewachsen sind, noch in der Folge schöne Früchte tragen werden. Ich habe den ganzen Vorrath selbst nur erst flüchtig durchgesehn. Zwei Kisten kommen noch. Das Parlament hat uns ein Geschenk mit allen den Sachen gemacht, die auf Veranstaltung desselben gedruckt sind und darunter sind wichtig der Catalog der Bodleyanischen und Cottonianischen Handschriften: diese Sachen sind aber noch nicht hier: wir erwarten sie aber noch mit der ersten Gelegenheit. Unsre Bibliothek ist durch diese Erwerbungen wirklich sehr bereichert und wir brauchen nun nicht mehr so sehnsüchtig nach den Fleischtöpfen Aegyptens, der Göttinger Büchersammlung auszuschauen. Hr. Reuß verlangt nun die Bücher zurück, die Sie haben, und ich muß Sie bitten sie ihm wiederzuschicken. Hawkins ist hier und Sie können ihn wieder bekommen, vermuthlich auch was Sie sonst haben: melden Sie es mir nur bald, ich will dann schon suchen, Ihnen die Bücher zu schaffen. Es ist natürlich von hier aus leichter als aus Göttingen Sendungen zu machen. Kennen Sie schon das neue angelsächsische Gedicht, das Thorkelin herausgegeben hat? Es ist gewiß sehr merkwürdig, aber über die Maßen schwer zu verstehn, ich kann gar nicht damit aus der Stelle kommen. Schon früher hat die Bibliothek auch viele recht interessante Bücher zur spanischen Literatur erhalten: nicht nur alte Chroniken, auch poetische Werke, alte Schauspiele u. s. w., sie sind theils aus der Graf Palmschen Auction in Regensburg, theils aus Hamburg gekommen.

Wie sehr wünschte ich, daß Sie etwas näher wären: um Ihnen auch manches nordische mitzutheilen. Ich habe mir jetzt alle Werke von Bellmann verschaft, auch die alten schwedischen Volkslieder mit Melodien, worüber ich gar zu gern Ihr Urtheil hören möchte. Ich bin in sehr nüchternen Arbeiten begriffen; ich lese 3 Collegia, das ist völlig so gut als Holz hacken: ein neues über die Politik, das mir viele Zeit kostet, weil ich selbst noch nicht recht viel davon wußte, ich habe es aber gethan, um dem Schlendrian und den gemeinen Ansichten, die gerade hier wieder recht die Tagesordnung werden sollen, die Stirn zu bieten. Mein Mittelalter ist noch immer nicht fertig, obgleich schon 43 Bogen gedruckt sind. Man denkt jetzt ernsthaft an die Ordnung der hiesigen Kunstsammlungen, wozu eine eigne Comißion ernannt ist: mir ist auch mein Theil nemlich die Menge des Mittelalters angewiesen. Es hat sich bei dieser Gelegenheit das ganze herrliche Stoschsche Cabinett von geschnittenen Steinen wiedergefunden, das selbst nach gedruckten Nachrichten ganz zerstreut seyn sollte.

Herr Garlieb Merkel hat sich wieder eingefunden, um den alten Freimüthigen herauszugeben: mich erinnert seine Ankündigung an den Gastwirth in Hamburg, der anfangs sein Schild vertauscht hatte und da nun ein andrer sich seines alten bediente, unter sein neues (es hieß zum Prinzen von Hessen) setzen ließ: das ist der rechte goldne Esel. Reimer hatte den boshaften Einfall, gleich nach Merkel's Ankunft, in alle hiesigen Zeitungen einrücken zu lassen: es wären jetzt von der Schrift Testimonia autorum de Merkelio wieder Exemplare vorräthig. —

Leben Sie wohl, mein verehrtester Freund! und vergessen Sie nicht Ihres

ergebensten
Fr. Rühs.

Rumohr, Karl Friedrich Ludwig Felix von.

Geb. am 6. Januar 1785, gestorben zu Dresden am 25. Juli 1843.

Italienische Forschungen, 3 Bde. (1827—31.) — Drei Reisen nach Italien (1832.) — Deutsche Denkwürdigkeiten, 4 Bde. (1832.) — Der Freiherr und sein Neffe (?) — Novellen, 2 Bde. (1833—35.) — Schule der Höflichkeit, 2 Bde. (1834—35.). — Im Jahre 1828 edirte er einen, unter dem Namen seines Küchenmeister's „König" verfaßten: Geist der Kochkunst, dessen Lehren eine Zeitlang manche Befolger und Nachahmer fanden.

Aus den von ihm an Tieck gerichteten Briefen hätte sich noch Mancherlei mittheilen lassen, wenn nicht diese Blätter gerade theils zerrissen, theils mit verloschener Tinte beschrieben, fast unlesbar geworden wären. Auch für einen korrekten Abdruck der fünf nachfolgenden vermögen wir nicht zu bürgen.

I.

Hamburg, den 14. Julii 1807.

Welches Vergnügen Sie mir gemacht haben, mich endlich statt ein Paar längst ersehnter Zeilen einen langen, freundlichen, gütigen Brief empfangen zu lassen, könnten Sie sich nur vorstellen, wenn Sie wüßten, wie sehr ich Sie liebe. Durch die Gemüthskrankheit der pr. Posten sind Sie bei mir völlig entschuldigt, und ich bitte um Verzeihung der halben Aeußerung wegen, die Sie gekränkt hat. Wie sehr erfreuet mich sonst noch Ihr gütiger Antheil an allem Verdruß und Schmerz den ich erlitten. Die gute Mutter starb an den Folgen eines tiefen Schmerzes über das, was sie für unerhört hielt, und wovon Sie sich nicht eingestehn wollte, daß die nächste Welt vor uns durch Indifferenz so vieles verschuldet hat. Die besten Menschen unsrer Tage können so oft die Betrachtung des Schmerzlichen nicht ertragen, die doch durchgeführt noch immer die Freiheit des Staates und der Religion erretten mögte. Was mich betrifft, so wahr ich nichts Besseres erwartet, als geschehn, so wenig kann ich die besten Hoffnungen auf das Leben darum aufgeben, weil meiner Freunde und meine bürgerliche Lage ins Schwanken gerathen ist. Ich studiere jetzt fleißig die Geschichten alter Zeiten, und da ein Buch Anlaß giebt mehrere nachzuschlagen, und ich mit Ernst angefangen über antique Kunstkenntniß zu sammeln, hat sich's gefügt, daß ich mich mit manchen Dingen näher bekannt gemacht und Lust zur geschichtlichen Forschung und Quellenkenntniß, mehr als jemals, erhalten. Zugleich macht mir die Verwaltung oder vielmehr Wiedereinrichtung meiner bürgerlichen Lage um so mehr zu schaffen, da ich eigentlich anfange zum Haupt eines Theiles unsrer weiblichen Familie zu gedeihn. So viel erlaubt mir der Ort von meiner zeitlichen Beschäftigung zu melden. Mehreres, wenn wir uns wieder sehn, was hoffentlich bald sich ereignet. Berlin wäre kein ungeschickter Ort zum Zusammentreffen, wenn Geschäfte oder Umstände uns nicht erlauben sollten, die ganze Reise zu Ihnen, oder zu mir zurückzulegen. Jetzt habe ich den einzigen offnen Augenblick ergriffen, um auf etwa vier Wochen ins Reich zu gehn, wozu ich mannigfaltige Veranlassungen habe. Bei meiner Rückkehr treffe ich Steffens mit seiner schönen Frau in meinem Hause, die ein früher gethanes Versprechen jetzt bald erfüllen wollen. Steffens hat mich schon ein Mahl besucht, und wir haben uns einander herzlich lieb gewonnen. Es ist ein edler, herrlicher Mensch; seiner Wissenschaft liegt eine religiöse Innbrunst zum Grunde, die mir sehr das Rechte scheint. Ueber Vieles verstehn wir uns recht genau, was mir zur großen Erquickung gereicht. Ich fange überall auf meine rechten Freunde zu rechnen an, und mache andere Forderungen wie sonst. Leeres Nachschwatzen und Anhängerei wird mich nicht wieder veranlassen, Gesinnung zu suchen, wo deren nicht ist. Auf der andern Seite habe ich das Glück gehabt, indem ich verschiedne Menschen kennen gelernt, die sich von den öffentlichen Blättern abhängig gemacht, und von Vielem gewiß recht schiefe Ansichten gefaßt hatten, durch geduldiges Ertragen dieser Mängel allmählig dieselben zu erschüttern, und auf der andern Seite ein reiches, herrliches Pfund von gutem edlem Muthe, Notiz und Schulkenntniß auszugraben, das mir in diesen Handelsstädten, von deren Verkrüppelung Sie keine Vorstellung haben, da Sie nur das tüchtige Hamburg kennen, recht guten und lehrreichen Umgang zubereitet. — Wir warten schon so lange auf das Lied der Niebelungen; allerhand Jungen machen sich daran und schreien es ins Publicum, und verkünden Ausgaben, die nichts taugen werden. Sie sind es Ihren Freunden, Ihrem Volke schuldig, Ihre kritische Arbeit darüber, noch früher als die Geschichte der Poesie herauszugeben, auf die ich jedoch nicht weniger sehnlich warte. Ich bitte um Abschrift der Gedichte von der Musik. Sie haben sie den R. gegeben, so werden Sie mir dieselben nicht abschlagen. Sie haben keinen größern Fehler als daß Sie dieser Welt des Privatinteresses zu edel, zu fromm, zu bürgerlich sind; das entzieht, fürchte ich, dem Volke die schönsten Veranlassungen des Besten durch ihren Genius. Sonst erwiedre ich alle die gütigen Grüße und Wünsche Burgsdorfs und Ihrer verehrten Gattin, und wünsche Ihnen Allen Muth, Trost, Hoffnung und alle Güter, die in diesen Tagen die dauerhaftesten und besten sind.

Ihr ganz treu ergebner
C. F. Rumohr.

II.

? den 26ten Septemb. 1807.

Sehr werther und hochgeschäzter Freund; Sie verzeihn mir die verspätete Uebersendung Ihrer Sachen; ich glaube mich schon deshalb entschuldigt zu haben. So eben kehre ich von einer Reise zurück, die ich wünschte zum Theil mit Ihnen zurückgelegt zu haben. Mancherlei Veranlassungen reizten mich zu meiner letzten Ausflucht, und ich kann mein Geschick nur loben, das mich hinaustrieb, denn ich war in einer neuen Gefahr, der ich glaube entgangen zu sein. Ich bin, seit wir uns gesehn, mein Herr geworden, ein Gutsbesitzer, in Wohlhabenheit, in einem bequemen und luxuriösen Lande, welches Alles nichts zu sagen hätte, wäre ich nicht auf der einen Seite ziemlich empfänglich für das Vergnügen, und hätte ich nicht auf der andern einen angebornen Beruf, der sich immer wieder besinnt und laut wird, und mir Aergerniß macht, wenn ich ihn ein Mahl lange nicht vernehmen wollen. Endlich tödtet auch ein Leben, das von jeglicher Kunst entfremdet ist, wo die Gebildetsten nur manchmal mit einer halben Entzückung vom Faust, einer Sonate oder Oper zu reden wissen, in mir alle Lust allmählich ab. Um mir eine Gegend zu machen, hatte ich angefangen, mir einen englischen Garten anzulegen, gegen meine soliden Grundsätze, von denen wir uns bisweilen unterhalten haben. Um die Leere in mir auszufüllen, zugleich meine tiefe, verzehrende

Betrübniß — in sofern ich äußerlich und zeitlich bin — zu betäuben, ergriff ich durch Veranlassung jener Brockenkenntniß und allgemeinen Vorstellungen, die oft der Gegenstand Ihres gütigen Spottes gewesen, von neuem das historische Studium. Daß ich bis jetzt noch nichts habe thun können, als mir eine Uebersicht der weitläuftigen und verworrenen Quellen und Quell-Sammlungen zu verschaffen, die z. B. blos die Geschichten der german. Völker, ihrer innern und äußern Verhältnisse betreffen, verstehn Sie so wohl, als die geringe Vorbereitung, mit der ich dies wichtige Geschäft angetreten. Daß ich die Kunst überall ansehe, und bestimmt weiß und bald bestimmter wissen werde, wie sie historisch eins ist, und eigentlich das wichtigste Document sowohl der meisten bedeutenden Thatsachen, als vorzüglich der Bedeutung der Völker in dem (nach meiner Ueberzeugung) ganz organischen Leben des Menschengeschlechts: wird mir eine Bahn brechen, auf der ich nach dem Willen Gottes und meinem besten Vermögen wandeln werde. Ins Griechische suche ich mich diesen Winter zu arbeiten, und mit der Zeit werde ich suchen, mir die Bahn zu den orientalischen, in unsrer Geschichte so bedeutenden Sprachen zu öffnen.

Ich suche seit ein Paar Monaten einige geschickte Zeichner für ein Unternehmen zu gewinnen, das vorzüglich beabsichtigt, die bisher noch unbeleuchteten (also fast alle) Werke der Baukunst in Deutschland ohne Aufwand, aber genau, abzubilden, und sie mit einer historischen Untersuchung, oder vielmehr einem schlichten Bericht dessen, was sich mit Sicherheit über die Entstehung und das Alter der einzelnen Theile, wie des Ganzen sagen läßt, zu begleiten. Was den Gang der sogen. Goth. Architectur in dem westl. Theile von Europa betrifft, haben die Engl. bereits sehr gründliche Beiträge geliefert. Würde über Deutschland, den scandin. Norden, einen Theil von Frankreich und Italien (auch Polen, Ungarn und Rußland) eben so gründlich oder noch besser gearbeitet: so würde man den Gang dieser großen Richtung genauer bestimmen können. Aus den Abbildungen in Duchardins Reisen in Persien nimmt man wahr, wie sehr viel weniger Engländer und Spanier das orientalische (ich möchte sagen muhammedanische, denn welch ein Unterschied zwischen den wenigen aus Indien überkommnen Daten und dem was zwischen Ispahan und Sevilla nach Muhammed geschehn!) — das orient. Motiv mystificirt haben, als Erwin. Dieser seltne Mann hat auf das letzte und noch übrige in der Kunst gedeutet, welches nicht lange mehr kann mißverstanden werden. (Ich denke mir ihn nämlich identisch mit dem ganzen Bestreben, das nur in ihm verständlich wird.) —Der unerträgliche Gedanke, der sich in Rom so oft aufdrängt, als wenn Malerei und Plastik die Trümmer einer auf ewig untergegangenen Welt seien, und der doch recht sein mag, insofern sie sich schon zu sehr verstanden haben, um mit gleicher Unbesonnenheit ohne Gefährten wieder allein in eine widersprechende, ihnen ungleichartige Welt zu gehn: löset sich in die herrlichste Hoffnung auf, wenn man selbst das Münster Erwins als eine angedeutete Bestrebung ansieht, die Baukunst als den Griff in den Accord — Form, Farbe und Ton zu setzen. — Denken Sie daran, daß die Alten nur in der Erfindung der Principien der Baukunst so merkwürdig sind, und ihr Studium darum so gründlich macht, weil ihre Werke recht eigentlich nur ihre Grundsätze aussprechen; daß die besten Werke antiker Plastik übel angebracht waren — wie der Jupiter Olymp.; — daß die göttlichsten Werke der Maler an ganz schlechten Gebäuden haften, — wie vorzüglich Correggios Werke in Parma, dann selbst Michael Angelo und Raphael im Vatican, gar in der Chiesa della Pace — welches alles man freilich in der Betrachtung der Maler nicht wahrnimmt, aber doch im Ansehn ihrer Werke schmerzlich empfindet. Wie merkwürdig ist es endlich, daß die einzigen eigentlich plastischen Versuche neuer Zeit mit der Architectur schon eins werden wollten, wie Seebalds Monument von Fischer, die Thüren des Ghiberti, die für ihre Zeit merkwürdigen Reliefs an König Heinrich II. Kirche zu Bamberg. — Helfen Sie mir, es ist mir jetzt Ernst. Muntern Sie unter andern Schwarz und Moller auf, an meiner nächsten Unternehmung Theil zu nehmen.

Nach meiner letzten Reise bin ich entschlossen, mehrere Jahre in München zuzubringen. Es war Anfangs sogar meine Absicht, dort eine Art von Anstellung zu haben. Ich habe mich indessen eines Bessern besonnen, da ich immer auch als Privatmann dort sein und arbeiten kann. Nach dem was ich bereits aufgeschrieben, brauche ich Ihnen keine Gründe mehr zu sagen, da Sie wissen, wie viel München gelegner sowohl für liter. Studien, als auch für die Herausgabe jener monum. ined. ist. Die Nähe so liebenswürdiger und gegen mich gütig gesinnter Männer, als Baader und Schelling, veranlaßt mich auch meinen Plan schnell auszuführen, und vor Ostern nächsten Jahres meine Abreise zu bestimmen. Schellings, die mich viel bei sich gelitten haben, und mit denen ich seit lange die schönsten Tage gelebt, da wir beständig von Kunst gesprochen und viel mit einander gesehn — haben mit Leid erwähnt, daß so viele sonst befreundete Menschen nicht mehr zusammenleben. Sie arbeiten an Steffens Berufung nach München; wolle Gott, daß es gelingen möge, damit er aus seiner Spannung kommt, die nun durch das Schicksal der Dänen entsetzlich geworden ist. Ich hoffe, wenn er einmal dort festen Fuß gefaßt hat, wird er sich durch geognostische Reisen und Entdeckungen der Regierung wichtig machen. Wenn nur möglich wäre, diesem edlen, geistvollen Menschen nur Ruhe zu bringen, damit er sich nicht in Zeitlichkeiten verzehrt. Schließlich frage ich noch an, ob Sie Lust haben, mich in München zu besuchen oder gar mit mir dahinzugehn, da Sie in der That viel Ursach in Ihrem vorliegenden Studium haben. Ich werde dort mäßig und wie ein Gelehrter leben, um endlich einmal etwas ganz zu sein.

In Heidelberg bin ich gewesen, aber das Nest war ausgeflogen. Das hätte mich geschmerzt, hätte ich nicht grade frisch vorher Feuer gefangen. Bettine, die mit mir sehr liebenswürdig gewesen, hat mit mir correspondiren wollen und mir einen schönen Brief geschrieben, auf den ich recht wahnhaft geantwortet, weil ich nicht anders konnte. Ich bin ihr gut, und bewundre ihre Gabe und Leichtigkeit. Aber ihre Schwester liebe ich mehr. Aber verrückt verliebt und unglücklich, das ist ist einmal mein Schicksal. Es muß doch so recht sein, weil es mir immer wiederkommt. Leben Sie wohl.

C. F. Rumohr.

Grüßen Sie Burgsdorf, empfehlen Sie mich Ihrer Gattin und den Gräfinnen. Ist Genelli noch da, so fragen Sie ihn, ob er in eine Verbindung von Alterthumsforschern in weitläuftigerm Sinne eingehn wolle.

III.

Antworten Sie mir ja bald, wenn auch nur in wenigen Zeilen.

Krempeldorf, d. 12ten Jänner 1808.

Mein geliebter und verehrter Freund, wie gern höre ich Sie in dem väterlichen Tone zu mir reden, der durch Ihren lieben Brief mir wiederklingt. Freilich habe ich diesen selben Ton in manchen Augenblicken mißverstanden, in denen sich ein Fremder und Aeußerer in unsre Bekanntschaft drängte; aber vielleicht mußte ich durch so bittere Täuschungen geläutert werden, um auch nur auf den Standpunkt eines zuversichtlichen Muthes zu gelangen, aus welchem ich mit Ruhe meine Zukunft überschaue. Wohl verdiene ich Ihre Strafe, Ihnen meine

Reise nicht angezeigt zu haben. Aber Sie wissen wie ungelehrt ich bin, mich lange auf Reisen zu besinnen, und Alles in Erwägung zu ziehn, was sich damit in Verbindung setzen ließe. Was mich forttrieb, weiß ich so eigentlich nicht, ich glaube selbst, es war ein Anflug von Heirathslustigkeit. Jedoch ist diese ganze Hitze verflogen oder vielleicht verwintert. Sorgen Sie nicht für mich. Wenn ich liebe, werde ich so bis zur Verzückung ergriffen, daß ich grader gehe, wie es die Mädchen lieben; und meinem Stern kann ich nicht entfliehen. Wenn ich in ruhigen Augenblicken den Abgrund von bürgerlicher Besorglichkeit betrachte, der die Familien zerdrückt, und das Elend, das aus dem kleinsten Geschäfte über mich kommt, so wünsche ich mich in das nächste Land, wo ich keine Familie und keinen Besitz habe, und wahrlich, da mir die Jugend fast ohne die freie, frische Vegetation vergangen ist, auf welche ich wohl die Ansprüche machen könnte, will ich mir eine andre Jugend selbst machen und bilden. Ich glaube nun auch mein letztes Fegefeuer überstanden zu haben, nämlich den Besitz, worin vielleicht der ärgste aller Teufel steckt! Wenn ich erst von hier weg bin, und die Franzosen lassen mir einigen Genuß davon, daß mir die Freiheit bleibt, und ich ein Herr mehrerer Städte und Länder werde, wie ich mir vorgenommen, so ist es möglich, daß mir das Haben nicht so gräulich mehr erscheint, wie in diesem Augenblicke. Es ist wohl wahr, was Sie sagen; eigentlich hat einen das Geld, und man heckt auf dem Schatz wie ein verdammter Geist, und streitet mit dem Satan, der ihn rauben will, und wimmert ihm nach, wenn er der Stärkere ist. So geht es hier uns nördlichen Kornjuden, denen man bald mehr nimmt, als sie in guten Wucherjahren zu erschwingen im Stande sind. Diesen vom Fette erstickten nördl. Deutschen schadet der Aderlaß nicht: im Gegentheile werden sie sichtlich gehoben. Ein großes Unglück vernichtet nicht; ein schwerer Druck ist oft die Erscheinung einer großen Geburt.

Die Gewalt der Unbedeutendheit habe ich, wie die Nation, in mir selbst erlebt, und sehe mit Dankbarkeit in die qualvollen Mißverständnisse ganzer Jahre zurück, deren fast unerträgliche Schmerzen mein Dasein gehärtet haben. Mit großer Ruhe, und ohne mich den Fantasmen zu überlassen, denen ich sehr geneigt bin, sehe ich der weiteren Zukunft entgegen, ohne in die übersprudelnde nahe Hoffnung mancher eingehn zu können, die sich in Ungeduld und Verzweiflung zu endigen pflegt. Bestimmt weiß ich, daß es ein kühner und sichrer Schritt ist, von der Begebenheit wie unberührt, sein ursprüngliches Bestreben durchzuführen. So ist dem Einen beschieden die Trümmer auszugraben, sie dem Volke kenntlich zu machen, die Vergangenheit der Zukunft anzuknüpfen, dem Andern auf seichtem Grunde den unverwüstlichen Bau zu begründen; wie jener Erwin, der seinen Felserwald zu gründen, den Moder überwand. Ja wohl hätte ich so vieles mit Ihnen zu besprechen, und schöner wäre es, wenn wir gleich zusammen reisen könnten. Aber ich gehe sobald als möglich, vielleicht in einigen Monaten. Sind Sie schon dann im Stande zu reisen? Fürchten Sie nicht den Winter? Zum Theil sind es ökonomische Gründe, das theure, genußlose Leben dieses Landes, die mich forttreiben; zum Theil das dringende Gefühl der höchsten Nothwendigkeit einer ganz anhaltenden und unausgesetzten Arbeit, die bei meinem Bestreben nicht ohne die Hülfe einer großen Bibliothek bestehen kann. Ich habe mich diesen Winter hindurch beholfen, und das getrieben, was ich grade treiben konnte; allein das bringt nicht genug fort. Die Poesie liegt sehr bei mir darnieder, meine sämmtlichen Werke in der Asche, und zu einigen Dingen, die ich schreiben möchte, fehlt mir Ihr Rath. Können Sie mich lassen, so hätte ich Lust, auf einige Wochen zu Ihnen zu kommen, wenn Sie etwa durchaus nicht so früh reisen könnten, als ich. Denn ohne Scheu denke ich nicht an eine neue Unterbrechung, wie jener Besuch bei Ihnen, die Menge der bedeutenden Gestalten, und Ihre Schönheit endlich in mir veranlassen würden. Nach Würzburg gehe ich gern; Friedr. Schlegel grade wünschte ich zu sprechen; er wird mir vieles aufschließen können, da er so lebendig in einem Theile dessen ist, was ich mir als Lebensarbeit vorgesetzt habe. Kürzlich ist Aug. W. Schl. in München gewesen. In München haben wir nun auch so viel mehr Anknüpfungspunkte. Gelingt es Schelling gar Steffens nach München zu fördern, und dazu ist einige Aussicht, so wird sich dort ein Kreis runden, wie er jetzt nur in wenigen deutschen Städten sein mag. Der Jacobi ist der lächerlichste Präsident und Philos., der je seidne Strümpfe zu tragen pflegte. Aber grade das macht den Aufenthalt in M. um so schöner und mannigfaltiger. Diese Art von Maske, abgelegte Gelehrtenwürde, fehlte dem guten M. bisher ganz. Im Sommer ist ein Lipperl zu M., der zu den besten Schauspielern gehört, die mir vorgekommen. Das Volk hat doch einen recht ordentlichen Sinn, und sich wahrlich durchaus nicht verändert. Die liebenswürdige Frömmigkeit desselben hat eher noch in dem Verluste eines leisen Anstriches von Bigotterie gewonnen, da nunmehr die eigenthümliche Liebe mehr hervorgetreten ist. Von Steffens schreibe ich Ihnen nichts, da er Ihnen selbst schreibt. Wir haben einander zärtlich lieb. Er hat viel Kummer und ich viel Verdruß; so kommt es bisweilen, daß wir gegen einander zu streiten scheinen, aber wir gehn von einander als Freunde, wenn wir den Irrthum erkannt haben. Er hat einen schönen Aufsatz geschrieben. Auch Runge ist mir näher getreten. Ich kann doch auf einen schönen Kreis geliebter, herrlicher Menschen sehn, und mir einbilden, sie wären alle für mich allein da. Um so mehr kommt mir der Lermen in Rom nichtswür=

dig und verächtlich vor. Ich bin auch entschlossen, von demselben keine weitere Notiz zu nehmen, und schrieb schon vor einiger Zeit Ihrem Bruder, wie wenig das unmittelbare Leben in der Geschichte, mein will's Gott rechtliches Bestreben, mit dem beschämenden Andenken an meine Unbesonnenheiten verträglich sein will. Im Falle die Angelegenheit vor Humb. gerichtlich könnte geworden sein, wie ich fast aus Ihres Hrn. Bruders Briefe schließen mußte, schrieb ich an Humboldt, und verlangte einen kurzen Bericht des Vorganges. Ich habe die Antwort von ihm, worin er bestimmt läugnet, denselben erstatten zu können, als von einem Dinge, was er weder Zeit noch Lust gehabt zu erforschen und worin er nur Vermittler habe sein wollen. Ein Geklätsch über Schick, das ich als Beispiel Ihrem Bruder geschrieben, um ihn wegen des unter uns vorgefallenen zu beruhigen, und das er die Unvorsichtigkeit gehabt, Hrn. v. Humb. vorzulesen, ist das Einzige, was mich in der That, wo meine gute Meinung nicht verstanden werden kann, in ein übles Licht als Klätscher setzen muß. Aber auch dies weitläufiger zu belegen, verschmähe ich gänzlich; vorzüglich um gegen die R. nicht rachsüchtig zu erscheinen. Ich sehe sie in der That als in mein Schicksal verflochten an, und kann sie wohl verachten, aber nicht hassen, nachdem sich mein erster Unwillen gelegt.

Der Ihrige.
C. F. Rumohr.

IV.

Rothenhaus, d. 17ten Sept. 1827.

Wie sehr bedauere ich, werther und hochgeehrter Freund, daß Ihr Unwohlseyn mir so spät das lebhafte Vergnügen vergönnt hat, Ihre mir so erfreuliche Antwort auf mein letztes zu empfangen und zu lesen. Wie leicht hätte es seyn können, daß Ihr Brief zu spät gekommen wäre; denn ich rüste mich zu einer nahen, obwohl noch nicht so ganz fest bestimmten Abreise. Nun bin ich noch im Stande, Ihnen die 12 verlangten Bände span. Poesieen zu senden, welche in meiner Abwesenheit keine Seele aufgefunden hätte; wahrscheinlich werden Sie diese Zeilen um einige Tage früher empfangen, als die Bücher selbst. Mir ist es besser ergangen, das Packet kam zugleich mit dem Briefe und wohlbehalten an und machte mir um so mehr Freude, als ich dessen Inhalt meiner Schwester überliefern konnte, welche Ihre Schriften besonders liebt und deren Besitz längst wünschte. Ich danke Ihnen auch für die Auswahl; sie ist auf lauter hier nicht vorhandene Werke getroffen, wie ich denn überhaupt an der Literatur sehr arm bin. Ihr altenglisches Theater habe ich noch nicht durchaus gelesen und habe mir diesen Boccone so recht behaglich zurecht gelegt. Ich halte mich für sehr angenehm entschädigt. Wollen Sie mir indeß den Pony zurecht legen, so werde ichs mit Dank als ein agio annehmen. Baudissins können ihn gelegentlich mit in unsere Gegend hinübernehmen. Vielleicht werde ich ihn doch nie benutzen können, denn, will's Gott, komme ich nie wieder über die Alpen zurück.

Mein Reiseplan ist zunächst auf Berlin, wo ich noch zu thun habe, (Amsterdam habe ich der späten Jahreszeit willen aufgegeben), und, von dort, dachte ich allerdings darauf, nach Dresden zu gehn. Ich möchte wohl von Ihnen erfahren: ob von Berlin nach Dresden eine anständige Eilpost gehe, ferner ob man zu Dresden wohl Gelegenheit finde, einen guten, wenn auch gebrauchten Wiener Wagen zu billigen Preisen zu bekommen. Ich habe meine Wagen theils zerfahren, theils meiner Schwester verkauft und denke mich unterweges von Neuem zu montiren. Doch fragt es sich, ob Sie der Mann sind, mir über so erhebliche Dinge Auskunft zu geben. Zudem finde ich es bedenklich, in einem Augenblicke nach

Dresden zu gehn, wo alle auf Kunst und Alterthum geruht habende ihre Federkiele spitzen, um mich auf irgend eine grausame Weise aus der Welt zu schaffen. Ein Dienstfertiger (irgend ein Tieckischer Charakter) hat mir vier Blätter der Literaturzeitung, welche ich sonst nicht lese, zugesandt, worin Quandt (ob unser lieber, guter, viel rauchschmauchender Quandt zu Dresden?) mir nicht ein Quäntchen Verdienst läßt. Die Absicht, mich mißzuverstehen, hat darin der Unfähigkeit, mich zu verstehen, so treulich die Hand geboten, daß wirklich Harmonie darin ist. Zu den unwillkührlichen Mißverständnissen, welche sich bis auf das Motto ausdehnen, kommt eine gute Zahl von ganz willkührlichen; die Verfälschungen schließen sogar den Buchstaben der Worte nicht aus, welche als von mir gesagt angeführt werden. Ich habe mich ganz entwöhnt, deutsche Recensionen zu lesen; sagen Sie, ist es in Deutschland dabey durchhin üblich, zu behaupten oder zu erzählen: Auctor sagt, meint, behauptet, verwechselt, dieß und das, ohne dabey ins Buch zu gucken? Den philos. Theil halte ich nicht für des braven Mannes Arbeit, wohl aber den hist. kritischen, welcher höchst lüderlich ist und bey großer Anmaßung viel Unkunde verräth.

Uebrigens ist meine eigene Arbeit im ersten Bande, dessen Sie mit so viel Nachsicht erwähnen, leider ebenfalls sehr lüderlich. Meine beiden Freunde, zu denen auch Waagen gehört, haben das Ms. mit zu vieler Nachsicht durchgesehn, und ich mich zu viel darauf verlassen. Ich erschrak nicht wenig, als ich mich 6 Monate später im Nachthemde auf offener Gasse wiederfand. Nicht etwa aus Auctorstolz; in dieser Beziehung bin ich schaamlos, sondern aus Liebe zur guten Sache hätte ich gewünscht, viel Uebelstehendes auszumerzen, viel Unbestimmtes besser zu bestimmen. Hätte mein Dr. Rec. nur ins Buch sehn wollen, so hätte er wohl mehr und richtiger zu tadeln gefunden, als so, wie er's macht, die Dinge aus der Luft greifend und mit seinen eigenen Einbildungen hadernd. — Grüßen Sie mir Baudissins und die Ihrigen.

Ihr

ergebener

Rumohr.

In Bezug auf Göttingen haben Sie mich vielleicht mißverstanden. Ich selbst besitze dort nichts. Aber die Kön. Bibl. ist nicht arm an spanischen Büchern, worüber man Ihnen sicher willig Auskunft ertheilen dürfte.

Der Adelung ist leider für immer verloren. Wenn ich ihn vielleicht unter den Sachen gehabt hätte, so wäre er doch schon deßhalb längst fort, weil ich 1808 ganz rein Haus gemacht habe und alle Mobilien, Bücher &c., welche ich besitze, seit 1812 ganz neu wiedergekauft. Indeß weiß ich bestimmt, daß er mir früher nie in die Augen gefallen ist, und daß ich auf Ihre Anfrage zu Krempeldorf, meinem damaligen Sitze, vergebens danach gesucht habe.

V.

München, den 11ten März 28.

Endlich ist es mir gelungen, verehrter Freund, den König einmal privatim zu sprechen. Er hat sich Ihrer mit Güte erinnert, auch glaube ich bemerkt zu haben, daß Ihre Antwort, welche er selbst gelesen, keine Bitterkeit in ihm hervorgerufen oder nachgelassen hat. Uebrigens glaube ich wahrzunehmen, daß er an dem Theaterwesen weniger Freude hat, als wir lebhaften Theaterfreunde wohl wünschen könnten, was seine Gründe hat. Hier ist die Bühne sehr gesunken, Eßlair so fertig, daß ich mir Ihr strenges Urtheil sehr wohl erklären kann.

Hie und da scheint einmal eine Erinnerung alter Zeit in ihm aufzusteigen, im ganzen spricht er (der alles Gedächtniß verloren haben soll) gedankenlos nach dem Soufleur. — Urban hat ein schönes Organ, stößt aber hie und da beym 4—6ten Wort, offenbar in der Meinung, den ungeheuern Raum auszufüllen. Uebrigens sehen die Schauspieler in Tracht und Bewegung minder dürftig und hölzern aus, als auf den meisten Bühnen, wohl eine Wirkung der hier durchaus prädominirenden malerischen Geister. — In diesem Augenblick haben wir hier bey stillem Wetter italienisches Clima. Vor vier Tagen Schnee und Frost bei Südwestwind. Thauwetter an der einen, Frost an der Windseite der Häuser! — Ich glaube doch, Sie haben wohlgethan, den Ruf an hiesige Universität abzulehnen; wie ich, wie alle Freunde Münchens wünschen mögen, daß Sie hieher gekommen wären, wo Ihre vielseitig billige Denkungsweise vielleicht manche Widersprüche ausgeglichen hätte, deren Vereinigung und Ausgleichung schwer genug seyn mag, und vielleicht unmöglich ist. — Sie würden München nicht wiederkennen, so ist es erneut, der Pracht und Gediegenheitssinn des Königes giebt vielen Unternehmungen einen stattlichen Charakter. Bisweilen könnte die Anlage besser seyn. Doch bin ich mit der Gallerie zufrieden und habe in der Glyptothek, wo ein Saal gemalt, drey mit Statuen verziert sind, und welchen!! köstliche Stunden verlebt. — München wäre in mancher Beziehung ein sehr lebbarer Ort. Ich wollte ich wäre nie hinausgewichen. Doch würde es mir gegenwärtig Mühe kosten, mich wiederum darin einzuwohnen. Auch zieht mein junger Freund mich vorwärts. Er hat ein sehr hübsches Blatt radirt. Ich möchte, er machte eine ganze Folge, was vielleicht geschieht, ehe ich abreise.

Empfangen Sie noch meinen Dank, Sie und Ihre Freunde, für die schönen Stunden, welche Sie mich in Ihrer Gesellschaft haben verleben lassen. Es waren doch behagliche Tage in

Dresden, Morgens Beschäftigung mit Kunstsachen, Nachmittags Umgang mit geistvollen Leuten. Was kann man mehr und besseres begehren. Ich wäre bey Ihnen hängen geblieben, hätte mich nicht Wort und Wunsch an das Schicksal meines Zöglings geknüpft, welcher vielleicht nicht so viel Liebe verdient, als ich ihm schenke, hingegen, wie ich glaube, der Künstlerwelt ein nützliches Beyspiel früher Entwickelung geben wird, was denn am Ende die Hauptsache ist.

Leben Sie wohl und empfehlen mich den Ihrigen. Wenn Neues vorfällt, erhalten Sie noch ein Schreiben von

Ihrem

ergebenen

Rumohr.

Sallet, Friedrich von.

Geboren am 20. April 1812 zu Neisse, gestorben am 20. Febr. 1843 zu Reichau bei Nimptsch in Schlesien.

Gedichte (1835.) — Funken (1838.) — Schön Irla (1838.) — Laienevangelium (1840.) — Gesammelte Gedichte (1841.) — Die Atheisten und Gottlosen unserer Zeit (1844.) — Sämmtliche Schriften, 5 Bde. (1845.)

Unfehlbar haben die letzteren seiner Schriften vorbereitend gewirkt und viel beigetragen zu der antikirchlichen Bewegung, welche bald, nachdem jene erschienen waren, von Schlesien, von Breslau, ja gewissermaßen von dem Comptoir des Buchhändlers ausging, der Sallets Werke und andere geringere Schriften verlegte, und dafür begeistert war. Unfehlbar aber auch würde der Dichter, hätte ihn der Tod nicht in Jugendblüthe weggerafft, mehr geistiges Leben, mehr poetischen Sinn, mehr göttliche Bedeutung in eine Richtung zu legen verstanden haben, die theilweise die seinige genannt werden darf.

Sallet war ein liebenswerther talentvoller Mensch. Mag er Gläubigen großen Anstoß gegeben haben durch Lied und Wort,... er war auch ein Gläubiger auf seine Weise; und der bitterste Gegner muß ihm nachrühmen, daß er wahr und ehrlich geblieben bis an's Ende!

I.

Breslau, d. 25ten Juli 1838.

Verehrtester Herr!

Zur Entschuldigung einer vielleicht belästigenden Zusendung von Seiten eines persönlich Ihnen ganz Unbekannten diene Folgendes:

Es bietet sich mir auf einer zu Anfang des nächsten Monats anzutretenden Reise von Breslau nach Trier, meinem Aufenthaltsorte, die erwünschte Gelegenheit, mich wenige Tage in Dresden aufzuhalten. Hieran knüpfte sich bei mir unmittelbar der lebhafte Wunsch, wenn auch nur flüchtig, einen Mann kennen zu lernen, dem alle Gebildeten Deutschlands Dank und Verehrung schuldig sind. Da mir aber wohl bewußt ist, daß Männer von bedeutendem Ruf nur zu sehr von unberufnen Zudringlingen belästigt sind, so würde ich meinen Wunsch gewiß unterdrückt haben, wenn ich seine Erfüllung nicht irgend einer Berechtigung verdanken dürfte. Durch meine bisherigen, in der Masse verschwindenden, literarischen Bestrebungen kann ich kaum hoffen, Ihnen, auch nur dem Namen nach, bekannt zu sein. Ich erlaube mir daher, Ihnen beiliegend ein Werkchen zuzusenden, das bis jetzt meine bedeutendste Arbeit ist, und in dem Sie, sollten Sie es übrigens auch als einen mißlungenen Wurf beurtheilen müssen, wenigstens den sittlichen und künstlerischen Ernst nicht verkennen werden. Aus diesem Geist des Ernstes werden Sie auch ersehn, daß ich wenigstens nicht zu jener Zahl literarischer Vagabonden gehöre, die berühmte Männer aufsuchen, um aus ihren Gesprächen, im Nothfall aus dem Schnitt ihres Rockes, Journalartikel zu fabriziren. Meine Absicht ist einzig und allein die, einen Mann zu sehn, der ein ganzes, ruhmvolles Leben, rastlos thätig, bald anregend, bald selbst schaffend, dem gewidmet hat, dem ich selbst das Streben eines Jüngers von ganzer Seele weihe — der Poesie.

In der Hoffnung, daß diese Zuschrift nicht belästigen und schon ein persönlicher Besuch mir gestattet sein möge, bin ich mit Hochachtung, verehrtester Herr

Ihr
Ergebenster F. v. Sallet,
Königl. Preuß. Lieutenant.

II.

Breslau, d. 16/2. 39.

Verehrtester Herr Hofrath!

Als ich die Ehre hatte, Ihre persönliche Bekanntschaft zu machen, waren Sie so gütig, mir eine spätere briefliche Mittheilung über mein Leben und Treiben zu erlauben. Ich fühle wohl, daß ich von diesem Rechte eigentlich nur dann Gebrauch machen sollte, wenn ich von errungenen Resultaten zu berichten hätte. Dennoch erlaube ich mir, auf Ihre Güte vertrauend, mich grade im entgegengesetzten Falle an Sie zu wenden, wo ich nehmlich daran gehe, mich in ein Unternehmen einzulassen, dessen Gelingen höchst zweifelhaft ist.

Ich habe nehmlich, wie ich schon längst beabsichtigte, meine Entlassung aus einem meinen Neigungen durchaus widersprechenden Dienstverhältniß nachgesucht und erhalten und mich vorläufig in Breslau festgesetzt, um mich literarischen Studien und Bestrebungen ungetheilt zu widmen. Hier wurde mir, ganz unerwartet und ungesucht, der Vorschlag gemacht, die Redaction eines schöngeistigen Journals zu übernehmen, das, unter dem Namen: Silesia von Ostern an in Breslau erscheinen soll. Obgleich ich nun keineswegs das ephemere journalistische Treiben als ernste und ächte Lebensbestimmung ansehen kann, so glaube ich doch, mich einer Arbeit nicht entziehen zu dürfen, die wenigstens dazu dienen kann, meine Kräfte zu üben, meinen Namen einigermaaßen zu verbreiten, so daß ich später auch für selbstständigere Leistungen auf mehr Antheil beim Publicum rechnen kann, und endlich vielleicht auch für den Augenblick dem Publicum Besseres zu geben, als es in den Spalten eines Journals zu finden wünscht und gewohnt ist. Ich habe wirklich die, vielleicht etwas nach einer Donquixoterie schmeckende, kecke Idee gefaßt, zu versuchen, ob es nicht möglich wäre, eine Zeitschrift vorherrschend aus künstlerisch gediegnen Elementen zu bilden, und, was das Schwierigste ist, das Publicum an solche Kost zu gewöhnen. Auf ein Gelingen kann ich natürlich nur hoffen, wenn die Tüchtigsten im Vaterlande es nicht verschmähen, sich mir anzuschließen.

Diese meine Absicht und der Umstand, daß Ew. Wohlgeboren meine Ansichten über literarische Dinge bekannt sind, mögen es entschuldigen, daß ich mich auch an Sie mit der Bitte um Beiträge zu wenden wage. Es ist einem längst erprobten Meister wohl eigentlich nicht zuzumuthen, sich in das verworrene Gewühl der Tagesliteratur zu mischen. Doch darf ich meinerseits nichts unterlassen, für mein Unternehmen wo möglich die tüchtigsten Kräfte zu gewinnen und so wage ich auch bei Ew. Wohlgeboren den Versuch, da ich in meiner Bitte wenigstens nichts Unschickliches sehen kann.

Sollten Sie sich dazu entschließen können, meine Bitte zu gewähren, so würden mir Gedichte, kürzere Novellen oder Mährchen, hauptsächlich aber auch kritische Uebersichten über Erscheinungen und Richtungen der neueren und neuesten Literatur hochwillkommen sein. Etwanige Beiträge bitte ich an die Friedländersche Buchhandlung in Breslau zu adressiren.

Was das Honorar anbetrifft, so kann ich Ew. Wohlgeboren freilich nicht für mehr, als zwei Louisdor für den Druckbogen zu 16 Spalten bürgen.

Sollte ich auch eine Fehlbitte gethan haben, so darf ich hoffentlich doch darauf rechnen, daß Ew. Wohlgeboren mein Vertrauen nicht übeldeuten werden.

Mit ausgezeichneter Hochachtung

Ew. Wohlgeboren

Ergebenster

Friedrich v. Sallet,

Lieutenant außer Dienst.

Schack, Adolph Friederich von.

Geb. am 2. Aug. 1815 zu Brüsewitz bei Schwerin.

Mecklenburgischer Geheimer Legationsrath; lebt gegenwärtig in München (A) und gilt sowohl für einen gründlichen Kenner spanischer Litteratur, für einen vortrefflichen, dichterisch reproducirenden Uebersetzer, als auch für einen gediegenen Philologen im Gebiete orientalischer Sprachen. Dafür zeugen schon die Werke:

Geschichte der dramatischen Litteratur und Kunst in Spanien, 3 Bde. (1845—46.) — Spanisches Theater, 2 Bde. (1845.) — Uebersetzung des Firdusi — u. a. m.

Auch seine Briefe sind uns ein höchst willkommener Beitrag zur Widerlegung verleumderisch erfundener Mährchen von Tieck's Abgeschlossenheit und ungefälliger Zurückhaltung gegen jüngere Gelehrte.

I.

Frankfurt a. M., den 29st. Dec. 1844.

Hochwohlgeborner Herr!
Hochgeehrter Herr Geheimerath!

Indem ich mir die Freiheit nehme, Ihnen, hochgeehrter Herr, ein Exemplar meines „Spanischen Theaters" zu übersenden, erlaube ich mir zugleich, eine ganz gehorsamste Bitte an Sie zu richten, zu welcher mich Ihre frühere, mir so vielfach bewiesene, Güte ermuthigt. Es ist mir zur Vervollständigung meiner „Geschichte der dramatischen Literatur und Kunst in Spanien" (welche nächstens bei Duncker und Humblot erscheinen wird und schon im Druck begriffen ist) überaus wünschenswerth, auf kurze Zeit einige Bände der Comödien des Lope de Vega zum Gebrauche zu erhalten. Die Theile, welche ich besonders wünsche, sind Band 3, 5, 9, 10, 14, 17 und 19. Wollten Sie nun, Herr Geheimerath, die große Gefälligkeit haben, mir diese Bände auf drei Wochen zu leihen, so würden Sie mich zum innigsten Danke verpflichten und sich ein bleibendes Verdienst um meine literarische Arbeit erwerben. Sollten Sie Bedenken tragen, mir diese kostbaren Bände ohne Weiteres anzuvertrauen, so ist die hiesige Königl. Preußische Bundestags-Gesandtschaft bereit, die Bürgschaft dafür zu übernehmen, so wie ich auch selbst gern jede Art von Caution stellen will; willigen Sie dagegen sofort in mein Gesuch ein, so bitte ich, die bezeichneten Bände dem Herren Professor Röstell in Berlin zu übergeben, welcher mir dieselben zusenden wird. Nach Ablauf von drei Wochen erhalten Sie dieselben unversehrt zurück.

Genehmigen Sie, Herr Geheimerath, daß ich mich unterzeichne als Ihr

ganz gehorsamster
A. v. Schack,
Großherzogl. Mecklenburgischer
Legations-Rath.

P. S. Sollten Ew. Hochwohlgeboren einzelne von den bezeichneten Bänden von Lope's Comödien nicht besitzen, so würde ich statt derselben ganz gehorsamst um Band 8, 11, 21 oder 23 bitten.

Das „spanische Theater" folgt mit der Fahrpost nach.

II.

Frankfurt a. M., den 6ten August 1845.

Hochwohlgeborener Herr!
Hochverehrter Herr Geheimer Rath!

Schon vor nunmehr fast zwei Monaten, gleich nachdem meine „Geschichte der dramatischen Literatur und Kunst in Spanien" im Druck vollendet war, übergab ich einem hier durchreisenden Freunde ein für Ew. Wohlgeboren bestimmtes Exemplar derselben, welches er in Berlin abzugeben versprach. Ich begleitete diese Sendung mit einem Schreiben, in welchem ich Ew. Hochwohlgeboren meinen verbindlichsten Dank für die mir mit so großer Gefälligkeit geliehenen Bände von Lope sagte. So eben erfahre ich nun zu meinem größten Schrecken, daß mein Freund auf der Durchreise in Cöln von einer schweren Krankheit befallen worden ist, an welcher er bisher darnieder gelegen hat, und daß durch diesen unglücklichen Zwischenfall die Beförderung des Briefes und der Bücher an Ew. Hochwohlgeboren unterblieben ist. Mögen Sie daher, hochgeehrter Herr Geheimer Rath, die Verspätung, mit welcher mein Buch in Ihre Hände kommt, entschuldigen, und dasjenige, was ganz ohne mein Verschulden durch eine unglückliche Fügung der Umstände herbeigeführt worden ist, nicht einer Versäumniß meiner Pflicht zuschreiben. Wenn ich glaubte hoffen zu dürfen, daß die beifolgenden Bände so wie der innige Ausdruck meines Dankes noch jetzt von Ihnen mit Wohlwollen aufgenommen würden, so würde mir dies eine große Beruhigung sein.

Was das übersendete Werk anbetrifft, so wage ich freilich damit nur zaghaft aufzutreten, indem ich weiß, daß ich es dem größten Kenner dieses Faches vorlege, indessen ermuthigt mich wieder der Gedanke, daß gerade die tiefste Kenntniß zur Nachsicht stimmt, indem sie die unsäglichen mit der Aufgabe verbundenen Schwierigkeiten in Anschlag bringt, und an den Anfänger nicht gleich die höchsten Forderungen stellt.

Genehmigen Sie, hochverehrter Herr Geheimer Rath, die Versicherung der ausgezeichnetsten Hochachtung, mit welcher ich die Ehre habe zu sein

Ew. Hochwohlgeboren
ganz gehorsamster
A. v. Schack,
Großherzoglich Mecklenburgischer
Legations-Rath.

III.

Frankfurt am Main, d. 17t. Nov. 1846.

Hochgeehrter Herr Geheimer Rath!

Eine mehrmonatliche Abwesenheit im Süden (in Catalonien und Valencia), während welcher mir wegen vielfach wechselnden Aufenthaltes keine Briefe nachgeschickt werden konnten, hat gemacht, daß mir Ihr hocherfreuliches Schreiben erst jetzt nach meiner Rückkunft zugekommen ist. Empfangen Sie nun, wenn auch verspätet, meinen innigsten Dank für die wohlwollend-nachsichtige Aufnahme, welche Sie meiner Arbeit angedeihen ließen, so wie für die vielen, mir gemachten, lehrreichen Mittheilungen. Ich verfehle nicht, Ihnen beifolgend das gewünschte Exemplar des dritten Bandes zu übersenden, indem ich die Hoffnung zu hegen wage, daß es für den Zweck, für welchen es bestimmt, nicht zu spät eintreffen werde. Sollte mich diese Hoffnung täuschen, so wird der angeführte Umstand meiner Entfernung von Frankfurt zu meiner Entschuldigung gereichen.

Genehmigen Sie, hochgeehrter Herr Geheimer Rath, die Versicherung der innigsten Verehrung und Hochachtung, mit welcher ich verharre

Ihr
ganz gehorsamster
A. F. v. Schack.

Schall, Karl.

Geb. am 24. Februar 1780 zu Breslau, gestorben ebendaselbst am 18. August 1833.

Schall mag wohl nicht der einzige Poet sein, dessen eigentliche That- und Schöpfungs-Kraft durch liebenswürdige Gesellschaftsgaben und vielseitigen Verkehr im Kleinen gleichsam zersplittert worden sind. Er wußte viel, er erlernte täglich mehr, er konnte mit den Gelehrten verschiedenster Fächer wissenschaftliche Gespräche durchfechten, machte geistreiche, zierliche Gedichte, schrieb unzählige witzige pikante Billetchen, war und blieb ein Orakel für Schriftsteller, Schauspieler und Studenten, die sich um ihn schaarten, galt bei Männern aus allen Ständen für eine bedeutende Autorität, und brachte es dabei doch nur zu wenigen Lustspielen, von denen drei allerdings, zu ihrer Zeit, wirklich Epoche machten:

Kuß und Ohrfeige — Trau schau wem — die unterbrochene Whistpartie. — Ein viertes: — Mehr Glück als Verstand — hat weniger gefallen. Und seine größte Arbeit — Theatersucht — ist auf dem Berliner Hoftheater (in Breslau machte sie Glück) ausgepfiffen worden, als sie neu war (1815); wohl hauptsächlich weil sie die Narrheiten der Dilettanten-Theater verspottet, und weil die zahlreichen Mitglieder derselben Anstalten sich gegen solchen Spott auflehnten. So ging das vorzüglichste seiner Lustspiele halb und halb verloren und dieses Mißgeschick hemmte die frischbegonnene Thätigkeit. Er ließ sich einschüchtern und wurde verzagt. Durch eine im Jahre 1827 versuchte Wiederaufnahme der Theatersucht, welche im königstädter Theater glücklich von Statten ging, ließ er sich neu anregen. Doch was er fürder mühsam schuf, ist breit, schleppend, ohne rechtes theatralisches Leben. Wenn man Stücke betrachtet wie: Das Kinderspiel — Eigne Wahl — Der Knopf am Flausrock — Schwert und Spindel u. s. w. kann man nur bedauern, daß solche Fülle von Geist, Witz, Gemüth und Wissen zu einem wirkungslosen Hin- und Herreden verschwendet worden. Für „Schwert und Spindel" waren zehnjährige Studien gemacht und ganze Stöße von Excerpten zusammen getragen worden, um einige — auf der Bühne langweilige — Scenen damit auszustaffieren! Und dies von einem berufenen Kenner dramatischer und dramaturgischer Zustände; von einem in's Detail gehenden Theaterkritiker! — Es ist lehrreich, und fordert zu ernsten Betrachtungen auf, daß ähnliche Selbsttäuschungen fortwähren konnten bis zum Tode. (Siehe den vorletzten, ein Jahr vor seinem Ende geschriebenen Brief.) — Eines kleinen Gelegenheitsstückes haben wir noch zu gedenken, welches Schall für die Bühne seiner Vaterstadt schrieb, und in welchem Ludwig Devrient, damals in vollster Blüthe des Genie's, die Hauptrolle gab. Es hieß: das Heiligthum, und galt dem Jahresfeste der Königin Luise von Preußen. Es war ein Meisterwerk dieser Gattung; es war zugleich ein kühnes Wagstück: umgeben von Spionen, unter französischem Drucke, treue Preußenherzen zu solcher Huldigung aufzurufen. — Nur Wenige der Jetztlebenden werden noch eine Erinnerung an jenen festlichen Abend in ihrer Seele bewahren; aber bei diesen wird sie auch erst mit dem Leben erlöschen.

I.

Breslau, d. 16t. Febr. 1820.

Verehrtester!

Mit einer etwas verspäteten Erwiederung Ihres Schreibens vom 22ten Junius vorigen Jahres, welches mir durch Karl von Raumer zugekommen war, sandte ich Ihnen die beiden Schauspiele: Fair Em und Arden of Feversham, denen ich einige selbst verfaßte Lustspiel-Makulatur beigelegt hatte. Da ich nicht wußte, daß Sie zur Zeit der Absendung, von Ziebingen bereits ab und nach Dresden gereist waren, hatte ich das Paket nach dem ersteren Ort adressirt und abgeschickt. Es kam nicht zurück und ich setzte demnach voraus, es sey Ihnen nachgesandt worden. Von dieser Voraussetzung unterrichtete ich Sie durch einige nach Dresden geschriebene Zeilen. Da Sie, böser Mann, mir nun auf meine beiden Epistelchen nicht ein einziges kleines Sylblein geantwortet und mir den Empfang des Uebersandten keineswegs bestätigt haben; so kann ich es nun nicht länger anstehen lassen, und muß Ihnen hiermit noch einmal schriftlich zu Leibe gehen und Sie bey Shakspeare's Schatten beschwören, mich recht bald wissen zu lassen: ob die dramata questionis in Ihren Händen sind; ob Sie selbige noch länger zu behalten wünschen; ob Sie Lust haben sie zu übersetzen — nemlich die Englischen in's Deutsche, nicht etwa meine Chosen in's Englische; — was Sie davon halten u. s. w.

Ich bin seit dem 1. Januar anni currentis ein Zeitungsschreiber geworden und gebe hierselbst vom Fürsten Staatskanzler berechtigt und begünstigt eine politisch-szientivisch-artistische mit einem sogenannten Intelligenzblatt versehene Zeitung unter dem Titel Neue Breslauer Zeitung im Vereine mit einem sehr tüchtigen Mitarbeiter, meinem Freunde dem Doktor Löbell, einem Ihrer größten Verehrer, heraus. Meine hiesigen Freunde, Steffens, der sich sehr freundlich und lebhaft für mein Unternehmen interessirt, Hagen, Büsching, Menzel u. a. nehmen thätigen Antheil an meinem Blatt, mit dessen Erfolg ich für den Anfang alle Ursache habe zufrieden zu seyn. Auch Raumer hat mir schon einige Mittheilungen von Berlin aus gemacht, mit denen sich etwas sehr Spaßhaftes zugetragen hat, indem er jetzt selbst als Mitglied der Ober-Censur-Commission über ein Paar Aufsätze zu richten hat, die er mir anonym geschickt hatte und denen von der hiesigen Censur das imprimatur verweigert wurde. Sie haben doch Nachrichten von ihm? Sein Aufenthalt in Berlin ist ihm durch Manches verleidet, besonders durch Solgers Tod, der auch Ihnen höchst schmerzlich gewesen seyn muß. Solgers trefflicher Schwanengesang, die Beurtheilung der dramaturgischen Vorlesungen Schlegel's, ist mir im höchsten Grade erfreulich und belehrend gewesen. Könnten Sie nicht einen besonderen Abdruck dieses Aufsatzes veranlassen? mir scheint ein solcher sehr wünschenswerth und ersprießlich. In den geistreichen, tiefen, und zum Theil ganz neuen Ansichten sowohl Shakspeares als auch Calderons ist Ihre Mitwirkung unverkennbar. Warum lassen Sie Einen denn so ungebührlich lange schmachten und zappeln nach Ihrem Werke über Meister William, ach und nach so vielem, vielem Anderem!!??

Vielleicht ist es Ihnen nicht uninteressant zu erfahren, daß auf meine Anregung unser Theater sich kürzlich an eine Aufführung von Romeo und Julie, nach Schlegels Uebersetzung und sehr mäßig gestrichen, gewagt und zwar mit sehr glücklichem Erfolge gewagt hat. Ich habe mich in meiner Zeitung über dieses Wagstück des Breiteren vernehmen lassen. Der jetzige Dramaturg unserer Bühne, ein Regierungsrath Heinke, mit dem ich in gutem Vernehmen stehe, der sehr auf mich hört und achtet und Sinn für das Bessere und Beste hat, will im Laufe dieses Jahres noch mehrere Shakspeariana möglichst unbeschnitten auf unser hiesiges kleines o bringen [1]).

Doch genug, vielleicht schon zu viel des Gekritzels! Ehe ich aber die Ehre habe zu seyn ꝛc. wage ich doch noch eine Bitte an Sie. Sie sollen sich nemlich zur Strafe, daß Sie mir noch nicht geschrieben haben, nicht nur die Verpflichtung auflegen: mir wirklich bald zu schreiben, sondern sich als Extra-Pönitenz noch zu irgend einigen Notizen verpflichten, die Sie mit Hochdero Namensunterschrift dem Herausgeber der Neuen Breslauer Zeitung als eine höchst erfreuliche Gabe zukommen lassen. Bitte, bitte, bitte!

Vale et favo

Tuo Tuissimo

K. Schall.

[1]) Die Worte „unser kleines o" beziehen sich auf jene Stelle Heinrich des Fünften, wo es im Prologe heißt:

diese Hahnengrube
Faßt sie die Ebnen Frankreichs? stopft man wohl
In dieses o von Holz die Helme nur,
Wovor bei Agincourt die Luft erbebt?

II.

Breslau, am 28t. Oktober 1826.

Verehrtester Freund!

Ueberbringerin dieser Zeilen ist Madame Brunner, die bei dem hiesigen Theater ein paar Jahre hindurch das Fach einer Bravoursängerin mit vielem und anhaltendem Beifall ausgefüllt hat. Es ist ihr Wunsch, wo möglich in Dresden zu einigen Gastrollen zu gelangen und daß Sie die Güte haben, für dieses Wunsches Erfüllung, so viel Sie vermögen, beizutragen, ist der Zweck dieser lettera — oder vielmehr letterinellina — di raccommandazione, um welche die Künstlerin, die auch eine Virtuosin auf der Geige ist, mich ersucht hat. Doch bedarf ich's leider! wohl eigentlich selbst Ihnen empfohlen zu sein!

Mit unveränderlicher inniger und ausnehmender Verehrung

Ihr

treuergebenster

Karl Schall.

III.

Breslau, am 17t. März 1827.

Lassen Sie, mein Höchstverehrter, sich den Ueberbringer dieser Zeilen, Herrn Heinrich Romberg, Sohn des trefflichen verstorbenen Andreas auf das angelegentlichste empfehlen. Der sehr ausgezeichnete junge Künstler, der sich durch sein sehr gründlich ausgebildetes und höchst graziöses Violinspiel hier, wie in Berlin, verdienten großen Beifall ergeigt hat, ist Allen, die ihn näher kennen lernten, auch durch sein ganzes anmuthiges und feines Wesen lieb und werth geworden, und so empfiehlt sich dieser Empfohlene freilich selbst besser, als man ihn durch ein Rekommandationsschreiben zu empfehlen vermag. Sein Sie ihm räthlich und thätlich in dem, was er in Dresden bezweckt, nach Vermögen behülflich. Die Musen werden's Ihnen lohnen!

Für wie so Vieles aus Ihrem reichen Geistesschatz der Lesewelt Gegönnte, hab' ich Ihnen wieder zu danken!! Das soll und muß ausführlich geschehen, noch ehe der März uns in den April schickt. Bis dahin und immer, mit dem Toast Tieck for ever!

Ihr
treuergebenster und Sie
höchstverehrender
admirer friend and servant
Charles Sound.

IV.

Breslau, am 22. August. (Ohne Jahreszahl.)

Mit der am 19. dieses von hier abgegangenen Fahrpost hab' ich, unter der Adresse der „Intendanz des Königlichen Hoftheaters zu Dresden," eine contradictio in adjecto, i. e. ein Druckmanuskript abgesandt, das ich Ihrer Aufmerksamkeit und Güte, mein Hochverehrter, zu empfehlen wage, obgleich ich einiges Bedenken tragen sollte dies zu thun, wenn ich nämlich bedenke, wie ganz unbeachtet von Ihnen mein vor mehreren Jahren an Sie abgesandtes Lustspiel „Eigene Wahl" geblieben ist. Nun, es geht mir diesmal wohl glücklicher mit dem Manne, an dessen günstigem Urtheil mir so sehr, sehr viel gelegen ist und den ich so innig verehre wie wenige Lebende, welche Casualzweideutigkeit im doppelten Sinne gilt. Mit der nächsten, am 26., von hier abgehenden Fahrpost, send' ich

Ihnen ein Exemplar des fraglichen Lustspiels zum Privatgebrauch; (möchten Sie es eines vorlesenden werth finden!) Dann schreib' ich Ihnen mehr als heute und mancherlei von

Ihrem

Ihnen höchst und tiefst ergebnen

Karl Schall,

Eigenthümer und Redakteur

der Breslauer Zeitung.

V.

Breslau, am 26. August 1832.

Ich weiß nicht ob Sie, Verehrtester, zufällig wissen, daß ich eine ziemlich lange Zeit, (von Anfang April 1830 bis Anfang Juli dieses Jahres), in Berlin gelebt und geliebt habe, wo es mir bei sehr lieben freundschaftlichen Verbindungen sehr wohl und durch arge, ganz ungewöhnlich andauernde Leiden, mit denen ein gar böser Krankheitsdämon, ein chronisches Asthma von der schlimmsten Gattung, mich geplagt, sehr schlecht ergangen ist. Nachdem diese Leiden durch eine höchst glückliche Pillenerfindung meines dortigen, mir sehr befreundeten, Arztes, des Medicinalrath Casper, sich bedeutend verringert, hab' ich die poetische Feder in starke, fleißige Bewegung gesetzt. Da ist denn mancherlei zu Papiere gebracht worden, darunter das schon neulich erwähnte Lustspiel „Schwert und Spindel," wovon Sie nun beiliegend ein Exemplar, ein Ihnen gewidmetes, erhalten. Ein zweites Druckmanuskript, auch ein Lustspiel, wird übermorgen sendungsfertig und soll dann in zwei Exemplaren alsbald nach Dresden an die Direktion Ihrer Bühne und an Sie abgehen. Den Oktober und im Dezember versend' ich dann noch zwei größere, einen Theaterabend füllende, Lustspiele und ein Roman von mir „die Leute" wird auch noch im Laufe dieses Jahres der Lesewelt und der Kritik geboten.

Möchte mir für diese Produktionen die Freude Ihres Beifalls zu Theil werden! Es ist keine Schmeichelredensart, sondern die reinste, ehrlichste Wahrheit, wenn ich Sie versichere, daß mir an dem Beifall keines auf Erden lebenden Menschen — ich darf sagen nur halb so viel — gelegen ist, als an dem Ihrigen; doch sollen Sie mir, wenn Sie mir ihn versagen, oder wie Sie ihn bedingen und beschränken müssen, das unumwunden und ehrlich sagen, d. h. schreiben. Nächsten Mittwoch geht das oben erwähnte zweite Lustspiel an Sie ab und wenn Sie es erhalten und gelesen, schreiben Sie mir wohl baldmöglichst — ich bitte schönstens darum — über die beiden Stücke.

Es hat mich freilich, wie ich schon neulich berührte, recht sehr stutzig und unmuthig gemacht, daß Sie, als ich Ihnen vor mehreren Jahren das Lustspiel „Eigene Wahl" sandte, diese Sendung gar nicht beantworteten und das Stück nicht zur Aufführung brachten. Wenn ich da so las und bedachte, was doch so für Stücke mitunter auf Ihre Bühne gekommen sind, — — doch passons là dessus und lassen Sie mich Ihnen in dieser Beziehung nur noch sagen, daß ich doch mindestens gar zu gern gewußt hätte, warum Sie jenes Lustspiel, auf das ich zwar keinen besonderen, aber doch einigen, Werth lege, so ganz ignorirt haben.

Für wie Schönes, Herrliches haben Ihnen im vorigen Jahr alle diejenigen zu danken gehabt, die den ganzen Werth und die mannichfache gediegene Trefflichkeit Ihrer Werke zu fühlen und zu erkennen vermögen! Ich glaube mich zu diesen zählen zu dürfen und habe durch die Mondscheinnovelle und den Novellenkranz Feierstunden des poetischen Genusses gehabt und mir wiederholt, wie man sie, wenn von lebenden Dichtern die Rede ist, nur noch durch Sie erleben kann.

Aber Sie wissen doch, daß nicht nur Robert, mit dem ich, ehe ihn Cholerafurcht und Verletzungen seines Selbstgefühls, des sehr reizbaren, im vorigen Jahre von Berlin nach Baden trieben, sehr viel zusammengelebt, ein todter Dichter ist, sondern auch seine schöne, liebe Frau eine todte Dichterin. Für mich ein paar schwer zu verschmerzende Verluste!

Warum soll ich nicht hier und gegen Sie erwähnen, was Sie vielleicht schon von Friedr. v. Raumer selbst wissen, daß ich nämlich in Berlin mit ihm ganz auseinander gekommen bin. [1) — — — — — — — — — — — — — — — —

— — — — — — — — — — — — — — — — — — — —

— — — — — — — — — — — — — — — — — — — —

Das verletzte mich ungemein, und ich mied von da ab den Verletzer. Das war Unrecht von mir, da mir Gelegenheit, mich mit ihm ausgleichend zu besprechen, wiederholt geboten war. Gern hätt' ich mich vor meiner Abreise von Berlin mit ihm erklärt und versöhnt, das wollt' ich aber nicht, weil ich eben Schwert und Spindel dem dramaturgischen comité eingereicht, dessen Mitglied, wie Sie wissen, Raumer, ich weiß nicht, soll ich sagen war oder ist. Er sollte nicht glauben, ich wolle seine Zustimmung gewinnen. Das Stück wurde angenommen kurz vor meiner Abreise. Auch das andere, Ihnen mit der nächsten Fahrpost zu sendende, ist nun angenommen, aber der Bericht, der mir das anzeigt, läßt einen comité ganz unerwähnt, und ist von Baron Arnim,

---

[1]) Nicht um Herrn von Raumer's Willen, der dazu lachen würde, sondern aus Rücksicht für Schall's Angedenken haben wir einige Zeilen in diesem Briefe unterdrückt, die dem Schreiber momentaner Unmuth und krankhafte Reizbarkeit nur wider sein besseres Wissen und Wollen entlockt haben dürften.

dem Schwager Bettinens und sogenanntem Pitt-Arnim, unterzeichnet, der in Graf Rederns Abwesenheit interimistischer Intendant ist und wohl perpetuirlicher werden wird. Der comité ist oder war eine höchst verkehrte Einrichtung und es hat mich erboßt, daß Raumer sich dazu hergegeben.

— — — — — — — — — — — — — — — — — —

— — — — — — — — — — — — — — — — — —

Ich kann seinen sich meist sehr vornehm anstellenden dramaturgischen Urtheilen selten ganz beistimmen und finde sie oft, wo er nicht mit Ihren Kälbern pflügt — und auch da durch falsche Anwendung zuweilen — recht verkehrt und persönlich-partheiisch.

Gern möcht' ich Ihnen einmal über die Berliner Theaterverhältnisse, und über wie vieles Andere und Wichtigere, mein Herz und meinen Geist ausschatten, aber mündlich. Als ich nach Berlin ging (nämlich bei meiner letzten Hinreise) wollt' ich im Herbst 1830 oder Frühling 1831 einen Abstecher nach Dresden machen, aber diesen festen Vorsatz ließ mein Kranksein nicht zur Ausführung gelangen. Nun, il vaut mieux tard que jamais und deo favente soll das Jahr 1833 nicht vorübergehen, ohne daß mir einer meiner liebsten Erdenwünsche in Erfüllung geht, der nämlich, eine Zeitlang Ihres persönlichen Umgangs, Ihrer Belehrung, Ihres Wohlwollens, das ich mir gegönnt hoffe, mich recht gründlich und innerlich und förderlich zu erfreuen. Nur leidliche Gesundheit, wie ich sie jetzt — Gott sei dafür gepriesen! — genieße. Sie fehle Ihnen, mein innigst Verehrter, nicht und befähige Sie Ihr schönes, helles, magisches Licht noch lange leuchten zu lassen. Ainsi soit-il!

Mit der aufrichtigsten und herzlichsten Verehrung

Ihr

Karl Schall,

Eigenthümer der Breslauer Zeitung.

VI.

Breslau, d. 17. Sept. 1832.

Erlauben Sie mir Ihnen, höchstverehrter Freund, in dem Ueberbringer dieses unverwelklichen grünen Blättchens, Herrn Geheimen Regierungsrath und General-Landschafts-Repräsentanten von Kracker, einen meiner ältesten Freunde angelegentlichst zu empfehlen. Er wünscht bei seinem Aufenthalt in Dresden Ihre persönliche Bekanntschaft zu machen und Sie werden in ihm einen ausgezeichnet wackeren und vielseitig gebildeten und unterrichteten Mann kennen lernen.

Möcht' ich, wenn Sie diese Zeilen erhalten, schon freundliche Nachricht durch einen Brief von Ihnen bekommen haben!

Treustergebenst
K. Schall.

Schenk, Eduard von.

Geboren zu Düsseldorf am 10. Oktober 1788, gestorben daselbst am 26. April 1841.

Ein (seit 1831) Staatsminister, der die deutsche Bühne, ohne gerade ein Dichter zu sein wie Kollege Göthe, mit poetischen, wirksamen, überall gern gesehenen Dramen beschenkt hat. — Belisar — die Krone von Cypern — machten ihren Weg über alle größeren Theater, und gaben Künstlern und Künstlerinnen ersten Ranges erwünschte Gelegenheit, die Macht ihrer Darstellungsmittel würdig zu entfalten.

Eine Gesammtausgabe dramatischer Werke erschien von 1829—35 in drei Bänden.

Schenk's Briefe an Tieck zeigen uns den früheren königl. bayrischen Rath und Studiendirektor, späteren Minister, als einen wahrhaft humanen, ehrenwerthen Menschen. Was in dem Schreiben vom siebenten Julius 1826 über den Einfluß eines Mannes wie Tieck auf akademisch-geistiges Leben, was darin über die Stellung des Dichters gesagt ist, der wenn er gleich keine Brodt- und Fach-Kollegia halten, doch schon durch seine Persönlichkeit segensreich wirken könnte .... das sollte man recht vielen Curatoren und hohen Senaten deutscher Universitäten zu geneigter Beherzigung empfehlen, wofern sich Mittel und Wege finden ließen, es ihnen zu insinuiren! — Doch wer dringt durch schußfeste, von dicken Büchern ringsum aufgebaute Mauern?

I.

München, den 7. Julius 1826.

Unvergeßlich sind mir die Stunden, verehrungswürdigster Herr Hofrath, die ich während Ihres lezten, nur zu kurzen Aufenthaltes zu München in Ihrer Gesellschaft zubrachte. Sie gestatteten dem Manne, der vor 16 Jahren als Jüngling den gefeyerten Dichter nur schüchtern schweigend aus ehrerbietiger Entfernung bewundert hatte, Ihnen zu nahen, sich mit Ihnen über die anziehendsten Gegenstände der Literatur und Kunst wie über die heiligsten Angelegenheiten der Menschheit traulich zu besprechen, und Sie selbst schienen sich mit Wohlwollen zu ihm herab zu neigen. Diese schöne Erinnerung geht mir jezt lebhafter als je durch die Seele; sie erhöht das freudige Gefühl, welches die Veranlassung meines Schreibens an Sie in mir erregen mußte. — Doch zur Sache!

Es ist Ihnen ohne Zweifel aus öffentlichen Blättern bekannt, daß der König, mein allergnädigster Herr, die Versezung der Universität von Landshut nach München beschloßen hat, daß diese Versezung schon im nächsten Wintersemester stattfinden wird und daß in den Kreis der würdigen Männer des Inlandes, die zu Mitgliedern der neuen Universität bereits bestimmt sind, auch einige ausgezeichnete Gelehrte des Auslandes oder vielmehr des übrigen Deutschlands eingeladen werden sollen. In die Zahl dieser Männer hat nun des Königs Majestät auch Sie, verehrtester Herr Hofrath, eingeschlossen und mir den äußerst angenehmen Auftrag ertheilt, Ihnen diese Einladung mit der Bitte zu eröffnen, mir vorläufig gefälligst die Bedingungen mittheilen zu wollen, unter welchen Sie diesen Ruf, — im Falle Sie überhaupt Ihre gegenwärtigen Verhältniße in Dresden zu verlaßen geneigt sind, — annehmen würden.

Die Gegenstände, über welche Sie an der hiesigen Universität Vorlesungen halten würden, sind ganz Ihrer eigenen Wahl überlaßen. Weit entfernt, Ihre akademische Wirksamkeit auf den engen, systematisch gezogenen Kreis gewöhnlicher Collegien beschränken zu wollen, lebt vielmehr der König der Ueberzeugung, daß ein Mann, wie Ludwig Tieck, durch seine Persönlichkeit, durch seine freyesten Vorträge und Gespräche, selbst durch die Würde und Anmuth seines geselligen Umganges mehr wirken und anregen könne, als Andere durch die ausführlichsten und ausholendsten Vorlesungen über Aesthetik, Literatur-Geschichte u. s. w. Wählen Sie aus dem umfaßenden Gebiete Ihrer Forschungen einzelne Theile, lesen Sie über Shakespear, Dante, Calderon oder lesen Sie einzelne Werke dieser großen Dichter nur vor und es wird sich ein liebevoller Kreis jugendlicher Zuhörer begierig um Sie sammeln und er wird durch diese ewigen Muster — so vorgetragen und so erläutert, — wahre Kunst und wahre Schönheit kennen lernen.

Ich brauche Ihnen nicht erst anzuführen, mit welcher begeisterten Liebe Sie von Ihren hiesigen Freunden werden aufgenommen werden, — aber das muß ich beyfügen, daß außer Ihnen auch noch einige andere treffliche Männer, und unter diesen Ihr Freund Raumer in Berlin zu der hiesigen Universität eingeladen sind. Es würden sich also in München Ihre in Deutschland zerstreuten Freunde um Sie sammeln.

Wegen des Gehaltes bitte ich Sie, mir Ihre Wünsche gefälligst zu eröffnen. Auch wird es Ihnen hier an Muße nicht fehlen, uns fortwährend durch neue Hervorbringungen Ihres Genius zu erfreuen. —

Indem ich schließe, wage ich die Bitte, mich dem Herrn von Lüttichau, Ihrem verehrten Freunde, vielmal zu empfehlen und ihm vorläufig zu melden, daß ich ihm das Manuscript des Belisar, welches er zur Einsicht verlangt hat, demnächst übersenden werde.

Mit innigster Verehrung

Ew. Wohlgebohrn

gehorsamster

E. Schenk,

Ministerial-Rath und Vorstand der Kirchen- und Studien-Sektion.

II.

München, den 6. Jänner 1828.

Ihren Brief vom 12. November v. J., — mein hochverehrter Freund, — hat mir Baron von Freyberg überbracht und wenn ich Ihnen meine Freude darüber, meinen Dank dafür nicht sogleich schriftlich ausdrückte, so bitte ich Sie, die Schuld dieser Säumniß nur meinen, während der gegenwärtigen Versammlung unserer Stände noch vermehrten Berufs-Geschäften zuzurechnen. — Von meinen Empfindungen für Sie sind Sie gewiß überzeugt; die Gefühle der höchsten Verehrung, ich darf sagen, der innigsten Liebe für Sie sind durch das mir zu Theil gewordene Glück Ihrer persönlichen Bekanntschaft wohl erhöht, aber nicht erst hervorgerufen worden; schon vor zwanzig Jahren entstanden sie in der Brust des 18jährigen Jünglings und innig hatte ich mich darauf gefreut, Ihnen jene Gefühle in München als einem der herrlichsten Mitglieder unserer wissenschaftlichen Anstalten bethätigen zu können.

Diese Hoffnung ist nun verschwunden und was mich am meisten betrübt ist das Hinderniß selbst, welches sich Ihrer

Uebersiedelung nach München entgegenstellte, — nämlich der schwankende Zustand Ihrer Gesundheit. Möge sich diese dauernd stärken und Ihnen vielleicht später die Erfüllung unseres lebhaften Wunsches, Sie hier zu besitzen, möglich machen. In jedem Falle aber, — Sie mögen Sachsen oder Bayern angehören, — bitte ich Sie um die Fortdauer Ihres Wohlwollens und um die Erlaubniß, mich mit Ihnen zuweilen schriftlich unterhalten, Sie um Rath und Belehrung ersuchen zu dürfen. —

Daß ich Sie um diesen Rath in Beziehung auf Belisar nicht vor dem Hervortreten dieses Stückes auf die deutschen Bühnen gebeten, geschah aus einer vielleicht grundlosen Schüchternheit, aus vielleicht zu weit getriebener Bescheidenheit; ich legte auf das Werk, obgleich ich mir meines ernsten, aufrichtigen Wollens und Strebens bewußt war, in objektiver Hinsicht keinen bedeutenden Werth, ich wollte nur sehen, ob jenes Streben bey meinen Mitbürgern Anerkennung finde und wagte, aufgemuntert von einigen Freunden und von unserm Könige, die Darstellung des Stücks auf der hiesigen Bühne. Der glückliche Erfolg täuschte oder verblendete mich nicht, denn ich sah weit geringere Produkte mit demselben Beyfall belohnt. Noch weniger Eindruck machten auf mich die darüber laut gewordenen Stimmen der öffentlichen Blätter, denn weder Lob noch Tadel traf den rechten Punkt und hielt das rechte Maaß. Dazu kam der Drang der Berufs-Geschäfte, die meine Gedanken von diesem Gegenstand ganz ablenkten, so daß ich selbst die Briefe der verschiedenen Theaterdirektionen, die das Stück zu besitzen wünschten, nur spät beantwortete.

Um so mehr haben die wenigen Bemerkungen, die Sie, mein verehrtester Freund, mir über Belisar mitzutheilen die Güte hatten, mich erfreuen, ja mich begeistern müssen. Ein Wort der Anerkennung meines Strebens aus Ihrem Munde gilt mir mehr als alles Lob aller deutschen Tageblätter zusammengenommen und Ihr Tadel erhebt mich, weil er mich belehrt und weiter bringt. Ihre Bemerkung, daß die Handlung in den lezten Akten vernachläßigt sey, trifft den Nagel auf den Kopf; ich wußte lange Zeit nicht, was ich aus dem lezten Akt, — in dem mir gleich Anfangs blos die lezte Scene, der Tod Belisars, klar vor der Seele stand, machen sollte und habe denselben zweymal umarbeiten müssen. Es ist unvermeidlich, daß man diese Verlegenheit dem Stücke ansehe. Die Scene der Antonina in diesem lezten Akt ist eine offenbare Nachahmung jener herrlichen Scene der Kaiserin Mutter in Ihrem Octavian, den ich während der Universitäts-Jahre beynahe auswendig gelernt hatte. Auch fürchte ich, daß man der Diktion die ängstliche Feile zu sehr ansieht; die Regellosigkeit der Trochäen unserer beyden berühmtesten Schicksals-Tragödien, Schuld und Ahnfrau, vermeidend und die geregelte Form der spanischen Redondillen und Assonanzen streng durchführend, fiel ich in den entgegengesetzten Fehler.

Ihr Wunsch, das Stück in Dresden erst dann geben zu lassen, wenn es dort gut gegeben werden könne, — ein Wunsch, in dem ich den theilnehmenden, wohlwollenden Freund erkenne, ist ohne mein Zuthun und gegen meine, Ihrem trefflichen Pauli ausgedrückte Bitte leider unerfüllt geblieben. Man hat dort den Belisar aufgeführt, ohne einen Belisar zu haben. Doch will ich dieses unangenehme Ereigniß gerne verschmerzen, wenn Sie, mein verehrter Freund, mich nur nicht für mitschuldig an demselben halten. —

Was ich seitdem gedichtet, ist ziemlich unbedeutend. Ein vor Belisar gedichtetes, allein erst später aufgeführtes Trauerspiel „Henriette von England," über dessen Werth oder Unwerth ich sehr zweifelhaft bin, werde ich Ihnen nächstens mit der Bitte um Ihr aufrichtiges Urtheil zusenden. Die Uebersetzung des Dante schreitet nur langsam vorwärts.

Darf auch ich eine Frage an Sie wagen, mein geliebter Freund? Seit zwey Jahren sehnen wir uns nach der Ausgabe Ihrer Werke, vorzüglich nach der Vollendung Ihres herrlichen Sternbald, — dann nach Ihrer Uebersetzung des Shakespear und hoffen noch immer vergebens. Ihre Cevennen haben uns nach jenen lang erwarteten Schätzen nur noch lüsterner gemacht. Ihre Meisterschaft scheint mit jedem Werke zuzunehmen, obgleich mir Genoveva und Octavian, vielleicht weil es dramatische Werke sind und sich bey mir in die schönsten Erinnerungen meiner Jugend verweben, doch immer die liebsten von Ihren Schöpfungen sind. —

Schelling hat hier ein neues Leben begonnen, reich an Wirksamkeit und Segen. Seine philosophischen Vorlesungen sind von dem glücklichsten Einfluß auf den Geist unserer Hochschule; sie versammeln einen Kreis von 3—400 Zuhörern aus allen Ständen. Uebrigens hat sein philosophisches System erst jezt seine wahre Begründung durch das Christenthum und zwar nicht im rationalistischen, sondern im althergebrachten, buchstäblichen Sinne, genommen.

Mit innigster Verehrung und Liebe

der Ihrige
Eduard Schenk.

III.

Regensburg, den 6. May 1835.

Erlauben Sie mir, hochverehrter Herr und Freund, daß ich mich durch diese Zeilen in Ihr wohlwollendes Andenken zurückrufe. Der Ueberbringer derselben ist Herr Appellations-Gerichts-Accessist Halenke aus Regensburg, der im verflossenen Jahre eine Reise durch Italien gemacht hat und nun auch den Norden Deutschlands und England kennen zu lernen wünscht. Er hat mich bey dieser Veranlassung um ein Wort der Empfehlung gebeten, das ihn bey dem größten, — vielmehr dem einzigen großen unter den lebenden Dichtern Deutschlands einführen soll. Er ist ein sehr wackerer, gebildeter junger Mann und ich wage daher zu bitten, daß Sie ihm einige Minuten vergönnen wollen.

Seit ich zum leztenmal das Glück hatte, Sie zu sehen, verehrtester Freund, hat sich in meinen äußern Lebensverhältnissen Vieles umgestaltet; doch fühle ich mich in meiner gegenwärtigen Stellung und Umgebung weit glücklicher und zufriedener als in München, dessen reiche wissenschaftliche und Kunstschätze ich zwar hier entbehre, doch auch dort unter der fast erdrückenden Last der Berufs-Geschäfte nur wenig genießen konnte. —

Ich hoffe, daß auch Ihre Gesundheit keine neue Erschütterung mehr zu erleiden gehabt hat. Die Kraft und überschwängliche Fülle Ihres Geistes hat zwar zu keiner Zeit durch Ihre körperlichen Leiden gehemmt oder gedrückt werden können, indessen quillt gerade seit den letzten Jahren der Strom Ihrer Dichtungen so reich, so tief, lebendig und heiter, daß er auch auf ein ununterbrochenes äußeres Wohlseyn schließen läßt.

Daß unser edler König Ihrem herrlichen Genius dieselbe anerkennende Huldigung dargebracht hat, die er einst Göthe'n gezollt, hat mich auch um Seinetwillen innig gefreut; es war mir ein neuer Grund, auf meinen König stolz zu seyn.

Und nun noch das Geständniß einer Kühnheit nebst der Bitte um deren Verzeihung! Ich habe in dem, jetzt erscheinenden dritten Bande meiner Schauspiele mein neuestes dramatisches Werk: „Die Griechen in Nürnberg“ ohne Ihre vorgängige Zustimmung Ihnen, verehrtester Freund, gewidmet. Ich werde Ihnen das Buch, sobald der Druck vollendet, zu übersenden die Ehre haben, fühle aber jetzt schon, daß die Kühnheit, ein so geringes Werk einem solchen Manne, — und noch dazu hinter Seinem Rücken, — zu dedicieren, nur durch das Vertrauen auf Ihr mir so vielfach bewiesenes Wohlwollen und durch die Wärme innigster Freundschaft und unbegränzter Verehrung entschuldigt werden kann, mit welcher ich unwandelbar beharre

der Ihrige
E. Schenk.

Den 17. Juny 1835.

Der junge Mann, der Ihnen dieses Schreiben überbringen sollte, ist in Amberg erkrankt und hat, hiedurch an seiner Weiterreise verhindert, mir dasselbe zurückgesendet. Da jedoch meine Zeilen mehr ein Empfehlungsbrief für mich selbst als für ihn seyn sollen, so bin ich so frey, sie Ihnen unverändert durch die Post zu übersenden.

Schenk.

Schlegel, August Wilhelm.

Geboren zu Hannover 8. September 1767, gestorben zu Bonn am 12. Mai 1845.

Gedichte (1800) — Jon, Tragödie (1803) — Vorlesungen über dramatische Kunst und Litteratur, 3 Bde. (1809—11) — Poetische Werke, 2 Bde. (1811—15) — Indische Bibliothek, 2 Bde. (1820—26) — Kritische Schriften rc. rc.

All' diese Büchertitel, mögen sich auch an einige derselben unsere jugendlich-begeisterten Erinnerungen knüpfen, sind doch keineswegs genügend die umfassenden Verdienste des Mannes einigermaßen zu bezeichnen. Wohin wir blicken, ist er von Jugend auf Vorgänger, Führer, Lehrmeister gewesen auf dem Wege zur Erkenntniß des Großen und Schönen in der Poesie aller Völker. Er ist's gewesen, der mit genialem Fleiße Calderons geheimnißvolle Tiefen deutschem Verständniß näher gerückt; Er hat uns zuerst durch große kühne That dargethan, daß Shakspeare auch uns gehört; die siebzehn Dramen, die Schlegel (und wann? und ohne Vorbild; ohne jegliche Beihilfe!) verdeutschte, sind so recht unser Eigenthum geworden.

Leider kam eine Zeit, wo man sich die Miene gab, vergessen zu wollen, was wir ihm verdanken. Es ist ihm schändliches Unrecht widerfahren. Aber es läßt sich nicht leugnen: das größte Unrecht hat er sich selbst gethan durch thöricht-kindische Eitelkeit, die er leider unbefangen zur Schau trug. Wer ihn nach diesem äußerlichen Scheine beurtheilte, hatte freilich leichtes Spiel, um ihn lächerlich zu finden, wohl gar lächerlich zu machen. Wer jedoch Pietät genug besaß, in's Innere zu dringen und den Kern des Mannes zu durchforschen, der verkannte gewiß nicht, daß er sich treu geblieben trotz mancher scheinbarer Geckereien.

Das sollen nun auch diese Briefe darthun, die ein halbes Jahrhundert umfassen, und aus deren letzten noch uns derselbe August Wilhelm entgegentritt, den wir um seiner humoristisch-derben redlichen Aufrichtigkeit willen, schon in den ersteren lieben lernten.

Gewöhnlich wollen auch Diejenigen, die ihn im Ganzen zu würdigen wissen, den Kritiker, den Sprachkünstler, den Uebersetzer allein gelten lassen, während sie den Dichter kaum anerkennen.

Erstens vergessen sie, daß um so zu übersetzen, wie Er's den größten Dichtern gethan, der Uebersetzer selbst ein großer Dichter sein muß. Zweitens aber scheinen sie (Schlegels polemischer Poesieen, welche unerreichbare Meisterstücke bleiben, nicht zu gedenken), Dichtungen unter den seinigen vergessen zu haben, deren Tiefe und Gedankenreichthum der höchstmöglichen Formvollendung ganz entspricht. Unser Bürger wußte schon, weshalb er „dem jungen Aar, dessen Flug die Wolken überwinden" würde, prophetisch zurief:

„Dich zum Dienst des Sonnengott's zu krönen,
Hielt ich nicht den eignen Kranz zu werth, —
Doch Dir ist ein besserer bescheert!"

I.

(Ohne Datum, ohne Auf- und Unterschrift.)[1])

Freylich kann jeder über mich denken, sagen und schreiben was er will; so lange ich es nicht erfahre und keine nachthei-

[1]) Ob diese Zeilen an Tieck? oder an wen sie sonst etwa gerichtet waren? läßt sich nicht errathen. Das Blatt worauf sie geschrieben, beginnt die Reihe der A. W. Schlegel'schen Briefe in T.'s Sammlung. Wir hielten sie ihres Inhaltes wegen für interessant und nehmen sie unbedenklich auf, ohne zu fragen, auf wen, und auf was sie sich beziehen?

lige Wirkungen davon auf mich zurückfallen, gehts mich nichts an. Wenn aber jemand ein ungünstiges Urtheil über mich gefällt und mitgetheilt hat, wovon ich Wirkungen erfahre, so sehe ich nicht, daß es ein Eingriff in seine Rechte wäre, ihn darüber zu fragen, da er ja immer die Freyheit hat, mir eine Antwort zu verweigern, wenn er die Frage für ungebührlich hält. Selbst die Absicht, mit welcher ein solches Urtheil mitgetheilt seyn möchte, würde den Fall nicht verändern, wie mich däucht—wenn jemand mein Zutrauen mit freundschaftlicher Theilnahme aufnimmt, so bin ich ihm vielen Dank dafür schuldig, aber die Verbindlichkeit, die er mir dadurch auflegt, giebt ihm kein Recht zu richterlichem Ansehen über mich. — Ich habe mich in der Vermuthung, die zu meiner Frage Veranlassung gab, geirrt, und bitte in dieser Rücksicht um Verzeihung. — Was den Ton, die Manier, den Ausdruck betrifft, womit ich etwas sage, so bin ich eben nicht gewohnt, mich darüber zur Rechenschaft ziehn zu lassen. Es thut mir leid, wenn Sie damit unzufrieden sind, aber ich habe keine Antwort darauf. — Wenn ein Mann von Ehre sich von mir beleidigt hält, und ich kein Unrecht von meiner Seite anerkenne, so muß ich ihn den Weg zur Ausgleichung selbst wählen lassen. —

II.

Jena, den 11ten Dec.
(Ohne Jahreszahl.)

Es ist schön, daß unsre Briefe einander auf halbem Wege entgegen gekommen sind. Die Correspondenz ist also nun förmlich eingerichtet, bis zur persönlichen Bekanntschaft, auf die ich mich lebhaft freue.

Haben Sie Dank für die übersandten Volksmährchen, sie haben mir eine sehr angenehme Lectüre gewährt, es verdrießt mich nun noch mehr, daß sie ein Andrer, wie mir däucht, nicht mit sonderlicher Einsicht, beurtheilt hat, und ich sinne darauf, wie diese Versäumniß wieder gut zu machen wäre. Ihr Don Quixote soll mir gewiß nicht entgehen; ich bin überzeugt, daß es Ihnen damit sehr gelingen wird, da Sie die darstellende Prosa so in Ihrer Gewalt haben. Der Don Quixote ist vielleicht unter allen Romanen vor W. Meister derjenige, der am meisten von dem epischen Numerus hat, worüber ich in der Beurtheilung von Herrmann und Dorothea einiges gesagt. Die vielen spanischen Participien werden Ihnen einige Noth machen; ich denke, sie müssen in den meisten Fällen in direkte Sätze aufgelöst werden, so daß ungefähr eine so leichte Wortfolge und Structur, wie im W. M., bei gleicher Fülle, heraus käme.

Ihr Prolog unter den Volksmährchen ist ein allerliebster Einfall, und voll von allerliebster Einfällen. In dem blonden Ekbert fand ich ganz die Erzählungsweise Göthes in seinem Mährchen, im W. M. u. s. w. Sie haben sich diesen reizenden Ueberfluß bei gleicher Klarheit und Mäßigung auf eine Art angeeignet, die nicht bloß ein tiefes und glückliches Studium, sondern ursprüngliche Verwandtschaft der Geister verräth. So auch mit den Liedern. Man hätte mich mit einigen davon täuschen können, sie wären von Göthe. Seltner glaubte ich darin einen von den zerstreuten Zauberklängen in Shaksp.'s Liedern zu hören. Ueberhaupt würde man, wie mir däucht, Ihre innige Vertrautheit mit diesem Dichter weniger vermuthen. Vielleicht kommt es nur daher, weil Sie noch nichts in Sh.s Form dramatisirt haben. Ein romantisch komisches Schauspiel, der ernsthafte Theil in fünffüßigen Jamben, auch wohl mit untermischten Reimen, nur der komische Dialog in Prosa, das müßte Ihnen herrlich gelingen. Ich glaube, Sie müssen bei Ihren nächsten Dichtungen hauptsächlich darauf achten, Ihre Kraft zu einer recht entschiedenen Wirkung zu konzentriren, und vielleicht ist selbst die äußere Schwierigkeit hierzu ein Mittel.

Den Lovell lese ich mit großem Interesse, doch scheint mir von ihm bis zu einigen der Volksmährchen noch ein großer Schritt zu sein.

Im Berneck und der schönen Magelone finde ich noch einige Erinnerungen an die frühere Manier. Jener hat mich überhaupt am wenigsten befriedigt. In der Magelone wurde mir die Schwierigkeit sichtbar, schwärmerische Regungen der Liebe in einem alten Kostüm ohne moderne Einmischungen darzustellen. Doch sind die Lieder allerliebst, und auch einige Stellen der Erzählung, z. B. den Traum S. 185, 186 könnte Göthe eben so geschrieben haben. Sie verzeihen, theuerster Freund, daß ich Ihnen mein Urtheil so unbefangen sage, als ob wir schon Jahre lang mit einander umgegangen wären. Lassen Sie mich doch auch einmal Ihre Meinung über meine Gedichte im Almanach erfahren, wenn es Ihnen nicht mühselig ist, und Sie es in der Kürze können.

Auf Ihre Briefe über Shakespeare bin ich sehr begierig. Wie sind Sie mit meinem Aufsatze über Romeo zufrieden gewesen? Ich hoffe, Sie werden in Ihrer Schrift unter anderm beweisen, Sh. sei kein Engländer gewesen. Wie kam er nur unter die frostigen, stupiden Seelen auf dieser brutalen Insel? Freilich müssen sie damals noch mehr menschliches Gefühl und Dichtersinn gehabt haben, als jetzt. Ihre beiden Conjecturen im Sturm leuchten mir sehr ein, doch weiß ich nicht, ob ich sie in die Uebersetzung aufnehmen darf — es würde eine Note fordern, und ich mache keine Noten. — Die Englischen Kritiker verstehen sich gar nicht auf Sh. — ich will Ihnen ein Beispiel einer schlechten Conjectur von Malone geben, der doch sonst für den besten gilt, und auch, wo es bloß auf das diplomatische Vergleichen und Auftreiben veralteter Redensarten ankommt, wirklich ist. Die Stelle ist in What you will, in meiner Uebersetzung S. 197.

She took the ring of me: I'll none of it. Hier will

Malone nach me ein Fragezeichen setzen: Sie sollte den Ring von mir genommen haben? Der dumme Mensch kann nämlich nicht begreifen, daß Viola Gegenwart des Geistes genug hat, um in Olivias Erfindung hinein zu gehen, und sie nicht gegen den Malvolio Lügen zu strafen. — So ist im Romeo eine Stelle, über die sich Johnson den Kopf zerbricht, obgleich nichts leichter zu verstehen ist. Es wäre rühmlich für unsre Nation, wenn wir einmal eine kritische Ausgabe des Engl. Sh.'s bekämen, welche den in England erschienenen vorzuziehen wäre. Nicht selten wünschte ich Sie über einzelne Stellen Sh-s befragen zu können, ob Sie sie eben so wie ich verstehen?

Leben Sie recht wohl.

Ihr ergebenster
A. W. Schlegel.

III.

Jena, den 30. Nov. 98.

Liebster Tieck!

Sie haben mich durch Ihren freundschaftlichen Brief und durch Ihr Urtheil über meine letzten Gedichte sehr erfreut. Das letzte kann ich Ihnen in Ansehung des Sternbalds noch nicht erwiedern, — ich las den 2ten Band nicht gründlich genug, und muß ihn im Zusammenhang mit dem ersten noch ruhiger erwägen, ein Genuß, den ich jetzt eben bei ein Paar ziemlich freien Tagen vor mir habe. Schicken Sie mir nur den 2ten Theil für Göthe, ich werde ihn bestens besorgen, und Ihnen auch, wenn Sie es wollen, Goethe's Urtheil mittheilen. Wegen des Shaksp. kann ich nicht unterlassen, Sie ohne Aufhören und ohne alle Gnade zu tribuliren, bis Sie die Recension geliefert haben — mir liegt erstaunlich viel daran. Da Sie die Sache so sehr in Ihrer Gewalt haben, so kann die Verlegenheit bei dem kritischen Geschäft bloß von dem Mangel an Uebung herrühren, und Sie werden es selbst noch in der Folge sehr bequem finden, wenn Sie sich in diese hinein geschrieben haben, und nun nach Belieben mit den Autoren umspringen können. Am Ende rechne ich es Ihnen noch gar als eine Gefälligkeit von mir an, daß ich Ihnen Gelegenheit zu einer Recensirübung gebe? Also die Recension, mein lieber Tieck! Den Maulthierszaum! meinen Maulthierszaum! An Ihrem Zerbino wird jetzt hier gedruckt; ich mache mein Unrecht gegen ihn wieder gut, daß ich ihn in Berlin nicht einmal konnte vorlesen hören, und habe, da die Setzer und Frommann selbst mit Ihrer Hand nicht zum Besten fortkommen können, die letzte Correctur übernommen. Zwei Bogen habe ich schon gehabt, es geht rasch mit dem Druck, und man erwartet wieder Manuscript von Ihnen. Ich habe mich an diesem Anfange schon sehr ergötzt. Ich weiß nicht, ob ich Ihnen schon einmal den Vorschlag that, einen Spaß-Almanach, aber nur ein einziges Mal, herauszugeben? Wenn Sie Lust dazu haben, wollen wir uns näher verabreden — wir beiden müßten die Hauptsache dabei thun — mein Bruder lieferte uns eine Anzahl witziger Fragmente, — Bernhardi einen Aufsatz — übrigens müßten wir uns an keine Form ausschließend binden — Prosa, Verse, Räsonnement, Erzählung, Parodie, kleine Dramen in Hans Sachsischer Manier, Epigramme in Distichen u. s. w. — Mir sind eigentlich schon von einem Buchhändler Vorschläge geschehen, bei dem ich wieder anfragen könnte.

Sollte er nicht wollen, so schlügen wir es etwa Unger vor, der ja mancherlei Kalender herausgiebt.

Falk's Taschenbuch vom nächsten Jahr ist noch nicht da — ich glaube doch nicht, daß es sich lange mehr halten kann.

Von wem sind denn die Schattenspiele, die in B. herauskommen?

Was macht Ihr Don Quixote? Vergessen Sie ihn ja nicht.

Meine Frau läßt sich für den alten Phantasus schönstens bedanken, der ihr unendlich viel Vergnügen gemacht hat, — überhaupt für die vielen reizenden Liederchen.

Grüßen Sie Ihre liebe Frau von mir und Bernhardi.

Ganz Ihr
A. W. Schlegel.

IV.

Jena, d. 16. Aug. 99.

Es hat uns gefreut, ein Zeichen des Lebens von Dir selbst zu erhalten; von Deiner Ankunft in Giebichenstein hatte uns Hardenberg schon benachrichtigt.

Ich will Dir nur gestehen, daß ich über Dein Schweigen schon ein wenig ergrimmt gewesen, und daß Du etwas sehr schönes dadurch versäumt hast. Nämlich gleich nach Deiner Abreise verfiel ich auf's Dichten, und habe eine Anzahl Sonette und eine Canzonetten zu Stande gebracht. Dies wollte ich Dir zuerst schicken, um sie dann an Friedrich zu übermachen; nun habe ich die Abschrift in meinem Zorn an diesen gesandt, und Du bekommst sie nicht eher zu sehn, als bis Du mir die in Fischartschen Ausdrücken angekündigte Rezension schickst, d. h. auf Skt. Nimmerstag.

Gut, daß nur endlich der erste Band der Dichtungen fertig ist, und Zerbino seine Reise nach dem schlechten Geschmack, ich meine: unter das Publikum, bald antreten kann. Es ist eben gut, daß er zugleich mit dem neuesten Athenäum kommt, das ich nun endlich auch habe, und in der That sehr ergötzlich finde. Wie Friedrich meldet, hat der lit. Reichsanzeiger in B. große Sensation gemacht, und von den beleidigten Parteien sich schon viel Zetermordio dagegen erhoben.

Caroline hat eine solche Angst vor den Folgen, daß sie noch nicht gewagt hat, hinein zu gucken, und überall wo sie es nur von ferne liegen sieht, die Hände über den Kopf zusammen schlägt. Man muß sehen, ob man vermittelst dieses Motivs noch am Ende durchdringt und die Fortsetzung des Athenäums möglich macht. Frölich hat sich die Sache auch nicht zweimal sagen lassen, und gleich die Fortsetzung der anstößigen Rubriken gemeldet. Es wäre artig, wenn am Ende unsre schönen ernsthaften Sachen auf Unkosten der Teufeleien leben müßten. Da ich diesmal fast alles gemacht habe, so kann ich für's erste auf meinen Lorbeern ruhn, und Alles von Euch erwarten.

Bernhardi hat sich zu Verschiednem angeboten, und Du wirst Dich hoffentlich auch nicht lumpen lassen, wenn Du bedenkst, daß Teufeleien die zärtlichste Art sind, mir Liebe zu beweisen, ja noch zärtlicher, als durch Rezensionen. Thu aber bald dazu — ich wünschte sehr, daß das nächste Stück noch auf Michaelis erschiene, und wenn Du etwas ausheckst, so schick' es mir zuvörderst zu.

Ich wäre etwa in der Stimmung, noch mancherlei zu dichten, wenn ich nicht an den verwünschten Richard den **II.** müßte, in den ich gar nicht hinein kommen kann, weil ich durch die vielen Zerstreuungen ganz verwildert bin. Die Sonette gehören, unter uns, zu dem besten, was ich noch je gemacht habe. Ich bin nun sehr begierig auf Deine Genoveva. Bleibe ja bei dem Entschlusse, erst wenn sie fertig, den Druck anfangen zu lassen.

Goethe ist immer noch in W. —

Meine Verwandten, die hinüber gereist sind, haben ihn in sehr guter Laune getroffen und gesprochen. Was er zum Athenäum sagt, weiß ich noch nicht, — ich habe es ihm erst heute geschickt.

Lebe wohl — viele herzliche Grüße von allen an Dich und Deine liebe Frau.

Höre, ich werde mir ein Sonett von Dir zum Geschenk ausbitten. Ich habe in dem alten auf die Cleopatra die Terzinen zurecht gerückt, das auf die Leda aus meinem eignen Italiänischen übersetzt, und möchte nun noch einen Pendant auf die Io von Correggio dazu haben, die Du wohl aus dem englischen Kupferstiche kennen wirst.

Du mußt dies aber ein wenig strenge arbeiten, damit man es wirklich für mein Werk halten kann. — Vielleicht schicke ich von diesen beiden eine Abschrift noch mit — es sind die beiden einzigen, die ich Friedrich noch nicht mitgeschickt!

Lebe nochmals wohl.

Dein

A. W. S.

Wenn Du eine Gelegenheit weißt, Schellings Schrift früher nach B. an Friedrich ohne Kosten zu befördern, als Du selbst hingehst, so thu es doch. Er verlangt sehr danach.

V.

Bamberg, d. 14. Sept. 1800.

Habe Dank für Deinen innigen freundschaftlichen Brief, der mir wohlthätige Thränen entlockt hat. Freilich bin ich jetzt leichter zu rühren, als je: es ist, als hätte ich alle meine Thränen hierauf gespart, und manchmal habe ich ein Gefühl gehabt, als sollte ich ganz in Thränen aufgelöst werden. Wenn die geliebten Wesen in unsern Gesinnungen leben, wie Du sagst, so hätte Auguste nie mehr gelebt, als jetzt; ich wußte zwar, daß ich sie sehr liebte, aber ihr Tod hat alle noch verborgene Liebe ans Licht gerufen. Um das schmerzlich süße Andenken zu nähren, ist noch ein Bild von ihr vorhanden, zwar vor beinah zwei Jahren gemalt, aber doch ähnlich. Vor Kurzem haben wir für's erste eine Zeichnung darnach bekommen; mit einem leisen Heiligenschein umgeben, steht sie auf meinem Zimmer, und wird stündlich von mir betrachtet und angebetet.

Caroline dankt herzlich für Eure Theilnahme. Sie hatte vor ein paar Wochen eine Unpäßlichkeit, die ihre Kräfte gleich wieder völlig erschöpfte, jetzt ist es besser, doch wird sie schwerlich ihre volle Gesundheit wieder bekommen. Wie ist es möglich bei diesem Gram, der sie oft halbe Nächte wach und weinend erhält.

Du hast mich sehr dadurch verbunden, daß Du gleich an Deinen Bruder geschrieben. Zwar muß ich beinah die Hoffnung aufgeben, daß er nach Deutschland kommen und die Arbeit des Monuments über sich nehmen wird. Denn nicht lange, nachdem ich den Brief an Dich abgeschickt, erhielt ich über Jena einen von ihm, als Antwort auf den, vorigen Winter, bei Dir eingelegten, worin er äußert, daß er auf den Winter schon nach Italien zu gehen hofft. Indessen, wer weiß, ob er sich nicht bei der ungewissen Aussicht auf den Frieden und den unruhigen Zeiten, noch entschließt, seinen Plan zu verändern, und Gesellschaft mit Humboldts macht, um den Winter mit Dir und andern Freunden in B. zuzubringen? Es wäre herrlich.

Auf jeden Fall kann es nicht schaden, daß Du ihm geschrieben, denn es ist sein Auftrag an mich, Dich zu mahnen. Wenn er nun auch den Vorschlag wegen des Sarkophags nicht eingehen kann, so hat er doch bei Gelegenheit einige Nachricht von Deinem Thun und Treiben bekommen. Ich selbst habe ihm noch nicht antworten können, weil er mir seine Addresse nicht meldet, die Du nicht vergessen wirst, Deinem nächsten Briefe beizufügen.

Auf den Fall, daß Dein Bruder nicht zurück kommt, habe

ich bei Schadow vorläufig anfragen lassen. Will oder kann dieser nicht, oder ist zu übertrieben in seinem Preise, so werde ich Goethe erst zu Rathe ziehn; an wen ich mich am beßten wenden könnte. Vielleicht an Dannecker in Stuttgart? Freilich wäre ich gern gegenwärtig bei dem Entwurfe. — Ob es mir erlaubt wird, das Denkmal in den Brunnenspatziergang an die schöne Stelle, die ich ausgewählt, zu setzen, darüber habe ich bei den unruhigen Kriegszeiten noch keine Entscheidung erhalten können. Die Sache liegt mir sehr am Herzen, und die Kosten werden wir nicht dabei sparen — eine beträchtliche Summe ist schon dafür bestimmt. Nun von unsern literarischen Beschäftigungen und Planen. Cotta schreibt mir: ich möchte wegen des poetischen Taschenbuchs das Grundhonorar selbst bestimmen, er wolle darnach die Anzahl des hierzu erforderlichen Absatzes reguliren; welches mir ganz billig scheint. Ich werde nun 60 Lsd. vorschlagen, so kommt doch, wenn wir 12 Bogen 12° à 24 pag. (also 288—300 S.) rechnen, auf den Bogen 5 Lsd. — Freilich werden wir alle Beiträge honoriren müssen, da wir schwerlich andre aufnehmen, als von Friedrich, Hardenberg und Schelling. Alle drei haben mir die besten Versprechungen gemacht. Spare von nun an doch alle Deine Gedichte, die nicht in größere Compositionen gehören, dafür auf. Es hat mich schon geängstigt, als ich hörte, daß Du an Friedrich 20 Sonette für das poetische Journal geschickt. Gesehen habe ich dieses noch nicht, wie wohl mir schon vor einiger Zeit geschrieben ward, es sei fertig gedruckt. Ich erwarte es posttäglich mit der größten Begierde.

Ich für mein Theil bestimme alles, was ich von jetzt an dichte, für das Taschenbuch, und habe mancherlei Ideen und Plane. — Ueber den Gegenstand meiner Trauer ist erst ein Lied und ein Sonett entstanden, ich habe nicht Ruhe und Muße gehabt, es wird aber eine ganze Reihe werden. Auch andre ernsthafte Sachen habe ich vor, vielleicht vom Legendenwesen.

Ich weiß nicht, ob ich Dir schon geschrieben, daß ich nach Deiner Abreise von Jena eine Burleske, oder vielmehr eine Composition und Sammlung von Burlesken angefangen, auf Kotzebue's Siberische Verhaftung und Reise. Ich habe es seitdem hingelegt, weil ich natürlich keine Stimmung dazu hatte.

Das Ding muß grade herauskommen, wenn er nach Deutschland zurückkehrt. Nun heißt es in der neuesten Allgem. Zeitung, er sei immer noch gefangen in Schlüsselburg.

Sollte sich also seine Freilassung so lange verzögern, so könnte ich mich wohl entschließen, die Sachen, versteht sich, unter der besondern Rubrik: „Ehrenpforte und Triumphbogen für den Theaterpräsidenten von Kotzebue bei seiner Rückkehr in das Vaterland der Plattheit," in das Taschenbuch zu geben, welches dadurch unstreitig großen éclat machen würde. Fertig sind 6 Sonette, einige Epigramme in Distichen, ein componibles Lied und eine Romanze. Nun sollten noch Sonette und Epigramme, eine epistolarische Reisebeschreibung in Terzinen, und ein ganz kleines Dramolet hinzukommen. — Es muß, versteht sich, vorher nichts davon verlauten.

Schelling giebt uns gewiß manches, für's Erste die letzten Worte des Pfarrers 2c. und dann vermuthlich einige Lieder. Er würde wohl mehr dichten, wenn er jetzt nicht viel Zeit durch Kränklichkeit verlöre. Er hat letzthin einen Gesang aus Dante's Paradies ganz durch in Terzinen übersetzt, den er erst noch durchbessern, und Dir dann für das Journal anbieten wollte. Ich könnte allenfalls eine Anmerkung über den Dante und die Weise ihn zu übersetzen, dazu geben. —

So viel vom Taschenbuch. Mit dem andern Project, dem kritischen Institut, ist es auch in Richtigkeit. — Cotta nimmt es in Verlag, und zahlt 3 Ldd. für den Bogen. Mit Anfang 1801 soll es erscheinen. Es wäre schon eine vorläusige Ankündigung gedruckt worden, wenn wir nicht noch mit Fichte in allerlei Unterhandlungen wären, und auf seinen Entschluß warteten, ob er die Redaction gemeinschaftlich mit mir übernehmen will.

Dir den ganzen Verlauf zu erzählen, wäre zu weitläuftig, Du kannst Dich in Berlin gleich von Schleiermacher davon unterrichten lassen. Der Letzte wird Dir auch den schriftlichen Entwurf der Jahrbücher mittheilen. Ich hoffte, er sollte Dich noch in Berlin treffen, da Du aber nicht mehr da warst, so hielt ich es nicht für nöthig, ihn Dir besonders zu schicken, da ich schon mündlich alles mit Dir durchgesprochen hatte. Denke nun ja mit rechtem Eifer und bald auf Beiträge. Erwarte dabei nicht meine Vorschläge, sondern besinne Dich selbst auf die im Guten oder Ueblen merkwürdigen Erscheinungen, besonders im dramatischen und Romanenfache, die Du übernehmen möchtest, und gieb sie mir an. In der Form, weißt Du, bist Du durchaus nicht gebunden. Ich trage jetzt Schillern die Selbstanzeige seines Wallenstein an, läßt er sich nicht darauf ein, so gebe ich ihn in Deine Hände. Ich werde es Dir baldigst melden, und wünsche sehr, es noch für den ersten Band zu bekommen.

In der Sammlung von Schillers Gedichten sind auch wieder schöne Fehlgriffe, — doch man muß ihm nicht alles auf einmal vorrücken.

Eine Anzeige Deiner romantischen Dichtungen von Dir selbst würde mir und auch gewiß Frommann sehr erwünscht sein. Du klagst mit Recht über die verwünschte Nothwendigkeit, für Geld arbeiten zu müssen. Indessen werden doch die Zeiten allmälig wieder besser, und wenn sich die Jahrbücher und das Taschenbuch im Gange erhalten, wie ich zu Gott hoffe, und wozu wir das unsrige thun wollen, so ist Dir da sowohl für kleinere Gedichte, als kritische Arbeiten ein besseres Honorar gesichert, als Du bisher bekamst. Mit den größern

Werken ist mein Rath, sie lieber länger zurück zu halten, als unter ihrem Preis wegzugeben. — Mit den Novellen soll es, wie ich hoffe, auch noch gehen, wenigstens denke ich den Soltau so zugerichtet zu haben, daß er noch vor Ende des Don Quixote völlig den Hals brechen muß. Ich bin hier, besonders in der letzten Zeit recht fleißig gewesen. Heinrich V. ist mir sehr sauer geworden, auch habe ich, so sehr ich das Stück liebe, mit Abneigung daran gearbeitet. Endlich habe ich diesen Stein vom Herzen und Heinrich VI. entschädigt mich durch die Leichtigkeit und Schnelle, womit er von Statten geht. In sechs Tagen sind 2 Acte fertig geworden, und ich denke noch das Ganze von hieraus zu expediren. Alsdann begleite ich Carolinen nach Braunschweig, gehe auch nach Hannover auf einige Tage und so nach Jena zurück. Hier werde ich nun die Arbeiten für die Jahrbücher sogleich vornehmen, und dann vermuthlich in der letzten Hälfte des Winters nach Berlin kommen, wo wir recht viel zusammen leben wollen. Ich sehne mich recht nach unsern Gesprächen und Vorlesungen. Du wirst mich vielleicht in manchen Stücken verändert finden, — es muß natürlich den Sinn mehr von der äußern Welt abziehen, wenn man vor allem mit einem abgeschiedenen Wesen lebt. — Die Flecke auf der ersten Seite sind Spuren von Thränen, — ich erwähne es nicht als eine Seltenheit, — denn diese Libationen auf das Grab des geliebten Mädchens werden sich immer erneuern, diesen Tod werde ich nie aufhören, zu beweinen. Auf die erste Nachricht habe ich geglaubt, wahnsinnig zu werden, — dieser wüthende und empörte Schmerz stellte sich auch bei dem Besuche in (unlesbar) wieder ein. In der mildesten und heitersten Stimmung liegt mir doch die Wehmuth beständig nahe. Lebe recht wohl, mein geliebter Freund, ich grüße Deine Amalie aufs herzlichste und küsse die allerliebste kleine Dorothea. Wenn Du mir von Hamburg aus noch antwortest, so addressire nach Braunschweig beim Professor Wiedemann, sonst nach Jena. Nochmals Adieu.

Dein

A. W. S.

Denke Dir, vor einigen Tagen lasen wir ganz zufällig in einer französischen Zeitung, daß der gute Eschen, auf einer Alpenreise, in eine Eisspalte gestürzt und kläglich umgekommen ist. Es hat mich recht gejammert. Er hat mir noch seinen Horaz geschickt mit einem Briefe, den ich erst bekam, wie er schon todt war.

VI.

Braunschweig, d. 23. Nov. 1800.

Verzeih, liebster Freund, daß ich Dir so lange nicht geschrieben habe, Reisen, Zerstreuungen und Beschäftigungen haben mich abgehalten. Nun hoffe ich bald Dich wieder zu sehn und eine Zeitlang mit Dir zu lieben. Also nur das Nothwendige von Geschäften.

Du weißt, daß Cotta im Ganzen auf unsre Forderungen eingegangen ist, nur mit der Einschränkung, daß ein Theil von den 100 Lsd. als Grundhonorar festgesetzt, und das übrige erst, wenn der Erfolg der Erwartung entspräche, nachgezahlt werden sollte. Er schlug mir vor, die Summe des Grundhonorars zu bestimmen, dann wolle er die Zahl von Exemplaren bestimmen, nach deren Absatz er das übrige nachzahlen könne. Ich nannte nun, mit Voraussetzung Deiner Genehmigung, 60 Lsd. als das Grundhonorar; Cotta ist es zufrieden, und verspricht nach Absatz von 1000 Ex. das übrige nachzuzahlen. Dieses scheint mir billig, er muß von einem solchen Taschenbuch wohl 1500 absetzen, wenn er beträchtlichen Vortheil haben soll. Von Schillers Almanach, den er freylich auch wohl noch stärker bezahlt, sind immer 21—2200 Ex. gedruckt und, ich glaube, auch ziemlich vollständig abgesetzt worden.

Ich betrachte nun also die Sache als völlig in Richtigkeit gebracht. Mit dem Honorar, denke ich, machen wir nun folgende Einrichtung. Das Taschenbuch muß etwa 300 S. also 13—14 Duodezbogen à 24 Seiten enthalten. Wir honorirten also etwa unsre und der Freunde Beyträge mit 4 Lsd. per Bogen. Die 40 Lsd. die nachgezahlt werden, wenn es gelingt, theilen wir nachher unter uns. Hat das Taschenbuch gleich einen guten Erfolg, so entschließt er sich nachher wohl, die gesammten 100 Lsd. künftig sogleich zu zahlen, und dann können wir die Beyträge vielleicht noch etwas höher honoriren. Denn auf unhonorirte Beyträge müssen wir schlechthin nicht speculiren, um nicht in das gewöhnliche Musenalmanachswesen zu verfallen. Es muß schlechthin nichts aufgenommen werden, was von einem zweydeutigen halben Talent zeugt, und wir müssen uns die Grobheit nicht verdrießen lassen, wenn man uns so etwas aufdrängen wollte. Wir beyden, dann Hardenberg, Friedrich und Schelling (der sich aber vermuthlich nicht wird nennen wollen) können das Büchlein schon hinreichend anfüllen. Ritter hat sich auch mit poetischem Studium abgegeben, und ich habe Friedrich ermahnt, ihn väterlich anzuleiten: aber da wird wohl für's erste noch nichts zu Stande kommen.

Was das beste ist, so schreibt mir Cotta, Goethen und Schillern würde er gern bey Arbeiten für das Taschenbuch ihre eignen Bedingungen zugestehn. Du weißt vielleicht, daß dießmal kein Schillerscher Musenalmanach erscheint; sollte er nun auch in Zukunft unterbleiben, wie ich vermuthe, (da Schiller sich wahrscheinlich ganz dem Theater widmen will), so werden uns die beyden, was sie an kleinen Sachen hervorbringen, gewiß nicht verweigern und so kann unser Taschenbuch leicht der Musenalmanach par excellence werden. Ich schreibe nächstens an Goethe darüber.

Zum einzigen Kupfer dabey wünschte ich für dießmal Goethe's Porträt. Ich werde mich bemühen, nach Burys Bilde, das jetzt in Hannover steht, eine Zeichnung zu bekommen.

Nun ist also nur übrig, daß wir eifrig für das Taschenbuch sammeln. Noch habe ich zwar nicht vieles ausgeführt, aber eine Menge Gedanken zu Gedichten. Deine Sonette im Journal sind göttlich, ich habe sie oft mit großer Erquickung meines innersten Gemüths gelesen, und finde immer neue Tiefen darin. Fast hat es mir Leid gethan, daß sie nicht für das Taschenbuch aufgehoben worden. Indessen, Du lobst die andern Theilnehmer darin, und das würde denn freylich für eine Unschicklichkeit gelten. Ich baue auch auf Deine Fruchtbarkeit. Nur bitte ich Dich inständigst, jetzt von Deinen einzelnen Poesien ja nichts zu verzetteln, sondern alles beysammen zu halten und aufzusparen.

Friedrich wird uns mit Lyrischen Stücken in Spanischen und Italienischen Formen versorgen, (ich habe schon eine göttliche kleine Canzone von ihm) Hardenb. mit einheimischem Liedergesange; von Dir wünschte ich ganz besonders auch einige Romanzen. Versteht sich die freyen Lieder, Fantasieen, oder die mehr geordneten Lieder, Sonette und was es ist, wird auch willkommen seyn. — Ich werde wohl der einzige seyn, der Gedichte in antiken Formen unter die modernen mischt: den Plan zu einer zweyten lehrenden Elegie über die Gestirne hatte ich, wie Du weißt, lange. Jetzt gehe ich mit einer Idylle in deutschem lokalen Kostüm um. — Meine lyrischen Sachen werden meist alle zu einem Todtenopfer bestimmt seyn. —

Von Schelling (der von Deinen Sonetten ebenfalls sehr

bezaubert ist) haben wir den Pfarrer[1]), an dem er noch einiges verändert hat. Er schreibt mir: „Das poet. Taschenbuch wird „nun ohne Zweifel bald ganz entschieden seyn. Wie froh wäre „ich, mich mit würdigen Beyträgen anschließen zu können. „Allein ich befinde mich hier jetzt in einer solchen prosaischen „Lage, daß ich schwerlich so bald etwas neues zu Stande „bringe. — Ein Lied jedoch kann ich Ihnen anbieten.“ — Bis zum Sommer wird ohne Zweifel noch manches hinzukommen.

Von Hardenberg habe ich noch das Lied an Dich über Jakob Böhme; sonst habe ich lange nichts von ihm vernommen.

Das sind so ungefähr die Aussichten. Laß mich vorläufig Bibliothekar und Registrator des Taschenbuchs seyn. Nach Neujahr hoffe ich nach Berlin zu kommen, und da wird unser Beysammenseyn noch manches hervorlocken.

Alsdann wollen wir auch überlegen, ob es besser ist, ganz friedlich mit reiner Poesie anzufangen, oder gemeinschaftlich eine große Teufeley auszubrüten. Die Abgeschmacktheit und Niederträchtigkeit ist groß, wie Du aus Falk's Taschenbuch und den Rez. davon und von Deinem Zerbin in der A. L. Z. ersehen haben wirst. Die Frage ist nur, ob der Kampf grade an dieser Stelle fortgeführt werden soll, oder ob wir lieber ganz in unsrer Welt daheim bleiben sollen.

Ich habe auf meine eigne Hand einmal einen Streich ausgeführt, nämlich mit der Kotzebueschen Posse, die jetzt gedruckt wird und die Du nächstens erhalten wirst. Ich bin sehr begierig, wie sie Dir gefallen mag. Für das Taschenbuch wäre der Spaß viel zu weitläuftig gewesen, denn es werden an die sechs Bogen; auch dürfte es nicht veralten, da K. nun schon eine Weile her wieder im Glück ist.

[1]) Die letzten Worte des Pfarrers von Drontheim, unter dem Dichternamen: Bonaventura.

Noch eins; Cotta überläßt es uns, den Druck des Taschenbuchs selbst zu wählen. Lateinische Lettern wirst Du nicht wollen; es bleibt also nur die Wahl zwischen gewöhnlichen Deutschen und Ungerschen. Ich bin für die letzten. Wie hübsch nehmen sich Goethe's neuste Gedichte aus!

Dein 4ter B. D. Q. ist ja nun auch wohl fertig. Soltau's Angriff auf mich in der A. L. Z. wirst Du wohl gelesen haben. Ob er mit der Beschuldigung gegen Dich, den alano betreffend, Recht hat, weiß ich nicht, da ich das Original nicht in Händen habe.

Das Verdrießliche ist, daß er uns mit den Novellen wirklich zuvorgekommen. Die ersten Bogen habe ich in Händen, sie werden hier bey Vieweg gedruckt, und sind vielleicht um ein weniges besser, wie sein D. Q. Er ist doch, wie es scheint, ein wenig in sich gegangen. — Es wird für uns schwer halten einen Verleger zu finden, und wir werden unsern Plan mit dem ganzen Cerv. vielleicht erst in Jahren ausführen können.

Mich verlangt sehr, von dem Fortgang Deiner eignen Arbeiten, Sternbald und Gartenwochen etwas zu hören.

Ich habe mich herzlich gefreut über den Preis, den Dein Bruder gewonnen, und es thut mir nun doppelt leid, daß er nicht nach Deutschland kommt, um das Monument ausführen zu können. Melde mir seine Addresse, ich wollte gern einen schon vor langer Zeit von ihm empfangenen Brief beantworten.

(Ohne Schluß.)

VII.

Braunschweig, den 1. Dec. 1800.

Liebster Freund!

Cotta wünscht, wie Du wissen wirst, ein Titelkupfer zu dem poet. Taschenbuch. Ich habe ihm dazu Goethe's Bildniß vorgeschlagen, in der Hoffnung, nach Bury's großem Oelgemälde eine Zeichnung des Kopfes erhalten zu können. Das Gemälde hatte Bury von Berlin nach Hannover geschickt, es war eben dort angekommen, als ich abreiste. In der Vermuthung, daß er nun schon nachgekommen wäre, schrieb ich an einen Freund in Hannover, die Sache zu betreiben, der mir aber meldet, B. sei bis jetzt nicht angekommen und müsse ohne Zweifel noch in Berlin sein. Ich wollte ihm erst schreiben, aber Du wirst es mündlich besser ausrichten können, da Du ihn schon persönlich kennst. Zuvörderst müßtest Du anfragen, ob er es überhaupt zugeben will, daß der Kopf aus seinem Bilde Goethe's in Kupfer gestochen werde; dann, ob er eine Zeichnung davon, im Format der Schillerschen Almanache etwa selbst übernehmen will und kann, und wann er sie liefern würde? Es versteht sich, daß sie Cotta gehörig bezahlen muß, dieser wünscht sie aber bald einem Kupferstecher übergeben zu können. Du könntest B. auch fragen, welchem er sie am liebsten anvertrauen würde? versteht sich, unter denen, die man zu einer so schnell zu fertigenden Arbeit haben kann. Endlich, wenn es noch zu lange währt, ehe B. nach Hannover kommt, oder er die Zeichnung überhaupt nicht übernehmen will, ob er zugiebt, daß Huck den Auftrag dazu bekäme?

Beweise Dich zum erstenmal als Redacteur des Taschenbuches, liebster Freund, indem Du diesen Auftrag schleunigst besorgst, und mir sogleich Nachricht von dem Erfolge ertheilst. Ich habe auf jeden Fall noch eine Profilzeichnung von Goethe in Petto, welche uns dienen könnte, allein dieses majestätische en face im Styl der alten Tragödie würde unsern Eingang doch glorreicher machen.

Gehab Dich wohl und schreibe recht bald. Grüße an die Deinigen.

A. W. S.

Melde die Addresse Deines Bruders.

VIII.

B., d. 28. Apr. 1801.

Liebster Freund, ich danke Dir sehr für die Nachricht von meiner Schwester Gesundheit, und bitte Dich, ihr und den Ihrigen meine herzlichste Freude und Glückwünsche auszudrücken. Daß Du nicht nach Jena gehst, ist sehr traurig. Alle werden sehr in ihrer Erwartung getäuscht sein, Carol. die jetzt wieder dort ist, Schelling und Friedrich. Schelling schreibt, er hoffe viel mit Dir zu verkehren, und habe Dir manches mitzutheilen, worüber er Deine Meinung zu hören wünsche. Noch übler ist es, daß Deine Gesundheit der Grund Deines aufgegebenen Planes ist. Ich beschwöre Dich, pflege sie ja recht. Ich glaube, laue Bäder würden Dir vor allem wohl thun, in Dresden ist dazu sehr reinliche und wohlfeile Anstalt.

Der Streit wegen des Logirens fällt jetzt von selbst weg; indessen, wenn Du im Herbste hinkommst, dann werde ich ja vermuthlich dort sein, und dann wäre es doch wohl natürlicher, daß Du bei mir wohntest. Indessen will ich es Deinem Gefühl überlassen, man kann niemand mit Gewalt einladen.

Höre, das Parteinehmen ist gar nicht meine Sache, — ich bin für den allgemeinen Frieden, und suche ihn auf alle Weise zu bewerkstelligen. Schwerlich möchtest Du aber die rechte Partei ergreifen, wenn Du die von Fr. gegen C. nimmst. Glaube mir, er hat sich in diese Sache auf eine auch mir zu nahe tretende Art indiscret eingemischt, und das zwar aus bloßer Empfindlichkeit, da er leider von diesen Kleinlichkeiten nicht frei ist. Was von der V. zu sagen ist, weißt Du selbst so gut wie ich. Wenn ich nach Jena komme, muß von derlei Parteiwesen nicht weiter die Rede sein, oder ich würde dann selbst gegen Fr. Partei nehmen.

Nun von Geschäften wegen des Almanach. Ueber den Druck rede ausführlich mit Cotta; ich habe schriftlich bei ihm angefragt, wo und wann ich die 60 Ld'or Grundhonorar in Empfang nehmen könnte, um die Beiträge der Freunde baldmöglichst zu honoriren; denn ich habe vorausgesetzt, daß Du mir mit dem Archivariat auch dieses Geschäft übertragen, da Du nicht für dergleichen Besorgungen bist. Es versteht sich, daß wir den Betrag für die Beiträge, die nicht honorirt werden, unter uns theilen, so wie auch die 40 Ld'or, wenn wir sie nachgezahlt erhalten.

Von Deiner großen Romanze habe ich eigenhändig eine saubre Abschrift gemacht, und das Original an Bernhardi gegeben, um es für Dich abschreiben zu lassen oder Dir zu schicken. Die paar Lesearten habe ich nach Deiner Vorschrift verändert. Nur mit dem Wuste wußte ich nicht, wie Du es haben wolltest. Die Zeilen heißen so: „Alles Glück der ganzen Erde lag umher versteckt im Wuste."

Von Fr. habe ich eine Abschrift von Hard. Gedicht an Dich und eine Anzahl meist kleiner Sachen von ihm selbst erhalten, die zum Theil neu sind, außer denen uns schon vorher bestimmten. Fichte hat mir ein kleines Gedicht gezeigt, das er uns geben will, und giebt vielleicht noch mehreres andre, doch vermuthlich ohne seinen Namen. — Röschlaub hat an Schelling einige Distichen auf Reinhold geschickt, wovon er erlaubt, mit seinem Namen Gebrauch zu machen, welches schon der Merkwürdigkeit wegen etwas werth ist. Ich soll sie bald erhalten. Schelling hat sich für seine Sachen die Chiffer Venturus (?) gewählt, hat für jetzt noch nichts weiter zu geben. Ich habe ein Sonett auf Buri's Bild der Tolstoi gemacht, und eine Romanze im Sinne. Sobald Du von Leipzig zurück bist, will ich eine große Sendung an Dich von allem hinzugekommenen besorgen. Ich bringe das Archiv in die schönste Ordnung.

Schick nun auch in des Teufels Namen die geistlichen Lieder von Hard. und den Camaldulenser. Ferner bitte ich Dich, an Carl Hardenb. über seine Gedichte zu schreiben, die Du in Händen haben mußt.

Das Bamb. Gesangbuch wird sich wohl bei Bernh. finden. Ich habe von Dir 1) Shakesp. Fol., 2) Shakesp. Johns. einen Band, 3) die Sprachlehre von Bernh., die aus Versehn hiergeblieben, 4) den Tobias von Meyer. — In Jena ist noch Dein Weckherlin. Wenn Du von Leipzig zurückkommst, so nimm Dich nur gleich recht zusammen, und mach fertig, was Du geben willst, damit der Druck zeitig anfangen kann. Lebe recht wohl, und grüße Deine liebe Frau. Schreibe auch bald wieder

Deinem
A. W. v. Schl.

Meinen Handel mit Unger wirst Du schon wissen, oder kannst ihn von Cotta oder Sander genau erfahren.

IX.

Berlin, d. 7. Mai 1801.

Liebster Freund!

Was zwischen mir und Unger wegen des Shakespeare vorgefallen ist, wirst Du zur Genüge durch andre Buchhändler wissen. Sander that mir hier Vorschläge, und wollte sich auf der Messe nur erst genauer nach dem Absatz erkundigen. Er schreibt mir jetzt: das Resultat sei so ausgefallen, daß ein reicher Mann recht gut dabei bestehen könne, für ihn sei aber bei seinem mittelmäßigen Vermögen die Unternehmung zu groß. Sag ihm, er würde mir einen wahren Freundschaftsdienst erzeigt haben, wenn er mir die eingeholten Erkundigungen genau mitgetheilt hätte. Laß Dir alles von ihm sagen und zeichne es auf, damit Du Data hast, die Du den übrigen Buchhändlern vorlegen kannst. Sprich alsdann mit Cotta, dem ich schon eher geschrieben hatte, als Sander mit mir sprach. Frag ihn, ob er meinen Brief richtig erhalten; noch habe ich keine Antwort von ihm. Hat er keine Lust, so sprich weiter mit andern Buchhändlern, dem Lübecker Bohn, Nicolovius, Wilmanns rc. was ordentliche Leute sind, auf die man Vertrauen haben kann. Frölich hat mir schon halb und halb Anträge gethan, ich glaube aber nicht an sein promptes Bezahlen.

Der Vertrag müßte auf die sämmtlichen 13 Bände (die es nach dem 8ten [mit den Spurions plays] noch werden, und die in 5—6 Jahren fertig sein können) sogleich eingegangen werden. Eine Auflage, wie sie Unger zuletzt gemacht, nämlich 200 Velin 1300 Schreibpapier; ein paar hundert ganz schlechte gegen den Nachdruck gehen noch in den Kauf. Will einer für den Band 60 Lsd'or oder à Bogen 3 Lsd'or geben, so kannst Du es beinahe richtig machen; denn mehr bekomme ich wohl schwerlich; will Einer eben so viel geben, wie U. bisher, so laß es in Suspenso, und melde es mir gleich. Will einer aber weniger bieten, so laß Dich gar nicht ein.

Ich kann aus mancherlei Gründen nicht jetzt noch auf die Messe reisen, und werde Deine Freundschaft an dem Eifer erkennen, womit Du diese Sache betreibst, die ich gerne baldigst wieder im Gang hätte. Kann ich mit keinem Buchhändler einig werden, so werde ich es selbst übernehmen und den Lesern auf Pränumeration anbieten: und wollen mich die werthen Landsleute nicht gehörig unterstützen, so lasse ich es liegen, und sie können mich — — —!

Ich verlasse mich darauf, daß Du mit Cotta wegen des Almanachs alles recht gründlich absprichst. Ein Druck wie der des letzten Vossischen Almanachs: etwa bei Sommer, wäre sehr gut. Es kommt hauptsächlich darauf an, daß Sonette und dergleichen nicht mit gebrochenen Zeilen gedruckt werden müssen, sollte auch allenfalls kleinere Schrift dazu genommen werden. Dein Bruder hat eine Zeichnung zur Vignette vorgenommen; das wird zu spät sein, sie noch zu stechen. Ich bin sehr für den Namen Musenalmanach. Wann muß der Druck anfangen? —

Meine neue Romanze und Sonett an Buri bekommst Du von Jena aus. Sachen von Friedrich schicke ich Dir nach Dresden, sobald Du zurück bist, und erwarte demnächst neue von Dir.

Schreib doch an Karl Hardenberg. Adieu, Adieu!

A. W. v. Schl.

Die Gedichte in Ofterdingen habe ich genau durchgelesen und gefunden, daß sich zwei: Bergmannsleben und Lob des Weines, als für sich am verständlichsten, am besten ausheben lassen.

X.

Berlin, d. 28. Mai 1801.

Es ist ganz und gar nicht fein von Dir, Freund Tieck, daß Du mir nicht schreibst. Meinen Brief mit den Aufträgen hast Du gewiß noch in Leipzig erhalten, und wenn Du in Ansehung derselben nichts hast thun können, so hättest Du mir wenigstens dies melden sollen, damit ich weitere Schritte thun konnte. Diese Unterlassung würde in der That so aussehn, als ob Du Dich um das Schicksal meines Shakspeare wenig kümmertest, wenn ich Dich nicht besser kennte. Ich will Dich indessen von allem Schreiben hierüber für jetzt lossprechen, — ich bin auf einem andern Wege so gut von der Lage der Sachen unterrichtet, wie ich es durch einen Brief von Dir nur immer sein könnte. Ferner verweist mich Cotta wegen der Verabredungen über den Druck des Almanachs an Dich. Wahrhaftig an den rechten! Worauf, zum Henker, wartest Du denn noch, mir dergleichen Nachrichten zu ertheilen? Was ist noch für Zeit zu versäumen? Wenn der Almanach zeitig auf Michaelis erscheinen soll, so muß der Druck doch gewiß mit dem Julius seinen Anfang nehmen. Da ich so manche Mühe bei der Herausgabe freiwillig übernommen habe, sollte Dir es doch nicht zu beschwerlich dünken, ein paar Zeilen zu schreiben.

Endlich habe ich Dich schon vor der Reise nach Leipzig gebeten, mir die geistlichen Lieder von Hardenberg, und den Camaldulenser von Schütze zu schicken. Es ist nothwendig, daß ich das Vorräthige beisammen habe, um zu übersehen und zu ordnen. In des Teufels Namen, schick, oder Du wirst mich sehr böse machen. — Caroline wird Dir eine neue Romance und ein Sonett von mir geschickt haben. Ich bin in diesen Tagen mit Henry VI. P. 3 fertig geworden, und mache nun noch verschiednes für den Almanach. Von Dir erwarte ich recht sehr bald etwas neues. Vor allen Dingen den Moses, den Du ja an der Spitze zu sehen wünschtest. Soll er da wirklich hinkommen, so mußt Du Hand an's Werk legen; gewartet kann auf ihn nicht werden.

Von Fr. ist unterdeß noch nichts weiter eingelaufen, als wovon ich neulich schrieb. Ueber die Sachen, die er überhaupt zu geben gedenkt, wirst Du ihn selbst gesprochen haben. Mnioch hat ein vortreffliches Gedicht (Hellenik und Romantik) für den Almanach eingeschickt. — Von Deiner Schwester habe ich ein Gedicht in Stanzen bekommen, das ich nun abschreibe, um einige Kleinigkeiten zu ändern. Die Epigramme von Röschlaub auf Reinhold habe ich; es fragt sich, ob ihretwegen von der Maxime, nichts Litterarisches aufzunehmen, abgewichen werden soll? Gries hat sich erkundigt, ob wir Beiträge annähmen. Fr. hat es aber höflich abgelehnt.

Vermehren soll mit seinem Almanach in einiger Noth sein. Er hat Beckern in Dr. eine Parthie eigner Fabricate gegen andre auszutauschen angeboten. Dem Becker mußt Du um des Himmelswillen nichts für sein Taschenbuch geben. Er wird Dich vermuthlich sehr darum angehen.

Ich habe bei den Gedichten, die ich Dir zusenden muß, noch die Mühe des Abschreibens, da sie sonst verloren gehen könnten. Indessen sollen sie sogleich erfolgen, wenn ich die Sachen von Hardenberg und Schütze habe. Schickst Du diese aber nicht *mit umgehender Post*, so werde ich Dich von neuem mahnen, und zwar, da Du einmal weißt, was ich will, durch ein bloßes Couvert ohne Brief darin, welches ich posttäglich so lange wiederholen werde, bis ich sie habe.

Lebe übrigens recht wohl, und grüß Deine liebe Frau.

A. W. S.

Noch eins: sind Dir die beiden Lieder aus dem Heinrich von Ofterdingen: *Lob des Weines* und *Bergmannsleben* erinnerlich, und billigst Du die Wahl?

Noch eins: Schreib an K. *von Hardenberg* über seine eingesandten Gedichte, oder schicke sie mir zurück, damit ich es thun kann. Besser wäre es aber, Du thätest es, da ich mich auf Jakob Böhme noch gar nicht verstehe.

Und thue auch das bald, *bald*, **bald!**

Deine Schwester hat uns mit ihrem Befinden manchmal recht in Sorge gesetzt. Wenn sie nur erst ihre Wochen überstanden hat, denke ich, soll es besser gehen.

XI.

B., d. 13. Jun. 1801.

Liebster Freund!

Da Du auf meinen Brief sogleich mit dem nächsten Posttage geantwortet, und die nöthigen Sachen geschickt, so hat er seinen Zweck erreicht, und ich bin mit allem übrigen gern zufrieden. Denn ich denke, wie jener alte Feldherr: Schimpf, aber schreib nur.

Hier sind nun alle die vorräthigen Gedichte, die Du noch nicht kennst. Ob die kleinen Gedichte von meinem Bruder, des Anstoßes wegen gänzlich auszuschließen sind, oder bloß Nr. 6 und weil er es in diesem Falle verlangt hat, auch das sentimentale Nr. 5, will ich Dir anheim geben. Nöthig scheint es mir nicht — denn solche Sachen, wie in den übrigen, kommen doch in Schützens Tänzern, und in andern Stücken auch vor, es läßt sich fast nicht vermeiden, und die Leser sind das auch schon gewohnt.

Fichte hat mir das kleine Gedicht, das er mir einmal vorgelesen und für den Almanach bestimmt, noch nicht in Abschrift gegeben, deswegen steht es nicht in der Liste. Sobald ich es bekomme, schicke ich es.

Hier erfolgen auch Röschlaubs Epigramme. Der Einfall in dem 3ten Distichon ist sehr gut, aber der Spaß mit der Allgemeinen und gemeinen L. Z. schon etwas abgenutzt, und überdies wegen des Strickstrumpfs eine Note erforderlich, wenn man nicht ein eigenes Epigramm darüber hinzufügen wollte. Mir däucht also, man machte wegen dieser Epigramme keine Ausnahme von der Maxime, nichts Literarisches aufzunehmen.

Von Mnioch's Gedicht schicke ich Dir die Original Abschrift. In der, die ich habe nehmen lassen, ist das: Fragmentarische Andeutungen und alles Unterstreichen und doppelt Unterstreichen weggeblieben. Auf einige Fehler der Hexameter habe ich ihn aufmerksam gemacht, wenn er aber keine Correctur schickt, so ist es wohl am besten, man läßt sie so.

Wie es unheilig sein soll, ein paar Lieder aus dem Ofterdingen aufzunehmen, sehe ich nicht ein. Was davon vorhanden, ist ja überhaupt nur ein Fragment, diese Lieder sind vollendete Gedichte, die für sich ganz verständlich sind. Du wirst sehn, daß ich darnach gewählt habe. Der Druck des Buchs ist noch Schwierigkeiten unterworfen, warum soll man also nicht im Voraus eine Menge Leser dafür interessiren?

Deine neuen Gedichte haben mich sehr gefreut; die Sonette sind göttlich, in der Einsamkeit ist mir besonders die Anspielung auf die Niobe merkwürdig gewesen. Erlaube mir ein paar Kleinigkeiten zu bemerken. Du gebrauchst zweimal neigen intransitiv ohne sich; ich weiß nicht, ob das geht. Warum nicht in der ersten Zeile der 6ten St.: Mit ihnen seh' ich, die sich abwärts neigen. In der 7ten scheint mir das Wird sichtbarlich nicht grammatisch richtig und deswegen dunkel. Die Endsylbe macht es zum Adverbium, wozu nun noch ein Adjectiv erwartet wird.

In dem Zornigen vergaß ich letzthin zu bemerken, daß Du die Assonanz doch gar zu lax genommen, indem Du eu und ei wechseln läßt.

Ueber den Fortunat und Deine voriges Mal geschickten Gedichte wollen wir uns nicht weiter entzweien. Du wünschest die Freunde kennen zu lernen, denen jener so sehr gefallen hat. Gut, es sind Schelling, Schütze, Bernhardi, Genelli, meine Frau und Deine Schwester. Auch Friedrich hat ihn eigentlich gar nicht getadelt, und die Angemessenheit der Form anerkannt.

Bei Gelegenheit des Zornigen und der Sanftmuth

haben wir einige Gedichte aus dem Lovel wieder gelesen, die ganz zu derselben Gattung gehören, und uns alle entzückt haben.

Ich habe nichts gegen die Einrückung des Sonetts von Bernhardi; — ich habe ihn nur sehr ermahnt, noch etwas anderes zu machen, und nicht mit einem Gänsebraten allein zuerst als Dichter aufzutreten. Ich denke auch, daß er uns noch etwas recht gutes geben wird.

K. Hardenberg's Chiffre ist mir jetzt in der That nicht erinnerlich.

Was Du mir bei der Anordnung anbefiehlst, werde ich beobachten. Ich glaube, man muß, außer da, wo eine oder mehrere Reihen von Stücken zusammen gehören und ein Ganzes machen, die möglichste Abwechselung suchen. Ich werde also auch die Romanzen trennen. Von Friedrich habe ich die übrigen Sachen, die er uns versprochen, immer noch nicht erhalten, ungeachtet meines dringenden Mahnens.

Deine Sonette an Hardenberg können allerdings sehr gut auf die Canzone an ihn folgen, der ich aber noch ein Sonett nachzuschicken denke, so wie überhaupt die Gedichte, die ich unter dem Namen Todtenopfer zusammen fasse, noch mit einigen vermehrt werden sollen. Die Lieder aus dem Ofterdingen schick mir sogleich wieder, mit den übrigen ist es nicht nöthig, bis ich sie etwa fordre, weil ich Abschriften habe nehmen lassen.

Du sagst, Du habest mir das mit Cotta über den Druck des Almanachs Verabredete sogleich geschrieben — dieser Brief muß aber verloren gegangen sein, oder Du irrst Dich; denn jetzt erfahre ich das erste Wort. Ich schreibe nun gleich heute an Frommann, und schicke auch den Anfang des Manuscriptes nach Jena. Wenn Cotta mit Fr. schon gesprochen, so wird dieser auch wissen, wie stark Cotta die Auflage überhaupt, und wie viel auf Velin gedruckt haben will 2c. worüber ich bei eigenmächtiger Abrede mit einem Drucker sehr verlegen sein würde. Auf alle Fälle ist Fr. mit Cotta liirt, daß er, falls er selbst seine Druckerei zu stark besetzt haben sollte, für ihn bei einem andern Drucker Anstalten treffen kann. Lateinische Lettern werden nun wohl das beßte sein, da Fr. keine recht eleganten kleinern haben möchte. In einigen Wochen werde ich in Jena zurück sein, und die Correctur selbst besorgen können, bis dahin kann sie ohne Bedenken Frommanns Leuten anbefohlen werden, da die Abschriften meistens deutlich sind.

Werde nicht böse, daß ich den Ofterdingen noch nicht mitschicke. Da ihn der Zufall meiner Bewahrung anvertraut hat, so halte ich es für meine Pflicht, ihn auf das sorgfältigste in Acht zu nehmen; denn ich weiß ja nicht einmal, ob der Brouillon, wovon diese Copie genommen, noch vollständig vorhanden ist, und bei so bewandten Sachen halte ich es für zu gefährlich, das Manuscript in der Welt herum reisen zu lassen.

Wozu kannst Du ihn nur so nöthig brauchen? Ueberdies denke ich mich der Erscheinung im Druck mit Eifer anzunehmen; durch meine Vermittelung ist die erste Uebereinkunft mit Unger geschlossen, und ich weiß, daß es Hardenberg besonders darauf ankam, das Buch ganz in der Gestalt des W. M. gedruckt zu sehen. Ich werde bei U. noch einmal anfragen, und dann es mit andern Buchhändlern versuchen, wobei ich solch Format und Druck zur ausdrücklichen Bedingung machen werde. Findet sich auf Michaelis keiner, so müßte man es etwa bei Sander in Commission geben, und die Freunde müßten die Kosten des Drucks durch eine Subscription unter sich zusammen bringen. Ist der Ofterdingen erst gedruckt, so können alsdann die übrigen bisher gedruckten oder ungedruckten Aufsätze und Gedichte von Hardenberg in einem zweiten Bändchen als Anhang folgen.

Du siehst, zu jener Besorgung des Drucks muß ich das Manuscript in Händen haben, und Du müßtest mir also erst Dein Ehrenwort geben, daß ich es auf die erste Mahnung wieder haben solle.

Immer bleibt es also bedenklich, es so herumreisen zu lassen.

Lebe recht wohl. Bernhardi's grüßen und schreiben nächstens.

A. W. Schlegel.

Ich höre, daß Göthe und Schiller einen Preis für das beste Intriguenstück ausgesetzt haben. Oeffentlich bekannt gemacht ist es vermuthlich noch nicht. Hast Du nicht Lust, diesen Preis zu gewinnen? Es wäre hauptsächlich nur, um einmal etwas mit éclat aufs Theater zu bringen. Das Elend mit den Nachahmern wird nun erst noch recht angehn. In Kochens Archiv, das in der A. Z. angekündigt wird, ist nichts als Religion und Sonette. Mit dem Memnon ist es auch eine schlechte Freude. Ich hoffe, daß Du diesen Winter vollkommen gesund bist, und nichts von der verwünschten Gicht verspürst. Ich bin es vermittelst einer guten Diät, wozu ich starkes Bier, Wein und Liqueur rechne, was ich Dir auch bestens anrathe. — Caroline kränkelt immer fort, jeder kleine Zufall bringt ihre ganze Schwäche zum Vorschein. Sie grüßt mit mir Dich und Deine liebe Frau von Herzen. Dorotheechen küße in meinem Namen.

An Bernhardi viel Empfehlungen. Ich bin auf seine Sprachlehre sehr begierig. Lebe recht wohl.

Dein
A. W. Schlegel.

Du wirst schon durch Schleiermacher wissen, daß die Jahrbücher für's erste noch nicht zur Ausführung kommen, und auch die Ursachen, die sich jetzt in den Weg stellen. Es dauert mich nur um der guten Sache willen, nicht für meine Person, denn ich habe alle Hände voll von lieberen Arbeiten als den kritischen. Das bleiben doch immer nur Arbeiten, man muß Werke ausführen.

Melde mir Deine Addresse genau!

XIIa.

(Ohne Datum.)

Liebster Freund, ich höre, daß Du etwas gegen Merkel und Falk schreiben willst — es sollte mir leid thun, denn die Lumpenhunde sind es doch wahrhaftig nicht werth. Sie haben in der (unlesbar) seitwärts etwas bekommen, und mit dem kleinen Merkel will ich mir noch einen kleinen Spaß machen, er muß allmälig ganz aus Berlin herausgelacht werden. Nur um Gotteswillen vertheidige Dich nicht etwa im Ernst. Du wirst doch um eines so erbärmlichen Ausfalles willen, der jeden nur leidlich verständigen Leser mit Ekel erfüllt, nicht von der imposanten Manier abgehen, immerfort anzugreifen, seine eignen Sachen aber Preis zu geben, insofern etwas gegen sie auszurichten ist? Allenfalls kann man das Vertheidigen guten Freunden überlassen. Bernhardi hat über die Merkelschen Briefe, dünkt mich, schon genug gesagt.

Melde mir Dein Urtheil über diese Possen, auch gieb mir Nachrichten von dem, was Du arbeitest und Deinem sonstigen Lebenswandel. Wirst Du oder Bernhardi nicht um den Preis des Intriguenstücks werben? Denke fleißig an das Taschenbuch. Ich habe schon verschiedenes dafür gedichtet, auch an Göthe wegen seiner und der Schillerschen Beiträge geschrieben. Ich will Archivar sein, und was fertig ist, werde ich mich bemühen, allmälig zusammen zu bringen.

Schreibe baldigst, so trifft es mich noch hier, sonst bin ich, schon fort nach Jena, bald bin ich bei Euch. Herzliche Grüße an Deine liebe Frau und Dorotheen. Melde die Addresse Deines Bruders. Adieu!

A. W. S.

Es ist schwer zu bestimmen, ob dieses und das nächstfolgende Blatt hierher gehören? Wir ordneten sie nach der wiederholten Anfrage, wegen des Preis-Intriguenstückes.

XIIb.

(Ohne Datum.)

Wie geht es denn mit dem poetischen Journal; ich habe nur noch nichts, was mir gut genug dazu scheint, sonst hätte ich es Dir längst geschickt. Fröhlich ist doch ein rechter Esel, daß er Bernhardi noch nicht angefangen hat zu drucken, am Ende werden sich beide noch darüber zanken müssen. Richter ist hier, bis dato hat er sich aber nicht in mich verliebt, ja was noch schlimmer ist, er hat mich noch nicht einmal besucht. Sein beständiger Umgang und theuerster Freund ist ein blonder fader Hr. v. Ahlfeldt, auf den Du Dich auch vielleicht besinnst und seine Geliebte Madam Bernhard, geborne Gad, die über Iffland in den Denkwürdigkeiten nichts Denkwürdiges schrieb, und die sich billig mit dem Theater- (unlesbar) verheirathen sollte. Nächst diesen Personen liebt er Bernhardi, der ihn einigemal besucht und Deinen Brief abgeholt hat, am meisten. Ich habe ihn bei der Vegelin gesehn, aber nicht drei Worte mit ihm gesprochen, denn er trieb ein beständiges auf und ablaufen in dem Garten, und die Damen waren so bemüht um ihn, daß ich, da ich jetzt nicht so behende auf den Füßen bin, gar keinen Antheil an der Unterhaltung nehmen konnte.

Die Herz hatte neulich eine ganze Gesellschaft auf diesen großen Mann gebeten, ich wollte ihn doch gern sprechen hören und war auch von der Parthie, aber denke Dir die Kränkung, die die Herz erdulden mußte: er geht mit der Bernhard vor ihrem Fenster vorüber, ohne zu ihr herauf zu kommen und sein Versprechen zu erfüllen.

Die Herz aber verlor beinah die Fassung, mir war es verdrießlich, den vergeblichen Weg gemacht zu haben, aber ich gab mich bald zufrieden; Du weißt, daß ich mir aus solchem kennen lernen überhaupt nicht viel mache. — —

Ein Gedicht von der Veit habe ich gesehen bei Gelegenheit eines Puterbratens, wo Du und die übrigen Personen spaßhafterweise darin angebracht seid. Findest Du es denn auch witzig?

XIII.

Berlin, d. 10. Jul. 1801.

Es ist in der That sehr befremdlich, daß Du mir alle die Umstände, die mich hätten bestimmen können, Dir den Osterdingen ohne Aufschub zu schicken, jetzt erst hinterdrein als so viel Vorwürfe mit heftigen Wendungen an den Kopf wirfst, statt sie mir gleich anfangs ruhig und auf die gehörige Weise zu melden. Mit drei Zeilen hättest Du mir eine weitläuftige Auseinandersetzung und Dir den Aerger (weil Du doch schreibst, daß Du Dich geärgert hast) erspart. Noch in Deinen letzten Briefen gestehst Du ein, daß Du Dich nicht zu Geschäften passest: wie kann ich errathen, daß Du Dich plötzlich dem Geschäft dieser Herausgabe unterzogen hast?

Du schreibst wiederholt: „Du kannst ja nicht wissen" rc. rc. Freilich konnte ich nicht wissen, und deswegen brauchte ich mich auch ganz und gar nicht darnach zu richten. Das Manuscript war zufällig in Deine Hände gekommen, Unger hatte es Dir gegeben, um es Deinen Freunden vorzulesen; wäre ich gerade in Berlin gewesen, so hätte er es eben so gut mir abliefern können. Wir sind Beide Hardenbergs Freunde, er hat mit uns beiden mündliche Mittheilungen über seinen Roman gehabt. Mich hat er unter andern über den Krieg zu Wartburg zu Rathe gezogen, und hat durch mich die Behandlung desselben in den Minnesängern kennen gelernt. Ich habe in seinem Namen den Vertrag mit dem Verleger zu seiner Zufriedenheit zu Stande gebracht. Die allgemeinen Ansprüche auf die Herausgabe wären also wenigstens gleich; dem Bruder des Verstorbenen steht allerdings das Recht zu, eine nähere Vollmacht zu ertheilen, allein, wenn ich ihr Folge leisten sollte, so mußte ich davon wissen. Weit entfernt, daß Du Ursache hättest, böse zu sein, daß ich Deinem königlichen car tel est notre plaisir nicht gehorcht, hast Du gegen mich erst durch das Verschweigen Deines Vorhabens mit einer Sache, die mich eben so nahe interessirt wie Dich, dann durch Dein imperativisches Benehmen, alles aus den Augen gesetzt, ich will nicht sagen, was Freunde einander schuldig sind, sondern was die gewöhnliche Anständigkeit mit sich bringt, was man so procedés nennt.

Ich muß hinzufügen, daß ich mich auch jetzt der Strenge nach nicht verpflichtet halte, Dir das Manuscript zu schicken. Ich dürfte nur an Karl Hardenberg schreiben, ich wolle es ihm und nur ihm überantworten. Glaube auch nicht etwa, daß Dein heftiges Trotzen mich in Schrecken setzte: es kommt mir bloß lächerlich vor. Du versicherst, ich habe versprochen, Dir das Manuscript auf die erste Forderung wieder abzuliefern, und ich muß es Dir wohl auf Dein Wort glauben; ich kann Dir aber eben so redlich versichern, daß ich mich dessen nicht erinnerte und noch jetzt nicht erinnere. Aber es empört mich innerlich, daß über den heiligen Nachlaß eines von mir innigst geliebten und betrauerten Freundes ein gemeines Gezänk entstehen soll, wie Du es zu erheben anfängst:

darum will ich der Sache so kurz wie möglich ein Ende machen.

Da Ihr mir von allem in Leipzig verhandelten keine Nachricht gegeben habt, so überlasse ich es nun Dir auch, bei Unger anzufragen: ob er auf den Verlag des Buches, der ihm vermöge des Vertrages zukommt, noch Ansprüche macht? was ich sonst leicht durch ein Billet hätte thun können. Du wirst einsehen, daß die rechtliche Form den jetzigen Herausgeber hierzu verpflichtet, wenn er auch fast gewiß voraus weiß, daß Unger den Verlag nicht mehr will.

Ich verstehe nicht, was Du damit sagen willst: „Daß es gerade wie der W. Meister gedruckt werden soll, scheint mir jetzt ganz unwesentlich, da das Buch jetzt eine andre Absicht hat!“ Welche andre Absicht hat denn das Buch jetzt, als die der Verfasser selbst damit hatte? Gehört das auch zu den mir unbekannten Leipziger Verhandlungen? Ich, der ich den Vertrag für Hardenberg geschlossen, kann Dir sagen, daß er auf diese Bedingung sehr viel Nachdruck legte, daß es seine erste Bedingung war, daß er deswegen Unger am liebsten zum Verleger wollte. Es schien ihm nicht eine bloße Aeußerlichkeit zu sein, sondern auf den Eindruck des Werks Einfluß zu haben, indem er grade diese Art von geräumiger Sauberkeit in Format und Druck mit dem Geiste seiner Darstellung übereinstimmend fand. Auch wollte er, daß das Buch sich auf diese Art an den W. Meister, den Sternbald, den Klosterbruder und die Fantasieen anschließen sollte. — Ein allgemeines Gefühl hat es von je her den Menschen zum Gesetz gemacht, den Willen und die Anordnungen der Verstorbenen über das, was ihnen zusteht, auch in Kleinigkeiten pünktlich zu befolgen. Wenn Du dieses für Aberglauben hältst, so wünsche ich Dir zu dieser aufgeklärten Gesinnung Glück. Allerdings hat die entgegengesetzte Maxime auch einen guten Grund für sich, nämlich den, daß die Todten nicht wieder kommen.

Hardenbergs Vorschrift über diesen Grund habe ich Dir nun dargelegt, und gebe sie nebst allem Uebrigen Deiner Verantwortlichkeit anheim. Wenn man auf keinen sonstigen Forderungen von Honorar besteht, (und warum sollte man das?) so wird diese Bedingung nicht so schwer zu erlangen sein: die Ungerschen Lettern sind ja schon in einer Menge Offizinen vorhanden, der Verleger kann es auch bei Unger drucken lassen.

Mit der Aeußerung: „wenn ich nun glaubte, daß es Dir bei der Herausgabe dieses Buchs um Ehre oder Vortheil zu thun sei, so würdest Du Dich nur von neuem ärgern," trittst Du Dir selbst sehr zu nahe, und mich wundert, daß Dir dabei das bekannte Sprichwort vom voreiligen Entschuldigen nicht eingefallen ist. Wenn mir überhaupt ein solcher Gedanke so nahe läge, so müßte ihn freilich das Verschweigen Deines Vorhabens, die jetzige gewaltsame Art, das Manuscript zu fordern und besonders diese Aeußerung veranlassen.

Es ist aber auch wohl meine Art, Dir Vortheil oder Ehre zu mißgönnen? Wofern die Herausgabe nur sonst gehörig und Hardenbergs Anordnungen gemäß besorgt wird, so soll es mir lieb sein, wenn sie Dir noch so viel Vortheil einträgt; wenn Du aber eigenmächtig und auf die entgegengesetzte Art damit verfährst, so wird sie Dir wenigstens bei den Freunden des Verstorbenen keine Ehre eintragen.

Warum sollte es denn so gar ungeziemlich sein, im Fall sich kein Verleger fände, die Kosten des Druckes vorzuschießen? Gesetzt auch, ein unvollendeter Roman, in diesem für so Wenige noch faßlichen Geiste geschrieben, hätte jetzt kein so zahlreiches Publicum zu erwarten, daß ein Verleger seine Rechnung dabei fände, sind wir darum berechtigt anzunehmen, daß es außer unserm Zirkel gar keine Menschen gebe, für die Hardenberg sich freuen könnte, geschrieben zu haben? Sind wir berechtigt, dies Bruchstück eines göttlichen Werkes der Folgezeit vorzuenthalten, und dadurch den Verstorbenen um den ihm gebührenden Zoll der Liebe und Verehrung von verwandten Geistern zu bringen? Nach Deiner transcendent-idealistischen Ansicht soll für die Freunde nicht einmal etwas daran gelegen sein, wenn das Manuscript verloren ginge, „weil H.'s Umgang in ihnen Wurzel geschlagen haben muß." Siehst Du nicht, daß Du mir hierdurch Waffen gegen Dich selbst in die Hände giebst? Ich hätte ganz treffend in Deinem Sinne antworten können: Du brauchst den Ofterdingen als Studium zum J. Böhme? Studire Deinen Eindruck davon. Du willst ihn herausgeben? Gieb die Vorstellung von diesem Eindruck heraus, und ergötze damit Deine Leser. Vielleicht wird die Poesie überhaupt so sublimirt, daß man nicht mehr Gedichte, sondern bloße Einbildungen von Gedichten liefern wird! Uns Realisten aber, die wir uns nicht so behelfen können, laß einstweilen das Manuscript.

Ich komme auf den Almanach. Nachdem Du zwei Monate lang auf die heilloseste Art von der Welt sogar das kleine Geschäft versäumt hast, mir über den Druck Nachweisung zu geben, scheinst Du darüber empfindlich, daß ich mich der Sache mit Eifer annehme. Wir haben die gemeinschaftliche Herausgabe in der Hoffnung unternommen, daß wir uns auch bei abweichenden Meinungen als Freunde und vernünftige Menschen würden verständigen können, denn freilich ist auf den Fall nichts ausgemacht, daß der eine absolut Nein, der andre absolut Ja sagt. Eine seltsame Verstimmung oder wenigstens Veränderung gegen mich, die seit Deiner Abreise in Dir vorgegangen ist, scheint diese Hoffnung beinah zu vereiteln, und Du hast mir schon so vielen Verdruß gemacht, daß ich zehntausendmal wünsche, ich hätte es nicht auf diese Art unternommen. Du krittelst über alles ohne irgend etwas zu fördern, und aus Empfindlichkeit darüber, daß ich, wie Du behauptest, Dir keine Stimme lasse, (da ich Dir doch alles und jedes vorlege) ob Du gleich auch einen Herausgeber vorstellen sollest (der Himmel weiß, daß es nicht meine Schuld ist, wenn Du es nicht wirklich bist), setzest Du mit Fleiß Abweichungen voraus, wo gar keine sind. —

Ueber die Epigramme von Röschlaub habe ich eben so gedacht wie Du: ich schickte sie Dir bloß der Vollständigkeit wegen, und weil Du sie fordertest. Das Gedicht von Mnioch findest Du viel geringer, als den Vermählungshymnus, ich viel vortrefflicher; das ist ja aber für unsern Zweck gleichgültig. Wir sind doch beide der Meinung, daß es eingerückt werden soll. Dein Urtheil über das Gedicht Deiner Schwester muß ich ebenfalls als eine Billigung des Einrückens ansehen. Ueber die kleinen Gedichte von Friedrich habe ich Dir bloß einige unmaßgebliche Vorstellungen gemacht; sie mögen immerhin ganz wegbleiben, ich habe nichts dagegen. Die beiden Lieder aus dem Ofterdingen habe ich so gewählt, weil ich fand, daß diese am besten außer dem Zusammenhange für sich bestehen und ganz gefühlt werden können. Ich befürchte, daß das arme Weinlied meine Wahl entgelten muß, denn mir scheint es zu dem zartesten, gefälligsten, kühnsten und fröhlichsten zu gehören, was Hardenberg je gedichtet hat, und ich glaube, daß ich nicht allein dieser Meinung bin. Besonders ist das von der Gährung des Weines, was den größten Theil des Gedichtes einnimmt, recht charakteristisch, und grade von der Art, wie es nur allein Hardenberg machen konnte. Indessen, wenn Du einmal dagegen bist, so suche nur ein andres aus, und schicke es mir baldigst. Oder ich lasse es mir auch gefallen, daß die Lieder aus dem Ofterdingen ganz wegbleiben; melde mir nur Deine Entscheidung baldigst. Ich will sie so lange zurückbehalten. Nur erwäge noch dies: daß es uns gar sehr an fröhlichen, geselligen Liedern fehlt, die uns weit mehr Leser gewinnen, als die mystischen, und daß es eine gute Gelegenheit wäre, in der Inhaltsanzeige auf die Erscheinung des Ofterdingen aufmerksam zu machen.

Friedrich hat geschickt: 1) Die Abendröthe, 2) Romanze vom Licht, 3) Hymnen. Wenn ich mich nicht sehr irre, so kennst Du schon alles, außer die 3te unter den Hymnen, das Sonett auf die Isis. Ich habe indessen Nr. 2 und 3 abschreiben lassen, und schicke es Dir mit. Die Abendröthe ist lang, ich glaubte nicht, daß es wegen der Veränderungen, die Fr. etwa darin vorgenommen, nöthig wäre, Dir eine Abschrift vorzulegen.

Ferner wird uns beiliegendes Gedicht in Stanzen angeboten. Wenn es Dir gefällt, so könnte es neben dem Schwank vom neuen Jahrhundert am Ende zu stehen kommen. — —

Wenn Du gründliche und wichtige Studien machst, mein Freund, so ist es mir sehr erfreulich, nur ist Deine Art, sie mir in dem Postscript vorzurechnen, eben nicht geeignet, mich davon zu überzeugen. Ich hatte Dich dazu angemahnt, weil ich nach der Beobachtung Deiner hiesigen Lebensart, nach Deinem eignen Bericht von verlornen Wochen in Dr.... glauben mußte, daß Du Dich darin vernachlässigtest! Wenn ich mich irrte, so hattest Du am wenigsten Ursache, es übel zu nehmen, Du durftest es mir nur schreiben, so war die Beschämung auf meiner Seite. Soll man sich immerfort Complimente machen, sollen sich Freunde über ihr Thun und Treiben nicht gegenseitig ihre Meinung offen sagen dürfen, so ist die Freundschaft überhaupt nur ein unbedeutender Name. Ich bin weit entfernt, mir über meine Freunde eine Vormundschaft oder Aufsicht anmaßen zu wollen; allein eben so wenig will ich mich von ihnen tyrannisiren und mir unwürdig begegnen lassen.

Ich bin ein freier Mensch, der am Ende keiner Freunde bedarf; ich bin es mehr, als mancher Andre, weil ich meine eigne Thätigkeit mehr beherrsche. Dir habe ich meine Freundschaft zuerst entgegen gebracht, ich bin mir bewußt, mit dem uneigennützigsten Wohlwollen, mit reinem Wohlgefallen an Deinem Geist und Deinen Talenten, auch da, wo ich Deine Ueberlegenheit am meisten anerkennen mußte, und mir nicht schmeichelte, Dich je zu erreichen.

Meinem Ehrgeiz konnte Deine Unthätigkeit willkommen sein; wenn ich mit Eifer dagegen gesprochen habe, so ist es doch wahrlich nicht meinetwegen geschehn. Und nun muß ich eine solche Erwiderung von Dir erfahren! —

Ich beschwöre Dich, setze diesen Ton und dieses Benehmen nicht fort; ich könnte nichts weiter darauf thun, als schweigen, und beklagen, daß ich mich in Dir geirrt. Laß es dahin nicht kommen. Dieser Mißklang gehört nicht in Dein Wesen, er gehört sich nicht zwischen uns. Mit freundschaftlichen Gesinnungen unveränderlich der Deinige.

A. W. Schlegel.

Die erste Nachricht von der glücklichen Niederkunft Deiner Schwester wirst Du durch Deine Verwandten erfahren haben. Sie ist auch heute recht wohl, und hofft Dir nächstens schreiben zu können. Bernhardi wird Deine Aufträge ausrichten und schreibt mit nächster Post. Viele Grüße an Deine Frau.

Den Traum schicke sogleich wieder mit zurück.

XIV.

B., d. 8. Aug. 1801.

Liebster Tieck!

Du erhältst hier das kleine Gedicht von Fichte in Abschrift.

Ferner hat Mnioch mir eine per Johann Ballhorn verbesserte Abschrift seiner Hellenik und Romantik zugeschickt.

Zugleich entdeckten wir, daß er sie in eine Sammlung, betitelt: Analekten über Kunst und Religion, wofür Schütze einen Verleger suchen soll, mit aufgenommen hat. (Auch die Dir zugeschickten Reimspiele stehen darin.)

Da dies nun keine Manier ist, so hat ihm Schütze in meinem Namen geschrieben, wenn wir das Stück in den Almanach nehmen sollten, so müßten wir sicher sein, daß es wenigstens in einem Jahre noch nicht anderswo abgedruckt erschiene. Ferner wären wir in jedem Fall für die erste Edition.

Die Verbesserung per Johann Ballhorn besteht in zwei ungeheuer langen zugesetzten Partien: „Bilder des Lebens;" in schlecht erzählten und eigentlich abgeschmackten Geschichten. Ich hätte Dir die neue Abschrift zugeschickt: allein es finden sich darin in den ursprünglichen Partieen veränderte Lesearten, die in den Text wohl allerdings aufzunehmen sind, und ich hatte keine Zeit und fand es zu weitläuftig, alles kopiren zu lassen.

Ich habe Dir eine Menge Sachen, den Almanach betreffend, anheim gestellt, da Du aber gar keine Antwort von Dir hören läßt, so werde ich so frei sein, Deine Genehmigung meiner Vorschläge zu fingiren, da nun keine Zeitversäumniß mehr gilt.

Du hast wichtige Gedichte über die Religionen versprochen, und ich weiß nicht, was sonst noch alles, und lieferst nun gar nichts. Schreibe und schicke, aber nach Jena, da ich in diesem Augenblicke dahin abgehe. Leb wohl, viele Grüße.

Dein

A. W. Schlegel.

Schreib und schick baldigst, sonst hilft es nichts, der Druck ist in vollem Gange.

XV.

Jena, d. 17. Sept. 1801.

Liebster Freund!

Es ist mir sehr angenehm, daß Du einmal wieder ein Zeichen des Lebens giebst. Dein Bruder ist vor beinahe 14 Tagen in Weimar angekommen. Am Dienstage vor acht Tagen fuhr er mit Catel (der in Weimar am Schlosse Arbeit hat, und bei dem er wohnt) nach Jena herüber, ich war aber gerade denselben Tag nach W. geritten, um ihn aufzusuchen, und verfehlte ihn also dort. Das schlechte Wetter hielt mich ab, den Abend noch wieder zurück zu reiten, ich brachte also den Tag bei Goethe zu, und kam am andern Morgen nach Jena zurück. Glücklicher Weise hatte mich Dein Bruder abgewartet, und blieb nun ein paar Tage bei uns. Ich habe ihn gleich sehr lieb gewonnen, wir sind wie alte Bekannte.

Dein eingeschloßnes Blatt an ihn habe ich gleich mit der ersten Post nach W. geschickt, er wird es nun aber doch noch nicht erhalten haben, denn ich erhielt gleich Morgens darauf ein Billet von ihm hier aus dem Wirthshause, er sei mit Catel wieder hier durchgekommen, aber ohne sich aufzuhalten; sie gingen nach Schwarzburg, und würden den 18ten oder 19ten wieder hier eintreffen. Da werde ich ihm alsdann den Inhalt Deines Blattes mündlich sagen. Er verläßt W. noch nicht sogleich, weil er Goethes Büste machen wird, wozu dieser ihm 8 Tage sitzen muß; doch er wird Dir das nächstens genauer schreiben.

Hier sind wiederum Aushängebogen vom Almanach. Es wird rasch fortgedruckt, in 14 Tagen ist alles fertig. Du versprichst noch Beiträge: sie müßten sehr bald ankommen, um noch mit hinein geordnet zu werden. Deine Schwester meldet mir von einem Gedichte für den Almanach, das sie an Dich geschickt; ich hoffe, Du wirst es nicht aufgehalten haben, es würde noch sehr willkommen sein.

Liebster Freund, die Correcturen kosten mir sehr viel Zeit und Mühe; ich bin dafür bekannt, ein genauer Abschreiber und Corrector zu sein, wenn Du aber Deine Gedichte ganz fehlerfrei gedruckt haben willst, mußt Du für bessere Handschriften sorgen. Ich hätte Dich die Romanze nur sollen abschreiben lassen, sagst Du; als wenn ich Dir nicht täglich darum angelegen hätte, so lange Du in Berlin warst, ich predigte aber tauben Ohren. Nachher reistest Du weg und vergaßest sie; man fand das Manuscript unter weggeworfenen Papieren, so daß es überhaupt nur durch einen Zufall gerettet ist. Ich fand es mißlich, Dir es zu überschicken, ohne vorher eine Abschrift zu nehmen; es konnte verloren gehen, und wer war im Stande zu weissagen, wann Du einmal die Abschrift schicken würdest? Ich nahm also die Mühe über mich, ich bin doch sonst ziemlich geübt, Deine Hand zu lesen, diesmal überstieg ihre Schlechtigkeit aber allen Begriff, und wenn bei der Enträthselung dieser seltsamen Chiffern nicht mehr Versehen vorgefallen sind, so ist es immer ein Glück.

Das eine, was Du anders wünschest, ist eine völlig veränderte Leseart, die Du erst jetzt bestimmt angiebst; was Du mir darüber nach Berlin schriebst, war so, daß ich nichts daraus zu nehmen wußte. Daß die ausgelassene Strophe wirklich im Manuscripte steht, davon kann ich mich kaum überzeugen.

Was die andern Fehler betrifft, so habe ich die Aushängebogen nicht hier, um nachzusehen: ich habe sie Goethe'n gelassen. Die eine Stelle habe ich so konstruirt: „Wir sind Sünder, daß (damit) wir in den Tod die Lilienblume lieben."

Wie Du die Lilienblume construiren willst, wenn Du

leben schreibst, kann ich mir aus dem Gedächtnisse gar nicht vorstellen.

Kurz, Du wirst künftig wohl mehr Sorge anwenden müssen. Es ist keine Billigkeit darin, daß Du selbst Deine Produkte so straußenähnlich verwahrlosest und dann willst, daß dies andre nachholen sollen.

Durch die Art, wie Du unsre bisherigen Mißverständnisse erwähnst, ist natürlich alles beseitigt. Es ist aber doch besser, wenn man Ursachen der Unzufriedenheit zu haben glaubt, daß man sie an den Tag legt, so ist nachher alles weggeräumt. Ich habe immer noch über Deinen Laconismus zu klagen.

Wie es nun eigentlich mit der Herausgabe von Hardenbergs Nachlaß steht, darüber schreibst Du nicht eine Sylbe. So habe ich es auch erst von Friedrich erfahren müssen, daß eine große Anzahl von geistlichen Liedern von ihm vorhanden ist. In der That, dies sieht nicht freundschaftlich aus. — Da in dem Inhaltsverzeichnisse bei dem Namen Novalis etwas von seinem Tode erwähnt werden muß, so gebe ich Dir anheim, dies aufzusetzen, und dabei die zu erwartende Herausgabe des Nachlasses anzukündigen. Du müßtest es aber unverzüglich mit der ersten Post schicken, sonst ist es zu spät.

Schütze hat mir keine Vollmacht gegeben, seinen Namen auszudrucken, sondern die Abkürzung verlangt. Viele Grüße an Deine Frau.

Dein

A. W. S.

XVI.

Jena, d. 10. Oct. 1801.

Aus dem beigelegten Billet von Frommann wirst Du sehen, daß es mit ihm nichts ist. Da mir die Hauptsache war, ob er es nähme oder nicht, so weiß ich in der That seine Gründe nicht recht mehr. Ich glaube aber, es war, daß er schon etwas andres zu ähnliches von Dir auf Ostern verlege. Ich bin auf Vieweg gefallen, weil dieser völlige Censurfreiheit hat; wie er sonst ist, weißt Du. Frommann nannte Cotta, der mir aber eben schreibt, er sei schon überhäuft.

Mit andern hiesigen Buchhändlern ist schwerlich etwas zu machen. Für den Moment konnte ich also nichts weiter thun, da ich vermuthlich erst nach gänzlichem Ende der Messe nach Leipzig komme. Ich habe daher geglaubt, Deinen Absichten gemäß zu handeln, wenn ich Frommann das Manuscript mit nach Leipzig anvertraute, damit es dort ist, wenn Du etwa sogleich während der Messe Aufträge giebst. Kannst Du dergleichen nicht durch Frommann selbst besorgen lassen, oder durch Mahlmann?

Mit vielem Ergötzen habe ich den Anti-Faust von neuem gelesen. Friedrich hat nach diesem Anfange große Erwartungen vom Folgenden, und meint, es werde etwas gänzlich Verschiednes vom Zerbino werden, und die Aehnlichkeit läge bloß in Aeußerlichkeiten. Die classischen Grobheiten im Aristophanes haben ihm besonders gefallen. Ich bin im ganzen mit ihm einig. Die einzelnen Einfälle, das göttliche Böttiger Lied u. s. w. das versteht sich von selbst.

So sehr ich indessen Deine Darstellungen des prosaischen Zeitgeistes in mancherlei komödischen Allegorien bewundere, könnte ich doch wohl wünschen, Dich mit der Komödie im Felde des nackten und baaren Lebens erscheinen zu sehen. Hast Du noch keine Anmuthungen dieser Art gehabt?

Daß man sich mit solchen Gesellen wie Böttiger und Falk einlassen muß, ist ein nothwendiges Uebel, oder auch nicht, denn sie werden durch ihre Erbärmlichkeit wieder klassisch und symbolisch.

Lebe recht wohl, ich bin die Zeit her fleißig gewesen, und

werde hoffentlich bald mit der letzthin erwähnten Arbeit fertig sein. Fr. ebenfalls: er hat einen höchst wunderbaren zweiten Akt eines Schauspiels, welches nicht mehre haben soll, beendigt.

Den Tristan und die letzten Bogen vom Almanach wirst Du hoffentlich richtig erhalten haben. Das Geld von Cotta habe ich noch nicht, sonst hätte ich natürlich sogleich Deinen Antheil übersandt.

Leb nochmals wohl.

Dein

A. W. S.

XVII.

Jena, d. 2. Nov. 1801.

Endlich ist das Geld von Cotta gekommen, und ich versäume keine Post, um Dir Deinen Antheil zu schicken. Ich lege die Berechnung bey. Das aus Nürnberg geschickte Geld war nur bis Coburg frankirt und hat mir noch 1 Thl. 12 Gr. Unkosten gemacht. Die Hälfte hievon abgezogen von Deinen 101 Thlr. bleiben: 100 Thl. 6 Gr. Ich habe das Geld in Laubthalern erhalten, an welchen Du dort beträchtlich verlieren würdest, das vortheilhafteste für Dich war, sie hier in Ldr. umzusetzen, welches ich denn auch gethan habe. Allein wenn man Ld'or braucht, so bekömmt man sie nicht so niedrig, als wenn man sie ausgiebt. Ich habe 5 Thl. 16 Gr. 6 Pf. in hiesigem Gelde für das Stück bezahlen müssen, also 6 Pf. mehr, als Cotta sie uns verrechnet. Darauf gehen die 6 Gr. und noch einige Groschen mehr, die ich Dir nicht in Anschlag bringe, und so erhältst Du Netto: 20 Ld'or.

Der Himmel gebe nun, daß über Tausend Exemplare abgesetzt werden, so hat jeder von uns noch 20 Ld. zu erwarten.

Da ich morgen nach Berlin reise, so will ich, um Dir möglichst das Postgeld zu sparen, das Packet erst in Leipzig auf die Post geben.

Du erhältst zugleich Bücher mit. In Friedrichs und meinem Namen, die Charakteristiken, von mir Fichte's Nicolai, der schon lange auf eine Gelegenheit wartete, und 3 Exempl. des Almanachs auf Schreibpapier. Ein viertes habe ich an den Conducteur Heine adressirt für den Ungenannten, von dem das Sonett herrührt. Sey so gut und schicke es hin.

Die Velin-Exemplare sind immer noch nicht fertig, und es wird wohl noch 14 Tage damit dauern. Ich werde Auftrag zurücklassen, Dir 2 davon zu schicken. So viel bleiben jedem von uns, nach Abzug derer an die Hauptmitarbeiter und an Goethe und Schiller, denen wir doch gemeinschaftlich geben. Wenn Du eins von denen auf Schreibpapier übrig hast meiner Schwester zu geben, so wirst Du ihr gewiß eine Freude damit machen. Deinem Bruder habe ich in Deinem Namen ein Exemplar gegeben.

Das Mspt. vom Antifaust nehme ich mit nach Berlin, um Deine Schwester und Bernhardi damit zu ergötzen. Da ich nicht auf die Messe gekommen bin, so habe ich nichts thun können, um es gut an einen Verleger zu bringen. Du könntest es immerhin mit Cotta noch versuchen. Er läßt sich Dir empfehlen und klagt, daß Du gar nichts von Dir hören ließest. Von Vieweg schrieb ich schon einmal, wie ich glaube. Thu recht mit Eifer dazu, damit es auf Ostern noch das Licht der Welt erblickt. Schick auch die Abschrift der folgenden Akte wo möglich nach Berlin.

Meine Sendung mit dem Tristan hast Du gewiß richtig erhalten. Wenn der Druck von Hardenbergs Nachlaß in Berlin anfängt (wovon ich durch Friedrich jetzt das erste Wort erfahre) so erbiete ich mich zur Correctur, und Du kannst dieß an

Unger bei Uebersendung des Mspts. schreiben. Meine (weggerissen, wahrscheinlich: Begegnung) mit ihm steht dabey gar nicht im Wege, ich habe seitdem schon viel in seiner Druckerey corrigirt.

Den 8ten Band des Shakspeare erhältst Du von Berlin aus, er ist fertig, aber ich habe ihn nicht hieher bekommen.

Schreib doch von dem Fortschritt Deiner sonstigen Arbeiten, ich erwarte mit Sehnsucht wieder etwas von Dir. Was ich nunmehr fertig gemacht, verspare ich auf unser nächstes Wiedersehen, welches uns ja hoffentlich bald erfreuen wird. Ich denke den Winter auch sehr fleißig zu seyn.

Dein Bruder ist seit beynah einer Woche wieder bey mir, er benutzt die Zeit hier allerley zu arbeiten, während in Weimar die Form zu seinem Goethe verfertigt wird.

Lebe recht wohl und gesund. Ich grüße aufs herzlichste Deine liebe Frau, und meine Schwester und ihren Mann. Schreibe bald nach Berlin und addressire bey Bernhardi, Du wirst auch nächstens wieder von mir hören.

XVIII.

Berlin, d. 1. März 1802.

Diese Zeilen hat Deine Schwester Dir selbst schreiben wollen, wiewohl ich sie sehr bat, das traurige Geschäft dieser Nachricht Deinem Bruder oder mir zu überlassen. Der Kleine ist am Zahnen gestorben, das Uebel nahm sehr plötzlich überhand, die Zähne wollten alle auf einmal durchbrechen.

Es war ein schönes, munteres, starkes Kind mit herrlichen großen Augen, wir hatten ihn alle sehr lieb, und sind voller Jammer über seinen Tod.

Ich hoffe, Du sollst Dich über die Gesundheit Deiner Schwester nicht zu beunruhigen haben, wiewohl sie jetzt sehr angegriffen ist. Nächstens erhältst Du wieder Nachricht. Bernhardi ist sehr erschüttert und Dein Bruder äusserst betrübt. Lebe recht wohl, grüße Deine liebe Frau, ich kann heute unmöglich mehr schreiben.

Dein

A. W. Schlegel.

XIX.

Berlin, d. 20. Sept. 1802.

Liebster Freund!

Ich habe mich sehr gefreut, einmal Nachricht von Dir zu erhalten, auch über die Sendung vom Manuscript. Den wiedergefundenen Aufsatz von Hardenberg haben wir alle mit großem Entzücken gelesen, es ist ein herrliches und vielleicht sein eigenthümlichstes Werk.

Versäume nun nur nicht, das übrige zu rechter Zeit zu schicken, damit der Druck nachher nicht wieder still stehen muß. Die Correctur werde ich mit allem Fleiß besorgen.

Ich dachte es gleich, daß es mit dem Span. Theater bei Nicolovius nichts wäre: er liebt die kleinen Honorare, außer wo er einmal den Glauben hat, wie bei Voß. Mahlmann ist vollends ein knauseriger Patron. — Ich habe daher hier mit Reimer gesprochen, dieser hat es auch angenommen, eine Auflage von 1000 Ex., für den Bogen im Format meines Shaksp. d. h. à 27 Zeilen die Seite, gleich nach dem Druck $2\frac{1}{2}$ Lsd. und nach Absatz der Auflage noch $\frac{1}{2}$ Lsd. Letzthin sagte er mir aber, er habe sich verrechnet, und komme bei solchem Format und Honorar bei dem Preise, den er für den Band setzen könne, nicht heraus. Er schlug deswegen vor, kleineres Format zu nehmen, etwa 23 statt 27 Zeilen, und dann das Honorar nach diesem Verhältniß zu berechnen, wobei der Uebersetzer dann nichts verlieren würde. Auf diese Art ließen sich aber wohl nur 2 Stücke in einen Band bringen; kleines Format ist übrigens ganz schicklich, da die meisten Verse so kurz sind. Bis der Erfolg gesichert ist, hat er sich freilich nur auf eine Probe eingelassen: auf 1 Th. von 3 oder 2 Bänden, jeden zu 2 Stücken.

Der Titel Spanisches Theater hat ihm für das große Lesepublikum vortheilhafter geschienen. Da es mir aber gar zu disperat vorkommt, die Stücke von Calderon mit denen der übrigen zu vermischen, gerade als wenn man in meinem Englischen Theater Shakspeare mit Ben Jonson und Fletscher u. s. w. zusammenstellen wollte, so wird die Einrichtung getroffen, noch einen 2ten Titel voran zu schicken. Schauspiele von Don Pedro Calderon de la Barca. 1 Th., so daß diese besonders gesammelt werden können, und wir die Schauspiele von andern: Cervantes, Lope, Moreto ꝛc. immer in eigne Bände zusammenbringen.

Die Andacht zum Kreuze habe ich seit kurzem fertig und von Ulyß und Circe, El mayor encanto amor den Anfang übersetzt. Jetzt gehe ich wieder mit Eifer an dies letzte, und hoffe Dir bald beides zusammen mittheilen zu können.

Es wäre der Mannichfaltigkeit wegen schön, wenn Du Lust hättest, zuerst Las blancas manos no ofenden vorzunehmen, damit wir auch ein eigentliches Intriguenstück mit modernen Sitten haben.

Was die Assonanz betrifft, so hat mich ihre Behandlung in dem bisher übersetzten noch mehr überzeugt, daß vollkommener Gleichlaut in den Vocalen erforderlich ist, daß sie nur durch völlige Gleichartigkeit in einer bedeutenden Masse wirken kann.

Ich halte daher e und ö (e und ä sind völlig gleich, und

eins muß häufig die Stelle des andern vertreten; leben und wählen macht vollkommene Assonanz mit Seele u. s. w.) ferner **i** und **ü** auch **ei** und **eu** auseinander. Ich habe lange Stücke mit bloßem **i—e** und bloßem **ei—e** gemacht, oben eins mit **ü—e**, welches sich sehr gut ausnimmt, und einen ganz anderen Charakter hat, wie das **i**. Wir gewinnen dadurch auch mehr Mannichfaltigkeit, da wir zum zweiten Vokal immer nur **e** haben und die Spanier mit **o, a, e** variiren. Calderon bringt nicht leicht in demselben Stück ganz dieselbe Assonanz wieder. Mein Grundsatz ist, wenn er eine einsylbige hat, sie ebenfalls einsylbig und in demselben Vocal zu nehmen; bei den zweisylbigen so viel möglich das analogste heraus zu fühlen. Seine häufigsten Assonanzen sind **e—o, e—a, e—e.** Wollen wir uns bei diesen immer nach dem accentuirten Vocal richten, so bekommen wir ganz übermäßig viel **e**, welches zwar bequem, aber nicht schön ist. Ich habe in der Devocion de la Cruz einmal **e—e** durch **i—e** gegeben, in dem 2ten S. **e—o** durch **ü—e**, welches sich vortrefflich macht.

I—o denke ich, kann man in der Regel am besten durch **ei—e**, vielleicht auch durch **eu—e** (wo denn auch **äu** mit hingehört) geben. **a—e** habe ich einmal durch **au—e** gegeben, welches aber eine von den schwierigen Assonanzen.

Daß ich sie immer eben so lange behalte wie C. versteht sich.

Wie ich es überhaupt mit dem Uebersetzen des Calderon nehme, wirst Du am besten sehn, wenn ich Dir die beiden Stücke schicke; wo Du Dir dann wohl die Mühe nicht verdrießen läßt, sie im Einzelnen mit dem Original zu vergleichen, und mir Dein Urtheil zu sagen. Ich habe diesen Sommer noch viel Calderon gelesen und studirt, doch ist noch viel zurück, und es kann nicht leicht genug geschehn.

Mit den Amazonen bin ich noch nicht weiter. Wir haben

letzthin einmal einige Glossen gemacht, und da haben wir folgende Verse von Dir:

Liebe denkt in süßen Tönen,
Denn Gedanken stehn zu fern,
Nur in Tönen mag sie gern
Alles, was sie will, verschönen.

die in den Fantasieen stehen, und die Friedrich schon einmal als schicklich dazu ausgefunden hatte, glossirt. Deine Schwester und ich, jeder 2 mal, Schütze hat auch eine Glosse darauf gemacht. Es wird mir lieb sein, wenn Du mir den Tristan zurückschickst. Die beiden katholischen Gesangbücher bringst Du mir wohl mit, wenn Du herkommst. Das Lied der Nibelungen kann ich vielleicht hier auf der Bibliothek haben, dann magst Du es immer noch behalten. Ich will doch Reimer wieder treiben, daß er Dir noch die Müllerschen Sachen zu schaffen sucht. — Auf den Winter möchte ich von Dir wohl zum Gebrauch bei meinen Vorlesungen wieder einiges haben: Deinen Ben Jonson, die Six old plays und den Dodsley. Wenn Du von Dresden weggehst, so nimmst Du sie vielleicht mit nach Ziebingen, und bringst sie mir von da mit, oder schickst sie. Die Spurious plays von Shakspeare werde ich auch Noth haben, hier zu kriegen.

Was Du über den Tristan schreibst, ist mir sehr interessant, aber über meinen Plan muß ich mich nicht recht deutlich gemacht haben, denn wie Du es meinst, das würde ich allerdings für höchst fehlerhaft halten.

Man muß, däucht mir, diese Geschichte als eine Mythologie betrachten, wo man wohl modificiren, erweitern, flüchtige Winke glänzend benutzen, aber nicht rein heraus erfinden darf. Das ist schon in den ältesten Bearbeitungen des Tristan, daß er an den Hof des Artus kommt. Diese Indication hat schon der Verfasser des Nouveau Tristan (freilich eines ziemlich schlechten Buchs); Du wirst es in Dresden finden, es ist klein Folio, aus dem 16ten Jahrhundert; Tressan hat nichts anders gekannt, als gerade dieses, und es auf seine Weise zu benutzen gesucht. Ich glaube, schon in der Minnesänger-Behandlung wird die Bekanntschaft mit Lancelot ausdrücklich erwähnt. Hier wollte ich nun einen Theil von der Geschichte des letzten, wie sie in dem großen in Dresden befindlichen Ritterbuche befindlich, erzählen lassen, überhaupt eine Aussicht auf die Herrlichkeit von Artus Hof öffnen, wo das Graal dann, als ein noch unaufgelöstes Abentheuer prachtvoll im Hintergrunde stehen sollte. Lancelot sowohl als Tristan reiten nicht nach dem Graal, sie wissen wohl, daß sie sich entsetzlich prostituiren würden, wenn sie es thäten, weil ein jungfräulicher Ritter dazu erfordert wird.

Aber das ist gerade ihre Wehmuth und ihre Reue, daß sie, sonst in allem die ersten, hier ausgeschlossen sind. Weiter steht nichts in der Ankündigung in meinem 1sten Gesange, und sollte diese dennoch an dem Misverständnisse Schuld sein, so kann sie nachher verändert werden, wenn ich mit dem Gedichte fertig bin. Darüber kann ich nicht mit Dir einig sein, daß das religiöse im alten Tristan spöttisch zu nehmen sei: es scheint mir rechter Ernst, daß Gott der schuldigen Isolde bei der Feuerprobe durchhilft. Dieses Gemisch von Sündlichkeit und Unschuld, von Leichtfertigkeit und Frömmigkeit scheint mir eben der eigenste Geist des Gedichts und Tristan besonders wird als ein wahrer Heiliger und Märtyrer der Treue aufgestellt.

Ueber das Alter des Romans möchte es schwer sein, etwas auszumitteln, ohne in der französischen National-Bibliothek alle die alten Manuscripte vor sich zu haben und zu vergleichen. Lies doch auch die Bearbeitung im Buch der Liebe.

Viele Grüße an Deine liebe Frau. Deine Schwester

mußt Du entschuldigen, das Schreiben fällt ihr jetzt gar zu schwer, sonst ist ihr Befinden leidlich. — Bernhardi ist mit seiner Grammatik fertig.

Dein

A. W. S.

XX.

B., d. 24. Dec. 1802.

Liebster Freund.

Eben sehe ich, daß die Post nach Frankfurt heute Vormittag abgeht, und kann also nur wenige Zeilen schreiben, um sie nicht zu versäumen.

Das Manuscript vom Jon nimm mit nach Dresden, wenn Du nämlich bald dahin gehst und händige es meiner Schwester ein. Bleibst Du noch lange in Ziebingen, so schicke es nach gemachtem Gebrauch mit der Post an sie.

Empfiehl mich bey dieser Gelegenheit dem Grafen von Finkenstein, und entschuldige mich, daß ich mein Versprechen, ihm den Jon mitzutheilen, nicht eher halten können.

Die Andacht zum Kreuze hätte ich Dir früher geschickt, wenn ich sie nicht erst eben wieder zurück erhalten. Es findet sich wohl Gelegenheit, sie mir mit den beyden Bänden der Müllerschen Altdeutschen Sachen nach Berlin zurückzubesorgen. Ich wollte diese Abschrift bey dem bald anzufangenden Druck gebrauchen.

Reimer hat für Dich aus einer Auction das Lied der Nibelungen, den Tristan und einige andre Stücke der Müllerschen Sammlung erstanden, Du wirst also mein Exemplar entbehren können. Es fehlt hauptsächlich nur der Parcival.

Einen Ariost für Dich habe ich nun hier, mag Dir aber

kein Porto dafür verursachen. Du erhältst ihn mit Gelegenheit.

Schütze hat mir gesagt, der Graf v. Finkenstein habe einiges aus dem Petrarca übersetzt. Kannst Du mir die Privatmittheilung davon verschaffen, so wäre es mir sehr angenehm. Ich habe letzthin auch eine Anzahl Sonette und ein paar Canzonen übersetzt, und werde noch mehrere hinzufügen, daher interessirt es mich, da Schütze sie als sehr gelungen beschreibt. Meine lasse ich eben abschreiben und schicke sie Dir mit nächster Post, sowie die Glossen.

Deine Schwester befindet sich jetzt wieder ziemlich gut und die Bäder und stärkende Mittel werden ihr bald auch ihre Kräfte wiedergeben. Die Kinder sind frisch und gesund. Dein Bruder in Weimar arbeitet viel und ist wohl.

Lebe recht wohl, grüße Deine liebe Frau und theile bald etwas mit

Deinem
A. W. S.

XXI.

Berlin, d. 15. Febr. 1803.

Liebster Freund!

Vor ein paar Posttagen bekam ich einliegenden Brief von Frommann. Um sein Verlangen zu erfüllen, ist es das beste, denke ich, Dir den Brief selbst zu schicken. Was die Airs betrifft, so muß man es mit Frommann so genau nicht nehmen, sonst spricht aber die Sache für sich selbst. Zu seinen Buchhändler-Argumenten möchte ich nun eine Menge poetische hinzufügen, Du wirst Dir das alles aber schon selbst sagen. Es wäre wirklich jetzt an der Zeit, daß Du einmal wieder ein großes Kunstwerk aufstelltest, und je länger Du es aufschiebst, je schwerer wird Dir die Vollendung werden.

Wenn Du einen Theil des Manuscripts um die Mitte März, und das übrige Ende März hinschickst, so kann es gewiß noch auf die Messe fertig werden. Welchen Triumph alle Deine Freunde haben würden, brauche ich nicht erst zu sagen.

Ich habe immer gehofft, Du würdest mir mein Manuscript von der Andacht zum Kreuz mit einer Gelegenheit zukommen lassen. Mein Brouillon wird in der Druckerei gebraucht, zum Vorlesen im Collegium muß ich jenes nothwendig haben, ich bitte Dich also, es mir nicht länger vorzuenthalten. Mit meinem Exemplar der Nibelungen und dem Moreto hat es weniger Eil, diese können auf eine Gelegenheit warten, und ich hoffe, Du bringst sie mir noch selbst mit. Den Ion wirst Du wohl schon an meine Schwester geschickt haben, sonst thu' es doch unverzüglich.

Ich habe immer noch Deine Velin=Exemplare vom 2ten Band Novalis in Verwahrung. Reimer hat mir nachher ein eignes Velin=Exemplar vom 2ten Band für mich geschenkt, welches ich allerdings durch mein fleißiges Corrigiren redlich verdient habe. Indessen fehlt mir der 1te, wenn Du davon noch ein Exemplar übrig hättest, könnten wir Deiner Schwester damit ein Geschenk machen. Hast Du das aber durchaus nicht, und ergänzt Dir dieser 2te Band ein Exemplar, so bin ich bereit, einen Tausch einzugehn. —

Mein Bruder hat mir umständlich geschrieben. Er ist entzückt über Deine musikalischen Gedichte und ladet Dich dringend zur Theilnahme an der Europa ein, wovon wir bald das 1ste Stück erhalten sollen. Besonders die Fortsetzung Deiner Briefe über Shakspeare wünscht er sich außerordentlich.

Ich möchte Dir gern vieles aus seinem Briefe mittheilen, habe aber heute unmöglich Zeit. Nur so viel, daß er sehr fleißig ist, schon Persisch gelernt hat, und Indisch bald anfangen wird.

Ich habe unterdessen mancherlei Proben mit Uebersetzungen aus den Griechen gemacht, die Dir interessant sein würden. Gegen ehemals spüre ich große Fortschritte in dieser Kunst, die ich ebensowohl wie die Nachbildung der Romantischen Dichter bis auf den höchsten Punkt zu cultiviren gesonnen bin.

Deine Schwester läßt Dich auf's zärtlichste grüßen. Diese ganze Zeit her hat sie gewünscht, Dir recht umständlich zu antworten, allein theils ist sie nicht allein gewesen, theils hat sie sich so befunden, daß ihr das Schreiben sehr beschwerlich fällt. Sie rechnet gewiß darauf, Dich, wie Schütze[1]) uns gesagt, im März noch hier zu sehen, und ladet Dich auf's herzlichste dazu ein. Wegen ihrer Gesundheit darfst Du nicht in Sorgen sein, ich hoffe, es ist auf dem guten Wege damit, sie gebraucht die Mittel anhaltend, und besonders erwarte ich viel Frucht vom Baden, welches sie theils wegen der Kälte, theils wegen eintretender Zufälle noch wenig hat thun können. Die Kinder sind sehr gesund.

Das dramatische Mährchen (noch hat es weiter keinen Namen) habe ich jetzt endlich in's Reine geschrieben, Dir eine Abschrift zu besorgen war nicht möglich. Komme nur her, so wollen wir es zusammen lesen. — Deine Schwester hat ein neues angefangen und es auch schon ziemlich weit geführt, bis sie durch ihr Befinden abgehalten wurde, fortzufahren.

Lebe recht wohl, es ist mir unmöglich, mehr zu schreiben, ich stecke tief in Arbeiten. Der Himmel weiß, wie ich noch alles bestreiten werde, was ich vorhabe.

Wenn Du den Octavian fertig schreibst, so bittet Friedrich recht sehr um eine Selbstanzeige davon für die Europa.

Leb nochmals wohl, grüße Deine liebe Frau und Burgsdorff.

Dein
A. W. S.

---

[1]) Mit diesem „Schütze" ist wohl hier wie früher Wilhelm von Schütz gemeint.

XXII.

Berlin, d. 15. März 1803.

Liebster Freund!

Am Sonnabend Mittag ist Dein Brief angekommen, und ich habe noch gleich an demselben Tage den Octavian, Deinem Auftrage gemäß, an Frommann mit einem Briefe abgeschickt. Es freut mich außerordentlich, daß er nun noch auf Ostern erscheint; ich bin begierig zu wissen, ob allein, oder als dritter Band der Romantischen Dichtungen. Melde doch, was Du jetzt vorhast, und ob die zweite Hälfte des Octavian bald nachfolgen wird.

Deine Schwester hatte sich schon vorigen Posttag und wiederum heute vorgenommen, Dir zu schreiben, allein nicht Kräfte genug gehabt; es würde sie zu sehr ergreifen. Sie ist leider die ganze Zeit unpäßlich gewesen, jedoch hoffe ich, daß Du Dich deswegen nicht zu beunruhigen brauchst. Ihre Uebel rühren wohl hauptsächlich aus allzu großer Schwäche und Reizbarkeit her. Wir waren heute Vormittag spatzieren, und wollen auch jetzt eben in's Schauspiel. Es ist heute das Benefiz der Unzelmann, eine neue französische Operette.

Ich bin beschämt, daß ich Dir in Erwiederung des Octavian immer noch nicht den Jon habe senden können. Meinen Brouillon mag ich nicht gern hergeben, und die erste Abschrift, die ich selbst hier habe nehmen lassen, hat mein Abschreiber noch in Händen, um die zweite danach zu verfertigen. Ich hoffe allernächstens eine große Sendung nach Dresden zu veranstalten, wo der letzte Band vom Shakspeare für Dich, die fertig gedruckten Mährchen Deiner Schwester, worin verschiedenes, was Du noch nicht kennst, der D. Q. 4 Th., die Abschrift vom Jon, und die Exemplare vom Alarcos zugleich ankommen sollen. Sage doch Friedrichen, er möchte mir wegen der Zahl derselben, die er selbst oder ich in seinem Namen von Unger begehren möchte, und wegen der Vertheilung und Versendung Aufträge ertheilen. Da ich mir vorläufig einige von Unger ausgebeten, hat er mir 6 auf Velin geschickt, wobei der Medusenkopf sich beträchtlich besser ausnimmt, und mir dazu sagen lassen, die übrigen wären beim Buchbinder und würden brochirt. Da sie ungeheftet sind, habe ich sie sogleich zum Buchbinder geschickt.

Die Aushängebogen, sage an Friedrich, hätte ich Humboldten und Brinkmann auf ihr dringendes Bitten geliehen. Den letzten sprach ich noch nicht darüber; Humboldt ist eigends zu mir gekommen und hat sich mit vielem Respect geäußert. Dein Bruder ist sehr fleißig, und hat, da er nicht mehr lange wird hier bleiben können, viel zu arbeiten. Die Büste der Tochter des Ministers Haugwitz, Gräfin Kalkreuth, ist eben fertig geworden, die der Frau von Berg wird auch bald so weit sein, und jetzt modellirt er die Gräfin Voß. Er hat fast gewisse Aussichten, das Portrait der Königin ebenfalls zu machen, wenn es nicht etwa durch Schadow, dessen Schwester Kammerfrau bei ihr ist, hintertrieben wird. Man muß also nicht davon reden. Indessen hat die Königin es selbst verschiedentlich gesagt, und hinzugefügt: sie wünsche den Bildhauer Tieck besonders auch deswegen kennen zu lernen, um mit ihm von seinem Bruder zu sprechen, den sie als Dichter so sehr habe rühmen hören. — Es scheint, daß wir jetzt unter den Prinzen bei Hofe und sonst verschiedne Freunde haben; es wäre drollig, wenn einmal die verrufene Parthei die protegirte würde.

Noch habe ich jetzt keine neue Arbeit angefangen, ich kann nicht wohl eher, bis das Collegium zu Ende ist, welches mich wöchentlich zweimal stört; dann wird es aber mit großem Eifer geschehn.

Deine Schwester will Dir mit nächster Post das nähere über ihre Reise nach Dresden schreiben. Gehab Dich unterdessen wohl, grüße Deine liebe Frau und Friedrich.

A. W. S.

XXIII.

Berlin, d. 28. Mai 1803.

Zu Deiner Beruhigung, liebster Freund, melde ich Dir, daß ich von Wilmans Deine Gedichte vor dem Abdruck zurück erhalten. Suche nun Friedrichen die getäuschte Hoffnung (die Du denn doch wirklich erregt hast, ob Du es schon nicht eingestehen willst) auf andre Weise zu ersetzen. Das 2te Stück der Europa wird in ein paar Wochen fertig sein, und eben erhalte ich einen Brief von Friedrich, worin er verspricht, die Fortsetzung sehr rasch zu liefern, mir aber zugleich aufträgt, die Freunde zu Mitarbeiten zu ermahnen. Schick mir also nur bald etwas für das 3te Stück. Gleich nach Deiner Abreise habe ich angefangen, Deine Bearbeitung der Minnelieder mit den Originalen zu vergleichen. Ich wollte sie alle auf diese Weise durchgehen, allein eine Privat-Vorlesung, die ich noch zu meinen andern Arbeiten übernommen, hat mich nicht dazu kommen lassen. Ich schicke Dir also hier meine Bemerkungen über die ersten 26 Nrn. Achte sie Deiner Prüfung werth, und schreib mir unverzüglich, ob Du einige, und welche von meinen Vorschlägen Du annimmst. Willst Du mir nach dieser Probe Vollmacht ertheilen, bei der Correctur nach Vergleichung mit den Originalen, Kleinigkeiten (versteht sich nur solche, über die ich gewiß bin) zu berichtigen, so will ich sie mit aller Vorsicht ausüben. Du siehst leicht ein, daß ich keine andere Triebfeder hierbei habe, als Interesse an der Sache selbst. Ich kann mirs auch gefallen lassen, ein bloß passiver

Corrector zu sein. Der Druck soll nach Reimers Aeußerung bald anfangen.

Deine Schwester läßt Dich herzlich grüßen. Es hat uns sehr leid gethan, von Genelli zu erfahren, daß wir für jetzt die Hoffnung aufgeben müssen, Dich wieder hier zu sehen. Hufelands Kur schlägt sehr gut an, sie hat sich innerhalb 14 Tagen ganz bedeutend erholt. Der Kleine ist auch glücklich entwöhnt worden, und sehr gesund. Nun sinnt sie nur darauf, die Reise nach Dresden, welche Hufeland sehr anräth, noch vor Ende des nächsten Monats zu bewerkstelligen.

Melde doch etwas von der Zeit Deiner Ankunft in Dresden, wovon uns Genelli nichts zu sagen wußte. Es ist wichtig, daß Deine Schwester noch im Juni reist, weil sie sich nach ihren Gesundheitsumständen richten muß, und sonst zuweit in den Juli herein würde warten müssen.

Dein Bruder befindet sich wohl, ist nur mit Arbeiten überhäuft, die ihm, wie es scheint, außerordentlich gelingen.

Wenn unter Humboldts oder Burgsdorfs Spanischen Büchern sich alte Cancionero's oder Romancero's oder alte Canciones und Romances in andern Sammlungen finden, so laßt sie mir zukommen, und bald, für mein Taschenbuch. Ihr wißt, daß es gut bei mir aufgehoben ist.

Du mußt noch den 3ten Theil der Müllerschen Sammlung, so wie den ersten, auch das von Casperso[n](?) von mir haben. Ich finde es angemerkt und bin in dergleichen Dingen sehr genau.

Lebe recht wohl, grüße Deine Lieben und Burgsdorf, und empfiehl mich der Finkensteinschen Familie. Ich muß eilig schließen.

Dein

A. W. S.

XXIV.

B., d. 2. Juni 1803.

Aus Deiner Antwort sehe ich, liebster Freund, daß wir über die Minnelieder uns schwerlich in unsern Meinungen vereinigen werden; wir wollen uns nicht darum entzweien, es behalte jeder seine Ueberzeugung und wisse sie in Zukunft so gut als möglich zu vertheidigen. Verzeih meine Offenheit und schick mir die Blätter mit den Bemerkungen wieder.

Ich habe übernommen, eine Correctur oder vielmehr Revision zu machen, dieß nehme ich auch noch nicht zurück, jedoch muß ich eine Bedingung ausdrücklich hinzufügen; es ist die, daß ich ganz und gar keine Verantwortlichkeit haben will. Denn zuvörderst ist es eine Sache, wobei die Setzer sehr leicht Versehen machen können, zweitens traue ich mir selbst nicht die Geduld zu, Dein Manuscript in allen Pünktchen mit den gedruckten Bogen zu vergleichen, drittens ist Deine Hand nicht so leserlich, daß ich nicht, so sehr ich an sie gewohnt bin, zuweilen über die Leseart zweifelhaft sein sollte, und endlich habe ich nach unsern gegenseitigen Erklärungen gar kein Kriterium mehr für das, was ein offenbarer Schreibfehler ist, und muß also auch stehen lassen, was ich dafür halte. Trauren-**Schwenderin** schien mir einer, Du nahmst es aber bei Deinem Hiersein in Schutz, führst es auch jetzt nicht unter denen an, die Du verbessert zu sehen wünschest. Sehnden in sehnenden zu verwandeln verdirbt an manchen Stellen nach den vorgenommenen Veränderungen den Vers, wie gleich vorn in dem Liede von Veldeck, wo jetzt Gedanken für Denken steht u. s. w. Ich werde die Correctur, wenn auch der Druck anfängt, nicht eher machen, bis ich Deine förmliche und unverklausulirte Lossprechung von aller Verantwortlichkeit habe; Du kannst dagegen gewiß sein, daß ich meinen

Ueberzeugungen nicht ein Tüttelchen Deiner Handschrift aufopfern werden.

Deine Schwester läßt herzlich grüßen, sie hat wieder einige schlimme Tage gehabt, es fehlt viel, daß das Uebel schon aus dem Grunde gehoben wäre. Indessen wird sie alles thun, um die Reise nach Dresden baldmöglichst zu bewerkstelligen.

Reimer hatte Dir schon geschrieben, wie ich gestern zu ihm kam.

Lebe recht wohl, grüße Deine liebe Frau.

Dein

A. W. S.

XXV.

Berlin, d. 8. Febr. 1804.

Liebster Freund!

Verzeih, daß ich auf Deine öftern freilich kurzen Briefe so lange geschwiegen; ich stecke sehr in Arbeiten und dann wollte ich sogleich das Buch der Liebe mitschicken, was ich nicht eher als jetzt konnte. Es fällt mir schwer, mich davon zu trennen, und ich bitte Dich zu glauben, daß ich Dir etwas anvertraue, was mir sehr viel werth ist, und woran ein Schade mir nicht leicht würde ersetzt werden können. Ich rechne darauf, daß Du es bei Deiner Hieherkunft wohl eingepackt wieder mitbringen wirst.

Wegen der beiden nordischen Bücher haben wir sogleich auf die Königl. Bibl. geschickt, aber zur Antwort erhalten, daß sie nicht da sind. Das Kjämpa Wisar ist mir unmittelbar aus Herders Volksliedern bekannt, wo einige vortreffliche Romanzen daraus sich finden. Melde mir doch, was sonst noch außer diesen und der Heimskringla Saga das wichtigste zum Studium der nordischen Mythologie und Geschichte für uns ist, so wollte ich versuchen, alles mit einemmal zu bekommen. Der dänische Gesandte Graf Baudissin ist nämlich mein sehr eifriger Zuhörer, und würde gewiß auf meine Bitte gern in Dänemark Auftrag ertheilen, auch solche Bücher, die nicht im Buchladen zu haben sind, für mich zu kaufen. Mit Steffens ist in diesem Punkte nicht viel zu machen.

Die Trutz-Nachtigall von Spee haben wir ebenfalls unterdessen entdeckt, und Deine Schwester besitzt sie jetzt sogar eigen. Ich weiß nun, wo sich so manche Lieder herschreiben, die ich in meinen katholischen Gesangbüchern lange geliebt und bewundert habe. Es sind mir auch die Lebensumstände des Verfassers bekannt.

Das lateinische Gedicht von Walther von Aquitanien, worauf ich Dich aufmerksam machen ließ, ist allerdings dasselbe, welches Du, wie ich sehe, schon kennst. Wenn es Dir nicht so wichtig vorkommt wie mir, so ist unsre Ansicht eben verschieden. Daß es schlecht Latein und zum Theil in schlechten Hexametern geschrieben, hat mir am wenigsten dabei Anstoß gegeben.

Das Alterthum des latein. Textes wird sich an gewissen Kennzeichen, wenigstens auf ein Jahrhundert nach, bestimmen lassen, und ich glaube einige dergleichen schon gefunden zu haben, denen zufolge es zwar nicht so alt sein würde, als der Herausgeber will, aber immer noch viel älter, als unser heutiger Text der Niebelungen. Was aber mir das Wichtige dabei scheint, ist die über allen Zweifel einleuchtende Gewißheit, daß der latein. Verfasser nach einem deutschen Gedicht im Styl und aus dem Zeitalter der Niebelungen gearbeitet, und solches bloß mit Virgil. Phrasen zugestutzt. Es finden sich zwar über manches abweichende Angaben in beiden, die aber zur Bestätigung der Aechtheit dienen, gerade wie die mythischen Widersprüche in der Ilias und Odyssee. Die Uebereinstimmung, besonders bis in das tiefste und feinste der Charakterdarstellung hierin ist desto merkwürdiger. Uebrigens hat Fischer auch den Schluß des Gedichts aus einem andern Codex herausgegeben. Das Stück, welches ich in meinen Vorlesungen aus den Niebelungen bloß in etwas erneuter Sprache mitgetheilt, Dir zu schicken, wäre in der That nicht der Mühe werth. Du kannst Dir denken, daß eine Arbeit, die schnell nur für den Augenblick hingeworfen wurde, nicht mit aller nöthigen Sorgfalt und reiflichen Ueberlegung ausgebildet werden konnte. Ich hab mir zum Gesetz gemacht, nichts grammatisch durchaus veraltetes stehen zu lassen, und mußte daher oft auch die Reime ändern.

Deiner lieben Frau sage, sobald ich den Lazarillo de Formes besäße, würde ich ihn ihr gewiß mittheilen, ich zweifle aber, ob es ihr so viel Vergnügen machen wird, wie mir, indem ich einen ganz besondern Sinn und eine angeborne Freude am Bettelhaften und Lustigen habe.

Du hast Glück mit altdeutschen Seltenheiten, der Tyturell ist gewiß eine große. Da die alte Bearbeitung schon in Strophen und kurzen Versen war, so ist es vermuthlich weniger alterirt, als das Heldenbuch.

Deine Schwester läßt auch herzlich grüßen, und bitten, die Herkunft möglichst zu beschleunigen, und ihr den deutschen Amadis mitzubringen. Dies vergiß ja nicht. Sie war diese Zeit her etwas wohler, hat aber seit einigen Tagen viel Krämpfe gehabt. Dein Bruder ist wohl und fleißig. Grüße an Burgsdorf!

Dein

A. W. Schlegel.

XXVI.

Berlin, d. 13. März 1804.

Verzeih, geliebter Freund, daß ich mit der Antwort so lange im Rückstande geblieben bin, ich bin sehr mit Arbeiten geplagt, und habe außerdem noch vielerlei Störungen. Das Geschenk an die Schwester habe ich gehörig besorgt, sie läßt Malchen herzlich dafür danken, es hat ihr eine große Freude gemacht. Ihr müßt sie entschuldigen, daß sie euch nicht schriftlich selbst ihren Dank gesagt hat, das Schreiben wird ihr bei ihrem jetzigen Befinden schwer. Die letzten drei Wochen ist es gar nicht so gewesen, wie ich gewünscht hätte. Wenige Tage vor ihrem Geburtstage hatte sie einen schlimmen Krampfzufall, wir bemühten uns um so mehr, ihr auch etwas hübsches zu schenken, und diesen Tag heiter zu feiern. — Hufeland, mit dem ich neulich am dritten Orte über ihren Zustand sprach, giebt alle Hoffnung, er rechnet besonders auf den Frühling, auf ihre Reise, und die mit verändertem Aufenthalt und Verhältnissen verbundne Beruhigung und Aufheiterung. Er bediente sich noch gegen mich des Ausdrucks, sie müsse sich nothwendig herausreißen. Wenn Du kommst, und die Aufwallung der Freude sie etwa wohler aussehen macht, so bittet sie Dich, Dir ja darüber nichts merken zu lassen, weil Bernhardi die Wichtigkeit ihrer Uebel niemals eingestehen will.

Die Materie von den Niebelungen ist zu weitläuftig, um darüber zu schreiben, ich verspare alles auf das mündliche. Mit Johannes Müller, der seit einigen Wochen hier ist und nun auch hier bleibt, da ihn der König in Dienste genommen, habe ich ein ausführliches Gespräch darüber gehabt, und verschiedenes, was ich noch nicht wußte, über manche historische Punkte erfahren.

Wenn Du nicht bald kommst, so schick mir noch vorher

das Verzeichniß der zu unsern nordischen Studien nothwendigen Bücher, ich wollte es dem Grafen Baudissin gerne noch vor meiner Abreise von hier einhändigen. Ich werde wohl auf die Messe nach Leipzig gehen, und nachher eine Zeitlang in Nennhausen zubringen. — Daß Du das Buch der Liebe wieder mitbringst, darauf verlasse ich mich, mein Herz hängt daran.

Knorring läßt Dich und Burgsdorff schönstens grüßen, und den letztern bitten, die Commission wegen der Pferde nicht zu vergessen, da jetzt, wo ich nicht irre, der bewußte Pferdemarkt ist. Es liegt viel daran, er wird sich vielen Dank erwerben, wenn er die Sache sich will empfohlen sein lassen.

Die dramatischen Fantasieen Deiner Schwester werden in diesen Tagen fertig gedruckt sein, sobald ein gutes Exemplar zu haben ist, sollst Du es bekommen.

Ich werde das Vergnügen haben, Dir eine kleine Sammlung dramatischer Spiele von einem jungen Freunde, der sich Pellegrin genannt hat, als Herausgeber einzuhändigen. Das meinem Bruder bestimmte Exemplar von den Minneliedern solltest Du hier jemand in Verwahrung geben, um eine Gelegenheit nach Paris zu benutzen; von Ziebingen aus wird sich schwerlich eine finden. Friedrich ist übel daran, wenn er die neuen Sachen so spät erhält.

Ich weiß nicht, was mir den Verdacht zugezogen haben kann, gegen Dich erkaltet zu sein, als daß ich in Aeußerung meiner Urtheile über Deine kritischen Arbeiten und Plane zurückhaltender geworden bin, weil Dir meine offenherzigen Bemerkungen über die Minnelieder misfallen haben, und Du sie zurückgewiesen hast. Da Du aber meine Meinung über die metrische Form der Niebelungen wissen willst, so will ich sie gern sagen. Der längere Vers am Schluß der 4ten Zeile scheint mir durchaus wesentlich. Mit der Assonanz, das finde ich problematisch. Hier und da sehe ich Spuren des ehemaligen vollkommnen Reims in der Mitte, an den meisten Stellen so wenig assonirendes, daß ich mir gar nicht denken kann, wie der alte Text sollte gewesen sein. Und doch glaube ich Spuren zu sehen, daß er sehr geschont ist, und nur das nothwendigste verändert worden. Bedenke auch, daß in den Zeiten des Urtextes die weiblichen Endsylben noch nicht durch das durchgängige e gleichgemacht waren, sondern mit a, o, i, u wechselten und also die Beobachtung der weiblichen Assonanz doppelt künstlich gewesen wäre. Ueberhaupt würde ich für die wenigst möglichen Veränderungen des Textes stimmen, so daß nur das undeutlich gewordne und störend Veraltete weggenommen würde. Doch jeder hat hierbei seine eigne Weise.

Den Codex von St. Gallen wird man zum Collationiren nicht habhaft werden können, die ganze Bibliothek ist versprengt, und steckt in einzelnen Kisten und Verschlägen in Tyrol und da herum, wie mir Joh. Müller gesagt.

Wie kommst Du auf Wolfram von Eschilbach als Bearbeiter des jetzigen Textes vom Heldenbuch, des gedruckten nämlich? Dieses ist ja viel später. Wie Du aus Adelungs Nachrichten sehen kannst, sind die wichtigsten Handschriften vom Heldenbuch in Rom.

Doch ich muß abbrechen. Dein Bruder in Weimar ist wohl und sehr fleißig. — Mit dem 2ten B. Span. Theater bin ich leider immer noch in der Arbeit, das zweite Stück ist immer noch nicht ganz fertig und das 3te nicht angefangen. Seit einigen Tagen ist meine Schwester mit den ihrigen aus Dresden hier.

Grüße Malchen schönstens, ihr Eifer für das Spanische freut mich sehr, meine hiesigen Schüler haben, Schierstädt ausgenommen, seit meinen im vorigen Winter gegebenen Stunden nicht viel darin gethan. Den Lazarillo de Tormes habe ich leider immer noch nicht habhaft werden können.

Wer weiß, ob er ihr so viel Vergnügen macht, denn ich bin von diesem Fache des Bettlerischen und Lausigen nämlich, ein ganz besondrer Liebhaber.

Leb recht wohl.

Dein

A. W. S.

XXVII.

Genf, d. 4ten April 1809.

Dein Brief, geliebter Freund, war mir ein sehr werthes Lebens- und Liebeszeichen, und ich begreife kaum, wie ich ihn so lange habe unbeantwortet lassen können. Indessen wird es Dir durch Friedrich und Deine Schwester nicht an Nachrichten von mir gefehlt haben. Was ich diesen Winter von Deiner Gesundheit gehört habe, bekümmert mich; der Winter in Jena wo Du zur Aufheiterung der Andern so viel beytrugest, wiewohl Du selbst so viel littest, ist mir noch lebhaft im Gedächtnisse. Wie mancherley ist seitdem mit uns und in der Welt vorgegangen! Wir sollten uns wirklich einmal wieder irgendwo zusammen finden, um aus dem Herzen darüber zu sprechen.

Solltest Du nach der Schweiz kommen, so wirst Du auf dem Schlosse meiner Freundin bestens aufgenommen seyn. Sie trägt mir auf, Dich zu grüßen. Schon seit langer Zeit hat sie lebhaft gewünscht, Dich kennen zu lernen, wenn es nur irgend eine Sprache giebt, worin ihr euch verständigen könnt. Sie hat fast alles von Dir gelesen, den Sternbald liebt sie am meisten.

Ich danke Dir für die desengaños über unsre ehemaligen Bekannten in Berlin. Deine Berichte scheinen mir nur allzu glaubhaft, auch von andern Seiten ist mir dergleichen zu

Ohren gekommen. Es kann mir wohl sehr gleichgültig seyn, was jene in ihrer armseligen und dunkeln Existenz über mich ausbrüten. Nur bedauert man seine verlohrne Auslage an redlichen Gesinnungen. Schütz ist nach seinen Tragödien zu urtheilen ein großer Fratz geworden, die wahnwitzige Eitelkeit richtet solche Menschen zu Grunde. Ueber Fichte bist Du nun selbst besser aufgeklärt, sein Betragen in der Sache Deiner Schwester scheint unverantwortlich zu seyn. Von seinen Schriften will ich nichts sagen, es ist aus mit ihm. Was ist lächerlicher ja lästerlicher als seine Einbildung, das Christenthum wieder herstellen zu wollen, und seit dem Evangelisten Johannes der erste zu seyn, der es versteht? Man ist versucht, ihm seine Reden an die Deutschen des Muthes wegen anzurechnen; allein es ist eine solche Mischung von Zaghaftigkeit, Unwissenheit der Geschichte und Unvernunft darin, daß man sich darüber noch am bittersten betrüben möchte, daß wir keine besseren Propheten haben. — Schleiermacher, der Friedrichen und mir doch manches verdankt, soll sich ebenfalls feindselig betragen. Der einzige dankbare Schüler, den ich gehabt, ist Fouqué.

Auf Deine Uebersetzung von **Love's labours lost** bin ich sehr begierig. Du solltest sie doch ja fertig machen und in demselben Format wie die meinige drucken lassen. Ich habe die Uebung in Wortspielen ganz verlohren, und würde sehr verlegen seyn, wie ich dieß Stück übersetzen sollte. Ueberhaupt geht es mir seltsam mit diesem gebenedeyten Shakspeare: ich kann ihn weder aufgeben, noch zum Ende fördern. Indessen hoffe ich diesen Sommer einen großen Ruck zu thun. Richard **III.** ist fertig, und Heinrich **VIII.** angefangen. Es ist leicht möglich, daß mir Mad. Unger Deine Arbeit am Shakspeare in einem etwas veränderten Lichte vorgestellt hat, damit es mir ein Antrieb zur Eile werden möchte. Uebrigens klagte sie vor einiger Zeit über Mangel an Nachrichten von

Dir, und daß sie von manchem, was Du ihr versprochen, nichts weiter höre. Du hast freylich nicht nur ihr, sondern der Welt überhaupt vieles versprochen. Was wird aus allen Deinen dichterischen Planen? Auch über Shakspeare, über die altdeutschen Gedichte wolltest Du schreiben. Ich gestehe, ich bestellte mir von Dir lieber etwas als über etwas.

Melde mir baldigst, wohin ich Dir den zweyten Band des Spanischen Theaters und den ersten meiner Vorlesungen, die jetzt eben, auf die Messe, erscheinen, schicken lassen soll?

Lebe tausendmal wohl, und behalte mich in gutem Andenken. Dein Bruder wird Dir manches von mir erzählen können.

Unveränderlich Dein
treuer Freund
A. W. S.

XXVIII.

Bonn, d. 30sten März 1828.

Nach so langen Jahren der Entfernung muß ich Dich, theurer Freund, doch endlich einmal wieder brüderlich begrüßen. Es war mir sehr Ernst, Dich vorigen Sommer von Berlin aus zu besuchen: ich forderte Deinen Bruder dazu auf; er konnte sich nicht los machen; und so unterblieb es, da mich ohnehin Familien-Verhältnisse ganz den entgegengesetzten Weg nach Hamburg und Hannover hinzogen. Dein Bruder hat herrliche Werke an's Licht gefördert, und ist immer der alte getreue. Deine Novellen habe ich mit unendlichem Ergötzen gelesen — besonders die Zopfgeschichte — so etwas ist seit dem Don Quixote gar nicht wieder geschrieben.

Das Dichterleben ist hinreißend, es sollte in's Englische übersetzt werden — farebbe furore! In meinen jetzt gesammelten kritischen Schriften ist von Dir die Rede, zwar kurz, aber ich hoffe, Du wirst zufrieden sein. Meine „Berichtigung einiger Mißdeutungen" wird Dir nun auch wohl schon vorgekommen sein. Ich habe mich schwer dazu entschlossen, aber das Verhältniß zu Friedrich nöthigte mir diese Erklärung ab. Ich bin mit seinen neueren schriftstellerischen Offenbarungen im höchsten Grade unzufrieden. War's nicht ein Jammer, daß ein solcher Geist so zu Grunde gegangen ist? Vor allen Dingen ermahne ich Dich, bitte Dich, beschwöre Dich, Deine Cevennen[1]) zu vollenden. Es ist nicht nur ein hinreißendes Werk, sondern auch in den jetzigen Zeitläufen eine männliche Handlung.

Komm doch einmal an den Rhein, laß Dich von Deinem Bruder mitbringen. Du solltest herzlich willkommen sein, und würdest mich ganz artig eingerichtet finden.

Meine Gesundheit hatte sehr gelitten, hat sich aber wieder befestigt. Fast täglich durchfliege ich die schöne Umgegend auf edlen und muthigen Rossen. Ich bin heiterer, wie je, die alte Neigung zum Scherze ist auch immer da.

Lebe tausendmal wohl und behalte mich in freundschaftlichem Andenken.

Ewig Dein
A. W. v. Schlegel.

XXIX.

Bonn, d. 7ten October 1829.

Geliebtester Freund!

Ich empfehle angelegentlich Deiner wohlwollenden Aufnahme Herrn Bildhauer Cauer, einen geistreichen und talentvollen Künstler, der sich einige Jahre bei uns aufgehalten hat.

[1]) Was würde wohl die Summe sein, wollte man alle in dieser Sammlung zerstreute Ermahnungen, die „Cevennen" betreffend, addiren? — In der That blieb das Facit leider — Null.

Wir, nämlich Welcker und D'Alton mit mir, hätten ihn gern als Zeichenlehrer hier behalten; allein wir haben es nicht durchsetzen können: und so ist es natürlich, daß er einen Ort verläßt, wo wenig Aufmunterungen und Hülfsmittel für die Kunst vorhanden sind. Ich bin Hrn. Cauer noch besonders verpflichtet wegen der Gefälligkeit, womit er einem armen Knaben, den ich zum Künstler zu erziehen unternommen, sehr schätzbaren Unterricht ertheilt hat.

Lebe mit den Deinigen recht wohl, und behalte mich in freundschaftlichem Andenken.

Ewig der Deinige.
A. W. v. Schlegel.

XXX.

Bonn, den 15ten Januar 1830.

Theuerster Freund!

Hier sende ich Dir einige Späße, welche ich Dich bitte mit aller möglichen Discretion anonym in eins der gelesensten Tageblätter zu bringen, deren ja eine Menge in Deiner Nähe erscheint. Hast Du diese erst fein säuberlich angebracht, dann will ich Dir noch einige esoterische, bloß zu Deinem Ergötzen mittheilen.

Den Briefwechsel habe ich erst jetzt gelesen: Du kannst denken, welchen Eindruck er auf mich gemacht hat. Oft habe ich gelacht, oft großes Erbarmen mit beiden gehabt, besonders aber mit dem kranken Uhu Schiller. Daß er nicht bloß auf Friedrich, sondern auch auf mich einen so unversöhnlichen Haß geworfen hatte, war mir doch einigermaßen neu. Mir ist es recht lieb, er ist nun vogelfrei für mich, da mir bisher die Rücksicht auf ein ehemaliges Verhältniß immer noch Zwang anthat. Mit Goethe hatte ich in jener Zeit keine

Ursache unzufrieden zu seyn, er benahm sich ganz loyal gegen mich, auch war er viel zu klug, um sich, wie Schiller, zu überreden, wir jungen Leute wären gar nicht da, und würden nie etwas in der Welt bedeuten. Auf Goethe bin ich eigentlich nur deswegen böse, weil er durch Bekanntmachung solcher Erbärmlichkeiten sich und seinen Freund so arg prostituirt. Eine der lustigsten Partien ist die von dem Kunstbavian und die enthusiastische Bewunderung der beiden großen Männer für ihn. Das arme abgeschabte Thier wird nun hier auf den Jahrmarkt gebracht, um genärrt zu werden, nachdem offenkundig geworden, daß es weder zeichnen noch malen, weder sprechen noch schreiben, weder denken noch imaginiren kann. Ich habe etwa 20 Briefe von Schiller und 30 von Goethe. Was meynst Du, soll ich diese nun bei dieser Gelegenheit drucken lassen, und eine kurze Erzählung meiner persönlichen Verhältnisse mit beiden beifügen? Wäre es nicht vielleicht auch gut, die Aufsätze von Friedrich, welche den großen Haß entzündet haben, wieder abdrucken zu lassen? Ich erinnere mich unter andern, daß seine Anzeige der Xenien ein Meisterstück von Witz war. Ich habe deßhalb schon Reichardts Journal „Deutschland" verschrieben; aber die Frage ist, ob sich noch Exemplare finden? Vielleicht hast Du es selbst, oder findest es in einer Familien-Bibliothek? Laß mich doch wissen.

Was meynst Du überhaupt zu einem neuen Abdruck von Friedrichs jugendlichen Schriften? Was er ausdrücklich verdammt hat z. B. die Lucinde, einige anstößige und wirklich tolle Fragmente ꝛc. muß freilich ungedruckt bleiben: aber es sind so viel andre schöne Sachen, um die es wahrlich Schade wäre. Aus der Sammlung seiner Schriften, wie sie jetzt ist, wird niemand errathen, daß er unendlich viel gesellschaftlichen Witz besaß. Ich habe auch eine Unzahl von Briefen, noch habe ich die Packete nicht geöffnet. Es ließen sich daraus vielleicht sehr interessante Auszüge machen. Kurz, ich hätte

Lust, dem früheren Friedrich gegen den spätern ein Denkmal zu setzen.

Schreibe mir bald, und empfiehl mich angelegentlich Deiner lieben Frau, Deinen Töchtern und der edlen und liebenswürdigen Gräfin von Finkenstein. Entschuldige so gut Du kannst, mein sündhaftes Nichtschreiben. Es ist ein Laster, wogegen alle guten Vorsätze nichts helfen. Deine Frau hat mir durch Zusendung Deines Porträts, gezeichnet von Auguste Buttlar, eine große Freude gemacht. Alle Freunde finden es meisterlich getroffen. Ich habe an meine Nichte nach Wien geschrieben, aber seit geraumer Zeit kein Lebenszeichen von ihr empfangen. Ich weiß nicht einmal ihre Adresse in der großen Hauptstadt. Warum verweilt sie immer dort, und wendet sich nicht nach Berlin, überhaupt nach dem Norden von Deutschland? Für Holland und die Niederlande könnte ich ihr sehr nachdrückliche Empfehlungen an die Königin schaffen und geben.

Ich halte jetzt wieder meine Wintervorlesungen für die Damen, die stärker besucht sind als je. Da würdest Du die schönsten Frauen und Mädchen von Bonn beisammen sehen.

Vor einiger Zeit, da ich in einer schlaflosen Nacht Deinen Fortunat las, habe ich, wie ich fürchte, durch mein Lachen alle Nachbarn aufgeweckt. Unser berühmter Arzt, v. Walther, bewundert besonders die Consultation der Aerzte. Bloß wegen der Hörner-Scenen muß ich Dich für einen Wohlthäter der Menschheit erklären.

Ich hecke immer allerlei Späße aus, die in meinem Portefeuille bleiben. Gedruckt sind nur ein paar kritische Vorreden in lateinischer Sprache. Im vorigen Jahre sind zwei starke Bände Indischer Text erschienen, bald ist wieder einer fertig. Du würdest diese Dinge wohl bewundern, wenn sie Dir in einer verständlichen Sprache zugebracht würden, welches denn auch geschehen soll. So eben habe ich Briefe aus Indien. Ich bin zum Mitgliede der literarischen Gesellschaft in Bombay ernannt. Zugleich kündigt mir der Gouverneur, General Malcolm eine Sendung von Manuscripten und andern Asiatischen Antiquitäten an, die auch bereits in London angekommen ist.

Nun lebe recht wohl, grüße Alle, schreibe mir bald und behalte mich lieb. Wenn Du wieder nach Bonn kommst, soll besser für Logis gesorgt seyn, denn ich habe das obere Stockwerk einrichten lassen. Die edlen Rosse stolzieren noch immer vor meinem Wagen.

Mit tausend herzlichen Wünschen

Ganz der Deinige
A. W. v. Schl.

XXXI.

Bonn, d. 27. Mai 36.

Geliebtester Freund und Bruder!

Gestern brachte mir Herr Löbell zu meiner großen Freude Deinen Brief. Wir gingen sogleich auf meine Bibliothek, um den fraglichen Theil der Schauspiele des Lope de Vega zu suchen; aber, o Jammer! es fand sich, daß es derselbe sei, den Du schon doppelt hast. Barcelona 1630. 4 Parte veynte. La discreta vengança. Locierto per lo dudoso. Pobreza no es vileza. Aranco domado etc. etc. Aus Verdruß, Dir nichts angenehmes schicken zu können, möchte ich Dir nun dieses dritte Exemplar zu Deinen zweien persönlich an den Kopf werfen, wozu Du mir hoffentlich Gelegenheit schaffen wirst.

Mit den Blumensträußen ist es leider eben so. Ich habe nur ein einziges Exemplar auf Velin, nicht einmal ein gewöhnliches, zum Behuf des Setzers, bei einem etwanigen neuen Druck. Ich begreife es aber nicht recht. Reimer lamentirte ja immer so, es habe wenig Absatz gefunden. Hat er etwa alles zu Maculatur gemacht? Unser gemeinschaftlicher Musenalmanach ist eine große Seltenheit geworden: mein wieder ergattertes Exemplar halte ich unter Schloß und Riegel. Das Athenäum ist vergriffen, die Charakteristiken und Kritiken vergriffen, mein Calderon vergriffen. Auch meine französische Schrift über die Phädra des Racine ist, wie mich ein von Paris kommender Italiener versichert, dort nicht aufzutreiben.

Wenn Du die Kur in Baden gebrauchst, so führe doch ja Deinen Vorsatz aus, hierher zu kommen. Durch die erweiterte Dampfschifffahrt ist ja alles näher gerückt, man kommt den Rhein mit Blitzesschnelle hinunter. Von Mainz ist man zeitig den Nachmittag hier. Komm nur ja. Ich kann der Gräfin Finkenstein, Dir und Deiner Tochter recht hübsch eingerichtete Zimmer einräumen, da ich jetzt ganz allein mein Haus bewohne. Aber nur drei Tage, mein Freund, das wäre in der That nicht vernünftig. Richte Dich gleich wenigstens auf acht Tage ein. Den Rückweg kannst Du dann auf dem Rhein bis Mainz und über Frankfurt nehmen, oder auch nur bis Coblenz und dann quer über nach Cassel. Es ist wahrlich kein großer Umweg. Melde mir nur recht bald, ob Deine Reise nach Baden stattfindet, und von dort aus, wann ich Euren Besuch zu erwarten habe. Zu allem, was das Haus vermag, sollt Ihr bestens willkommen sein.

Ich bin sehr erfreut, daß die Nachrichten von Deiner Gesundheit einigermaßen günstig lauten. Oft habe ich Deine Geduld, Deine gute Laune und heitre Thätigkeit bei so vielen körperlichen Beschwerden bewundert. Wenn es nur mit Deiner lieben Frau besser stände! Grüße sie herzlich von mir, so wie Deine Töchter und die edle Gräfin. Löbell will dieses einschließen: um seine Antwort nicht zu verzögern, verspare ich alles übrige auf einen zweiten Brief. Mit unveränderlicher Liebe

Dein
A. W. Schlegel.

XXXII.

Bonn, d. 2. Jun. 36.

Geliebtester Freund!

Ich gab an Löbell eine kleine Einlage, um meine Antwort ja nicht zu verzögern. Jetzt versichre ich Dich von neuem, daß mir Dein Besuch unendlich willkommen sein, und daß Dein und Deiner beiden Reisegefährtinnen Empfang mir nicht die mindeste Unbequemlichkeit verursachen wird.

Löbell hat die artig eingerichteten Zimmer im obern Stock gesehn. Deine Schlafzimmer kennst Du; der Keller ist ziemlich gut besetzt, die Kalesche ist auch noch da. Es casa vuestra, Sennor.

Du sagst, ich halte mich tapfer. Ich bestrebe mich freilich. Diesen Frühling reite ich sogar wieder. Abends bei hellem Kerzenlicht, sauber geputzt und mit meinen Orden-pompons angethan, in der neuesten, noch nicht fuchsig gewordenen Perücke bringe ich noch eine leidliche Decoration heraus. Schöne Damen sagen mir, ich müsse wohl ein Geheimniß besitzen, um mich immerfort zu verjüngen. Aber die Pflege des Leibes nimmt Zeit weg. Dazu bedarf ich viel Schlaf und zu ungelegenen Stunden. Dies artet zuweilen in das Murmelthierische aus. Sei aber nur nicht bange vor meiner Schlafmützigkeit. Wenn ich wach bin, so bin ich es recht, besonders wenn eine geistige Anregung hinzukommt, und an guten Späßen soll es nicht fehlen.

Du hast Recht: ich hätte längst Dich in Dresden besuchen

sollen, wiewohl sich an diesen Ort traurige Erinnerungen für mich geknüpft haben. Ich war auch oft darauf bedacht, aber zur Ausführung aller Reiseplane gehört Zeit und Geld. Die eben erwähnte körperliche Verfassung ist Ursache, daß ich mit meinen gelehrten Arbeiten gar nicht so vorrücke, wie ich wollte und sollte, was mich zuweilen recht muthlos macht.

Was das zweite betrifft, so habe ich leider die Kunst verlernt, wohlfeil zu reisen. Ich brauche einen Bedienten, einen eignen Wagen, Postpferde und gute Gasthöfe. In Paris bin ich durch die Gastfreiheit meiner Freunde geborgen; doch giebt es in einer Hauptstadt immer noch manche Ausgaben.

Mein Londoner Triumphzug, ein Aufenthalt von nur sechs Wochen, hat entsetzlich viel gekostet. Ich brauche Dir nicht zu sagen, daß mir der Göthesche Aufwasch und Auskehricht eben so zuwider ist, wie Dir. Ich lese das Zeug nicht. Der Alte muß nun durch dieses Fegefeuer gehen. Die Zeit wird die Schlacken wegläutern. Es muß zu einer Auswahl kommen: Werke des lebendigen Goethe.

Hier hast Du ein Wortspiel auf den Zelterschen Briefwechsel. — Dein Tischlermeister, den ich mit vielem Ergötzen gelesen, hat mich an ein ineditum erinnert, das ich seit undenklichen Zeiten, und zwar aus authentischer Quelle, dem autographen Original, besitze. Du kannst damit nach Belieben schalten. Melde mir doch die Adresse meiner Nichte Auguste Buttlar. Ich habe allzulange versäumt ihr zu schreiben. Wenn Du sie siehst, so grüße sie und entschuldige mich. — Gieb mir auch Nachricht von Deinem Neffen und Knorring. Von Deinem Bruder hatte ich letzthin einen Brief, der aber darüber nichts enthält. Nun merke wohl: bis Anfang September triffst Du mich sicher hier. Lebe unterdessen recht wohl, geliebter Freund. Herzliche Grüße an die Deinigen.

Dein treuer
A. W. Schlegel.

XXXIII.

Bonn, d. 12ten Aug. 36.

Geliebtester Freund!

Höchst bestürzt über den Zeitungs-Artikel von Deinem Unfalle, lief ich sogleich zu Löbell, in der vergeblichen Hoffnung, etwas beruhigendes zu erfahren. Erst gestern konnte er mir Deinen Brief mittheilen, der mich mit dem herzlichsten Bedauern erfüllt hat. Ich schreibe sogleich. Du mußt Dich nun nach beendigter Kur ausruhen und stärken, und das kann am beßten in meinem Hause geschehen, wo Du auf alle Weise gehegt und gepflegt werden sollst. Der Umweg hierher führt keine Ermüdung herbei, da Du ihn ganz zu Wasser machen kannst. Nämlich so: in Leopoldshafen schiffst Du Dich sammt Deinem Wagen ein; so hinunter bis Mainz. Da giebst Du Deinen Wagen einem Gastwirthe in Verwahrung, und fliegst mit dem Dampfschiffe in Einem Tage bis hierher hinunter. Hinauf geht es von hier in zwei Tagen. Von Mainz an nimmst Du dann den Wagen über Frankfurt, Gotha, Leipzig, Dresden.

Wenn Du keinen andern Grund hast, so nach Hause zu eilen, als die Besorgniß vor der schlimmen Jahreszeit und den verdorbenen Wegen, so ist beides noch weit entfernt, und läßt Dir alle Muße, bei mir zu verweilen. Die Folgen des Unfalls haben unerwartete Ausgaben verursacht; wie viel? Ein funfzig Thaler etwa? Ei nun, zur Ausfüllung der Lücke läßt sich ja wohl Rath schaffen. Ich pumpe Dir, und wenn ich es nicht in Casse hätte, so pumpt mir der Banquier. Wie gesagt, überlege es wohl. Du wirst mich sehr erfreuen, wenn Du Dich zu einem ruhigen Aufenthalte von wenigstens acht Tagen entschließest. Mein Haus kennst Du, meine Küche kennst Du, meinen Keller kennst Du (nur nicht den himmlischen 34er Asmannshäuser; Champagner und alter Rheinwein ist auch da), meine bequeme Calesche kennst Du; unsre gemeinschaftlichen Zimmer kennst Du (diesmal will ich Dir aber das breiteste Bett einräumen); die neu aufgeputzten Damenzimmer im oberen Stock kennst Du noch nicht; das Badezimmer im Hintergebäude kennst Du in der neuen hübschen und sehr bequemen Einrichtung auch noch nicht. Freilich müßtest Du Dich mit natürlichen Bädern oder künstlichen Mineralbädern begnügen. Meine Späße kennst Du, meine gute Laune kennst Du, meine Schwatzhaftigkeit kennst Du, meine Passion für Dich kennst Du vielleicht nicht ganz.

Ich bleibe unverrückt hier, und werde um die Zeit, wo Du eintreffen kannst, meine ganze Zeit frei haben. Im Falle Deiner Weigerung würde ich mich nicht lange besinnen und Dich in Baden aufsuchen, aber vor dem Anfange der Ferien, besonders gegen Ende des Semesters müßte ich erst um Urlaub nachsuchen.

Nun laß mich bald etwas erfreuliches von Deiner Gesundheit und Deiner Ankunft vernehmen. Der gnädigen Gräfin meine ehrerbietigsten Empfehlungen. Lebe tausendmal wohl, geliebter Freund.

Dein
A. W. Schlegel.

XXXIV.

Bonn, d. 11ten Jul. 37.

Geliebter Freund und Bruder!

Diese Zeilen überbringt Dir ein junger Geistlicher aus Genf, Herr Vernet, Enkel des berühmten Physikers Pictet, und Bruder der Baronin von Staël, der Wittwe meines verewigten Freundes. Aber seine Persönlichkeit empfielt ihn genugsam, auch ohne die Erwähnung einer so ausgezeichneten Verwandtschaft.

Er macht eine gelehrte und litterarische Reise durch Deutschland, und würde glauben, es nur unvollständig gesehen zu haben, wenn er nicht Dresden besucht und Deine Rede vernommen hätte. Gewähre ihm eine freundliche Aufnahme, ich werde es als einen Beweis Deiner Freundschaft betrachten. Er legt sich mit Eifer auf die deutsche Sprache durch Lesen und Hören. Ich habe mich, wie natürlich, immer auf Französisch mit ihm unterhalten; aber ich zweifle nicht, er wird im Stande sein, ein deutsches Gespräch zu führen, und Du wirst ihm Gelegenheit geben, die Anmuth zu bewundern, welche unsre Sprache in Deinem Munde hat. Durch ihn hoffe ich erwünschte Nachricht von Deinem Befinden zu erhalten.

Lebe recht wohl, geliebter Freund! Mit unveränderlicher Treue und Liebe

Dein alter
A. W. v. Schlegel.

XXXV.

Bonn, d. 3ten Sept. 37.

Geliebtester Freund!

Vor einigen Tagen habe ich Dir durch Prof. Löbell die Briefe von Schiller und Goethe, nach der Zeit geordnet, in einer genauen und leserlichen Abschrift zugeschickt. Verfahre nun damit nach eignem Gutdünken. Wenn sie Dir nicht anziehend genug scheinen, so mögen sie immerhin ungedruckt bleiben. Aber getrennt oder zerstückelt dürfen sie nicht werden, weil sie sich gegenseitig erklären. Anmerkungen habe ich beigefügt, zum Theil für den Druck, zum Theil zu Deiner Notiz. Die Briefe von Schiller werden ziemlich vollständig seyn, von Goethe's Briefen sind mir einige auf Reisen verloren gegangen.

Du möchtest wohl meine Beiträge in den ersten anderthalb Jahrgängen der Horen nachsehen, und die Auszüge aus dem Dante loben. Freilich würde ich es jetzt anders angreifen, und habe es theilweise schon anders angegriffen. (Revue des deux mondes, Tome VII. Quatrième série. 15. Août 1836.) Aber damals war es in der That eine neue Offenbarung. Kein Mensch wußte ja in Deutschland vom Dante, noch wollte davon wissen. Auch hat es mächtig nachgewirkt, wie alles was ich in ähnlicher Art gethan.

Aus dem Aufsatze: Etwas über W. Shakespeare rc. erhellet aufs klarste, daß damals noch niemand in Deutschland, auch Goethe und Schiller nicht, an einen versificirten Shakspeare dachte. Meine Uebersetzung hat das Deutsche Theater umgestaltet. Vergleiche nur Schillers Jamben im Wallenstein mit denen im Don Karlos, um zu sehen, wie sehr er in meine Schule gegangen.

In dem Aufsatze über Sprache und Sylbenmaaß war ich noch von der Einbildung angesteckt, man könne aus den Sitten halbwilder Völker die Anlagen der menschlichen Natur erforschen. Deswegen habe ich den Aufsatz nicht in meine Kritischen Schriften aufgenommen, wiewohl er sonst manches gute enthält.

Neuerdings ist doch hier und da einiges von mir im Druck erschienen, zum Theil in Französischer Sprache, was Dir wohl nicht zu Gesichte gekommen ist. Am meisten würde Dich das über die Ritterromane interessiren:

Schluß fehlt.

XXXVI.

Bonn, den 11. Jul. 1838.

Theuerster Freund!

Diese Zeilen überbringt Dir Herr Dubois, General-Inspector der Universität von Paris und Mitglied der Deputirten-Kammer. Er ist mir angelegentlich vom Herzoge von Broglie empfohlen worden, und ich empfehle ihn eben so angelegentlich Deiner wohlwollenden Aufnahme. Mache ihn mit der dortigen Kunstwelt bekannt, besonders auch mit Deinen eignen Werken. Auf die Frontons am Theater machte ich ihn schon aufmerksam, als auf das Beßte, was die neuere Zeit in diesem Fache hervorgebracht. Lebe recht wohl, und gieb mir bald gute Nachrichten von Dir.

Dein treuer Freund und Bruder
A. W. v. Schlegel.

XXXVII.

Bonn, d. 9ten März 39.

Theuerster Freund!

Meine liebenswürdige und geistreiche Freundin, Frau Naumann, will die Güte haben, die beiliegenden Blätter an Dich zu besorgen. Ich bin mit Amtsgeschäften überhäuft und war seit mehreren Tagen unwohl; es fiel mir daher unmöglich, die Sendung mit einem Briefe zu begleiten. Doch bedarf es dessen wohl nicht. Ob ich jemals wieder über meinen Shakspeare sprechen würde, schien sehr zweifelhaft, weil mir die Sache unsäglich zuwider geworden war; daß ich aber, wenn ich spräche, meine Meinung frei heraus und ohne Rücksicht sagen würde, das war vorauszusehen. Lebe recht wohl.

Dein treuer Freund
A. W. v. Schlegel.

XXXVIII.

Berlin, Hôtel de Russie, d. 7ten Aug. 41.

Theuerster Freund!

Gestern Abend fand ich die Einladung in einem Billet des kauderwelschen Skandinaviers Steffens vor, habe sie aber huldreich abgelehnt.

Um jeder Irrung bei dem mir versprochenen Besuche vorzubeugen, melde ich Dir nun schriftlich, daß das Hôtel de Russie, wo ich in dem Zimmer Nr. 9 wohne, bei der Schloßbrücke liegt, nur wenige Schritte rechts, wenn man vom Brandenburger Thor hereinkommt. Ich werde bis 3 Uhr zu Hause bleiben. Du kannst bei mir ein zweites Frühstück einnehmen. Solltest Du, was ich kaum glaube, die Nacht in Berlin bleiben, so könntest Du auch Zimmer im Hause finden. Jagor, der Sudelkoch, wohnt nicht weit von mir. Hr. von Olfers ebenfalls, und wenn Du zu ihm fährst, um im Triumph eingeführt zu werden, so werde ich Dir einen guten Stadtwagen besorgen. Es dauert gewiß bis 8 Uhr Abends:

Das war ein Toben, war ein Wüthen;
Ein jeder schien ein andres Thier.

Gewissermaßen ist es vorsichtig von mir gehandelt, daß ich mich nicht einstelle, denn ich hätte mich nicht enthalten können, Dich als den Preußischen National-Gott Potrimpos oder Pikallos, nach Deiner eignen Wahl, auszurufen.

Grüße Deine edle Freundin und liebenswürdige Tochter, und sage Ihnen, wenn ich ein Landgut bei Potsdam hätte, würde ich Ihnen die Speisen aus meiner Hofküche senden. Nächstens kommt ein Küchenzettel.

Dein in Dich vernarrter und überhaupt närrischer Freund und Bruder
Wilhelm Martell.

Schlegel, Friedrich.

Geb. am 10. März 1772 zu Hannover, gestorben am 12. Januar 1829 zu Dresden.

Lucinde, Roman (1799.) — Alarkos, Trauerspiel (1802.) — Florentin. — Gedichte (1809.) — Ueber die Sprache und Weisheit der Inder (1808.) — Geschichte der alten und neuen Litteratur, 2 Bde. (1815.) — U. a. m. — Sämmtl. Werke, 12 Bde. (1822 und später).

Wie zwei Brüder nach gemeinsam begonnenem, weltstürmendem Auftreten in Wissenschaft und Poesie, Beide in die Mysterien altindischer Weisheit sich vertiefend, und darin wandelnd, an ganz entgegengesetzten Ausgängen anlangend, einander fremd werden konnten — ja mußten, das wird aus diesen, an einen gemeinschaftlichen Vertrauten ihrer schönen Jugend gerichteten Briefen recht klar. Der ältere August Wilhelm, den Friedrich einen „Pedanten" schilt, klagt über Friedrichs Verirrung, wie er es nennt, in religiösen und philosophischen Dingen, und daß der Bruder ihm völlig unverständlich geworden sei.

Tieck stand zwischen ihnen. In der durch den Lauf der Jahre oftmals entschlummerten, niemals erstorbenen Anhänglichkeit für diesen Zeugen erster schäumender Jugendkraft, finden sie sich denn wohl wieder, gleichsam auf neutralem Boden. Der Jüngere schied zuerst. —

Wir lassen seinen Briefen zwei Zuschriften der ihn überlebenden Gattin folgen; die zweite, so mild-versöhnliche, als schönstes Denkmal für den Verstorbenen, und für die ihn Ueberlebende!

I.

(Ohne Datum.)

Ich sehe mit Ungeduld den Briefen über Shak. entgegen. Wenn es mir möglich ist, so frage ich heute noch selbst danach bey Ihnen vor. — Haben Sie Reichardt schon gesehen, der hier ist? — Ich habe ihm schon gesagt, daß Sie uns einen Beytrag versprochen haben, welches ihm natürlich sehr angenehm war. Wenn Sie ihn indessen sehn sollten: so wäre es recht gut, wenn Sie ihm als Herausgeber des Lyc. noch ein paar Worte darüber sagten.

Wenn Sie doch Ihren Beytrag selbst bringen könnten! Des Morgens bin ich immer zu Haus. Den weiten Weg zu Ihnen scheue ich gar nicht. Aber bey mir bleibt man viel sichrer allein, und so sehe ich Sie doch wenigstens jetzt am liebsten, ungeachtet ich auch Ihren häuslichen Cirkel, in dem ich Sie mich immer vorläufig einzuschreiben bitte, wenn ich auch jetzt nicht so oft da seyn kann, als ich wünschte, sehr liebenswürdig finde. Mein Interesse an Ihnen oder an der Poesie ist zu ernst. So etwas zerstreut sich gleich, wenn mehrere da sind. Ich bin in solchen Angelegenheiten sehr für die Zweysprach.

Ich lese jetzt Ihren Lovell zum zweytenmahl. — Mein Bruder läßt Sie herzlich grüßen, und hat große Freude an Ihren Werken und an den Nachrichten, die ich ihm von Ihnen habe geben können.

Empfehlen Sie mich Ihrer Schwester.

Ihr
Fr. Schlegel.

Das unterhaltende Büchelchen erfolgt mit vielem Danke zurück.

Wollen Sie wohl die Güte haben mir Richters Dornenstücke zu leihen, und mir Wackenroders Logis aufzuschreiben?

II.

Dresden, den 27. Jul. 98.

Ich wollte Ihnen nicht eher schreiben, liebster Freund, bis ich Ihnen einigen Bericht über eine spanische Lectüre hier geben könnte. Bis jetzt ist aber noch nichts geschehn, weil ich dumm genug gewesen bin, mich in die Dummheit der Engländer recht sehr vertiefen zu lassen. Ich habe die Arbeiten des Malone ꝛc. über die Aechtheit und Chronologie der Sh.schen Dramen durchgearbeitet, und wenigstens gelernt, wie wenig daraus zu lernen ist. Desto mehr finde ich in Sh.'s erotischen Gedichten (die ich in der Andersonschen Sammlung Engl. Dichter recht nett gedruckt beysammen fand) und in den sogenannten unächten Schauspielen zu lernen. Durch beyde ist mir ein ganz neues Licht über Sh. aufgegangen; und beyde haben mich auch beyläufig[1]) entzückt. Die ersten mehr auf eine subjektive Weise; d. h. ich bin dadurch gleichsam verliebt in Sh. geworden, und ich weiß mir fast nichts, was ich so ganz nach meinem innersten Gemüth liebenswürdig finde als Adonis und die Sonnette. Das Interesse an den Dramen ist objektiver, sie mögen nun von S. seyn oder nicht. Ich habe eine große Vorliebe für den Aeschylus jeder Art, sollte sie auch noch so Gothisch und Barbarisch seyn. In dieser Hinsicht hat Locrin sehr großen Reiz für mich, wegen des Kothurns, und die grelle Lustigkeit dazwischen ist sehr grandios. — Ich halte es indessen für im höchsten Grade wahrscheinlich, daß sie alle von Sh. sind, die meisten noch älter als die erotischen Gedichte. — Ich habe denn doch die Engl. Bestien excerpirt, da ich sie einmal gelesen hatte, und wenn Sie die Reedsche Ausgabe von 93 und Malone's Essais über die Chron. noch nicht gelesen oder gehabt haben, kann ich Ihnen einige interessante Fakta mittheilen, wenn ich zurückkomme.

Wenn Sie nur vorher mit Ihrem Aufsatze über den Cervantes fertig würden! Sie glauben nicht, wie sehr ich es wünsche, Sie auch einmal über die Poesie poetisiren zu hören, und im Athenäum nicht bloß über Sie, sondern auch

---

[1]) Es dürfte angemessen sein, österreichische Leser daran zu erinnern, daß „beiläufig" hier nicht in dem von ihnen gebrauchten Sinne, sondern in norddeutscher Bedeutung für: „nebenbei" zu verstehen ist.

Sie selbst zu lesen. Ich setze Ihnen das Ende des August als letzten Termin. Sind Sie dann nicht fertig, so schreibe ich Ihnen druckend einen Brief über die spanischen Angelegenheiten, an die ich nun unverzüglich gehn will. Glauben Sie aber, daß Ihrem Geiste jede kritische Geburth nur durch die Zange entrissen werden kann, so geben Sie mir nur einen Wink, und Sie sollen unverzüglich eine epistola critica de novellis hisp. von mir erhalten und wir können dann nach Belieben mit der Correspondenz fortfahren. —

Geben Sie nur bald Nachricht von sich und empfehlen Sie mich den Ihrigen. Ihre Schwester Alberti sah ich zweymal; zuerst vor Empfang des Briefs, wo sie, jedoch in aller Zärtlichkeit etwas ungeduldig war; dann nachher als die Sonne wieder schien.

Ich umarme Sie herzlich. Ganz der

Ihrige
Friedrich Schlegel.

Das muß ich Ihnen doch noch sagen, daß Sie von wegen der Volksmährchen zwey Freunde haben, die Sie nicht kennen: Novalis und der Philosoph und Physiker Schelling, von dem ich Ihnen sagte.

Das Stück von Lope auf das Sujet von Romeo hat nicht diesen Titel. Welchen es hat, sagen die Canaillen nicht. — Die Puritanerin wollte mir im Anfang weniger zusagen, sie ist etwas schwer. Nun gefällt sie mir ganz vorzüglich. —

III.

Jena, den 22ten Aug. 1800.

Es kommt sehr erwünscht, daß ich grade zu gelegener Zeit Deine Adresse erhalte, da ich eben einen Brief von Deinem Bruder für Dich habe, der an Wilhelm eingeschlossen war.

Dein Brief und Deine Sammlung hat mir große Freude gemacht. Die Sonette habe ich sogleich einigemal gelesen; sie gefallen mir sehr, auch bin ich zufrieden damit, daß das an mich sich durch die Dunkelheit und Sonderbarkeit so auszeichnet, in welcher Rücksicht mir nur noch das auf Sophie einen ähnlichen Eindruck gemacht hat.

Die Correctur werde ich gut und treulich besorgen; so auch das Exemplar an Hardenberg, der jetzt nicht in Berlin sein wird.

Ich habe noch manche Gedichte gemacht, aber fertig ist der 2te Theil noch nicht. Uebrigens habe ich mich nun auch zum Doctor machen lassen und lese den Winter Idealismus, wozu sich schon 60 gemeldet haben. Vielleicht kommt Schelling und was ihm anhängt, auch zurück, und so würde es Idealismus und Realismus genug geben, welches uns doch weiter nicht sehr kümmert, außer daß ich wünsche, Wilhelm wäre endlich ganz rein von diesen Händeln.

Du siehst ihn gewiß den Winter in Berlin; jetzt aber wird er noch einige Zeit wegbleiben.

Auch der junge Angebranntene ist da gewesen, um sich als Abgebrannten darzustellen. Er fiel mit einem unendlichen und unleidlichen Zutrauen über uns her, wurde aber dadurch der Veit und bald auch mir so fatal, daß ich ihn anfing mit einer gelinden Dosis Wahrheit zu behandeln, worauf er sich schleunig entfernte.

Daß ihm Deine Züchtigung richtig zu Händen gekommen, habe ich alle Sorge getragen, weil ich gerne aus der ersten Hand zusehen wollte, wie er es nähme. Er hat es so genommen, daß ich hätte wünschen können, die Medicin wäre noch kräftiger gewesen: über die Sache selbst zwar hat er sich mit der gemeinen Lebensart geäußert, kurz darauf aber war seine Meinung von Dir sehr geändert, er findet nun vieles an

Dir auszusetzen, und unter anderm auch, daß der Zerbino langweilig sei.

Ritter ist fast der einzige, mit dem wir umgehn. Wir sehn ihn jetzt fast täglich, er hat sich für den Umgang seit Kurzem zum Erstaunen entwickelt, und sein Umgang macht mir so viel Freude, als der Umgang mit einem Sterblichen nur immer kann.

Lebe wohl und dichte fleißig. Grüße Deine Frau und Tochter. — Den Winter komme ich nicht nach Berlin, aber Ostern sehn wir uns ja wohl auf irgend eine Weise.

Friedrich S.

Noch eins, und zwar etwas wichtiges. Ideler läßt den D. Q. von mir wieder fordern. Ich habe geglaubt, Du hättest ihm denselben etwa in Berlin wieder gegeben, oder doch ein Wort mit ihm deswegen gesprochen. Ich bitte Dich daher, wenn Du den D. Q. an Ideler gegeben, sogleich eine Zeile desfalls zu schreiben.

Die Oper muß fertig gedruckt sein, doch habe ich den Titel noch nicht zur Correctur gehabt. Ganz rein von Fehlern mag sie wohl nicht sein. Bei dem Journal will ich mir aber alle Mühe geben. Wenn Du Jacobi siehst, so sage ihm in Gedanken von mir: — Der mag mich — —!

IV.

Jena, den 5ten Novemb. 1801.

Geliebter Freund!

Du mußt mir verzeihn, daß ich Dir so lange nicht geschrieben habe. Ich war sehr beschäftigt und oft auch gestört durch die Kränklichkeit der Veit, die mich oft sehr unmuthig gemacht hat. Dennoch freue ich mich sehr in der Hoffnung,

Dich bald zu sehn. Wir haben viel mit einander zu sprechen, und wollen dann recht viel zusammen sein.

Heute nur das Nöthigste von Geschäften. Die Geschichte der Gothischen Könige kann (Lücke) nicht finden, wie er Dir wohl wird geschrieben haben. Die Charakteristiken hast Du nun. Sowohl den Aeschylus als die guerres civiles kannst Du leicht in Dresden haben, daher halte ich's für besser, sie lieber selbst mitzubringen.

In diesen Tagen war Karl Hardenberg bei mir auf der Durchreise nach Meiningen, wo er etwa 4 Wochen bleiben wird. Er war nur eine Stunde bei mir, indessen habe ich doch gleich die Zeit benutzt, um über die Herausgabe von Novalis Schriften das Nöthige mit ihm zu reden. Er war alles sehr zufrieden, wie Du es eingerichtet hast, und wie ich es ihm vorschlug. Die Biographie, die er zu machen Lust hat, soll für sich bestehn, und also darfst Du darauf nicht warten. Ich wünschte nun herzlich, daß Du den Druck gleich anfangen ließest, da eben keine große Vorrede nöthig ist, und diese immer noch nachher gedruckt werden kann: denn es ist doch am besten, wir machen sie, wenn wir zusammen sind, gemeinschaftlich.

Ich dächte nun, Du nähmest in den ersten Theil, was fertig ist vom Ofterdingen, auch das Fragment zum 2ten Theil, ferner einen Bericht von dem, was er Dir mündlich über die Fortsetzung gesagt, und wenn so viel Raum ist, etwa noch den Lehrling zu Sais.

Den zweiten Theil können dann die Hymnen an die Nacht, die geistlichen Lieder, und die Fragmente, die ich aus seinen Papieren wählen werde ausfüllen. Zu diesen denke ich das Beste und Wichtigste aus den Blüthenstaub, Glauben und Liebe und Europa zu nehmen. Da alle diese drei Aufsätze in ihrer Ganzheit und individuellen Beziehung nur irre leiten würden über den Charakter des

Schriftstellers; da die Hymnen über die Nacht hingegen am schönsten und leichtesten im Ganzen erklären, so halte ich auch ihren unveränderten Abdruck für nothwendig.

Karl geht sehr ein in diese Idee, auch hat Novalis selbst noch in der letzten Zeit immer einen ganz besondern Werth in die Vollendung dieser Arbeit gelegt. Der Papiere sind so viele, daß Karl sie mir nicht schicken kann; ich werde also diesen Winter auf 8—14 Tage hingehen, um an Ort und Stelle zu sehen, wie viel und auf welche Weise sich daraus nehmen läßt. Was Du mir in Rücksicht der Bedingungen von Unger rc. schreibst, ist gut. 25 Exemplare müßten wir dem Bruder wohl wenigstens geben.

Hast Du nicht ausdrücklich so viele bei U. bedungen, so müßten die übrigen von uns nachgekauft werden. Ueber die Anerbietung, die Du mir in dieser Rücksicht machst, bin ich etwas erstaunt, besonders über die Veranlassung derselben.

Ich habe Wilhelm gelegentlich zu verstehn gegeben, wie weit entfernt Du in dieser Angelegenheit von aller eigennützigen Absicht seist. Er behauptet aber, nie ein Mißtrauen der Art und gegen Dich gehabt noch geäußert zu haben. Freilich weiß er immer nicht recht, was er sagt, oder schreibt, wenn er einmal in Hitze ist. Was die Sache selbst betrifft, so kann ich Dein Anerbieten keineswegs unbedingt annehmen, sondern höchstens nur in Rücksicht der Zeit und Reisen, die es mir wohl diesen Winter kosten wird, eingehen, daß wir zu gleichen Theilen gehn; worüber Du denn Ungern Deine Disposition geben magst. Ob er mir es giebt oder abrechnet, ist mir im Grunde ziemlich eins, und mag von ihm selber abhängen.

Vielleicht geh ich in diesen Tagen auf ein paar Wochen nach Berlin und dann könnte ich die Correctur selbst besorgen; sonst dächte ich, übertrügst Du sie Wilhelmen, weil er sie doch gewiß sehr genau besorgen wird.

Ich freue mich, daß gerade wir das Unternehmen gemeinschaftlich besorgen und sehe es als einen guten Anfang an für künftige Projecte. Es freut mich von Herzen, daß Du Lust hast, etwas in Gemeinschaft mit mir zu unternehmen; alles nähere darüber mündlich; ich habe alles schon ausgedacht.

Wilhelm ist in diesen Tagen wieder nach Berlin gegangen. Ich habe ihn ziemlich oft gesehn, einigemal recht interessant mit ihm gesprochen, doch nimmt seine Pedanterie sehr zu, und er wird immer breiter und härter. Wir berührten die Familienverhältnisse nicht, aber er hat wohl dafür gesorgt, daß ich sie ein paarmal empfunden habe. Unter anderm hat W. mich einmal auf eine solche Weise beleidigt, die es mir unmöglich macht, ferner an dem Almanach Antheil zu nehmen, so leid es mir der Sache selbst und auch Deinetwegen ist.

Du erinnerst Dich vielleicht, daß ich vorigen Winter ein Gedicht, der welke Kranz gemacht habe, und wer mich und meine Verhältnisse kennt, der wird allenfalls errathen können, daß es sich auf Auguste bezieht und an eine Freundin von mir gerichtet ist (welches aber das Gedicht selbst nichts angeht). Damals hat er nicht nur zwei Seiten voll Lobes über Sylbenmaß und Stil des Gedichtes an mich darüber geschrieben, sondern auch in den stärksten Ausdrücken davon geschrieben, wie es ihn rühre, und wie es ihm lieb und werth sei. — Viermal wenigstens habe ichs ihm in einer umständlichen Specification von allem, was ich zum Almanach geben wolle, ausdrücklich mit genannt, und jedesmal hat er es mit den größten Beifallsbezeugungen auf's lebhafteste acceptirt, bis er mir's jetzt vor Kurzem, da der Almanach fast fertig war, zurückschickt mit einem albernen, verächtlichen Geschwätz von Persönlichkeit, innerer Religion, und daß ich nicht würde mit einem zerrissenen Herzen rechten wollen. Du kennst mich genug, um zu wissen, ob mir viel daran gelegen sein kann, ein solches Gedicht von mir gedruckt zu sehn oder nicht; aber Du mußt auch fühlen, welche unausstehliche persönliche Beleidigung grade bei diesem Gedicht in der Zurückgabe liegt. Ich war lange in Verlegenheit, was ich thun sollte; endlich beschloß ich, gar nicht zu antworten, denn thät ich es einmal, so hätte es schwerlich anders geschehen können, als auf eine Weise, die völlig jedes Verhältniß zwischen uns unmöglich gemacht hätte. Um aber nicht ähnliche Gefahr zu laufen (— vor der ich bei der größten Behutsamkeit nicht sicher sein würde, da die Gedichte, die man zu einem Almanach geben kann, mehr oder weniger ins Subjective spielen, und da Karoline alles dazu zu machen weiß, was auch noch so wenig dahin gehört) — und auch weil jenes Betragen W.'s so unwürdig, und besonders seiner gewohnten Pünktlichkeit als Herausgeber so entgegengesetzt ist, daß ich berechtigt bin, vorauszusetzen, Karoline sei die Urheberin jener Beleidigung; und ich nun unmöglich an einem Werke Theil nehmen kann, dessen unsichtbare Herausgeberin eine Person ist, die sich in jeder Rücksicht infam gegen mich betragen hat; so muß es bei jenem Entschluß bleiben, und ich wünsche nur, daß — was doch früher oder später geschehen muß — ich darüber mit W. nicht auf eine Art zur Sprache kommen mag, die jede fernere Gemeinschaft zwischen uns unmöglich macht. Schreibst Du ihm also darüber, so thu es auf die gelindeste Art.

Dein Bruder ist seit einiger Zeit in Weimar, und auch dann und wann hier, wo ich ihn einigemal gesehn, wenn gleich nicht viel, weil er bei W.'s logirt und da sehr fest gehalten wird.

Die Art, wie er über seine Kunst spricht, mißfällt mir nicht; doch scheint mir's, daß ihm ein Umgang mit Dir auf längere Zeit sehr nöthig wäre. Er ist sich im Wesentlichen gar nicht klar, und leidet im weniger Wesentlichen (was doch auf das Wesentliche bald wesentlichen Einfluß hat) sehr an Halbheit, Unkenntniß und falschen Vorstellungen. Er muß aber recht lange mit Dir beisammen sein und Du mußt es gelinde angehn lassen. Uebrigens weiß ich freilich nicht viel von ihm; vor einigen Wochen kam er einmal sehr freundschaftlich und wollte mich auch für Dich zeichnen; seit er aber jetzt wieder hier ist, ist nicht weiter die Rede davon gewesen, und ich weiß weiter nichts, als daß er Schelling statt dessen zeichnet.

Ja überhaupt, muß ich Dir sagen, ist sein Benehmen dieses letztemal so gegen mich, daß es mich in Verlegenheit setzt, und wenn Dein Bruder unhöflich gegen mich ist, so nehme ichs ihm nicht übel, weil ichs schon voraussetze; aber ich darf auch wohl voraussetzen, daß eine neue Klätscherei aus der alten wohlbekannten Kutte daran Schuld ist.

Herzliche Grüße von der Veit an Dich, und von uns beiden an Deine Frau. Es soll uns recht freuen, Euch in Dresden vergnügt und gut eingerichtet zu sehn. Auf die kleine Dorothea freue ich mich sehr, sowie auf die kleine Auguste.

Ich wollte Dir heute noch weit mehr schreiben, über den göttlichen H. Dümmling u. s. w.

Aber die Veit ist eben gar nicht wohl. Lebe also recht wohl.

Friedrich.

Die Romanze rechne ich zu den göttlichsten und vollendetsten Werken, die Du gemacht hast. Die andern Gedichte im Almanach — der Zornige, Sanftmüthige, Einsamkeit — sind nur Anklänge aus einer neuen Region Deiner Poesie, von der ich bald größere Studien zu sehn wünsche. Grüße meine Schwester herzlich, wenn Du sie siehst, und sag' ihr, daß ich sehnlich auf Nachricht von ihr warte.

V.

Leipzig, Sonnabends den 22ten Mai 1802.

Wir haben noch oft mit herzlicher Liebe an Dich gedacht, und Dir in Gedanken ein herzliches Lebewohl und baldiges Wiedersehn zugesandt. Ich werde Dir weitläuftig schreiben, sobald ich einen Augenblick Ruhe finde; das wird aber vielleicht erst in Mainz sein.

Heute nur einige Worte über alles, was Du zu wissen verlangst. Du erhältst hier D. Mongez (?) und 12 Louisd. und die deutschen Bücher wirst Du auch sogleich erhalten durch Reimer. Der Meister und Sternbald der dabei sein wird, ist für Charlotte; schicke ihn ja sogleich nach Pillniz.

Nicolovius war nicht hier. Cotta konnte ich lange nicht finden, und da ich ihn fand, war es auch eben kein großer Fund. Ich sah in der ersten Viertelstunde, daß es absolut nichts mit ihm sei für unsere Zwecke; er hat die Tramontane völlig dadurch verloren, daß ein paar hundert Exemplare vom Almanach remittirt worden sind. Das ist auch gewiß der einzige Grund seines abgeschmackten Betragens gegen Dich seither. Ich habe mit Wilmanns etwas ganz leidlich gemacht, nämlich die Europa bei ihm angebracht; aber so lange ich noch auf andre rechnen konnte, glaubte ich ihn für Dich nicht wählen zu müssen, weil die Operette so enorm schlecht gegangen, daß man ihn gewiß sehr übel disponirt fände.

Reimer habe ich Deine Idee gesagt, er ist bereit, die Könige des Graals zu übernehmen, zu den bewußten Bedingungen; aber Vorschuß würde er erst zu Michaelis geben können.

Ueberlege Dirs, ich hielte es für sehr gut, Du nähmest es an. Es ist der honnetteste Mann unter dem ganzen Volke. Ich setze nämlich alsdann voraus, daß Du auf einem andern

Wege zu Gelde kommst. Könnten Dir die Verwandten Deiner Frau nicht helfen?

Ich habe gethan, was ich konnte, aber länger darf ich selbst nun durchaus nicht hierbleiben. — Mahlmann schien in so fern in der günstigsten Disposition, weil er zu fühlen scheint, daß er bei dem Handel vorigen Winter etwas versehen hat, und es sehr gern wieder gut machen möchte; er hat unstreitig große Lust, mit Dir in Verbindung zu stehn. Ich dachte ihn eigentlich dahin zu bringen, daß er Dir geradezu 40 Louisd. schickte, als die schönste Art, die Verbindung mit Dir anzuknüpfen — aber dazu hat er wohl nicht Genie genug. In drei Wochen kommt er nach Dresden, wo nicht, so schreibt er Dir gewiß, und ich zweifle auch gar nicht, daß Du ihn wirst brauchen können.

Wilhelm ist da, bleibt 4—6 Tage und kommt dann zu Dir; ich habe daher ihm alle Deine Interessen mitgetheilt, und er wird gewiß, wenn sich ihm noch eine Gelegenheit zeigen sollte, sie auf's beste nützen. Am Ende geht es auch mit Wilmans; gestern suchte ich ihn vergeblich.

Noch will ich Dir wenigstens melden, daß Frommann, der Dir, wie ich höre, nicht so viel Geld geschickt, als Du wolltest, Steffens bestimmt versprochen hat, Dir mehr zu schicken. Reimer harrt nun sehnlichst auf den 2ten Theil des Novalis. — Karl H. war hier, der Lehrling ist noch nicht gefunden.

Steffens ist in großer Eil abgereist, weil einige Freiberger nach ihm gefragt haben. Er erwartet mich in Weißenfels. Meine eignen Angelegenheiten sind recht gut gegangen, auch die buchhändlerischen leidlich. Die Margarethe und was ich sonst etwa zu Paris übersetzen lassen, hat Mahlmann genommen. Zu so etwas hat das Volk freilich Lust. Herzliche Grüße an Deine Frau, an Marie und den Bildhauer, auch an Buri, alle Freunde. —

Der Bildhauer soll mir eine Addresse an David schicken.

Er kann sie, wenn er es gleich thut, an die Gebrüder Mappes zu Mainz durch Ernst schicken; aber später an Wilmanns zu Frankfurt am Main. Treibe ihn, daß er es thut.

Wie leid thut es mir, daß Du nicht mehr Geld mit diesem Briefe erhältst!

Friedrich Schlegel.

VI.

Paris, den 13ten Septemb. 1802.

Herzlich geliebter Freund, wie viele Briefe würdest Du schon von uns erhalten haben, wenn wir Dir jedesmal geschrieben hätten, da wir mit Liebe und Sehnsucht an Euch dachten. Ich fühle es recht tief, wie Du mir fehlst, fühle es unter den Zerstreuungen, Beschäftigungen, Sorgen und Neuigkeiten immer gleich. Es hat aber mehr die Wirkung daß ich täglich mit dem gleichen Ernste darauf sinne, wie wir eine Lage gewinnen könnten, daß wir uns nachher nie zu trennen brauchten, als daß es mir möglich wäre, Klagen zu führen, die bei einer so bestimmten und deutlichen Sehnsucht keinen Trost gewähren.

Ich werde Dir daher auch heute nur recht trocken Nachricht von mir geben; ich wollte Dir schon vorlängst einen Brief über die Gemählde schreiben. Aber Du findest das alles aufs ausführlichste in der Europa; Du wirst das erste Stück davon zu Neujahr gewiß in Händen haben; es ist fast ganz an Dich gerichtet wenigstens in Gedanken. Die Kataloge sollst Du mit Gelegenheit haben, und in meinem nächsten Briefe auch Nachricht von den altdeutschen und provenzalischen Manuscripten.

Lieber Freund, es sind ungeheure Quellen und Hülfsmittel hier; ein Reichthum von orientalischen Manuscripten, über den selbst die erstaunen, die von Benares kommen. 1800 Persische Manuscripte und fast eben so viel Sanskrit. Ich habe große Lust beides zu lernen — aber freilich müßte man eigentlich eine Regierung dafür interessiren können. Ich will sehen was ich vermag. Ich fühle mich unglaublich nach dem Orientalischen gezogen. Was machen Deine Nordischen Studien? — Ich überzeuge mich immer mehr, daß der Norden und der Orient in jeder Weise, in moralischer und historischer Rücksicht die guten Elemente der Erde sind — daß einst alles Orient und Norden werden muß; und ich hoffe unsre Bestrebungen sollen sich von diesen beiden Seiten her begegnen und ergänzen; so daß auch in unsrem Thun und Werden dieselbe Einheit und Freundschaft ist wie in unseren Herzen.

An Sorge und Verdruß hat es uns bis jetzt auch hier nicht gefehlt. Den letzten haben uns die Verwandten meiner Frau und besonders Henriette in reichlichem Maaße gewährt, die sich ganz ohne Rückhalt öffentlich als unsre Feindin beträgt.

Meine Aussichten und Absichten sind folgende. Für das nächste macht man mir Hoffnung zu einer Stelle, die mich durchaus nicht hindern würde. Mein hauptsächlicher Wunsch ist, die Regierung zu bewegen, daß Sie hier eine Deutsche Akademie, ein Deutsches Nat.-Institut errichte; es wird dazu wohl gut sein, daß ich ein philosophisches Werk französisch schreibe. Ich habe schon einen kleinen Versuch gemacht und führe es vielleicht noch diesen Winter aus. Vielleicht kann mir auch das Persische und Indische ein Mittel an die Hand geben, eine Zeitlang zu subsistiren und die Regierung zu etwas ordentlichem zu bringen. — Es wird schon gehn vor der Hand, wenn gleich nicht ohne Noth; und ich habe doch mehr als eine Hoffnung, daß wir bald werden ungetrennt zusammen leben können. Alles dieß darf niemand von den deutschen Freunden wissen, außer Charlotte. Grüße Sie herzlich. Theile ihr aus diesem Briefe mit, und frage Sie ob Sie zwei Briefe von mir erhalten hat?

Mahlmann hat meine alte Idee, Lessings philosophische Schriften zu ediren, angenommen. Es macht mir eigentlich große Freude, dem Volke diese Possen spielen zu können: Ich bitte Dich aber, es ja nicht weiter auszubreiten, sonst möchte die alte Verlagshandlung versuchen uns zuvorzukommen.

Meine Frau grüßt Dich herzlich. Es ist ein Brief von ihr an Malchen unterwegs, der aber wohl später ankommen wird als dieser. Wir grüßen Marien herzlich. Was macht Dorothea?

Friedr. Schl.

Wärest Du hier, wir hätten uns schon todt gelacht über die Franzosen. An sich ist aber der Unterschied wahrlich gar nicht so groß, als man ihn denkt. David ist der greulichste Schmierer, den man denken kann. —

Freund ich mahne nicht wegen des Novalis. Aber Du weißt mit welcher Sehnsucht ich ihm entgegen sehen muß. Ist der Oktavian fertig? Bücher schickst Du an Wilmans in Frankfurt am Mayn.

Noch eins — woran mir sehr liegt. Gieb mir etwas zur Europa; etwas in Prosa über den Norden und das Altdeutsche, oder die Romanzen, wenn Du sie gemacht hast oder was Du willst.

(Verkehrt unter dem Datum): Daß Du mir etwas zur Europa gebest, daran liegt mir sehr viel. Du schickst es dann bloß an Wilmans.

VII.

Paris, den 10ten Novemb. 1802.

Vortrefflicher Freund!

Hier schickt Dir meine Frau die Kataloge der Gemälde, die Du gewünscht hast. Das was Du nun hier liesest, war im ganzen Sommer 1802 zu sehen, und diese Kataloge findest Du bei der ausführlichen Beschreibung im 1sten Stück der Europa zum Grunde gelegt. Von dem, was wir nun in der Folge noch Neues sehen, sollst Du stets ausführliche Nachricht haben. Gestern habe ich die Nachricht erhalten, daß der 2te Theil des Novalis wirklich da ist und habe eine unbeschreibliche Freude darüber. Ich rechne es Dir als ein großes Verdienst an, daß Du Dich die übrigen vielen Geschäfte nicht hast von der Erfüllung dieser Pflicht abhalten lassen. Sehr begierig bin ich nun zu sehen, wie Du die Fragmente wirst gewählt und geordnet haben.

Könntest Du mir nicht einmal ohne zu großen Zeitverlust etwas für die Europa geben? Etwas über die Dresdner Gallerie, oder wenn Du die 'Nordischen Romanzen gedichtet hättest, und Ihr nicht etwa wieder einen Almanach gebt; vielleicht auch etwas über die Nordische Mythologie.

Lieber Freund, ich glaube, Du solltest auf gelinde Nebenarbeiten denken, da Dir Deine großen jetzt so viel schwieriger werden; das möchte Dich im Fluß erhalten, wenn Du z. B. ein oder ein paar von Shakspeares Stücken der ersten Epoche übersetztest — besonders den Perikles und etwa den Vicar von Wakefield. Ja ich glaube, es könnte Dir selbst auch in sofern vortheilhaft sein, daß Du auch in Deinem dramatischen Styl noch etwas altdeutscher würdest.

Wir denken und dichten immer an und mit Dir. Herzliche Grüße an die Deinigen. Uns geht es leidlich. Im Persischen bin ich schon ziemlich weit, und ganz erstaunt, daß es in dem Grade nicht dem Deutschen ähnlich, sondern wirklich durchaus das Deutsche selbst ist, beides wirklich nur eine Sprache, aber jene eben so arabisirt, als unsere latinisirt und dadurch von einander getrennt. Die großen mythischen Dichter fange ich nun bald an, vielleicht finde ich's da eben so, als in der Sprache. Deutsche Manuscripte sind auf der National-Bibliothek nicht, außer der Manessischen Sammlung; vom Vatikan haben sie keine dergleichen mitgenommen. — Auf den andern Bibliotheken konnte ich noch nicht nachsehen. Bist Du bei Burgsdorf, so grüße ihn von mir. Daß Du mir gar nicht schreibst, ist sehr traurig. Ich denke immer noch, es soll mir hier oder wenigstens durch hier gelingen und gut gehen; jetzt ist das nicht der Fall, weil ich von Dir getrennt bin. Ich fühle es immer einsamer.

Die besten Grüße an Marien. Wäre sie doch hier.

Friedrich.

So eben hör' ich, daß Reichardt hier ist, wir haben ihn aber nicht gesehn.

Diesen Brief erhältst Du durch Werner, das ist einer der trefflichsten Männer, die es giebt.

VIII.

Paris, den 15ten Sept. 1803.

Den Wunsch, einen Brief von Dir zu lesen, geliebter Freund, muß ich, wie es scheint, wohl aufgeben, indessen kann ich doch der Gewohnheit nicht widerstehen, wieder einmal an Dich zu schreiben, und Dir Nachricht von mir zu geben. Mir geht es gut; doch ist damit mehr das Nützliche als das Angenehme gemeint. So frohe Tage leben wir hier nicht, wie in Dresden; aber gelernt habe ich in dem Jahre so viel, daß ich's zeitlebens nicht bereuen könnte, hier gewesen zu sein. Anfangs hat mich die Kunst und die Persische Sprache am meisten beschäftigt. Allein jetzt ist alles dies vom Sanskrit verdrängt. Hier ist eigentlich die Quelle aller Sprachen, aller Gedanken und Gedichte des menschlichen Geistes; alles, alles stammt aus Indien ohne Ausnahme. Ich habe über vieles eine ganz andre Ansicht und Einsicht bekommen, seit ich aus dieser Quelle schöpfen kann. Was wir Poesie nennen ist verhältnißmäßig späteren Ursprungs, und ganz bestimmt die Poesie der Helden und Fürsten, der zweiten Indischen Kaste; die einfachere und tiefere Poesie der Braminen ist nie nach Europa gekommen. Aelter aber als die Poesie ist die Religion und die Oekonomie, wenn man es so nennen darf; Ackerbau und Ehe, beide aber ganz als gottesdienstliche, durchaus unnütze und bloß symbolische Handlungen, die früheste Art der noch körperlichen Gebete.

Das Persische ist dem Deutschen so verwandt, daß man beides fast für eine Sprache ansehn kann; nur ist die eine so arabisirt, als die andre latinisirt. Sogar der Gang der Poesie und Litteratur bei beiden Nationen ist zum Erstaunen ähnlich; in der ältesten Epoche eine Masse von alten mythischen Nationalgedichten; auch in der Sprache ganz einheimisch; und dann eine romantische Zeit, wo das Arabische so durchaus angenommen aber auch mehr geformt wird, wie in unsrer Schwäbisch oder Französisch. Ich denke, Du wirst von beiden bald viel von mir zu lesen bekommen; zum Theil auch in der Europa. Um so mehr möchte ich Dich von neuem auffordern, an derselben Antheil zu nehmen. Am liebsten hätte ich die Fortsetzung Deiner Briefe über Shakespear. Oder, wenn Du daraus durchaus ein besonderes Werk machen willst, so wär' es wohl gut, wenn Du einmal etwas über Deine Nordischen und altdeutschen Studien gäbest, zur Vorbereitung des Heldenbuchs Percival, Titurel und was Du sonst vorhast. Wie steht es mit Deinem Plan hierüber, auch mit dem über das Nibelungenlied? Ich habe mich mit dem letzten hier von neuem sehr beschäftigt (wie denn für das Altdeutsche und Isländische hier weit mehr Hülfsmittel sind, als ich irgendwo in Deutschland beisammen gefunden), und möchte ich Dich fragen, ob ein von mir besorgter Abdruck desselben Deine Bearbeitung, die Du vor hast, stören könnte? Meine Absicht ist, es gar nicht zu verändern, gar nicht umzubilden; sondern nur grade so viel zu retouchiren, daß es verständlich ist. — Wenn Du es ergänzen willst, wie Deine Absicht war, so dürfte das dahin führen, alle die zerstreuten Glieder der Nordischen Dichtung wieder zu verbinden, was Du so bald nicht vollenden wirst, und dann wirst Du sehr abweichen müssen von dem Nibelungenliede, so wie es jetzt ist. Mir däucht aber, dieses Gedicht muß so ganz Grundlage und Eckstein unsrer Poesie werden, daß außer Deiner Bearbeitung und meinem bloß retouchirten Abdruck auch wohl noch eine ganz kritische Edition existiren sollte in der ältern Orthographie, mit Berichtigung der Lesart und Erklärung der unveränderten alten Sprache allein bestätigt (?).

Laß mich über diesen Punkt bald Antwort wissen, und wenn es möglich, erfülle meinen Wunsch in Rücksicht der Europa. Daß Du Deine Gedichte in derselben nicht abdrucken lassen wollen, begreife ich nicht recht, besonders unlieb war mir's auch deswegen, weil ich keine Abschrift derselben genommen. Was hast Du sonst gemacht? Ich weiß nichts mehr von Dir. Meine Frau ist beschäftigt mit einem Auszug oder vielmehr Uebersetzung des alten Romans vom Zauberer Merlin. Dieser ist eine wahre Fundgrube von Erfindung und Witz. Ueberhaupt leben wir gut, was an uns liegt, die Sorge und den Verdruß abgerechnet; worunter die größte Bekümmerniß die ist, daß meine Freunde mich so bald vergessen und verlassen haben.

Lebe wohl und grüße die Deinigen. Dein

Fr. Schlegel.

Ich habe seit langer Zeit die Geschichte des Josaphat spanisch für Dich, auch den Fortunatus französisch. Ist Dir damit gedient?

IX.

Paris, den 25ten Sept.

Ich nutze die Gelegenheit, daß Werner aus Freiberg nun ein Packet für uns mitnehmen wird, um Dir noch einmal zu schreiben, oder vielmehr nur einige Worte zu meinem vorigen Briefe vom 15ten Sept. hinzuzufügen.

Ich möchte Dich recht bestimmt bitten um einen Beitrag zu meinem Journal, der gewissermaßen meine Nachricht von den hiesigen Gemälden ergänzen würde und das wäre ein Aufsatz über die Dresdner Gallerie. Könntest Du Dich dazu wohl entschließen? — Ich würde ihn dann zum 2ten Stück wünschen d. h. das Manuscript im Januar zu liefern. Hast Du nordische Romanzen gemacht, und gebet Ihr keinen Almanach, so erbitte ich mir diese gleichfalls. Ich sehe dem Octavianus, dem 2ten Theil des Novalis, vor allem aber einem Briefe von Dir mit herzlichster Sehnsucht entgegen. Was macht Ihr und wie geht es Euch Allen? Ist Schütz wieder in Dresden gewesen?

Daß Du mit Mahlmann eins geworden, ist mir sehr lieb. Nimm Dich nur in Acht, Deine Poesie nicht zu sehr zu zersplittern durch solche Unternehmung wie das Marionettentheater.

Wir lesen hier Deine Gedichte recht andächtig. Ich bin immer noch der Meinung, daß der Zerbino mit einigen andern Deiner witzigen Dramen verbunden werde, die sich viel mehr verschlingen sollten.

Einige von Deinen frühern oder weniger ausgeführten Gedichten müßtest Du vielleicht nun noch einmal neu machen, so daß sich das neue zu dem alten verhielt, wie Dein Octavian zu den alten Legenden, versteht sich so ungefähr. Ich rechne dahin besonders das (unleserlich) Mährchen und Karl von Berneck, in dem gewiß ein sehr guter Fond ist. Die alten Geschichten und romantischen Dichtungen, welche Du nicht so entfalten kannst oder willst, wie Genoveva und Octavian, würden sich gegenseitig heben, wenn sie in einem Dekameron, Gartenwochen oder dergleichen zu einem Kranz geordnet wären. Darüber wollen wir das nächstemal recht viel mit einander reden. Ich umarme Dich von Herzensgrund.

Friedrich.

X.

Köln, den 26ten August 1807.

Herzlich geliebter Freund, schon lange sehne ich mich danach, einmal Nachrichten von Dir zu hören. Du schriebst mir zwar vor einem Jahre, da Du an uns vorbei reistest, einige Zeilen; aber es war gar zu wenig. Dir zu antworten, hinderte mich die weite Entfernung, da ich bald darauf wieder in Frankreich war. Auch würde ich nichts andres haben schreiben können, als Klagen darüber, daß Du so nah an mir vorbei reisen konntest, ohne mich zu sehen.

Was treibst Du, und was hast Du fertig gearbeitet von Deinen ehemaligen Arbeiten? Es hat sich nun ein Andrer über das Nibelungen-Lied gemacht; wie ist seine Arbeit beschaffen? Man darf sich wohl nicht viel Gutes davon versprechen. — Hat Italien denn gar keine Frucht in Deinem Geiste zur Reife gebracht, Dich gar nicht angeregt, und wirst Du nicht auf irgend eine Weise uns etwas davon mittheilen? Dieses möchte ich vor allen wissen, sodann aber auch wie Rom

Dir selbst gefallen, wie es auf Deine Denkart gewirkt, endlich ob der katholische Gottesdienst dort Dich befriedigt, und wie das Künstler- und gesellige Leben in Rom beschaffen ist. — Später oder früher werde ich doch auch einmal hin wandern müssen, und so wäre es mir nützlich, davon zu hören. —

Von mir wirst Du bald wenigstens ein kleines Werk über Indien lesen. Manches andre ist theils ganz theils halb fertig; denn ich war im Grunde immer fleißig. Aber wann es erscheinen wird, weiß ich nicht, da die Zeiten so ungünstig sind. — Die Niobe von Schütz habe ich gelesen; wie ist es aber möglich, daß dieser sonst so lebensvolle und jugendliche Geist sich auch in diese zwerghafte Frostsprache hat einklemmen lassen, die ich dem Hrn. Heinrich Voß allein vom Himmel bescheert glaubte! Es ist recht traurig, daß so einer nach dem andern zu Grabe geht. Man hört fast keinen männlich-fröhlichen deutschen Ton mehr.

Einige Lieder von mir im Dichter-Garten wirst Du gelesen haben; ich empfehle Dir besonders Gebet und Friede. Nöthiger wäre es aber, daß wir uns wieder sähen. Wir gedenken Deiner sehr oft, öfters wohl als Du an uns. —

Meine Frau ist so, wie ich ziemlich wohl; nur leid ist es uns oft, wie es die Umstände so mit sich gebracht haben, daß der Philipp nicht mehr bei uns ist. Siehst Du ihn zufälligerweise in Berlin, so erinnere Dich unser. Er kann Dir mehr von uns erzählen, als ich Dir zu schreiben vermöchte. — Ist Dir Lothar u. ? zu Gesichte gekommen? Es hat viel Freunde gefunden, es ist so lieblich und kindlich, daß es wohl nicht anders konnte; aber doch ist man auch dagegen, so wie gegen alles, was ich je gethan und gemacht, sehr undankbar. Es ist freilich nicht unser Werk, sondern ganz nur das alte; desto freier kann ichs rühmen, und ich lese es in der That mit mehr Vergnügen als 10 oder 12 der neuesten Spanischen oder Griechischen Drämchen. Der frische jugendliche Geist der

Poesie, der Dich zuerst einst so schön berührte, hat uns zu schnell wieder verlassen. Doch ich hoffe, er soll wiederkehren!

Hieher kannst Du mir immer schreiben, ohne weitere Addresse als meinen Nahmen; auch wenn ich nicht hier bin, ist doch immer jemand hier, der sich der Briefe annimmt. Bist Du bei Burgsdorf oder siehst Du ihn, so empfiehl mich ihm. Ich habe immer eine sehr gute Meinung von ihm gehabt. —

Was macht Dorotheechen? Ist sie sehr groß geworden? —

Dein Freund
Friedrich Schlegel.

Viele Grüße von uns an Deine liebe Frau hätte ich bald vergessen, so wie an alle, die sich meiner noch im Guten erinnern.

Der Herr Schleiermacher giebt in allerlei Darstellungen einen kleinen Messias nach dem andern von sich. Aber man sieht dem vernünftigen Püppchen das Professorkind gar zu sehr an der Nase an. Es herrscht in seinen Schriften was man hier zu Lande ein calvinisches Feuer nennt, nehmlich ein solches, das nicht recht brennen will.

XI.

Dresden, den 30ten Mai 1808.

Geliebter Freund!

Seit einiger Zeit schon bin ich hier, wo wir uns vor sechs Jahren so oft sahen und uns wohl nicht auf so lange zu trennen glaubten! Ich erwarte jeden Tag Wilhelmen, der mit der Staël von Wien hier durch kommt. Die Freude des Wiedersehens würde für mich vollkommen sein, wenn ich auch Dich hier gefunden hätte, oder noch fände. Ist es Dir möglich, so komme noch hieher. Ich bleibe noch einige Wochen gewiß hier, und wenn Du es mir gleich meldest, so würde ich auch die Abreise gern noch so weit es möglich wäre auf die Hoffnung Deiner Ankunft verschieben. Ich bitte Dich also darum, als den erwünschtesten Beweiß der Freundschaft, den Du mir jetzt geben kannst. Denn ich kann für dießmal wenigstens nach Berlin und Deiner Gegend hin meinen Weg nicht nehmen.

Vieles hat sich seit diesen sechs Jahren um uns und in uns verändert. Nur meine Liebe zu Dir ist dieselbe geblieben. So wirst Du es wenigstens finden, wenn Du selbst kommen willst, wovon Du Dich durch nichts solltest abhalten oder stören lassen. Meine Frau hegt die gleiche Gesinnung für Dich und unsre treuen Wünsche haben Dich stets begleitet. Laß mich bald von Dir hören, oder besser noch Dich selbst sehen.

Dein

treuer Freund

Friedrich Schlegel.

Du wirst in den Zeitungen von mir gelesen haben, was eben so gut oder vielmehr weit besser vor einigen Jahren darin hätte stehen können. Die angegebene Zeit ist ganz falsch; meine Gesinnung kennst Du ja von lange.

XII.

Wien, den 12ten May 1813.

Geliebter Freund.

Ich benutze die Abreise des Grafen Finkenstein, um Dir wenigstens mit einigen Worten für Deinen Brief und alles Uebersandte zu danken. Es sind jetzt eben die Tage der bangen Erwartung, zum Theil auch schon der ängstlichen Sorge; man wird so hin und hergerissen von Furcht und Hoffnung, von widerstreitenden Nachrichten, daß man kaum zu sich selber kommt. Recht sammeln kann ich mich nicht; erwarte daher nicht mehr als meinen herzlichen Gruß und Dank. Diesen statte ich Dir ab für alles Eigne und auch für Deine gütige Bemühung und Fürsprache wegen des Heldenbuchs, wofür ich auch der Familie sehr verbunden bin. — Das Minnebuch habe ich mir noch zurückgelegt, für ruhigere und frohere Zeiten. An dem Phantasus aber hatte ich mich schon vielfältig erfreut, sowohl an dem alten als an dem neuen, schon ehe ich das von Dir gesandte Exemplar erhielt, welches erst vor Kurzem in meine Hände gelangte. Ueber Deine neu belebte Thätigkeit habe ich eine große Freude gehabt, und für Deine freundschaftliche Erwähnung Unsrer sage ich Dir herzlichen Dank. Gewiß wird sich auch Wilhelm sehr darüber freuen, sobald er es erfährt. Ich hatte es ihm zwar geschrieben, ob er aber meine Briefe erhalten hat, weiß ich immer noch nicht. Höchst wahrscheinlich kommt er mit den Schweden nach Deutschland; das wirst Du vielleicht früher erfahren als ich.

Mein nächster Wunsch geht nun darauf, daß ich Beyträge von Dir zum Museum erhalten möchte, und zwar je eher je lieber. Nimm nicht übel, daß Du dieß Jahr kein Exemplar erhalten hast. Der Buchhändler hat mich sehr darin beschränkt, ist überhaupt filzig, freilich ist auch die Zeit sehr ungünstig für den Absatz in Deutschland, und auf das hiesige Publikum allein war das Ganze nun einmal nicht berechnet. — Ich hoffe, Du wirst die Hefte von diesem Jahrgange doch gesehn haben, und lege indessen eine Ankündigung bey. — Im Ganzen ist diese Zeitschrift mehr für Prosa als für Poesie bestimmt. Indessen darf ich Dir nicht erst sagen, daß mir von Dir alles willkommen ist. Am liebsten wäre mir der Aufsatz über das Mittelalter. Da Du diesen aber nicht sogleich senden kannst, so gieb indessen eins oder das andre von dem was Du über Shakespeare fertig hast. Dieß hindert ja den Abdruck des ganzen

Werkes über Shakespeare nicht, falls dieses für das Museum zu lang ist; es kann dann als Probe und Ankündigung des ganzen Werks dienen. Ich sehe es besonders bey dem hiesigen Publikum deutlich, daß der eigentl. gründliche Unterricht in der Poesie, die erste Erweckung des Sinns dafür durchaus mit dem Shakespeare anfangen muß. Ich erwarte mir daher auch sehr viele gute Wirkung von Deinem Werke.

Warum hast Du denn die Melusine nicht in den Phantasus aufgenommen, oder soll dieß noch in der Folge geschehen? — Daß Fouqué zu viel dichtet, eben darum einiges auch sehr flüchtig, daß er sich wiederhohlt, will ich Dir gerne zugeben, wenn Du das manierirt nennst; aber wenn dieß mit solcher Poesie verbunden seyn kann, wer ist denn wohl ganz frey von Manier? Ich liebe F. sehr und meine Freude an ihm mag freylich auch durch den vorhergehenden Abscheu an Arnim und all den andern Fratzen noch sehr erhöht worden seyn.

Von Deinem Bruder hab' ich noch diesen Winter einmal einen recht freundlichen Brief erhalten, nebst ein paar antiquarischen Blättern, die Du im 3ten Heft des Museums wirst gefunden haben.

Daß Du ohne Nachricht von Deiner Schwester bist und außer Verbindung mit ihr, hat mich sehr befremdet. Ich habe seit undenklicher Zeit nichts von ihr gehört. Sie hat gewiß herrliche Geistesanlagen; aber Leidenschaftlichkeit und Ehrgeiz haben, wie es mir scheint, ihre Seele sehr zerrüttet.

Czerni hat sich sehr darüber gefreut, daß Du Dich seiner erinnert hast. Seinen Brief wirst Du erhalten haben.

Daß Philipp auch zur Armee gegangen ist und beym Lützowschen Corps steht, ist Dir wohl schon gemeldet worden. Er liebt Dich, wie von seiner Kindheit an, so auch noch jetzt ganz besonders. Meine Frau nimmt den herzlichsten Antheil an Dir. Empfiehl uns den Deinigen; wie würde ich mich freuen, die erwachsene Dorothee wieder zu sehn und die schönen Erinnerungen unsrer Jugend zu erneuen!

Ich habe noch nie eine so lebhafte Sehnsucht empfunden, meine Freunde im nördlichen Deutschland und vor allen Dich wieder zu sehn, als eben jetzt. Freylich sieht es noch trübe aus, auch ist meine eigne Bestimmung noch ganz unentschieden, ob ich wieder für die allgemeine Sache werde thätig sein können, oder was mir sonst vorbehalten ist. Indessen wer weiß was noch geschieht; eine Reise zu Euch ist wenigstens jetzt möglicher und wahrscheinlicher, als sie es in den vorigen Jahren war. Auf den Fall, daß dieser Wunsch sollte erfüllt werden können, melde mich nur bey Burgsdorf an und frage ihn, ob er in diesem Falle mich auf ein acht Tage aufnehmen kann, die ich denn bei Euch zubringen und genießen möchte.

Dein Freund

Friedrich Schlegel.

XIII.

Wien, den 19ten Juni 1821.

Geliebter Freund!

Eine gute Bekannte und Freundin von meiner Frau, Franzisca Caspers, die sehr lebhaft Deine Bekanntschaft wünscht, giebt mir die erwünschte Veranlassung, Dir mein Andenken freundschaftlich in Erinnerung zu bringen. Wohl habe ich mich gefreut, von manchen Seiten von Dir zu hören, daß Du angenehm und heiter in Dresden lebst. Ich wünsche Dir Glück dazu; mir selbst ist der Muth zu etwas entfernteren Reisen noch nicht wieder gewachsen. So wie ich höre, bist Du auch thätig und im Geiste immerfort mit den alten Kunst-Ideen und Gegenständen Deiner ersten Liebe beschäftigt. Dies hat mich sehr gefreut; fahre nur so fort damit, was Du auch immer davon zu Tage förderst, es ist immer ein reicher Gewinn für die Welt und eine besondre Erquickung für uns, in glücklicher Erinnerung fröhlicher alter Zeiten. Laß mich ja immer recht bald und wo möglich zuerst wissen, was Dir die guten Tage neues bringen. Ich bin jetzt fast ausschließend und sehr ernstlich mit der Herausgabe meiner sämmtlichen Werke beschäftigt, und habe schon viel dazu gearbeitet, besonders zuerst bedeutende Zusätze zu der Geschichte der Litteratur. Ich denke mich in 1 bis 1½ Jahren durch das Ganze durchzuarbeiten, und dann werde ich den Rest des Lebens ganz der Philosophie widmen, und einigen Gedichten, die ich noch im Sinne habe. — Da ich weiß, daß Du immer freundlichen Antheil an uns zu nehmen gewohnt bist, so füge ich nun noch einige Nachrichten von uns selbst hinzu. Meine Frau ist nun bald seit einem Jahre aus Rom hier zurück gekommen; sie war, da sie kam, sehr übel und krank. Im Wesentlichen wurde sie bald hergestellt, doch hat sie den Winter einige Monate das Zimmer nicht verlassen dürfen, was freilich eben nicht zu wundern ist bei dem Abstande eines Römischen Winters von dem hiesigen.

So habe ich den Winter ziemlich melancholisch verlebt, und bin darüber auch außer Correspondenz mit Aug. W. gerathen, von dem ich daher keine Nachricht habe. Unser Philipp hat eine Judith in Oel gemalt, die sehr gerühmt wird, wie auch einige gute Porträte. Seine große Frescoarbeit aus Dantes Paradiese ist angefangen, aber noch nicht vollendet. —Den ältesten Johannes freuen wir uns sehr gegen den Winter hier zu sehen; denn meine Hoffnung, vielleicht selbst im Herbst einen Besuch in Dresden machen zu können, ist nur sehr schwach.

Grüße meine Schwester, Nichte und das ganze Haus, wenn Du sie siehst; desgl. auch den Freund Schütz. Dieser hat unsre Hoffnung, ihn hier zu sehen, leider bis jetzt nicht erfüllt. Ich interessire mich immer sehr für alle seine Arbeiten, doch bei weitem noch mehr für ihn selbst; in der Philosophie sind wir noch sehr weit aus einander; er lebt so ganz in dem Gewebe von Abstractionen, die mir nichtig scheinen, und in die ich mich nur noch mit Mühe finden kann, da ich sie schon so lange verlassen habe. Dieses war auch der Eindruck, den mir ein großer philosophischer Aufsatz von ihm machte, den mir Collin mitgetheilt hat. Sage ihm das gelegentlich, da mir bis jetzt noch unmöglich war, ihm selbst zu schreiben. Grüße die Deinigen, und behalte mich und meine Frau in freundschaftlichem Andenken.

Dein Freund
Fried. v. Schlegel.

XIV.

Wien, den 17ten Juni 1823.

Theuerster Freund!

Ich habe Dir den I.—III. Theil der neuen Ausgabe meiner Werke durch Maria Weber geschickt; die Theile IV., V., VI. wirst Du durch die Familie Krause hoffentlich richtig erhalten. Die Bände VII. und VIII. ist jetzt die Gräfin L., Schwester des Oesterreichischen Gesandten in Berlin so gütig, für Dich mitzunehmen. Wenn Dich diese Zeilen, wie ich hoffe, in Dresden treffen, so wird sich diese geistreiche Dame sehr freuen, Deine ihr lange erwünschte persönliche Bekanntschaft zu machen. Da sie unsre genaue Freundin und eigentlich unser bester Umgang hier ist, so kann sie Dir, wenn sie Gelegenheit findet, Dich zu sprechen, mehr von mir und von uns und unserm hiesigen Leben erzählen, als ich irgend in einem Briefe im Stande wäre, Dir mitzutheilen.

Du hast mich, geliebter Freund! auf die poetischen Arbeiten von Schütz und einiges andere in Deiner letzten Erinnerung an mich aufmerksam gemacht. Ich muß Dir aber wohl gestehen, daß mir eigentlich das Einzelne solcher Kunstversuche, jetzt etwas fern liegt und mich so sehr noch nicht berührt, bis ich nicht etwas Bedeutendes daraus erfolgen sehe. Sollte aber unsre deutsche tragische Kunst noch zu einer festen Form gelangen und eine wirkliche Kraft werden, so vermuthe ich, daß dieses eher auf dem lyrischen Wege geschehen wird, als auf dem von Euch empfohlenen Shakspearschen historischen, der mir doch nur ein Surrogat des Epischen zu sein scheint, in verunglückter Form. (!) Doch davon ein andermal mehr, wenn ich vielleicht auch noch einmal einen Versuch in einer oder der andern Art mache.

Ich empfehle das wichtige und mühevolle Unternehmen meiner Werke Deiner freundschaftlichen Theilnahme und Mitwirkung. Wie ich meine frühern Schnitzer umgearbeitet habe, das wird wohl nur von wenigen nach seinem ganzen Umfange und vielleicht erst später anerkannt werden.

Sehr freuen aber würde es mich, wenn dazu von Dir einstweilen eine Stimme vernommen und der Ton angegeben würde; in einer Form, wie sie grade Dir angemessen ist, als leichter, freundschaftlicher Brief, der etwa im Morgenblatt oder in einer andern solchen Zeitschrift stehen könnte. Die Theile III.—VI. werden vor der Hand vielleicht am meisten Interesse für Dich haben. Mich würde es doppelt erfreuen, wie mich alles erfreut, was ich irgend von Dir lese; und auch als Zeichen der Erinnerung und Denkmal Deiner unveränderten Freundschaft.

Was Schütz betrifft, so liebe ich ihn persönlich sehr, und ich glaube, es liegt eben auch nur in dem Mangel oder Nicht-Ergreifen des entscheidenden Mittelpunkts, daß er bei solcher Erkenntniß aller Ideen nicht zur lichten Klarheit weder im Wissen noch in der Kunst gelangen kann.

Das ist nun eben der Punkt, wo es so vielen fehlt, und

über welchen hinüber zu kommen, nur ein Gott den rechten Muth geben kann.

Laß mich bald einmal wieder etwas von Dir hören, und laß Dir die Erfüllung meines geäußerten Wunsches nochmals empfohlen sein. Von ganzem Herzen

Dein Freund
Friedrich Schlegel.

XV.

Wien, den 30ten April 1824.

Ich sende Dir hier, theuerster Freund! durch die Güte des Hrn. v. Krause, den 9ten Band meiner Werke; am 10ten fehlen noch einige Bogen zum Schluß, und somit muß ich dafür noch eine andre Gelegenheit erwarten.

Das Neue in diesem Bande von Gedichten, so wie das Beste unter dem Neuen und Alten wirst Du wohl selbst herausfinden. Und nun wünschte ich wohl endlich auch einmal von Dir ein Lebenszeichen zu erhalten; da ich doch hoffe, daß Dir die früheren acht Bände alle richtig werden zugekommen seyn. Denn daß Du auch in dem gleichen bleyernen Todesschlaf mit befangen wärest, der sich in dem übrigen Deutschland so weit umher erstreckt und alles mehr und mehr mit seinem schweren Flügel deckt; dieß kann ich und will ich nicht glauben, bis Du mir nicht selbst die Nachricht davon mittheilst.

Ich hoffe, daß es Dir und den Deinigen wohl geht. Möllers, die wohl sind, sehen wir zuweilen, so oft es die weite Entfernung der Wohnungen gestattet. Sollte Schütz noch in Dresden seyn, so bitte ich mich ihm bestens zu empfehlen. Ich werde ihm nächstens selbst schreiben, so wie auch meiner Schwester, wenn Du diese etwa sehen solltest.

Philipp denkt uns diesen Sommer mit den Seinigen aus Rom zu besuchen; ich wünschte wohl im Herbst einen kleinen Abstecher mit ihm nach Dresden machen zu können, und werde es gern thun, wenn es irgend ausführbar ist, da ich schon lange sehnlich gewünscht habe, meine Schwester zu besuchen und das geliebte Dresden einmal wieder zu sehen.

Behalte mich indessen in gutem Andenken und laß einmal wieder etwas von Dir hören. Meine Frau empfiehlt sich Dir und den Deinigen mit mir zum freundschaftlichen Andenken. Von ganzem Herzen

Dein Freund
Friedr. Schlegel.

Du hast vielleicht mehrere Bände jetzt erwartet, als Du erhältst. Allein so ganz schnell und leicht als bloße Buchhändler-Spekulation kann ich diese große Arbeit nicht von der Hand schlagen; zehn Bände sind doch übrigens schon eine ganz hübsche Anzahl, um auch für die Nachfolge der andern hinreichend Gewähr zu leisten. Nach dieser kurzen Pause, welche mir jetzt ein Bedürfniß war, soll es nachher desto rascher wieder fortgehen. — Ich schreibe Dir dieß übrigens mehr wegen andrer, wo Du vielleicht Gelegenheit findest, in dem rechten Sinne davon zu sprechen, als für Dich selbst; da ich wohl weiß, daß Dein Interesse und Dein Maaßstab für dieses Werk meiner Werke ohnehin ein andres ist, als die merkantilische Eil der schnell sich folgenden Bände.

XVI.

Wien, den 29ten Oktober 1828.

Geliebter Freund!

Jedes Wort der freundschaftlichen Erinnerung, wie ich deren von Zeit zu Zeit mehrere erhielt, hat mich jedesmal herzlich erfreut. Mit besonderm Interesse habe ich auch Deine jetzige schöne Reise in diesem Sommer in Gedanken verfolgt und begleitet und mich besonders gefreut, daß Du längere Zeit in Bonn und so freundschaftlich mit dem Bruder A. W. zusammen lebtest. Vielleicht wirst Du mir, nach Deiner freieren Art, die Dinge zu nehmen, am besten erklären können, wie er eigentlich in diesen seltsamen Zustand, in Beziehung auf mich, gerathen ist, und mir darin als alter Freund Aufschluß geben können. — Ich freue mich außerordentlich darauf, Dich bald wieder zu sehen und mich in Deinem Umgang und Gespräch mannichfach erfrischen und beleben zu können.

Ich stehe im Begriff, mit meiner Nichte Buttlar — aber nur mit ihr ganz allein, da wir uns so eng als möglich einrichten wollen — morgen nach Dresden abzugehen, wie es ihre Angelegenheiten immer wünschenswerth machten, und jetzt fast unumgänglich nothwendig gemacht haben, da so manches durch die persönliche Gegenwart viel besser und leichter abgemacht werden kann.

Für unsre kleine Einrichtung auf einige Wochen oder anderthalb Monathe — en chambre garnie oder wie es sonst am besten seyn wird — zähle ich auf den freundschaftlichen Rath und Beystand Deiner lieben Frau und der trefflichen Dorothea, die ich herzlich zu grüßen, und mich auch der Gräfin F. auf das angelegentlichste zu empfehlen bitte.

Was Du von meinen neuen Vorlesungen etwa noch nicht kennst oder nicht selbst hast, bringe ich alles für Dich mit.

Bis zum 4ten oder 5ten denke ich wohl gewiß in Dresden zu seyn, da wir uns in Prag nicht aufhalten. Meine Frau, die in so später Jahreszeit freylich nicht mehr so weit reisen kann, empfiehlt sich bestens und erinnert sich oft freundschaftlichst der alten Zeiten und Deiner.

In Hinsicht auf meine Familie ist freylich in Dresden

vieles verändert, und in diesem ersten Aufenthalte meines Jugendlebens Alles ausgestorben [1]) und leer. Um so mehr ist es mir werth und köstlich, an Dir und den Deinigen dort alte Freunde zu treffen.

Von ganzem Herzen

Der Deinige
Friedrich v. Schlegel.

XVII.

Dorothea Schlegel, geb. Mendelssohn.

Jena, den 17ten December 1801.

Werther Freund! ich bin so frey gewesen in dieser Sache etwas eigenmächtig zu handeln, worüber ich Sie zuvörderst um Verzeihung bitten muß. Die Sache erschien mir auf einmal, durch Ihre Zustimmung, als ein wirkliches Geschäft, die ich erst als einen bloßen Einfall behandelte. Da nun ein Geschäft etwas ehrwürdiges ist, so konnte ich es unmöglich in B.'s (Brentano's?) Hände geben, sondern ich habe Frommann zu Rathe gezogen, der sich auch der Sache ernstlich und treulich angenommen hat. Ihren Brief an die Direktion hat er an einen seiner Correspondenten nach Frankfurt geschickt, der zum Glück ein angesehener Mann, und einer der Theater-Direktoren ist, auch B. kennt ihn als solchen. Dadurch gewinnt es in den Augen der Frankfurter mehr Solidität, als wenn blos B. sich dafür interessirte; B. hat aber zu gleicher Zeit und wie von selber an seine guten Freunde schreiben müssen: „wie er gehört, Herr Tieck wolle das Amt annehmen, und wie er ihnen Glück dazu wünsche und" — enfin mehr dergleichen, daß es Ihnen vielleicht helfen, aber gewiß

[1]) Um selbst zu sterben, kam er nach Dresden.

nicht schaden kann; denn wer weis in welchem Ruf B. in seiner Vaterstadt stehet? Ihren Brief habe ich ihm auch nicht gegeben, sondern schicke ihn Ihnen hiemit zurück, denn erstlich machen Sie ihn darin zum Direktor des Geschäftes, welches er nicht seyn soll, und nicht seyn darf, zweytens hätte er sich durch diesen Brief nach seiner Art berechtiget gefunden, grade zu Goethe zu gehen, um mit diesem sich ein air zu geben, das wäre gar nicht zu wünschen gewesen, sondern es hätte Goethe nur aufgebracht, und verdrüßlich gemacht, denn B. ist jetzt fataler als jemals. Frommann war gestern bey Goethe und er hat ihm gesagt (Goethe nemlich zu F.), daß er Ihnen schon alles selbst geschrieben habe. Einen Brief an die Direktion hat er an Frommann nicht gegeben, welches ich eben nicht artig finde. Doch vielleicht erreichen Sie Ihren Zweck auch ohne diesen. Auf Ihren Brief an die Direktion habe ich noch Ihre vollständige Adresse gesetzt; Sie werden nun also von ihr direct Antwort erhalten, oder auch durch Frommann, an B. schreiben Sie nur einen kurzen freundlichen Dankbrief für sein Andenken; ich habe ihn schon von Ihnen gegrüßt, und Sie entschuldigt, daß Sie ihm noch nicht geschrieben; also brauchen Sie ihn in weiter nichts zu meliren. Das ist weit besser.

Von Friedrich habe ich meistens nur verdrüßliche Briefe, nemlich Briefe in denen er verdrüßlich ist; er hat viele häßliche Geschäfte, und was noch schlimmer ist, er konnte sie noch gar nicht besorgen, weil er seinen Koffer nicht hatte, der auf der Post zu Halle stehen geblieben. Nun hat er ihn aber wohl; und nun erwarte ich mit jeden Posttag ängstlich meine Bestimmung von ihm zu erfahren, wenn ich nach Dresden reisen soll? Es kömmt ganz auf Friedrich an, lieber Freund, ich bin ganz reisefertig, und sehne mich sehr von hier fort, wo es mir eben nicht gut geht, besonders seit Friedrich verreist ist; ich wäre so gern bey Ihnen in Dresden! Grüßen

Sie doch die Ernst recht sehr von mir und übernehmen Sie meine Entschuldigung wenn sie wegen meiner Zögerung ungeduldig wird. Ich möchte Ihnen gern alles sagen können, welche innige Freude Sie mir mit dem Octavian gemacht, Frommann hat ihn mir vorgelesen. Ich danke Ihnen tausendmal dafür. Nie habe ich wieder Ihre ganze Liebenswürdigkeit, die Tiefe und die Glorie Ihrer Kunst und Ihrer Liebe so gefühlt! nehmen Sie meine Worte so an, ich möchte wohl, ich könnte es Ihnen besser sagen! Die Lebens-Elemente lese ich auch fleißig und sie öffnen meinen Blick in die Natur, und machen mich für jede Ansicht empfänglich. Ich habe schon so viel Neues daraus gelernt, mehr als ich sagen kann; ich lese sie alle Tage fast, und weiß sie fast auswendig. Das Wasser lese ich immer mit einer recht frohen frommen Empfindung, auch das Licht, es sind rechte Offenbarungen.

Lachen Sie mich nicht damit aus, lieber Tieck, Sie mögen sonst so viel über mich lachen, als Sie wollen.

Was meynen Sie zu den Gedichten, die Friedrich in Vermehrens Almanach hat? ist das nicht entzückend und rührend aus den Minnesängern?

Leben Sie recht wohl, seyn Sie recht glücklich und mögen Ihnen doch Ihre Vorsätze und Wünsche alle erfüllt werden.

Ihre ergebene
D. Veit.

Viele freundschaftliche Grüße an Ihre liebe Amalia, und die kleine Dorothea küße ich.

XVIII.

Wien, 16ten März 1829.

Ich war einige Zeit unwohl, besonders an den Augen leidend, dies ist die Ursache warum ich Ihr liebes Blatt durch die Nichte Buttlar noch nicht beantworten konnte. Theurer werther Freund, wie sehr hat Ihr freundliches gefühlvolles Schreiben mich erfreut, mir in der Seele wohlgethan! Ich weiß nicht, wie man sagen kann, daß die theilnehmenden Worte eines Freundes im Schmerze nicht trösten können? ich habe das Gegentheil erfahren, und erst recht gelernt, wie wichtig und heilig das Wort des Menschen ist. — Nehmen Sie meinen innigsten Dank, und auch dafür, daß Sie sich einer schönen frühern Zeit erinnerten, und sie auch mir ins Gedächtniß zurückriefen. Wenn auch ganze Stücke von Zeit, durch das verworrne Leben, uns wie untergehen, so bleiben doch einzelne Punkte lebendig blühend in der Seele schwebend zurück, und überleben alle Zeiten, bleiben in Ewigkeit lebend. — Alles was über die Herausgabe der Schriften des seeligen, und den Druck der Vorlesungen Ihnen mitzutheilen ist, hat unser vortrefflicher Freund Buchholz zu thun übernommen. Ein Wort von Ihnen zur Einleitung derselben, wäre höchst wichtig und tausendmal willkommen! Die einzige Schwierigkeit ist nur wegen des Manuscripts, welches wir wohl gern zuerst hier haben möchten. Verschiedne Verhältnisse machen es wohl wünschenswerth, dieses Manuscript baldmöglichst, auf eine kleine Zeit hier zu haben, und da ohnehin Friedrichs Handschrift, besonders in solchen ersten Entwürfen schwierig zu lesen zu seyn pflegt, und ich schon eine ziemliche Uebung darin habe, weil ich jedesmal seine Arbeiten copirt habe, so will ich mit großem Vergnügen zu Ihrem Gebrauch eine solche Abschrift machen, und sie Ihnen mit der fahrenden Post zurücksenden; auf eben diese Weise würden Sie gütigst das Manuscript unter der Adresse des Herrn von Bucholz herzuschicken die Güte haben. Sollten Sie aber dennoch es vorziehen, das Manuscript sogleich selbst durchzulesen, so würde dies freilich in kurzer Zeit geschehen müssen, und darüber wird Freund Bucholz Ihnen das nähere bestimmen; derselbe wird hoffentlich Ihnen auch ein Exemplar seines schönen Aufsatzes aus dem Archiv für Geschichte, Staatenkunde rc. zuschicken, den er zur Erinnerung an unsern theuern Verstorbenen darin hat drucken lassen. — Glauben Sie nicht auch, lieber Tieck, daß eine genaue ausführliche Biographie nicht passen würde für Friedrichs Leben, dessen verschiedene Zeiten und Stufen mehr in einem innern Gang, in einer inneren Entwicklung, als aus äußerlichen Thaten und Schicksalen bestanden? sind alle seine Werke nur Bruchstücke zu nennen, wie vielmehr sein ganzes Leben, in welchem es ihm fast nie vergönnt war, ein vollständiges Gelingen seiner Bestrebungen zu erreichen, und so war auch seine ganze Wirksamkeit immer mehr eine unsichtbare, innerlich fortlebende zu nennen, als daß nach außen hin viel davon gesagt werden könnte, dünkt mich. So wie Sie Novalis Leben in kurzen Umrissen darstellten, das scheint mir das Einzig schickliche; und nur Sie vermögen es mit solcher Zartheit und Leichtigkeit auszuführen; nur besorge ich, daß dies nicht leicht seyn möchte, da noch so gar manche fremde Persönlichkeit dabey verschont bleiben muß; ist es nicht überhaupt jetzt noch zu früh damit? Ihre Ansicht, daß manches in seinen spätesten Meynungen besser gar nicht erörtert werde, theile ich ganz vollkommen, aber nicht so wohl um der Gegner willen — denn diese darf man ja wohl nicht scheuen, wenn von der Wahrheit die Rede ist; — sondern weil eben noch so viel schwankendes, man möchte sagen, unfertiges unklares, in diesen seinen ersten Wahrnehmungen herrscht, so daß man sie in das Reich der Wahrheit noch nicht vollkommen aufgenommen denken muß. Es sind mehr Ahndungen und Träume zu nennen, und diese mögen verschleyert ruhen, da ihm selbst nicht vergönnt ward, und wohl niemand in diesem Erden-Leben, — das Räthsel vollkommen zu lösen. — Was ich von Novalis Schriften gefunden habe, wird Bucholz Ihnen zusenden, eben so einige Ihrer

Briefe, die sich vorgefunden haben. — Die Nichte Buttlar sagt mir, daß es Ihnen angenehm wäre die Büste von A. W. Schlegel, von Ihrem Bruder verfertigt, zu besitzen; es macht mir ein besonderes Vergnügen Ihnen die Unsrige überlassen zu dürfen, da ich ohnehin wohl Wien in Kurzem verlassen werde. Wenn es Ihnen also recht ist, so will ich diese Büste von einem Sachverständigen einpacken lassen und Ihnen dieselbe durch Fracht-Gelegenheit zusenden. Nun erbitte ich mir aber ein Gegengeschenk von Ihnen, theurer Freund! nämlich ich höre, daß man das Gesicht nach dem Tode abgeformt habe, und die Nichte sagte, es wäre sehr ähnlich ausgefallen. Würden Sie es wohl übernehmen, den Künstler zu bewegen, daß er einen Gyps-Abguß von dieser Form macht, und mir dieselbe dann mit fahrender Post zusenden, oder durch irgend einen gefälligen Reisenden? Wenn etwas dafür zu zahlen wäre, so will ich es sehr gern wieder erstatten. Ich wünsche sein Bildniß vor den Vorlesungen in Kupfer stechen zu lassen, und da könnte dieser Gypsabguß wohl mit dazu benutzt werden.

Sollten Sie mich noch einmal durch einen Brief erfreuen, so schreiben Sie doch auch, welche Plane Sie für den künftigen Sommer haben? ich muß nothwendig recht bald etwas zur Befestigung meiner jetzt sehr wankenden Gesundheit unternehmen, und da wäre es ja vielleicht thunlich, daß ich Ihnen in irgend einem Sommer-Aufenthalt oder Badeort begegnete, was ich sehnlichst wünschen würde; ja, sehr, sehr gern möchte ich Sie noch wiedersehen!

Leben Sie wohl, und bleiben Sie mein Freund.

Die Ihrige
Dorothea Schlegel.

Den Catalog der Büchersammlung werde ich drucken lassen und Ihnen dann gleich einen senden.

Amalien recht herzliche Grüße und meine ganze Theilnahme an dem Verlust ihres Bruders. Welch eine Zeit der zerreißenden Trauer ist uns mit diesem Jahre! Ihren Töchtern alles Liebe.

Schleiermacher, Friedr. Ernst Daniel.

Geboren zu Breslau am 21. Nov. 1768, gestorben in Berlin am 12. Febr. 1834.

Reden über die Religion (1799.) — Monologe (1800.) — Predigten, sieben Sammlungen (1801 bis 1833.) — Grundlinien einer Kritik der bisherigen Sittenlehre (1803.) — Der christliche Glaube nach den Grundsätzen der evangelischen Kirche, 2 Bde. (1821—22.) —

Die drei kurzen Briefchen geben in ihrer lakonischen Gedrungenheit, welche eben nur ausspricht, was sie sagen will, dieses dann bestimmt und klar, ein Bild des außerordentlichen Mannes, wie er sich im geselligen Umgange zeigte. Daß diese seine Kürze nicht immer ohne Schärfe blieb, und daß er mit wenig Worten zu treffen pflege, verhehlten auch die wärmsten Freunde nicht, wenngleich sie andrerseits die Milde seines Gemüthes nicht innig genug rühmen konnten. Er war fast eben so gefürchtet als geliebt. Wie denn wohl auch in seinen sublimen Kanzelreden philosophirende Dialektik bisweilen von sanft-herrnhuterischer Mystik durchweht wurde. Und gerade dieser Dualismus machte ihn zum Lieblingsprediger wahrhaft gebildeter, denkender und fühlender Hörer.

Daß aber auch Er, dem es an Skepsis — namentlich Tieck gegenüber! — durchaus nicht mangelte, sieben volle Jahre brauchte, um den frommen Glauben an Vollendung der „Cevennen" aufzugeben, ist fast rührend.

I.

Von der Insel Rügen, 2/9. 24.

Lieber Freund! in der Ungewißheit über den Postenlauf von dieser entlegenen Gegend aus und auch über die

Modificationen, die Schedens[1]) Plan mag erlitten haben, wende ich mich wegen der Einlage an Sie mit der Bitte um gütige Abgabe, wenn Schedens noch in Dresden sind, oder noch dahin zurückkehren. Im entgegengesetzten Fall übernehmen Sie wol die Mühe, Berlin darauf zu setzen und den Brief dorthin zu senden.

Gute Gesundheit und viel Freude. Vor allen Dingen aber machen Sie die Cevennen fertig.

Schleiermacher.

II.

Berlin, 14ten Jul. 30.

Ich kann dem Ueberbringer dieses, meinem Sohn Ehrenfried v. Willich nichts angenehmeres wünschen als daß er Sie noch in Dresden finde, und Sie werden es der väterlichen Liebe verzeihen, wenn ich ihn Ihnen zusende. Meinen Dank bin ich Ihnen noch schuldig für die Bekanntschaft Ihres medicinischen Freundes. Leider war nur während der kurzen Zeit seines Hierseins ein solcher baulicher Unfug in unserer Wohnung, daß wir gar keine Fremde bei uns sehn konnten.

Ueber unsere Freunde und besonders den Verstorbenen[2]) spräch ich gern mit Ihnen. Aus andern Aeußerungen war es mir so erschienen, als habe er sich in der letzten Zeit vom Katholizismus wieder mehr abgewendet und zu der indischen Weisheit hin, die er in seinem Buche so wenig günstig behan-

[1]) Schede, ein höherer Beamteter, der mit den bedeutendsten Männern aus Tiecks und Schleiermachers Berliner Jugendzeit in genauem geistigen Verkehre stand, und bis zu seinem Lebens-Ende die wissenschaftlichen und poetischen Interessen verfolgte. Er war ein getreues Mitglied der Gesellschaften für in- und ausländische Litteratur.

[2]) Friedrich Schlegel.

delt hatte. Es gehört zum consequenten Philosophiren auch eine gewisse Stärke des Charakters und diese mag ihm wohl am meisten gefehlt haben. Wenn ich in diesem Jahr noch eine Reise machen kann, so denke ich auf ein Paar Wochen nach Paris zu gehen, und das führt mich leider nicht zu Ihnen.

Meine besten Grüße an die Ihrigen und an unsere Freundin Alberti, wenn sie noch bei Ihnen ist.

Schleiermacher.

III.

Berlin, d. 9ten Mai 1831.

Diesmal lieber Freund ist es ein Amerikaner, den ich Ihnen zusende Mr. Walter-Haven; aber ich weiß wirklich nicht mehr aus welchem Staat. Er hat sich hier schon sehr degourdirt, und Sie werden gewiß auch Ihren Beitrag dazu geben, dies gute Werk an ihm zu fördern. Wenn nur Jeder, den ich Ihnen schicke, zugleich ein Executor wäre für die Cevennen! aber leider habe ich nun alle Hoffnung aufgegeben.

Mir ist die Reise, auf der wir uns zulezt sahen, nicht sonderlich bekommen. Ich fand noch in Basel die Brechruhr, und habe mich mit der lezten Hälfte davon den ganzen Winter gequält. Jetzt endlich bin ich ganz frei von allen Nachwehn. Mögen Sie besseres rühmen können. Empfehlen Sie mich allen Ihrigen auf das beste.

Schleiermacher.

Schlosser, Johann Heinr. Friedrich.

Geb. 1780 in Frankfurt a/M., gestorben daselbst am 22. Jan. 1851.

Er war der Neffe von Johann Georg (Goethe's Schwager), studirte Jurisprudenz, wurde Advocat, späterhin Stadtgerichtsrath in seiner Vaterstadt, und lebte, nachdem er sein Amt niedergelegt hatte, theils auf seinem Landgute im Neckarthale, theils in Frankfurt.

Die morgenländische orthodoxe Kirche (1845.) — die Kirche in ihren Liedern (1851.) ꝛc. —

I.

Frankfurt, 21. Jul. 1822.

Wenn ich seit den schönen Tagen, die ich in Dresden verlebte, und deren Genuß durch Ihre Güte, Hochverehrtester Herr und Freund, und durch die Güte der theuren Ihrigen, mir und meiner Frau so ungemein erhöht worden ist, Ihnen kein Wort dankbarer Erinnerung und kein Lebenszeichen zugesendet habe, so bitte ich Sie, dies nicht einem Mangel an herzlichem Vorsatze, sondern so manchen Abhaltungen und Hindernissen, wie der Tag sie auf den Tag fortzupflanzen pflegt, zuschreiben zu wollen. Wir waren, nachdem wir Sie verlassen, und nach heiterm Verweilen bei Freunden in andern Gegenden Sachsens, kaum nach der Heimath zurückgekehrt, als uns die Nachricht, daß mein Bruder seine treffliche und uns Allen theure und geliebte Frau, nach einer unglücklichen ersten Entbindung, verloren habe, ungeahndet, wie ein Blitz aus heiterm Himmel, zu Boden schreckte, und die von einer genußreichen Reise mitgebrachten heitern Bilder und Erinnerungen gewaltsam in den Hintergrund drängte. Nachdem die erste Bewegung heftigen Schmerzes über diesen manche schöne Pläne für's Leben auch für mich und meine Frau zerstörenden Verlust vorüber war, und die freundlichen von Ihnen mitgebrachten Erinnerungen wieder ihr Recht zu behaupten anfiengen, war es oft mein Vorhaben, Ihnen ein Wort der Verehrung und des Dankes zuzusenden, aber es fiel mir, ohne bestimmtern äußern Anlaß schwer, den Faden aufzufassen, und so verstrichen über anderthalb Jahre, ohne daß mein Vorsatz zur Ausführung gedieh. Um so rascher ergreife ich die Einladung eines gütigen Freundes, des Herrn Grafen von Beust, ihm etwas nach Dresden, wohin er, auf einer weitern Reise gelangen werde, mitzugeben, um Ihnen endlich zu sagen, wie dankbar wir Ihrer und Ihres theuern Kreises, und der vielen Güte gedenken, die wir von Ihnen erfahren haben. Mögen wir hoffen dürfen, daß diese Zeilen Sie und die theuren Ihrigen bei erwünschtem Wohlseyn treffen. Ich, mit meiner Frau, befinde mich Gottlob im Ganzen wohl, und vor wenigen Wochen ist mir auch die Freude zu Theil geworden, meinen Bruder, den ich seit dem Winter 1819 und seit jenem seinem schmerzlichen Verluste, nicht gesehen hatte, und der diese ganze Zeit hindurch in Frankreich geblieben war, wieder hier bei uns zu sehen, und mich wenigstens von seinem Wohlbefinden, das lange für uns ein Gegenstand schwerer Sorge gewesen war, zu überzeugen. Ich hoffe ihn, der jetzt sich auf kurze Zeit von uns entfernt hat, vor seiner Rückkehr nach Frankreich, wo er wenigstens ein Jahr noch zu verweilen gedenkt, noch einmal hier zu sehen, und dann bis in die Gegend von Strasburg zu begleiten, um den spätern Sommer dann mit meiner Frau in dem paradisischen Baden zu verleben.

Noch muß ich meinen und meiner Frau, die sich Ihnen und den theuern Ihrigen mit mir herzlich empfiehlt, wärmsten Dank für die schönen Worte ausdrücken, die Sie in das von der Gräfin Eglofstein für uns bestimmte Buch eingezeichnet haben. Diese liebenswürdige Freundin hier zu sehen, hegen wir seit kurzem einige, obwohl bis jetzt nur sehr schwache Hoffnung. Sollte sie sich erfüllen, so wird dies unser Verlangen nach Dresden, wo wir zuerst ihre Bekanntschaft machten, erhöhen, und auch den von uns herzlich gehegten Wunsch, Sie, theuerster Freund und die theuern Ihrigen, am Rheine oder an der Elbe, einmal wieder zu sehen, noch in uns mehren. Erhalten Sie sämmtl. uns indessen Ihr gütiges Wohlwollen. Sollte Ihr Herr Schwager Möller und dessen Gemahlin bei Ihnen seyn, so bitte ich auch diesen uns herzlich zu empfehlen.

Mit verehrungsvollster Ergebenheit

Ganz der Ihrige
F. Schlosser.

II.

Frankfurt, 7. April 1830.

Verehrtester Freund!

Mit Freude benutze ich den Anlaß, den mir anliegender vor wenigen Wochen vollendeter Abdruck meiner Uebersetzung des Manzoni'schen Adalgis giebt, mich, nach längerm Schweigen, in Ihr freundschaftliches Andenken zurückzurufen. Mögen Sie meinem Versuche, wie in den mir unvergeßlichen Tagen, in welchen wir Ihres lieben Besuches am schönen Neckarufer uns erfreuten, so auch jetzt, gütigen und nachsichtigen Antheil schenken, auf welchen, wenn auch nicht der Werth der Arbeit, doch der gute Wille, mit welchem sie unternommen und ausgeführt worden, einigen Anspruch verleiht, und für welchen Ihre freundschaftliche Gesinnung mir bürgt.

Noch steht das Bild der schönen Tage des 1820r Sommers, die Sie uns verschönten, in unserer eben so lebhaften als dankbaren Erinnerung. Seit jenen schönen Tagen hat sich Manches bei uns verändert, und mancher schmerzliche Verlust hat tief in unser Leben eingegriffen. Hoffentlich haben Sie, und die lieben Ihrigen den traurigen Sommer und Herbst des verflossnen Jahres, und diesen harten Winter, gesund und ohne dauernd nachtheilige Einwirkung auf Ihr Befinden, überstanden, wie ich dies Gottlob von uns sagen kann; der Frühling, welcher bereits kräftig sich einzustellen beginnt, wird hoffentlich bald alle noch vorhandene Spuren winterlicher Beschwerden tilgen, und gebe Gott, daß uns in diesem Jahre ein besserer Sommer zu Theil werden möge. In etwa vierzehn Tagen gedenken wir, wenn keine ungeahndete Hemmung dazwischentritt, unsern ländlichen Wohnsitz wieder zu beziehen.

Ungemein würde es mich erfreuen von Ihnen und den lieben Ihrigen glückliche und beruhigende Nachrichten zu erhalten, vorzüglich erfreulich aber würde uns seyn, wenn freundliche Sommerplane Sie einmal wieder aus den reizenden Elbegegenden an den Rhein und Neckar führen, und uns den Genuß des Wiedersehens bereiten würden.

Meine Frau empfiehlt sich auf's herzlichste, und wir beide bitten Sie uns dem freundlichen Andenken der lieben Ihrigen auf's wärmste empfehlen zu wollen.

Mit herzlichster Verehrung und Ergebenheit

Ganz der Ihrige
F. Schlosser.

III.

Frankfurt a/M., 6. Jun. 1842.

Hochverehrtester Freund!

Hierher zurückkehrend von einer vierwöchentlichen kleinen Rheinreise, fand ich vor wenigen Tagen die mir durch Ihre Güte zu Theil gewordene Anzeige der Verlobung Ihrer Fräulein Tochter vor. Mit innigem Antheil vernahmen wir, ich und meine Frau, diese Nachricht, und herzlich vereinigen wir uns in dem Wunsche, daß die Verbindung, deren Kunde wir Ihrer Güte und Freundschaft verdanken, für die Verbundenen und für Sie, in jedem Sinne recht glücklich und erfreulich seyn, und sich reicher ungetrübter Segen daran knüpfen möge. Haben Sie die Güte Ihrer theuern Fräul. Tochter und dem Verlobten derselben diesen unsern herzlichen Antheil und unsre herzlichsten Glücks- und Segenswünsche auszusprechen, und mögen Sie selbst uns immer Ihre uns unschätzbare Freundschaft erhalten.

Wir sind im Begriff, nächstens, so Gott will, nicht später als gewöhnlich, uns ins liebliche Neckarthal zu übersiedeln. Sollten freundliche Sterne Sie dort in unsre Mitte führen, so würde es für uns ungemein erfreulich seyn. Meine Frau, die sich Ihnen herzlichst empfiehlt, bittet mit mir, uns auch dem gütigen Andenken der Frau Gräfin v. Finkenstein empfehlen zu wollen.

Mit inniger Verehrung und Ergebenheit

Ganz der Ihrige
F. Schlosser.

Schmidt, Friedr. Ludwig.

Geboren zu Hannover 1772, gestorben in Hamburg 1840.

Er begann seine Schauspielerlaufbahn in Braunschweig, kam dann zu Döbelin, wurde Regisseur der Magdeburger Bühne, ging von da nach Hamburg, und übernahm 1806 aus Schröders Händen die Direktion des dortigen Stadttheaters, die er erst mit Herzfeldt, dann mit Lebrün u. A. vierunddreißig Jahre hindurch geführt. So lange das Schrödersche Haus „am Gänsemarkte" der Schauplatz blieb, blieben auch die wohlthätigen Grenzen gesteckt, welche äußerlichen Tand und Prunk ausschließend, dem inneren künstlerischen Zusammenwirken eine Schutzmauer gegen andringende Neuerung waren. Mit dem Bau des großen Hauses löseten sich diese schönen Verhältnisse; steigende Ansprüche des Publikums nach „Ausstattung" steigerten den Etat; das Ensemble zerfiel im weiten Raume; Gastspiele jagten und hetzten sich; aus dem ernsten Schüler Schröders wurde nach und nach ein moderner Unternehmer; man speculirte in Dekorationen, Pomp und Ballet; man durfte auch in Hamburg sprechen: c'est chez nous comme partout! Gleichwohl hielt Schmidt noch immer fest an ihm heiligen Traditionen; er blieb mitten im Geräusch und Tumult der Gegenwart immer noch der eifrige Repräsentant theatralischer Zucht und Ordnung; der gewissenhafte Vertreter des Zunftwesens aus einer Zeit, wo es Lehrlinge, Gesellen und Meister gegeben; der „alte deutsche Komödiant" im üblen — dagegen auch im edelsten Sinne des Wortes. Er bewahrte bis in den Tod, (welcher im ersten Jahre nach seinem goldenen Schauspieler-Jubiläum erfolgte) feurige Begeisterung für die Sache, der er mit allen Kräften gedient. Er konnte wüthen, wenn jüngere Leute neben ihm all zu leicht nahmen, was ihm so wichtig war. Dann lachte er höhnisch: „Herrliche Fortschritte! Meister wohin man spuckt; aber brauchbare Lehrlinge sind mit der Laterne zu suchen!"

Wir hatten Gelegenheit, ihn in Tiecks Abendkreise (in Dresden) zu beobachten, als bei vierundzwanzig Grad Réaumür, und bei fest geschlossenen Fenstern, einer schier verschmachtenden Gesellschaft „Romeo und Julia," ohne Weglassung einer Silbe, vorgelesen wurde. Wir Alle standen förmlich ab, wie Fische in warmem Wasser. Der alte Schmidt hielt sich munter. Er lauschte Tiecks beredeten Lippen eben so andächtig die Schlußworte des Fürsten ab, wie er andächtig in der ersten Scene gelauscht. Der Kunstenthusiasmus des Greises überbot den manches Jünglings.

Was er als Bühnenschriftsteller geleistet, gewann sich überall Geltung: Der leichtsinnige Lügner. — Die ungleichen Brüder. — Berg und Thal. — Die Theilung der Erde. — Gleiche Schuld, gleiche Strafe. — Mehrfache Bearbeitungen 2c.

Seine dramaturgischen Schriften zeichnen sich durch praktische Nutzbarkeit vor vielen theoretischen Salbadereien vortheilhaft aus. Vorzüglich die dramaturgischen Aphorismen (1820.)

Er faßte gern, was die Zeit eben bewegte, in Epigramme, die er jedoch nur näheren Bekannten vertraulich mittheilte, wobei er zu äußern pflegte: „da sind mir wieder einige politische Würmer abgegangen!"

In seinem Hause gastfrei, unterhaltend, belehrend; in öffentlichen Verhältnissen hochgeehrt; als Schauspieler (wenn auch nicht frei von Manier) sehr bedeutend; ... so geleitete ihn die allgemeine Achtung seiner Mitbürger zu Grabe.

Hamburg, d. 24ten April 1824.

Wohlgeborner
Hochgeehrtester Herr Doctor!

Es war schon lange mein innigster Wunsch, mich dem Manne einmal brieflich zu nähern, dessen geistreichen Schriften ich so viel verdanke. Ich wähle dazu einen Augenblick, wo ein Bändchen meiner Lustspiele erschienen ist und würde mich geehrt fühlen, wenn Sie dasselbe einer critischen Beleuchtung werth achteten.

Ich weiß nicht, ob meine Kürzungen des zerbrochenen Krugs Ihre Billigung erhalten werden; doch ich darf sagen, daß ich um jede Strophe einen Kampf gekämpft habe, ehe ich mich daran vergriff; aber meine Vorliebe für den herrlichen Dichter mußte ich verläugnen, wenn es mir einigermassen gelingen sollte, die Dichtung bühnengerecht zu machen. Traurig genug, daß man so herrliches Gut gleichsam einschmuggeln muß! Es gehört dies zu der Tirannei, der man sich, wie Sie kürzlich so treffend bemerkten, leider zu fügen hat.

Verleiht Ihnen jedoch der Himmel noch recht lange Lust und Humor für die Critik der Bühne: so dürfte doch über kurz oder lang eine bessere Aera anbrechen. Wie erfreut mich Ihre öftere Erinnerung an Schröder! Ich war so glücklich in den letzten 15 Jahren seines Lebens sein täglicher Hausgenoß zu seyn und darf mich seines wahren Vertrauens rühmen. Einen Schatz von Bemerkungen hab' ich aus jenen Zeiten aufbewahrt, aber eingezwängt in das Directoratsjoch, bleibt mir nur zu wenig Zeit, mich in dem Rosengarten der Erinnerung zu ergehen.

Herzlichen Dank für den 1ten Band Ihrer Shakespeareschen Vorschule! Wer durch Sie diesen poetischen Löwen nicht kennen lernt, gebe die Hoffnung auf, ihn je kennen zu lernen.

Leben Sie wohl, mein Hochverehrter! Möchte es Ihnen gefallen, noch einmal einen kleinen Ausflug zu unserm Elbgestade zu machen. Wir Hamburger würden uns bemühen Ihren Aufenthalt in so viel Festtage zu verwandeln. Bis dahin lassen Sie sich einiger Zeilen Antwort nicht gereuen, womit Sie gar hoch erfreuen würden

Ihren höchsten Verehrer
F. L. Schmidt.

P. S. Die Einlage, bitt' ich gütigst, abreichen zu lassen.

Schmidt, Heinrich.

„Erinnerungen eines weimarischen Veteranen," heißt das Buch, welches Herr Heinrich Schmidt — ebenfalls ein Theaterdirektor, wie der vorhergehende F. L. — als sehr bejahrter Mann und von Geschäften zurückgezogen in Wien lebend — erscheinen ließ. Aus diesem Buche erfahren wir, daß er bei Goethe, Herder, Schiller u. s. w. aus- und einging; daß diese Männer ihm Berather waren, da er „zum Theater laufen wollte;" daß er längere Zeit hindurch die Fürstl. Esterhazysche Bühne in Eisenstadt geleitet; daß er nach mannigfachen Versuchen und Hindernissen zuletzt die Theaterdirektion in Mährens Hauptstadt übernommen.

Worüber in jenem Buche nichts geschrieben steht, wovon man jedoch in der Theaterwelt unterrichtet war, ist der günstige Erfolg, den auch dieser Schmidt errungen, was seine Kasse betrifft. Der Brünner wie der Hamburger Schmidt wurden wohlhabende Unternehmer; mithin beachtenswerthe Ausnahmen von der Regel; und jedenfalls auch achtenswerthe. Denn wer bei'm Theater reich wird, muß seine Sache verstehen; mag er's nun so, oder so angreifen; er muß nothwendigerweise rechtlich handeln. Ob höheren künstlerischen Interessen folgend? .... das steht auf einem anderen Blatte.

Heinrich Schmidt, in ökonomischer Verwaltung seiner „Entreprise" die trockene Prosa, liebte und pflegte als Mensch die Poesie, und erholte sich gern vom Rechnen durch Dichten. Er hat viele Dramen geschrieben, deren jedoch nur wenige den Weg auf die Bretter fanden. Fast alle trugen das Gebrechen, welches er an den ihm eingesendeten Arbeiten Anderer unerbittlich rügte: sie waren zu poetisch und nicht bühnengerecht.

Brünn, 27ten Aug. 1830.

Ew. Wohlgebohren.

Kaum darf ich hoffen, daß Ew. Wohlgeb. sich meiner noch erinnern werden, wiewohl es kaum 18 Monate sind, daß ich Ihrer Güte das Glück verdanke, an zwey der interessantesten Abenden meiner damaligen Reise Ihren Vorlesungen in Dresden beywohnen zu können. Doch Sie breiten mit wahrhaft dichterischer Munifizenz diese schöne Gottesgabe über so viele Reisende aus, daß sich der Einzelne kaum schmeicheln darf mit der Hoffnung, in Ihrem Andenken eine kleine Spur zurückzulassen. Und doch wag' ich es, dem Ueberbringer diese Zeilen mitzugeben? — Eben dieß Wohlwollen nicht allein, das ich aus eigener Erfahrung kennen gelernt, sondern auch die Ueberzeugung, die ich gewonnen habe, daß Ueberbringer, Herr von Wekherlin, Sohn des verstorbenen Finanz-Ministers in Stuttgard, ein gebildeter Mann, der im Auftrag des Staats eine wissenschaftliche Reise unternimmt, ein eben so großer und inniger Verehrer von Ihnen ist, wie ich selbst, haben mich dazu ermuthigt. — Herr von Wekherlin hat keinen weitern und innigern Wunsch für seinen Aufenthalt in Dresden, als des Glückes Ihrer Bekanntschaft theilhaftig zu werden. — Sollte Sie dieß nicht diesem Wunsch geneigt machen? — O gewiß! Der Dichter des Oktavians, des Fortunats, der Genofeva — deren Lektüre ich jetzt eben wieder einen so herrlichen Genuß verdanke — einen Genuß, den ich dem Dichter selbst als beßten Lohn für diese reiche Spenden seiner Muse gönnte — ist nicht bloß in seinen Werken so überschwenglich theilhaftig für seine Mitwelt! — Diese Werke liegen eben um mich her. — Besonders merkwürdig ist mir Genofeva. An sie knüpfen sich die lebendigsten und tiefsten Erinnerungen aus meiner Jugend, als ich noch in Jena studirte. — Wie wir da, einige 20 Bursche, unter Vorsitz eines gewissen Burkhardt, der bey Professor Mereau wohnte — dieses treffliche Gedicht — das wohl damals gerade erschienen war — in den Mitternachtsstunden zusammen andächtig lasen, welche Freuden, welcher Jubel! — An die Rolle des Golo mit seinen wiederkehrenden Erinnerungen an das stille — dann ernste — Thal schloß ich mich innig an; ich betrachtete sie als die schönste Aufgabe für den jugendlichen Schauspieler. — Wie viel Ehrfurcht hegten wir für die nicht unempfindliche und doch heilige Genofeva! — Und wie trat alles dieß mahnend auf mich zu, als ich auf jener Reise in Weimar das Skandal erlebte, die Raupachische aufführen zu sehn — eine preußisch protestantisch leichtfertige — der zu Liebe und zum Triumpf des Unsinns doch auch Wunder über Wunder geschehn, die selbst Golo — wiewohl er gleich in voller Leidenschaft auftritt — von der Begleitung Siegfrieds abhalten &c. Doch ich fürchte ins Schwatzen zu kommen, worein der Glückliche so gern fällt und der Genuß, den mir Ihre Dichtungen jetzt wieder verschafft haben, hat mich ganz glücklich gemacht. — Empfangen Sie demnach zugleich meinen innigsten Dank dafür. — Es ist der reinste für die schönsten Freuden dieses sublunarischen curiosen Lebens.

Mit tiefster innigster Verehrung

Ew. Wohlgeboren

Ergebenster Diener

Heinrich Schmidt, Direktor,

in Brünn No. 64 in eigenem Hause.

Schmidt, Friedr. Wilh. Valentin.

Geb. zu Berlin am 16. Sept. 1787, gestorb. daselbst am 15. Oktober 1831.

Seit 1813 Professor am Cölnischen Gymnasium, 1821 außerordentlicher Professor der Litteratur an der Universität, von 1829 Custos an der königl. Bibliothek, fand er bei letzterer keinen sichern Halt, trotz seiner Verdienste als gelehrter Forscher, die sich vorzüglich in dem Werke: Beiträge zur Geschichte der romantischen Poesie (1818) documentiren. Was er in seinen Schriften über Bojardo, Calderon &c. geleistet, ist bekannt und anerkannt. Das völlige sich Versenken und Aufgehn in des Letzteren ächt-spanischen Katholizismus, hatte auch den unbedingten Verehrer dieses großen Poeten katholisch gemacht. Doch weil in jener Epoche solche Richtung von Oben höchst übel vermerkt wurde, hatte ihm sein Minister kund gethan, daß er als Convertit den Platz an der Bibliothek verscherzen würde. Schmidt war ein sanfter, ängstlicher, bald verzagender Mensch. Energische Opposition lag ihm fern. Er fügte sich schüchtern der Drohung (die doch schwerlich in Erfüllung gegangen wäre), und stellte sich zufrieden mit innerem Uebertritt. Der damalige katholische Pfarrer Fischer, ein ehrwürdiger, milder, verständiger Priester (in Frankenstein i. Schles. als Stadtpfarrer gestorben, und heute noch lebend im treuen Andenken aller Konfessionen) tröstete ihn, und versprach ihm: er solle dennoch in geweiheter Erde ruhen. An dieser Zuversicht labte sich des treuen Valentin's gläubige Seele. Da brach die Cholera aus; er fiel, eines der ersten, gewaltsamsten Opfer. Und im wilden Drange jener unruhigen Tage konnte das ihm gegebene Versprechen nicht erfüllt werden. Er liegt auf dem allgemeinen Cholera-Friedhofe und ist als Protestant begraben worden.

Seine Freunde haben wohl darüber gelächelt, doch mit Thränen im Auge.

I.

Berlin, 20. Julius 18.

Da die Hoffnung Sie, Hochverehrter Gönner und Freund, in Berlin zu sehen bis jetzt leider nicht erfüllt ist, so ergreife ich diese Gelegenheit, Ihnen durch meinen Collegen, den Prof. Giesebrecht, ein Exemplar der Beiträge zu übersenden. Mögen sie Ihrer Beachtung nicht ganz unwürdig erscheinen!

Könnte ich nicht durch Ihre gütige Vermittlung ein Exemplar der Nächte des Stroparola erhalten von einer Ausgabe vor 1604? Die französische Uebersetzung hat mir Brentano gegeben.

Indem ich mich aufs neue Ihrer Gewogenheit und Ihrem Andenken empfehle, verbleibe ich

Ihr gehorsamster
F. W. V. Schmidt
Professor[1]).

II.

Berlin, 19. Nov. 18.

Hiebei erhalten Sie, hochgeehrter Gönner und Freund, ein Exemplar des Fortunatus. Mögen Sie es mit Geneigtheit empfangen, und mit Nachsicht beurtheilen! Wie ganz anders sollte einzelnes ausgefallen sein, wenn ich so glücklich wäre bei schwierigen, mir dunkeln oder verdorbenen Stellen einen Kenner, wie Sie, in der Nähe zu haben, mit dem ich mich hätte besprechen, von dem ich Rath und Hülfe hätte erhalten können. So weit man sein eigenes Werk beurtheilen kann, so glaube ich den Geist, welcher hinter den Zeilen lebt,

[1]) Wunderlicher Weise hat Tieck auf die Rückseite dieses Briefblattes folgende Worte (kaum leserlich) geschrieben: „Theuerster Freund, ich bin sehr böse über Dein ewiges Hofmeistern und sinne schon längst auf eine Strafe für Dich. Mehr Respekt, weniger Dreistigkeit!“ — Wem mag das gelten?

verstanden und vielleicht wieder gegeben zu haben. Und das scheint mir das erste Erforderniß einer Uebersetzung, welche nicht für die gelehrten Kenner des Originals, sondern für deutsche Leser bestimmt ist. Aber freilich ist es bei weitem nicht das einzige; namentlich sind die kurzen gewichtigen Worte des englischen von Decker so wunderbar zusammen gepreßt, daß gar manches in den ernsthaften Theilen hat ausfallen müssen, weil unsere schleppenden Endungen auf e leider im Verse immer mit zählen. Das ist bei dem überreichen Ausdruck des jungen englischen Dichters vielleicht für uns Deutsche kein Nachtheil, aber freilich giebt die Uebersetzung dann immer kein ganz getreues Abbild des Originals. Bei den Wortspielen muß man sich so helfen, wie man kann, und leichte Ungezwungenheit, welche allein komische Wirkung machen kann, scheint mir hier die Hauptsache. —

Was meine Arbeit über Calderon betrifft, so haben Sie mir davon ein so hohes Ideal in Ihrem Brief aufgestellt, daß ich davor erschrocken bin, indem ich meine Kräfte gegen die Aufgabe maß. Wenn ich Ihnen den Titel des Buches schreibe, glaube ich ungefähr anzugeben, was ich glaube mit Gründlichkeit und Sicherheit leisten zu können. „Geist aus 200 (oder wie viel ich auftreiben kann) Schauspielen des Calderon d. L. B. mit Untersuchungen über Zeitfolge, Quellen, Nachahmungen, das Geschichtliche, Lesearten, Anspielungen u. d." In drei bis vier Bändchen möchte ich nun zuerst die Deutschen mit dem ganzen Reichthum des Spaniers, (der durch seine rührende Anhänglichkeit an das Haus Oestreich und die Deutschen sich so gern selbst uns anschließt) bekannt machen. Und dies Werk soll so wenig eine Uebersetzung des ganzen überflüssig machen, daß vielmehr dadurch das Bedürfniß derselben hoffentlich recht fühlbar wird. Denn ich gestehe Ihnen offen, daß mir scheint, wir werden die besten Stücke Calderons, aus seinem Mannesalter, wo Form und Stoff sich innig durchdrungen haben, nimmermehr so vollendet als es möglich in unserer Sprache lesen, wenn wir von den bogenlangen Assonanzen und steilen Reimen bei der Uebersetzung nicht abstehen. Der Deutsche hat nun einmal immer nur Einen Reim, wo der Spanier zehn hat. Das kann kein Gott ändern. Die ewig wieder kehrenden Endungen auf eben, oben, und ieben verglichen mit der Fülle, Glätte und Anspruchslosigkeit des spanischen bilden in der That einen größern Abstand, als wenn jemand diese unnatürliche Fessel abwerfend, nunmehr die Mittel hat sich genau in allen wesentlichen Stücken dem Original anzuschließen, oder lieber dies aus sich heraus zu gebären. Mir scheinen die bewundernswürdigen Stücke von Schlegel und Gries vielmehr Kunststücke als Kunstwerke. Eine Freundin von mir (von welcher Ostern der Bojardo in hundert Bildern bearbeitet erscheint) wird einige der besten Dramen zugleich mit meiner Schrift, so wieder gegeben, drucken lassen, doch dies beiläufig. Mein erster Band soll die eigentlichen Intriguen-Stücke enthalten, der zweite die sogenannten heroischen, worunter die geschichtlichen, der dritte die mythologischen Festspiele, der vierte und stärkste die geistlichen, nebst den wichtigsten Autos. Und das nach der Zeitfolge, so weit ich sie herausbringen kann. Für 36 Stücke hat die Ausgabe des Vera-Tassis (Apontes hat eine wunderliche Verwirrung angerichtet, und sich wahrscheinlich nur nach dem augenblicklichen Bedürfniß des Buchhändlers bestimmt) das Datum der ersten Erscheinung. Für etwa eben so viel der andern sind geschichtliche Andeutungen, oder Anspielungen auf frühere Stücke (was Cald. sehr liebt) vorhanden, welche durch eine gesunde combinatorische Kritik ungezwungen die Folge angeben. Dann tragen die Dramen des späteren Alters unverkennbare Spuren von Mattigkeit, Unlust an dergl. Arbeiten und Manier, wobei als Brennpunkt Fieras afemina amor angenommen werden muß, in welchem

Tag und Jahr der Abfassung selbst angegeben ist. — Zuerst wird bei jedem Drama der Inhalt angegeben, oder, wenn Sie mir den Ausdruck erlauben, die Lebenspunkte. Und das in einem Styl, welcher dem jedesmaligen Ton des Drama angemessen ist. Dies ist theils für die nothwendig und erfreulich, welche das so seltene Original nicht haben, theils aber wird es auch für andere nicht unangenehm sein, einen Faden zu haben, sich durch die labyrinthischen Gänge durchzufinden. Außerdem sieht und weist vielleicht auch der, welcher sich ex professo lange mit dem Dichter beschäftigt hat, auf manches hin, was der gewöhnliche Leser übersieht, oder gering achtet, und sich dadurch Kenntniß und Genuß verkümmert. Ohne das würde auch schwerlich ein Buchhändler in Europa sich zu dem Verlag unter irgend einer Bedingung verstehen, selbst wenn ich auch lateinisch oder französisch es abfassen wollte. Dann folgen hinter jedem Stück die Bemerkungen. In einem Anhang das Leben des Calderon nach Vera Tassis, in einem zweiten die Vergleichung der Ausgaben, in einem dritten Conjecturen und Lesearten, und Druckfehler (die letzteren im Apontes verbessert aus Vera-Tassis) in der einfachen Form wie die Castigationes zu griechischen und römischen Schriftstellern sonst gemacht und gedruckt wurden (namentlich die von Falkenburg zum Homerus).

Die drei Bände, welche Sie mir übersandt haben, sind mir äußerst willkommen gewesen, und ich kann Ihnen mit keinen Worten ausdrücken, wie verpflichtet ich mich Ihnen hierfür, für das Verzeichniß, und für Ihr gütiges Anerbieten fühle. Den Katalog habe ich sogleich durch den hiesigen Bibliothekar und wunderlichen Spanier Liaño nach Spanien befördert, und gebeten die Stücke welche dort etwa einzeln zum Verkauf zu haben wären mir zu übersenden. Wenn Sie aber nach Wien oder München schreiben, würden Sie die Verpflichtungen, welche ich Ihnen habe, noch vermehren, wenn

Sie wegen dieser Dramen nachfragten. Durch eine der hiesigen Buchhandlungen läßt sich der Transport vielleicht besorgen. Denn ich traue Liaños Commissionarien in Spanien nicht Neigung und Kenntniß genug zu, um sich lebhaft dort für die Sache zu bekümmern. (Wir glauben eine nun folgende, lange Stelle dieses Briefes, die ein Verzeichniß von wichtigen Büchertiteln enthält, und nur dem Gelehrten vom Fache Interesse gewähren könnte, unterdrücken zu sollen.)

Wie lieb wäre es mir, wenn ich öfter Ihrer belehrenden und ermunternden Unterhaltung genießen könnte. Erhalten Sie mir Ihre Gewogenheit und Liebe.

Der Ihrige
F. W. V. Schmidt
Fischerstraße 22.

Auf die Anzeige in der Literatur-Zeitung habe ich mir sogleich angeschafft: De poeseos dramaticae genere hispanico, praesertim de Petro Calderone de la Barca. Scr. Heiberg. Hafniae 1817. Es hat mir Leid gethan, daß der so viele Liebe für den span. Dichter zeigt, ein ganz unbrauchbares Buch darüber geschrieben hat. Denn für den Kenner ist es ganz überflüssig, er lernt auch nicht Ein Wort daraus. Für den Nicht-Kenner unverständlich.

III.

Berlin, 22. Febr. 19.

Abermals, mein hochgeehrter Gönner und Freund, muß ich mit Beschämung an Sie schreiben, denn noch immer bleibe ich tief in Ihrer Schuld. Schieben Sie dies aber ja nicht auf die einigen Gelehrten eigene Fahrläßigkeit bei Benutzung von fremden Büchern; ich habe in der That in den letzten zwei Monaten so viel unerwartete Geschäfte bekommen, daß ich kaum weiß, wenn ich darauf zurück sehe, wie ich bei meinen drückenden Amtsgeschäften habe durchkommen können.

Ich habe nämlich auf höhere Aufmunterung gestützt mich bei der hiesigen Universität als Docent für die neuere Literatur, Geschichte der Poesie und dergl. gemeldet, und neben unzähligen Gängen und Weitläuftigkeiten (welche mir indeß durch Solgers, Wilkens und Böckhs gütiges Benehmen erleichtert sind) zwei lange Abhandlungen anfertigen, und Reden halten müssen, die Eine lateinisch de Petri Alfonsi libro inedito, qui inscriptus est Disciplina Clericalis, die andere deutsch, über Calderon, worin ich mir erlaubt habe Ihrer zu erwähnen. Diese letztere wird jetzt gedruckt, und ich werde sie Ihnen in wenig Wochen zugleich mit Ihren 3 Theilen Calderon übersenden, mit einem längeren Brief. Möge Ihnen dies als Grund der Verzögerung genügen. Es liegt mir doch so am Herzen, die Stücke durchzuarbeiten, und Sie erhalten sie auf jeden Fall vor Ostern wieder.

Hiebei erhalten Sie mit Dank Ihren Indice general zurück. Ich habe einen Auszug der zweifelhaften Stücke des Calderon gemacht, und lege Ihnen hier eine Abschrift davon bei. Wenn Sie nun sich deshalb nach Wien meinetwegen und des Calderon wegen wenden wollten, so würde vielleicht kein Zeitpunkt günstiger sein, als der jetzige. Denn es wird jetzt in Wien durch die Gnade des Ministers Altenstein eine Abschrift des griechischen Codex der sieben weisen Meister auf der dortigen Bibliothek für mich gemacht (Aus Paris habe ich schon den Anfang der griechischen 7 Meister und der Disciplina clericalis vom Ministerium erhalten); es würden also die dortigen Bibliothekare so weniger Bedenken tragen einem Mann dergleichen anzuvertrauen, der Ihr Vorwort und das Zutrauen des Ministeriums besitzt. Vielleicht ließe sich der Transport dann auch auf gesandtschaftlichem Wege (denn so werden mir die Abschriften übermacht) besorgen.

Aber auch den Dunlop kann ich Ihnen leider in diesem Augenblick nicht schicken. Ich will nämlich (N. B. wenn ich Zuhörer gewinnen kann) Ostern Geschichte der neueren Litteratur auf der Universität lesen, nach eignen Diktaten. Ich muß die Collegia dazu vorher ziemlich ausarbeiten, da ich Anfänger im Collegium-Lesen bin, und da ist der Dunlop ein unentbehrliches Noth- und Hülfsbuch. Indeß hoffe ich doch recht bald Ihnen damit dienen zu können, denn ich habe auf der hiesigen Königl. Bibliothek um dessen Anschaffung dringend gebeten, und hoffe mit Erfolg. Sobald er nun hier angelangt ist, erhalten Sie mein Exemplar zum Gebrauch, denn alsdann bin ich zu dem Exemplar der Bibliothek der nächste.

Vielleicht kennen Sie die neue Uebersetzung der 1001 Nacht von Scott noch nicht, deren 6ter Theil von Galland, Cardonne und dem letzten Franzosen (der Name fällt mir nicht ein) nicht gekannte Stücke enthält. In dieser Voraussetzung übersende ich Ihnen diesen, um doch nicht ganz leer zu erscheinen. Bald meine Vorlesung über Calderon und Ihre 3 Bände zurück. Werden Sie nächstens ganz gesund, und erhalten mir Ihre Zuneigung und Freundschaft, die mir so werth ist.

Ihr
F. W. V. Schmidt,
Fischerstraße 22.

In großer Eil.

Viele Empfehlungen an Ihre werthen Angehörigen.

Schnaase, Karl.

Geb. am 7. Dec. 1798 zu Danzig.

Dieser bedeutende Kunsthistoriker — sein Hauptwerk: Geschichte der bildenden Künste war 1861 noch nicht vollendet — lebte längere Zeit in Düsseldorf, wo er zum schönen Vereine gehörte, den Immermann, Schadow, Uechtritz und Andere bildeten. Dies Zusammenleben ist Allen förderlich gewesen, hat zu gegenseitiger Belebung und Erhebung gewirkt, und schöne Wissenschaften wie Kunst haben dadurch gewonnen. Solche Bündnisse sind hienieden selten und leider in der Regel auch nicht dauernd; Tod wie Leben lockern und lösen was so fest schien.

Herr Obertribunalrath Schnaase lebt jetzt in Berlin.

Düsseldorf, d. 1. December 1840.

Theurer, verehrter Herr Hofrath!

Sie waren bei meiner Abreise von Dresden so freundlich, mich aufzufordern, Ihnen von Berlin aus zu schreiben. So gern ich Ihnen den Dank für die überaus gütige Aufnahme, die Sie mir gewährt, wiederholt und den tiefen und wohlthätigen Eindruck, den ich davon trug, geschildert hätte, so hielt mich eine Scheu davon ab, Ihnen gleich wieder mit meiner unbedeutenden Person vor die Augen zu treten. Vielleicht mit Unrecht, aber es liegt einmal so in meinem Wesen. Gestern theilte mir unsre Freundin Immermann Ihren Brief mit, dessen Inhalt uns höchst erfreute und wieder so innig und freundlich war, daß ich nun nicht länger zögern kann. Es ist überaus schön und gütig, daß Sie Hand daran legen wollen, den Grundriß des unausgebaut gebliebenen Theiles in dem Gedicht unsres Freundes auszuzeichnen. Ihrer Meisterschaft wird es vortrefflich gelingen, das Unfertige mit leichten, kräftigen Zügen so zu malen, daß es wie in perspektivischer Verkürzung und Entfernung an das Vollendete und Nahe sich anschließt und der Phantasie ein Ganzes wird. Niemand versteht es ja so gut wie Sie, was der innere Einheits- und Lebenspunkt eines Gedichtes ist. — Frau Immermann bittet, damit ich diesen Punkt sogleich ganz bespreche, daß Sie das Manuscript, welches sie Ihnen geschickt, da behalten mögen. Es ist eine Abschrift von der hier zurückbehaltenen, nach welcher auch der Druck bereits begonnen hat. Bei dem reichen Stoff zu eigenen Arbeiten, der Ihnen gewiß auch jetzt wieder vorliegt, darf man Ihre Güte nicht mißbrauchen, darum mache ich nur im Vorbeigehn darauf aufmerksam, daß wie gesagt, der Druck schon angefangen hat. Daß Sie bei dieser Gelegenheit auch ein Wort über Immermanns dichterische Gestalt überhaupt sprechen wollen, ist unschätzbar; ich hatte es im Stillen gehofft. Das würde dann füglich dem Bande, welcher den Tristan enthält, auch beigegeben werden. Meinen Nekrolog beabsichtigen wir (etwas erweitert) in einem spätern Bande, wo nachgelassene und gesammelte Schriften erscheinen können, beizugeben. Des Nachgelassenen ist eigentlich nicht viel da, hauptsächlich nur ein Tagebuch, aus dem man noch dazu die besten Stellen (zum Theil) wegen persönlicher Beziehungen fortlassen muß, aus der Theaterperiode. Dagegen kann manches Vereinzelte (Gismonde, der Aufsatz über Grabbe, die in der Pandora abgedruckten Düsseldorfer Anfänge) gesammelt, vielleicht auch Vergriffenes wieder abgedruckt werden.

Ihre Vittoria habe ich mit der größten Freude und Bewunderung, mit dem ausdauerndsten Interesse gelesen. Es ist ein historischer Roman, im besten Sinne des Worts, mehr als irgend einer. Ich kann den Eindruck, den er mir macht, am Meisten mit dem der Hauptwerke einer älteren Periode vergleichen, aus denen mir der Geist, das Leben jener Zeit so concentrirt, thatkräftig, mehr die Wurzel der Entwickelung, als die Breite der Zustände entgegentritt. Dies warme, innige Gefühl eines frühern Zeitgeistes, einer andern Gestaltung des Menschengeistes in einem Momente, wie in lebendigem Athem mitgetheilt zu erhalten, ist mir ein großer Genuß, und ebenso empfinde ich ungefähr bei Ihrer Vittoria. Jenes Geschichtsgefühl (wenn ich es so abstract und barbarisch nennen darf) fesselt mich auch oft bei Kunstwerken einer Zeit, welche an sich für diese Kunstgattung nicht geeignet war, und die daher in ästhetischer Würdigung nicht sehr hoch zu stehn kämen, und das macht dann wieder den Vergleich hinkend, weil in Ihrem Gedicht dieser Kontrast nicht vorhanden ist. Aber dennoch bleibt etwas Aehnliches, weil Zeit und Volk, die Sie für die empfängliche Phantasie so überaus treu und wahr schildern, in der moralischen Würdigung der Zeiten auch nicht die erste Stufe einnehmen. Auch darin ist der Eindruck ein historischer, weil man fühlt, wie nicht blos der große Haufe, dem die Selbstständigkeit fehlt, und die Heroen und

Leiter der öffentlichen Dinge, die sich damit identificiren, sondern auch die ausgezeichnetesten, edelsten Gestalten der mittlern Region, des weiblichen und häuslichen Lebens, ganz von dem geschichtlichen Leben ihrer Zeit durchdrungen, mit demselben verwachsen sind. Dieser Eindruck ist, wie billig, ein tragischer, — herbe, weil so seltene, edelste Gestalten, wie Vittoria, wie Bracciano, dem Schicksale erliegen, nicht bloß kämpfend, sondern eben weil sie von der verderblichen Richtung selbst durchdrungen sind — erhebend, weil auch in entarteter, verfallender Zeit die Verderbniß selbst ein Stoff wird, in dem sich die großen Naturen bilden und entwickeln. Vortrefflich tritt es in Ihrem Werke ans Licht, wie in der Auflösung einer edlen, mildernden Sittlichkeit alles das Maaß überschreitet, im sinnlich Reichen und Weichlichen, wie im Herkulisch oder athletisch Angespannten. — Mit Einzelnem will ich Sie nicht behelligen, und es ist vielleicht schon sehr keck, daß ich Ihnen meine Auffassung des Ganzen vortrage. Denn soviel vermuthe ich selbst, daß dieser Gedanke es nicht war, von dem Sie ausgingen, daß Sie vielmehr die Ahndung einer Gestalt, wie Sie sie nachher in der Vittoria wirklich gezeichnet haben, begeisterte und Sie die Schönheit derselben (die freilich jene historischen Umgebungen hervorrief) als eine ganz reine, an und für sich werthvolle empfanden. Aber diese Differenz ist vielleicht nur eine nothwendige, und wenn auch nicht, so werden Sie mir meine Auffassung gönnen und verzeihen, da es bekannt ist, daß der Dichter sich gefallen lassen muß, in verschiedenen Lesern Verschiedenes hervorzurufen. Uebrigens habe ich bei diesem Gedichte wieder die Erfahrung gemacht, wie jedes Werk mit seinem Meister zusammenhängt. Ich glaube Ihre Dichtungen noch besser zu verstehn, seit ich Sie persönlich kennen gelernt habe. Das Zeitalter der Rhapsoden war darin glücklich, wo das ganze Volk das Gedicht von den Lippen des Sängers selbst empfing. Ich glaube Ihre Stimme,

Ihren Vortrag durchzuhören, und der Sinn, die geistige Harmonie eröffnet sich mir dadurch mehr.

Von Berlin erzähle ich Ihnen nichts. Sie sind dort besser bekannt, wie ich, wenn auch nicht mehr unmittelbar, so durch Ihre Freunde. Eine große Stadt hat etwas Ruhiges, Instinktartiges, was vortheilhaft und nachtheilig wirkt, und dies Mal wohl that. Unsres Königs schöne Gestalt war dabei ein würdiger Augenpunkt. Leider verlautet noch nichts, was seine Huld für Immermann's Wittwe thun wird. —

Meine Frau empfiehlt sich in dankbarster Erinnerung der schönen Tage, die wir bei Ihnen verlebten, wir beide bitten uns der Frau Gräfin und Ihren lieben Fräulein Töchtern bestens zu empfehlen. Mit inniger Verehrung

Ihr ergebenster
Schnaase.

Schöll, Adolf.

Geboren 1805 zu Brünn, aus einer daselbst in hoher Achtung stehenden Familie. Er lebte längere Zeit in Berlin, befreundet mit den besten jener Gelehrten, Dichter und Künstler, welche während der dreißiger Jahre gesellig wie geistig vereint, fest zusammenhielten.

Seit 1843 befindet er sich in Weimar, als Director Großherzoglicher Kunstinstitute. Er ist Verfasser mehrerer anerkannter Schriften über tragische Poesie der Griechen, über Sophokles ꝛc. und Herausgeber werthvoller Beiträge zur Goethelitteratur.

Berlin, d. 7t. März 1839.

Hochverehrter Herr Hofrath!

Seit der Ausflug nach Dresden und Besuch bei Eduard Bendemann, den ich mit einigen Freunden auf den Dezember vorigen Jahrs festgesetzt hatte, durch die damalige Krankheit der jungen Bendemann vereitelt ward, war es immer meine Absicht, Ihnen, verehrter Herr Hofrath, wenigstens schriftlich einen Besuch zu machen. Nur großer Mangel an Muße ist schuld, daß dies erst jetzt geschieht. Die schönen Tage im

Oktober, an welchen ich Sie sehen und hören durfte, haben mich in innige Bewegung gesetzt, die Erinnerung mich auf der ganzen Reise und hierher zurückbegleitet. Wär' ich einige Jahre jünger: ich hätte einen Entschluß ausgeführt, der sich seitdem als Wunsch mir immer vorstellte, hätte mein Zelt in Tresden aufgeschlagen, um die neuere Literatur gehörig zu studiren, und dabei Rath und Licht von Ihnen mir zu erbitten. Nun seh' ich ein, daß ich meine Studien auf die antike beschränken muß, da ich nur für diese einige Mittel erworben und vollauf zu thun habe, um sie mir im Zusammenhang vorzustellen und endlich eine menschlichklare Geschichte der griechischen Poesie zu schreiben. Nicht als ob ich glaubte, dies sei möglich ohne Kenntniß der wahren Größen und Entwicklungen moderner Poesie; ich stärke an Genuß und Betrachtung der letzteren mich und mein Verständniß so oft und so viel mir möglich; nur muß ich mich an das Bedeutendste und unmittelbar Zugängliche halten, nach dem Maße der Zeit, die mir das Fach, worin ich einmal gerathen bin, übrig läßt. Ich lese immerfort mit meinen Freunden in Shakspeare und in unsern Deutschen. Das Erste, was ich nach meiner Zurückkunft las, war Liebes Leid und Lust. Wie sehr hätt' ich gewünscht, es von Ihnen zu hören! Daß ein solches Spiel nur Shakspears Witz hervorbringen konnte, ist keine Frage, und wer es ohne Ergötzen lesen kann, hat dies gewiß seinem eigenen Temperament zuzuschreiben. Nur scheint mir, um ganz genossen zu werden, fordert es mehr Vertrautheit als irgend ein anderes Shakspear'sches Lustspiel. Schon bei der ersten Lectüre hatt' ich das erfahren, daß ich hier nicht so schnell, wie in den andern, die Mimik der Sprecher, die gegenseitigen Blicke, die persönlichen Accente mitempfand. Es kommt wohl daher, weil das Ganze ein Witz über den Witz ist und die Handelnden selbst nicht sowohl für bestimmte Handlungen als für die Form des Handelns interessirt sind. In den andern Lustspielen, wo Lagen,

Affekte, Zwecke sichtbarer und handgreiflicher sind, versteht man natürlich leichter die damit bedingten persönlichen Farben und Stimmungen. Hier, wo die Helden damit anfangen sich einen Charakter geben zu wollen und dann zu dem Spiele verführt werden, wo stets gleichartige Waffen so rasch wechseln, ist der ganze Boden mehr ideal und es wird schwerer, in dem so reichen und beweglichen Dialog gleich die physiognomischen Unterschiede stets bestimmt mitzufühlen und festzuhalten. Um so mehr fühlte ich, wie viel lebendiger, von Ihnen vorgelesen, mir alles werden, wie sehr der Genuß sich verfeinern würde. Kommt doch beim Kunstgenuß, zumal im Lustspiel, alles darauf an, daß im Moment selbst die Bestimmtheit, in der ungehemmten Flüchtigkeit der Folge das Licht enthalten sei, welches kein zerlegendes Verständniß ersetzen kann, und welches schon verliert, wenn es nur langsamer als nach dem natürlichen Puls des Gedankens einleuchtet. — Hernach lasen wir das Wintermährchen, „Was Ihr wollt,“ „Troilus und Cressida.“ Um nicht Schwelger zu werden, wollten wir etwas von der leichteren Kost aus Göthe's Werken wählen. Unglücklicherweise ergriff ich die „Wette,“ die mir noch unbekannt war. Wir wußten wirklich nicht, ob wir über dieses Nichts lachen oder weinen sollen. Tags darauf bracht ich den Fortunat, den wir in wenigen Vorlesungen vollendet und uns von unserem Kleinmuth trefflich erholt haben. Nach diesem köstlichen Gedicht lasen wir auch den Zerbino, wobei wir uns recht heimlich und behaglich fühlten. Welch ein Contrast zwischen dieser Dichtung und der modernen Poesie der Beschwerden und Beschwerlichkeiten von Byron bis Bulwer. Nachdem es dahin gekommen ist, daß man glauben muß, der Mensch habe sich die Poesie erfunden, um sich mit Herzzersplitterungen oder mit psychologisch-criminalisch-publicistischen Aufgaben zu quälen, ist es ein wahrer Trost und Erholung, sich in einer so klaren Landschaft zu bewegen mit einem so harmlos geistreichen Witz, der frei von diesem expressement ist und von dieser philister-haften Ernsthaftigkeit, die vielmehr in seiner Welt selbst gemüthlich und bequem wird. Dieser eigenthümliche milde Lebensgenuß, das in seiner Selbstironie so liebenswürdige Kindische, wie es nicht nur im alten König sich geradezu ausspricht, sondern gleichsam in einem feinen Aether die ganze Dichtung durchlüftet und leise wärmt, dies ist der süße Hauch poetischer Ingenuität, der auch die lächerlichen und abgeschmackten Personen mit einer freundlichen Humanität überkleidet und das rein Poetische so natürlich wiegt, wie die Luft den Kelch einer Blume. Dies wird jetzt nicht mehr gefunden, wo der Dichter gleich in sich mit der Angst anfängt, vielleicht nicht bedeutend oder nicht frappant genug zu sein. Die Leute haben keine Zeit mehr, um sich auf den Genius zu verlassen. Darum schwatzen sich die Einen halbtodt darüber, daß sie erst eine Zeit machen wollen, die Andern suchen den Genius herabzusetzen, wie alle Lumpe durch Schimpfen die Gleichheit herzustellen suchen. Auch Ihre jüngste Novelle in der Urania hat mich durch diese reine Heiterkeit, diese seelige Erhebung über die Materialität entzückt und belustigt. Es ist ein köstlicher Muthwille, dieser geheime Staatsstreich, daß die Treppe so allmählig die Treppe herauf geschafft wird, fast wie ein in sich selbst zurückgehender Hegel'scher Begriff. Und mich dünkt, mit großer, sicherer Feinheit sind Personen, Bedingnisse und die ganze kleine Welt in einem und demselben idealen Humor gehalten. Nach dem Zerbino haben wir Göthe's Tasso gelesen. Bei Göthe finde ich etwas, das genau mit seiner großen Bedeutung als Dichter zusammenhängt, und wodurch er mir doch manchmal etwas beengend, manchmal sogar lächerlich werden will — ich weiß nicht, ob ich es recht bezeichne, wenn ich es den Aberglauben an die Form als solche nenne. So scheint mir, daß in seinen späteren Gedichten zum Theil ganz verschiedene Charaktere etwas von ihm selbst haben, etwas leise Pedantisches, indem sie besondern Fleiß auf etwas Unbedeutendes, Kleinliches zu legen scheinen. In seinem Tasso, den ich immer sehr bewundert habe, gemahnt es mich auch darnach; nur paßt es eben hier ganz, um dem glänzenden Boden diejenige Unheimlichkeit zu geben, die fast an die Stelle des Tragischen tritt. Bei alledem vermiss' ich eine tragische Erschöpfung, in der man sich ausleiden und auf ein Letztes kommen könnte. Die Selbstgeständnisse der Prinzessin sind für mich das Höchste, rein tragisch und hinnehmend schön. Tasso scheint mir doch etwas zu schwach, man empfindet seine Verirrung nicht immer als eine menschlich-nothwendige, sondern zuweilen, mein' ich, erscheint er als ein speziell kranker Mensch, ein psychologisches Phänomen, das man vor sich hat und mit dem man nicht genug sympathisirt, um in seinen Untergang hineingezogen zu werden. Hernach bin ich wieder versucht, seinen Wahnsinn selbst, den er doch am Schluß in sehr wohlgesetzten Worten referirt, für mehr gemalt als entwickelt zu halten. In Antonio find' ich mich auch nicht ganz zurecht. Am Ende soll er doch ein nobler Mann sein; ein paar mal aber spricht er wahre Gemeinheit mit großer Naivetät aus. Wäre es nicht vortheilhaft gewesen, ihn etwas einseitiger und zugleich mit einer bestimmteren Mannesart zu charakterisiren? zumal er zu seiner Empfehlung für das Gefühl des Zuschauers ohnehin das voraus hat, daß er der Einzige ist, der sich gegenüber allen Mithandelnden ganz geben kann, wie er ist. Dieses Letztere, daß die Leute, ohne in irgend einer kräftigen Spannung gegen einander zu stehen, doch immer so vorsichtsvoll auftreten müssen, macht allerdings auf mich eine große, mit Göthe zu sprechen, dämonische Wirkung. Man athmet immerfort das Bewußtsein, wie schwach der Mensch, wie überaus zart die Blume geselliger Anmuth sei, ja, als ob das Schönste, was das Leben in sich faßt, nicht zur Sonne reifen dürfte, ohne zum Häßlichsten zu werden. Ich halte es aber für ein bloßes Surrogat des Tragischen, und das zeigt sich mir auch darin, daß der endliche Ausbruch, der diese ängstliche Schönheit der Verhältnisse zerreißt, mehr eine Unanständigkeit und Häßlichkeit, als etwas wahrhaft Furchtbares, durch tiefen Widerspruch Vernichtendes ist. Eine eigene Stärke in diesem Element des Unheimlichen, Beengenden, in der stillen Qual der Unfreiheit find' ich auch parthieenweise in andern Dichtungen von Göthe. Es ist die Welt der Meinung, nicht die Natur selbst, worin die Kämpfe geschehen, und darin ist Göthe unendlich modern, ob er schon für einen Griechen gelten soll, und sich selbst gehalten haben mag. — Mit den griechischen Tragikern hab' ich wieder viel zu thun gehabt (denn die Lesegenüsse sind nur auf die Stunde nach Tisch beschränkt, Morgens und Abends bin ich philologischen Dienstgeschäften unterthan). Das Schlimmste ist hier, daß wir uns häufig die Schaugerüste erst herstellen oder bauen müssen, um in diese Theater zu sehen, und bei diesem Bänkeschlagen hält man sich leicht so lange auf, daß es darüber nicht zur Vorstellung selbst kommt, ja Viele halten diese Knechtsarbeit für die Sache selbst. Ich habe die beiden Oedipus und Antigone mehrmals durchgelesen und das Verhältniß der drei Stücke hin und her überlegt. Wäre nicht der Oedipus in Kolonos: so würd' ich mir nicht getrauen, hier eine Trilogie zu sehen. Denn der Oedipus König kann ohne Nachtheil als Tragödie für sich betrachtet werden, und von der Antigone läßt sich nicht nur dasselbe behaupten, sondern es ist, bei Voraussetzung der Trilogie, auffallend, daß nirgends die so entgegenkommenden Motive des „Oedipus in Kolonos" ausdrücklich aufgenommen werden. Wie natürlich wäre es, daß Antigone sagte, der Bruder habe selbst ihr die Sorge für seine Reste vermacht; wie dies wirklich im Oedipus Kolonos geschieht? Ebenso möchte man erwarten, daß es der Dichter in dem letzten Stück bestimmt hervortreten ließe, wie Oedipus in dem harten Fluche, den er über den Sohn aussprach, auch den Segen zu nichte gemacht hat, den er doch für die

Tochter vorbehalten wollte. Auf ähnliche Weise sollte das Schicksal Kreons als Erfüllung der Verwünschung erscheinen, die er sich von Oedipus in der vorhergehenden Handlung zuzog. — Kehrt man aber die Sache um und sieht auf den „Oedipus in Kol.," so bereitet dieses Drama in jeder Hinsicht die Handlung der „Antigone" vor, und entspricht in seinen Voraussetzungen eben so genau dem Ausgang des „König Oedipus." Schon dies ist insofern von Gewicht als die Oedipus-Fabel in Mythen und Dramen sonst sehr verschiedenartig gestaltet wurde, und Sophokles schwerlich zu dieser zusammenpassenden Form der besondern Fabelstücke gekommen wäre, hätte er nicht den Zusammenhang beabsichtigt. Dazu kommt meine feste Ueberzeugung, daß der „Oedipus in Kol." für sich allein keine Befriedigung gewähren konnte, da er, isolirt betrachtet, wahrlich nicht die milde Verklärung und Vergötterung ist, die man in ihm hat sehen wollen, sondern von einem schauerlich harten Geist durchweht, von dem düstern Geist der Erinnyen, in deren Hain Oedipus seinen Gastsitz nimmt und gleich Anfangs tiefer in diesen Bezirk hineingeräth als die Eingebornen für zuläßig halten. In der Art, wie Oedipus selbst mit Kreon, noch mehr, wie er mit seinem Sohne verfährt, kann ich nur den alten überstrengen, zornmüthigen Oedipus sehen, keine Rechtfertigung desselben, sondern seine Schuld noch an der Schwelle des Todes, die seiner ursprünglichen ganz verwandt ist. Ursprünglich, als er den unbekannten Vater erschlug, glaubte er, nur gerechte Rache zu üben und eröffnete mit diesem Jähzorn unbewußt eine Reihe von Gräueln. Bei Entdeckung dieser irrte sein Zorn hin und her, bis er gegen sich selbst sich kehrte. Jetzt in der Verbannung kehrt er sich wieder gegen die, welche ihn verlassen haben, was nicht so einfach und ausschließlich ihre Schuld ist, wie er es darstellt. Er verflucht sie wild und roh — kein Grieche hielt dies für recht — und indem er wieder nur gerechte Rache zu nehmen glaubt, stiftet er den bittern Untergang auch der treuen Tochter, die er so innig geliebt, so ganz seines Segens würdig erkannt, so herzlich gesegnet hat. — So fordert, meiner Ansicht nach, dieses Stück „die Antigone,“ die erst das Gleichgewicht herstellt, und in der Heldin das Verderben des ganzen Hauses zu einer sittlichen Verklärung bringt. Da nun aber in der Antigone, wie sie uns vorliegt, die Rückbeziehung auf Oedipus nicht in so bestimmtem Sinne hervorgehoben ist, als man unter diesem Gesichtspunkt erwarten sollte: so glaube ich, daß sie nicht für den Oedipus Kol., dieser aber für sie gedichtet worden. Es ist Ueberlieferung, daß die Antigone 441 v. Ch. gegeben worden, der Oedipus Kol. aber kurz vor Sophokles Tode (35 Jahre später) gedichtet sei. So denk' ich, die Antigone gehörte ursprünglich zu einer andern Tetralogie; gegen Ende seines Lebens wollte sie Sophokles einer andern Gruppe anschließen. Für diese neue Composition dichtete er den Oed. Kol., fing an, die Antigone umzuarbeiten, starb aber darüber. Diese Vermuthung einer beabsichtigten Umarbeitung der Antigone wird theils dadurch unterstützt, daß am Ende dieses Drama Lücken bemerklich sind (Stellen, glaub' ich, die, weil speziell bezüglich auf die ältere Composition, getilgt sind), theils durch die Ueberlieferung, daß Sophokles an einem langen Satze der Antigone mitten im Lesen gestorben sei. — Es wäre mir sehr viel werth, zu wissen, ob Sie, verehrter Herr Hofrath, mir darin Recht geben, daß die Antigone nicht deutlich genug auf den Oedipus Kol. zurückbezogen sei. Als ich den letzteren las, war ich entflammt, so durchaus Alles auf die folgende Handlung (Antigone) gerichtet und berechnet zu sehen. In dieser selbst aber war ich erstaunt, fast gar keinen Ausdruck des Zusammenhangs, als die Worte des Eingangs und einige wenige Rückblicke mehr allgemeiner Art anzutreffen, immer nicht so, um dem Zweifler schlagende Beweise des wirklichen Zusammenhangs zu geben. Zur Fortsetzung meines Buchs hab' ich verschiedenes Neue gearbeitet.

Am ersten Bande hat mich's unglücklich gemacht, daß er außer den Schreibfehlern, auch so viele Druckfehler hat. Die letzten fünf Bögen, und die umgedruckten ersten zwei, hab' ich nicht selbst corrigirt; so hat ein guter Freund, dem ich die Correctur aufbürdete, viele fatale Druckfehler zugelassen. Als ich bei meiner Rückkunft das Buch in diesem Zustande fand, war mir sehr leid, daß es Ihnen schon in derselben Gestalt überschickt war; um alles gern hätt' ich vorher die sinnentstellenden Fehler in Ihrem Exemplar corrigirt. Und ich kann auch jetzt mich nicht enthalten, diesen Zeilen ein Druckfehler-Verzeichniß beizulegen, wornach Sie vielleicht von einem Abschreiber den Text emendiren lassen.

Nun darf ich aber nicht länger Ihre Geduld, hochverehrter Herr Hofrath, ermüden! Ihr Herr Bruder befindet sich so wohl und munter, wie immer, er will Ihnen nächstens ausführlich schreiben, sobald er das Gewünschte besorgt haben wird, wie er sich angelegen sein läßt.

Gott erhalte Sie gesund, mein innigst verehrter Herr Hofrath! und in der Frische, die ich, so oft ich Sie sah, bewundert habe! Ich wünschte sehr, Ihnen und den verehrten Ihrigen freundlich empfohlen zu sein, und bleibe

Ihr

dankbarer Anhänger

A. Schöll.

Lössel, der dramatische Dichter in spe et metu, brachte mir, als er hörte, daß ich Ihnen schreibe, beigeschlossenen Brief.

Inhalt des dritten Bandes.

Seite.

CPSIA information can be obtained
at www.ICGtesting.com
Printed in the USA
LVHW040409200422
716646LV00005B/194